UNE DERNIÈRE CHANCE POUR ELLE

UNE DERNIÈRE CHANCE POUR ELLE

POUR ELLE — ROMANCE À SUSPENSE
TOME DEUX

TONI ANDERSON

TRADUCTION PAR
SOPHIE SALAÜN

AUTRES LIVRES DE TONI ANDERSON EN FRANÇAIS

LE SOMMEIL DES JUSTES

Dans l'ombre de la loi

Par une nuit si froide

Entre chien et loup

L'eau qui dort

En clair-obscur

Comme l'ombre d'un doute

Des agents au secret

Obscurantisme

Une ombre au tableau

De sang-froid

LE SOMMEIL DES JUSTES – LES NÉGOCIATEURS

Glacé à cœur

Péchés givrés

De froides vérités

Baisers frappés

D'ombre et de glace

POUR ELLE — ROMANCE À SUSPENSE
Un sanctuaire pour elle
Une dernière chance pour elle
Un risque pour elle

N'hésitez pas à visiter la boutique de Toni Anderson pour découvrir ses autres livres et bénéficier d'offres exclusives !
https://toniandersonshop.com

Pour Jean Anderson.
Qui n'a jamais cessé de me réclamer cette histoire.
La meilleure belle-mère qui soit.

CHAPITRE UN

Ses pas claquaient bruyamment sur le trottoir animé de Bleecker Street. Son manteau noir, qui flottait autour d'elle, créait une illusion de sophistication qui l'amusait habituellement. Mais pas maintenant. Josephine Maxwell gardait la tête baissée et avançait d'un pas décidé, et seules ses articulations qui blanchissaient sur la poignée de son porte-documents trahissaient l'appréhension qui l'habitait.

Elle balaya la rue du regard. La peur lui picotait la peau et remontait le long de sa colonne vertébrale. La peur était une faiblesse. Elle l'avait appris avant même d'avoir atteint l'âge de dix ans.

Prenant une courte inspiration, elle se dit qu'elle aurait dû y être habituée à présent.

Le cocktail habituel du vendredi soir, composé de locaux et de touristes, déambulait dans toutes les directions, déterminé à profiter de la scène animée de Greenwich Village. Des arbres bordaient les avenues, et la base de leurs troncs était habillée de jolies grilles métalliques. L'odeur du pain fraîchement cuit flottait dans la brise fraîche de l'automne, chaude et parfumée. Des lumières commencèrent à briller alors que le soleil se couchait derrière Jersey.

Et la peur la poursuivait *toujours*.

Rien ne différait des autres jours, à l'exception de la subtile sensation d'être traquée. Un sentiment de danger la submergea, et son cœur s'emballa. Elle l'ignora, repoussa la panique et continua à marcher... Elle était presque à la maison. Presque en sécurité.

Sur la terrasse d'un petit restaurant italien, un homme brun et basané, vêtu d'un costume de ville coûteux, la dévisageait, de la faim dans le regard. Sans jamais rompre le contact visuel, il porta une bouteille de bière à ses lèvres et en avala une longue gorgée. Cela fit remonter un souvenir d'enfance, et un léger frisson parcourut ses os. Très sûr de lui, l'homme haussa un sourcil et enroula sa langue de manière suggestive autour du goulot de la bouteille. Son estomac se retourna. Pendant une fraction de seconde, il lui rappela Andrew DeLattio, mais, heureusement, cet abruti meurtrier était mort.

Elle ne fit pas de doigt d'honneur à l'homme. L'ancienne Josie l'aurait fait, mais aujourd'hui, cette colonne vertébrale en béton qu'elle avait construite au fil des ans avait commencé à se désintégrer, la rendant moins sûre d'elle, moins audacieuse.

Elle détourna le regard. Qu'est-ce qui n'allait pas chez les hommes ?

Le souvenir d'un grand et bel agent fédéral lui vint à l'esprit, mais elle le repoussa, déterminée à oublier la plus grosse erreur de sa vie. Elle n'avait pas le temps de s'apitoyer sur son sort ni d'avoir des regrets. La vie était un combat permanent pour la survie, alors pourquoi gaspiller de l'énergie avec des illusions ou des fantasmes sur ce qui aurait pu être ?

Elle continua de marcher. L'odeur du macadam mouillé, des gaz d'échappement et des feuilles mortes humides se mêlait à celle des plats épicés des restaurants voisins. Son estomac gronda, lui rappelant qu'elle avait sauté le déjeuner. Mais le besoin de rentrer chez elle, d'échapper à cette peur irrationnelle l'emportait même sur la faim la plus élémentaire. Elle accéléra le pas, et l'envie de fuir la frappa de plein fouet. Elle marcha encore plus vite. Alors qu'elle tournait au coin de Grove Street, où se trouvait son appartement, elle remarqua qu'un détritus suivait le rythme de ses bottes avant d'être emporté par une rafale plus forte. Luttant contre la brise, elle changea de main son porte-documents encombrant. Il était lourd, mais, au moins, son contenu lui avait permis d'obtenir une autre commission.

Le crépuscule commençait à s'installer. Des ombres sinistres planaient entre les voitures en stationnement. Des feuilles mortes bruissaient en tombant de branches chétives. Elle était enfin rentrée chez elle. Une sirène retentit au loin tandis qu'elle fouilla la poche de son manteau en quête de la clé de la porte de l'immeuble. Elle jeta un coup d'œil furtif autour d'elle, mais ne vit rien qui justifie cette sensation désagréable d'être observée.

Quand vais-je cesser de regarder par-dessus mon épaule ?

Se retenant de pousser un juron, elle enfonça sa clé dans la serrure et poussa la lourde porte noire, faisant passer l'imposant étui par l'ouverture étroite.

Les lumières étaient éteintes.

Une goutte de sueur roula sur sa tempe. Ses mains tremblaient quand elle alluma, et elle poussa un énorme soupir de soulagement quand la cage d'escalier s'éclaira. Elle franchit le seuil, referma la porte, et se pencha pour ouvrir sa boîte aux lettres sur la rangée du bas. Pour tout avertissement, elle n'entendit qu'un faible bruit avant que quelqu'un la saisisse par le cou.

Elle lâcha le porte-documents. Son courrier se dispersa tandis que son agresseur la faisait basculer et la renversait en arrière. L'adrénaline afflua dans son sang et son pouls s'emballa.

Les doigts de Josie s'enfoncèrent dans le tissu et la chair, et elle parvint à prendre suffisamment d'appui pour empêcher son propre poids de lui briser la nuque. Ses jambes se heurtèrent à la rampe, déclenchant une vive douleur dans ses membres.

Elle cria, puis haleta lorsqu'il la jeta à terre. La vue de Josephine se brouilla. Elle resta allongée, sous le choc. Puis son instinct de survie reprit le dessus. Elle roula, évitant le sifflement de l'acier qui frôla son oreille lorsque le couteau frappa les carreaux de mosaïque avec un craquement brutal. À quatre pattes, elle s'empara de son porte-documents, pivota et retomba sur le dos, s'en servant comme bouclier contre la lame acérée du chasseur. Ils se dévisagèrent, figés.

Elle le reconnut. Elle reconnut la détermination extrême de ces disques d'argent sans vie.

Oh, mon Dieu !

La nausée lui tordit l'estomac tandis qu'elle le regardait, impuissante. Elle avait toujours su qu'il reviendrait. *Toujours su.* Les muscles contractés de sa gorge bloquaient cette respiration dont elle avait désespérément besoin pendant qu'ils s'observaient en silence. Le prédateur contre la proie faible, pathétique et inutile.

Vêtu de noir, un passe-montagne dissimulant ses traits, il s'accroupit à côté d'elle, monstre noir et sans visage. Ses yeux gris glacé étaient réduits à de minces fentes, reflétant l'éclat du couteau qu'il tenait dans sa main gauche. Il portait des gants chirurgicaux qui donnaient à sa chair l'aspect cireux d'un cadavre. Du sang maculait le latex.

Le sang de qui ?

Se déplaçant lentement, comme s'il savait qu'il avait gagné, le monstre souleva le porte-documents de la main tremblante de Josie et le déposa soigneusement contre le mur, sous les boîtes aux lettres. Elle ne pouvait pas bouger ; elle restait là, pétrifiée, bombardée de souvenirs.

Le prédateur inclina la tête, l'examinant comme si elle était déjà tailladée et pleine de sang. Il serra le manche du couteau, ses doigts puissants agrippant l'arme d'un geste possessif. En dépit de son franc-parler et de sa fierté de combattante, elle ne pouvait pas bouger. Parce qu'il l'avait *créée* il y a toutes ces années. Il l'avait créée, et, maintenant, il était de retour pour la détruire.

Sans se presser, il ouvrit les boutons du manteau de Josephine. Il souleva son chandail et le remonta par-dessus ses seins ; la terreur la cloua au sol. D'un geste du poignet, il coupa le tissu de son soutien-gorge.

Sa nausée se faisait de plus en plus pressante, mais elle la repoussa. L'air froid effleura sa peau. *Je ne pourrai pas survivre à cela deux fois.* Le souvenir de la douleur envahit son corps comme de l'urticaire. Elle ordonna à ses membres de s'activer, de bouger, mais ils refusaient d'obéir.

Est-ce cela que j'attendais ? Qu'il revienne et termine le travail ? Elle tressaillit quand le doigt du monstre suivit le contour d'une cicatrice effacée.

Que pensait-il de son ancienne œuvre ?

Il souleva le couteau. Josephine le regarda faire glisser le bord tranchant le long d'un sillon de tissu cicatriciel blanc et luisant. Depuis l'os de sa hanche, en passant par son ventre, lentement, puis sur ses côtes… *bump, bump, bump.* Elle retint son souffle. Le bord plat du couteau caressa son mamelon ; l'horreur, et non le désir, le fit se dresser.

La bouche du monstre était dissimulée par son masque, mais Josie savait qu'il était en train de sourire. Les larmes lui montèrent aux yeux, et la bile lui brûla la gorge. Leurs yeux se croisèrent et elle serra les poings de rage et de frustration. Il redressa le couteau et le laissa s'enfoncer dans la poitrine de la jeune femme. Du sang perla. La douleur explosa dans ses nerfs avec une acuité insoutenable.

Elle inspira brusquement et se prépara.

— Tu as promis que tu ne me tuerais pas si je ne faisais pas de bruit.

Elle avait la voix rauque, et la sensation de l'air sur ses cordes vocales était comparable à celle d'un fil de fer barbelé. Le temps était suspendu entre eux comme une grosse araignée sur un fil de soie. La lumière dans ses yeux s'assombrit.

— Tu viens juste de faire un bruit.

Elle abattit le plat de sa main aussi fort qu'elle le put contre son oreille et attrapa sa main qui tenait le couteau, la repoussant loin de son corps. Elle planta les dents dans son poignet, évitant de justesse de se faire taillader le visage. Le pouls du monstre battait fort contre ses lèvres ; elle serra les mâchoires jusqu'à sentir le goût du sang. Elle ne lâcha pas prise.

De l'autre main, elle griffa son œil, tandis que ses jambes s'activaient enfin pour trouver un point d'appui sur le carrelage glissant. Il retomba contre la hanche de Josie, son souffle chaud et violent contre sa joue. Plantant ses ongles pointus dans son orbite, elle gratta la coquille lisse et dure de son globe oculaire. Du sang emplit sa bouche : son goût était amer et répugnant sur sa langue. Son estomac se révulsa, mais elle ne relâcha pas la pression. Si elle le faisait, il la tuerait.

Avec un rugissement furieux, il retomba en arrière.

Se relevant d'un bond, Josie s'empara de son porte-documents contre le mur et le brandit à nouveau devant elle en guise de maigre défense. Le prédateur passa une main sur ses yeux où brillait une lueur de malveillance.

Dans les cauchemars de Josie, il était immortel, invincible et maléfique. Dans la réalité, il n'était qu'une autre saleté d'ordure qui aimait faire du mal aux gens. Et, à cet instant, c'était à elle qu'il voulait s'attaquer.

❄

D'un point de vue esthétique, le tableau hollandais du XVIIᵉ siècle et sa fausse signature de De Hooch laissaient l'agent spécial Marshall Hayes insensible, mais, même ainsi, sa poitrine se serra et son rythme cardiaque s'accéléra. Il n'était que dix-neuf heures trente, toutefois l'endroit était bondé pour l'inauguration d'une nouvelle galerie d'art new-yorkaise à la mode. L'ambiance de fête et les bavardages de la foule faiblirent alors qu'il regardait de plus près. Quelqu'un heurta son coude, une autre personne lui frôla les fesses. Il ignorait tout, sauf le tableau.

Il avait été volé un mois avant le tristement célèbre cambriolage du musée Isabella Stewart Gardner, et les deux pourraient être liés. Le vol avait été gardé secret, car le propriétaire ne voulait pas passer pour un crétin en accrochant des œuvres d'art valant une fortune sur le mur de son salon, avec pour seule sécurité un berger allemand vieillissant. Elle n'était même pas répertoriée dans le fichier national des œuvres d'art volées ou auprès d'Interpol.

Peut-être qu'après tant d'années, les voleurs avaient pensé qu'ils pouvaient enfin revendre ce tableau en toute sécurité. Ou bien le voleur était décédé, et le tableau était passé entre les mains d'un collectionneur légitime. Marsh n'en savait rien, mais c'était à lui de le découvrir.

L'impatience le tenaillait. Les naïfs qui avaient ouvert cette galerie s'étaient sans doute fait arnaquer d'un paquet d'argent. À moins qu'ils ne soient impliqués.

La musique battait dans l'air au rythme d'une pulsation lente et sensuelle. Des flashs jaillirent en arrière-plan, comme des fusées de détresse. Marsh regarda de l'autre côté de la salle. Gloria Faraday, l'une des propriétaires, faisait la bise à une femme qui portait de la soie fine par cette froide nuit new-yorkaise. Il reconnut vaguement la nouvelle venue pour l'avoir vue sur des panneaux d'affichage. Un mannequin de podium, qui avait fait la une des tabloïds pour sa dépendance à la drogue, et qui venait de sortir d'une cure de désintoxication.

Il pensa alors à une autre femme à la silhouette chétive, aux grands yeux bleus et souffrant du syndrome du Titanic[1]. Il chassa cette image. Il était au travail, bon sang !

Un bout de sein jaillit du haut du mannequin, un rapide éclair de scandale qui ferait la une des journaux à scandale du lendemain. Avec ce qui ressemblait à un embarras soigneusement mis en scène, elle remit la soie en place et s'éloigna des appareils photo. Sentant peut-être qu'il l'examinait, elle pencha la tête et croisa son regard. Il ne sourit pas, mais il ne détourna pas non plus les yeux. Elle le parcourut d'un regard intéressé. Marsh se tourna, agacé par son propre manque de réaction face à une femme indéniablement séduisante. Et, d'accord, ce n'était pas un manque d'intérêt pour les belles femmes qui le dérangeait, mais plutôt l'obsession qu'il nourrissait envers l'une d'elles en particulier. Les dents serrées, il chassa Josephine de son esprit et se rappela une fois de plus qu'il était au travail... en quelque sorte.

Les propriétaires, Philip et Gloria Faraday, étaient des ressortissants britanniques qui avaient récemment déménagé de Paris. Il ne savait pas grand-chose d'eux... pour l'instant. Pas même s'ils étaient mari et femme, frère et sœur, ou un couple d'arnaqueurs à la recherche de nouvelles cibles dans la Grosse Pomme.

Gloria avait l'air d'avoir une quarantaine d'années, mais c'était difficile à dire avec précision à l'ère des cosmétiques de rajeunissement. Elle portait un maquillage savamment appliqué et un chemisier à l'imprimé tape-à-l'œil. Philip semblait plus jeune, vêtu d'un jean noir et d'un t-shirt gris à

---

1. Note de la traductrice (NdT) : métaphore pour décrire l'incapacité à percevoir ou réagir correctement face aux signaux d'une catastrophe imminente.

manches longues. Il avait des cheveux poivre et sel coupés en brosse et des lunettes noires, même s'il faisait nuit. Abruti prétentieux.

Philip s'éclipsa par une porte cachée, sans doute un espace de stockage ou peut-être l'endroit où l'on gardait la caisse enregistreuse dans un lieu trop haut de gamme pour y afficher des prix.

Les Faraday possédaient des galeries à Londres, Paris, Barcelone, Nairobi, Sydney et Tokyo, et ils avaient apparemment décidé d'aller vers l'ouest. *Total Mastery NY* était un concept bien ficelé. Les vieux maîtres côtoyaient des œuvres d'art contemporaines pour moderniser l'aspect classique. De vieux portraits ternis étaient accrochés au-dessus de vases métalliques originaux ; des tables d'appoint magnifiquement sculptées complétaient les peintures et les céramiques. Un endroit classe. Conçu pour convaincre la clientèle que le bon goût pouvait s'acheter.

Marsh croisa le regard de Steve Dancer à travers la foule. Il adressa un signe de tête à son collègue qui le lui rendit, une lueur d'excitation familière dans les yeux. *C'est parti.*

— Qu'en penses-tu ? s'enquit la fille à ses côtés, qui se mit sur la pointe des pieds et haussa la voix par-dessus le bruit de la foule.

Bon sang ! Il l'avait oubliée.

Lynn Richards était belle, charmante, et bien née : apparemment, c'étaient tous les ingrédients nécessaires pour faire d'elle l'épouse parfaite. Et, sexuellement, elle lui faisait autant d'effet que le portrait qu'il était en train de regarder. La mère de la jeune fille lui avait dit que celle-ci était impatiente d'assister à l'inauguration ; comme elle savait qu'il s'y rendait, elle lui avait demandé de l'emmener. Lynn était une bonne couverture, il avait donc accepté, mais elle semblait penser qu'ils avaient un rendez-vous, ce qui lui donnait l'impression d'être un foutu pédophile. Il ne sortait pas avec des gamines.

Elle planta ses ongles plus fort dans son biceps et il grimaça. Il se tordit légèrement, desserrant la prise de la jeune fille sans que cela se voie. Mais elle s'accrocha.

Il lui adressa un sourire un peu sinistre sur les bords, reflétant parfaitement son humeur.

— Qu'est-ce que toi, tu en penses ? répliqua-t-il, car il voulait que la fille se fasse sa propre opinion et cesse d'essayer de plaire aux autres.

Pour quelle autre raison sortirait-elle avec un homme assez vieux pour être son père ? Cela dit, il ne savait pas trop ce que ça disait d'un homme dans sa position qu'il ait fini par se faire manipuler par sa propre mère. À cette seule pensée, sa mâchoire se crispa.

Si son frère aîné était revenu vivant du Moyen-Orient, personne ne se serait soucié que Marsh se marie ou qu'il engendre un héritier de la fortune familiale. Mais Robert avait péri dans le désert irakien, et un énorme morceau du cœur de Marsh était mort avec lui sur le champ de bataille. Leurs parents avaient été brisés.

La suggestion de Marsh de tout laisser à la fourrière n'avait pas été bien accueillie. Il aimait sa mère. Il était prêt à tout pour elle, sauf à se marier avec une débutante. Comment diable pourrait-il expliquer que le fait d'être drogué, menotté à un lit et d'avoir des relations sexuelles avec une femme qui le haïssait avait été la meilleure expérience de sa vie ? Expérience qui l'avait à jamais transformé, et qui rendait toutes les autres insignifiantes en comparaison.

Un rire torturé lui échappa.

Il redressa les poignets de sa veste de costume et expira jusqu'à ce que son diaphragme vienne toucher son estomac. Il était fatigué de se battre à ce sujet.

— J'aime bien, ajouta Lynn, qui lui adressa un sourire hésitant.

Il sursauta. *Merde.* Il l'avait encore oubliée. Elle était si incroyablement polie qu'il avait la mâchoire crispée.

— Mais je ne m'intéresse pas vraiment à l'art.

Lynn s'accrocha à son bras comme une mine limpet[2]. Face à ses jeunes yeux innocents, Marsh luttait pour ne pas avoir l'air d'un parent agacé. *Bon sang !*

— Alors, pourquoi voulais-tu venir ce soir ?

Une pointe de culpabilité et de contrariété s'afficha sur les traits de la jeune fille. Il pouvait presque voir leurs mères caqueter comme des poules tout en élaborant un complot matrimonial. *Comment puis-je me mettre dans ce genre de situation ?*

La veste de Marsh s'ouvrit et le regard surpris de Lynn se posa sur son holster, caché sous la laine sombre.

Excédé, il lui posa une main sur l'épaule et soutint son regard.

— Tu sais que je fais partie du FBI, n'est-ce pas ?

Les yeux ronds comme des boules de billard, elle acquiesça, et il eut envie de lui demander ce qu'elle faisait avec un homme qu'elle ne connaissait pas, avec qui elle n'avait sans doute rien en commun et qui, de toute évidence, lui flanquait une trouille bleue.

C'était une adolescente. Et quelle était son excuse à lui ?

Avec un soupir résigné, il chercha Dancer à travers la foule qui devenait de plus en plus dense et se persuada qu'il ne cherchait pas un autre visage, une blonde, simplement parce qu'il se trouvait à New York et qu'elle faisait partie de la scène artistique. Son collègue était adossé à un mur, à boire du champagne

---

2. NdT : mine marine posée par les nageurs de combat sur une cible et fixée par des aimants.

au milieu d'un cercle de femmes qui rivalisaient toutes pour attirer son attention.

Des femmes. Pas des gamines.

Lynn suivit son regard et une lueur d'intérêt s'alluma dans ses yeux quand ils se posèrent sur l'agent spécial Dancer. Peut-être Marsh devrait-il les présenter et elle pourrait tomber éperdument amoureuse de son collègue agent, ils pourraient se marier et faire des bébés.

Cette idée fit naître en lui une envie inattendue qui le prit aux tripes. Pas pour Lynn. Pour quelqu'un d'autre. Il repoussa ces pensées.

Il croisa le regard de Dancer et fit un signe de tête en direction de la salle du fond. *Surveille Philip Faraday.* Compte tenu de la présence de biens volés dans les locaux, aucune œuvre d'art ne devait quitter le bâtiment tant que la provenance de chaque pièce n'avait pas été prouvée. Ils décideraient plus tard si les Faraday devaient répondre d'accusations criminelles pour avoir recelé et tenté de vendre des biens volés.

Marsh observa les célébrités et les journalistes rassemblés et se prépara à une explosion générale d'hystérie. Cette situation était un chaos en puissance. Malheureusement, ses agents infiltrés n'étaient pas parvenus à obtenir une visite anticipée et il n'avait pas voulu donner un coup de pouce aux Faraday en leur disant que le FBI voulait examiner leur inventaire avant la grande ouverture de ce soir-là.

— Eh bien, eh bien. Ne serait-ce pas Marshall Hayes ? dit une voix grave et chaleureuse derrière lui. Tu poursuis toujours les méchants ?

Marsh le reconnut avant de se tourner vers le nouvel arrivant. *Juste au moment où tu te disais que la situation ne pouvait pas empirer...*

— Brook, le salua-t-il, affichant une expression d'indifférence polie. J'ai entendu dire que tu étais de retour au pays.

Brook Duvall était l'ancien ambassadeur des États-Unis en Australie, et un sénateur nouvellement élu qui avait les yeux rivés sur la prochaine campagne présidentielle. Le politicien aux cheveux prématurément gris arborait un sourire parfait, mais Marsh reconnut la lueur rusée dans son regard.

Ils avaient été formés ensemble à l'Académie navale américaine près de vingt ans auparavant. Duvall était en dernière année au moment de leur rencontre, et Marsh en deuxième. Déjà à l'époque, c'était une créature politique, qui n'hésitait pas à faire jouer ses contacts et son influence pour adoucir son mandat dans la marine et lancer sa carrière en usant de tous les moyens de pression qu'il pouvait trouver.

Marsh était resté discret sur ses liens familiaux jusqu'à ce que Duvall le dénonce lors d'un exercice d'entraînement le long de l'Intracoastal. Marsh avait travaillé d'arrache-pied pour gagner le respect des hommes sous son commandement et il avait dû redoubler d'efforts lorsqu'ils avaient appris qu'il avait pour père un général cinq étoiles de l'armée.

Ils se serrèrent la main, celle du sénateur était encore froide, car il venait de l'extérieur, et l'agent du FBI relâcha soudain sa tension. Sa rancune était un peu trop superficielle pour qu'il s'y accroche après toutes ces années.

— Voici ma femme, Pru, annonça Duvall, présentant une femme joliment parée de perles et d'un twin-set.

Un assistant au teint pâle se tenait derrière eux, se tordant les mains et tenant son téléphone portable comme un bébé qu'on chérit.

— Enchanté, madame.

Marsh prit la main de Pru Duvall et leur présenta Lynn, remarquant le regard d'appréciation de l'homme politique et ses doigts qui s'attardaient sur ceux de la jeune fille un peu trop longtemps.

Pru sourit et prit la main de Lynn, coulant un regard à

l'agent du FBI qui indiquait clairement qu'il devrait éviter de sortir avec une fille trop jeune pour boire de l'alcool. Même si, au sens strict du terme, ce n'était pas un *rencard*.

— Je crois que je suis allée à l'école avec votre mère, Lynn.

Aïe.

Pour le plaisir, Marsh passa un bras autour des épaules de Lynn et regarda le givre se former sur le visage de la potentielle future Première dame. Le sourire de l'agent était tout en dents. Celui de la femme n'était que rouge à lèvres.

Mais lorsque Lynn se fondit contre lui comme du chocolat par une chaude journée, une sensation de regret traversa sa conscience.

— Tu travailles toujours pour le FBI, Marshall? s'enquit Brook qui regardait le décolleté de Lynn, ce que l'agent n'avait pas remarqué jusqu'à présent.

Le renflement de son sein était maintenant plaqué contre son holster d'épaule, irritant sa peau et gênant l'accès à son arme. Si Josephine Maxwell savait qu'elle l'avait transformé en eunuque, elle en pleurerait sûrement de rire.

— Faites-vous quelque chose pour traquer ce tueur en série qui s'attaque aux femmes de Manhattan, *les garçons*? demanda Pru d'un ton tranchant, le frappant sous un angle différent.

— Je suis sûr que *les garçons* font tout ce qu'ils peuvent pour appréhender le tueur, madame Duvall, répondit Marsh, affichant un sourire diplomatique. Je suis l'agent spécial chargé de la division de la contrefaçon et des beaux-arts. Nous traquons les œuvres d'art volées.

— Voilà qui m'a l'air dangereux, ricana Pru Duvall.

— La fraude dans le domaine de l'art peut servir de couverture à des mafieux et à des terroristes pour blanchir de l'argent.

Marsh résista à la tentation de réciter sa liste d'arrestations et sa carrière militaire. Brook se pencha et lui murmura :

— Que fais-tu *ici*, Marshall?

Dans l'haleine du sénateur, Marsh sentit assez de bourbon pour allumer des flammes et il bascula sur ses talons. L'assistant tapa sur l'épaule de Brook et lui indiqua un photographe proche qui tenait patiemment son appareil photo. Avec sa femme, ils posèrent pour une photo, insistant pour que Lynn et Marsh se joignent à eux. Puis, au lieu de s'éloigner et de se déplacer dans la salle, Brook se tourna vers lui et baissa la voix d'un air conspirateur.

— Cet endroit serait-il une vitrine pour les mafieux ?

Son rire chaleureux et cordial attira l'attention des gens sur leur petit groupe.

— Pas que je sache.

Pour le moment. Marsh aurait préféré venir seul. Ou bien entrer de force, avant l'ouverture de la galerie. Mais il n'avait rien d'autre à se mettre sous la dent qu'une rumeur non étayée provenant d'une source peu fiable. Dans le monde de l'art, les rumeurs étaient monnaie courante. Qui aurait pu penser que cela déboucherait sur leur plus belle avancée depuis dix ans ?

Il relâcha Lynn, honteux d'avoir pu lui donner de fausses idées. Son attention se porta sur Gloria Faraday qui, avec un sourire satisfait, se frayait un chemin à travers la foule vers son tableau. Tableau qui pourrait être en réalité un Vermeer valant des millions, œuvre dérobée à l'amiral Chambers, vieil ami de son père. Gloria tendit la main pour épingler un petit cœur en or sur la plaque, mais Marsh lui saisit le poignet avant qu'elle y parvienne. Des os extrêmement fins se déplacèrent sous ses doigts.

— Désolé, madame. Vous ne pouvez pas vendre ce tableau.

— Je vous demande pardon ? s'exclama-t-elle, et, à en juger par le volume de sa voix, son indignation était sincère.

Marsh sortit sa plaque.

— Agent spécial en charge Hayes, du FBI. Nous avons des raisons de croire qu'il s'agit d'un tableau volé, expliqua-t-il.

Steve Dancer fut à ses côtés et entreprit d'éloigner les gens.

— S'il le faut, poursuivit Marsh à voix basse, j'obtiendrai un mandat pour faire retirer le tableau, mais si vous coopérez...

— Quooooooi ! s'écria Gloria.

Elle blêmit brutalement en voyant autour d'elle les visages attentifs de cette foule huppée. Elle vacilla légèrement sur ses talons de créateur.

— Asseyez-vous.

Avant qu'elle s'évanouisse, Dancer l'installa sur une chaise à proximité. Lynn s'éloigna de Marsh, les joues rouges, visiblement gênée d'être mêlée à une scène publique. Voilà qui aurait sans doute le mérite de lui faire passer l'envie d'un second rendez-vous. Pru passa son bras autour des épaules de la jeune fille et la tapota doucement.

— Nous allons vous ramener à la maison, ma chérie, suggéra-t-elle.

Elle haussa un sourcil mince en direction de Marsh, un petit sourire victorieux aux lèvres.

— On dirait que votre brave agent du FBI va être occupé pendant un petit moment.

Les lèvres de Marsh se relevèrent d'un côté, exprimant un amusement irrité. Affronter Pru Duvall était mieux que d'avoir affaire à une adolescente naïve et nettement préférable à Gloria Faraday, qui pleurait à présent bruyamment, son maquillage laissant des traces sur ses joues semblables à du papier mâché.

Prudence se pencha tout près de son oreille, dégageant un parfum fort et étouffant, son regard se posant sur le visage pâle de Gloria.

— Faites attention, agent spécial en charge Hayes. Celle-ci a l'air dangereuse.

Puis elle partit, faisant sortir Lynn par une porte latérale.

CHAPITRE DEUX

P ar ici, monsieur.

Un agent qu'il n'avait jamais rencontré auparavant les conduisit, Dancer et lui, à travers la
réception du vingt-troisième étage du bâtiment fédéral, vers
une salle de réunion inutilisée du siège du FBI à Manhattan.

Marsh manipulait le tableau avec précaution, conscient du
caractère inestimable de l'œuvre et de tous les gens surexcités
qui bourdonnaient autour de lui comme des abeilles dans une
ruche surchauffée. Ils l'avaient emballé dans du papier sans
acide et du papier bulle. Grâce à la fluorescence induite par
laser, les experts médico-légaux auraient peut-être de la chance
et trouveraient une empreinte digitale récente utilisable ou des
traces. Mais les empreintes latentes ne subsistaient pas longtemps, et il y avait fort à parier que les voleurs n'étaient pas
stupides à ce point. Jusqu'à ce qu'ils puissent organiser le trans-
port en toute sécurité vers le laboratoire de police scientifique, le
tableau devait être conservé dans un endroit sûr. À ses yeux, il
n'y avait pas de lieu plus sûr que le cœur du quartier général
du FBI.

Les lumières étaient vives. Le grincement d'un fax résonna

dans l'air et dans ses oreilles. Une petite partie de son cerveau se demandait ce qui se passait, mais le reste était concentré sur l'issue de l'enquête. Il s'agissait de la plus grosse avancée potentielle dans l'affaire du cambriolage du musée Isabella Stewart Gardner depuis des années.

Gloria Faraday était devenue hystérique, mais Philip avait fait de ce fiasco un coup médiatique et avait promis d'aider par tous les moyens les autorités à capturer les voleurs qui menaçaient les entreprises légitimes.

Marsh et Dancer avaient photographié toutes les pièces exposées à la galerie et demandé des inventaires aux galeries *Total Mastery* du monde entier. D'autres agents viendraient le lendemain pour examiner les registres et déterminer la provenance de chaque objet présenté par la galerie. Marsh ignorait si les Faraday étaient innocents ou coupables, mais, en les manipulant un peu, ils pourraient le mener à des informations qu'il traquait depuis des années.

Concentré sur son travail, il jeta un coup d'œil indifférent sur l'open space. Des agrandissements de photographies étaient accrochés à l'un des murs. Des photos de femmes mutilées.

Il s'arrêta net. Dancer se heurta à son dos quand Marsh se tourna vers les images. Son cœur martelait violemment sa poitrine.

Ce ne fut pas la brutalité des images qui bouleversa son univers. Ce fut le schéma des blessures.

Un groupe d'agents était rassemblé autour d'un bureau, montrant du doigt les photographies et ponctuant les phrases de remarques acerbes et d'expressions amères. L'un des agents leva la tête, et, après avoir reconnu Marsh, il se dirigea vers Marsh et Dancer, qui restaient bouche bée, comme des écoliers.

L'agent tendit la main et éleva la voix au-dessus du fax qui grinçait toujours bruyamment.

— Agent Cole, monsieur. J'ai suivi plusieurs de vos cours d'infiltration à Quantico.

Le jeune agent suivit le regard de Marsh vers les photos, et il posa les mains sur ses hanches.

— Cette espèce de cinglé en a eu une autre dans le Village plus tôt dans la soirée. Nous avons consulté le département des sciences du comportement, et nous tâchons d'établir un lien entre les deux dernières victimes, pour voir si nous pouvons établir un mode opératoire.

Marsh acquiesça, mais il avait la gorge comme pleine de sable, et les battements de son cœur se réduisirent à un bruit sourd qui le maintenait à peine debout.

—Où exactement ?

—Monsieur ?

—Dans le Village. Où exactement ?

Il s'obligea à poser la question par-dessus le bruit de fond, car, que Dieu lui vienne en aide, il priait de toutes ses forces pour avoir tort.

L'agent Cole enfonça les mains dans les poches de son pantalon.

— Grove Street. La scène de crime est un vrai carnage.

Le monde s'écroula, et Marsh tituba légèrement.

— Tu vas bien, boss ? s'enquit Dancer, qui le maintint debout d'une poigne de fer, cramponnant le dos de sa veste à mille dollars.

Il secoua la tête. *Non. Il n'allait pas bien.* Il n'allait pas bien depuis le jour où il s'était éloigné de Josephine Maxwell dans un pâturage du Montana. À cet instant, il doutait d'aller bien un jour.

Forçant ses jambes à fonctionner, Marsh plaça le chef-d'œuvre hollandais du XVIIe siècle dans les bras de Dancer et repartit d'où il était venu.

Josephine vivait dans Grove Street.

Josephine portait des cicatrices qui correspondaient à celles des autres femmes mutilées.

Il se déplaça de plus en plus vite. Ses jambes bougeaient à toute allure alors même qu'il avait l'impression de patauger en apesanteur. La panique le saisit alors que le bruit et l'agitation du bureau mettaient ses sens en ébullition ; il se mit à courir jusqu'à l'ascenseur. Ignorant les regards alarmés, il écarta les portes et se glissa à l'intérieur du tombeau de métal avant d'appuyer frénétiquement sur le bouton du rez-de-chaussée. Il plaqua sa tête contre l'acier froid. Il entendait son cœur qui s'emballait dans ses oreilles, comme si le bruit était diffusé par un haut-parleur. La sueur perlait sur son front, s'écoulant sur le côté de son visage. Il desserra sa cravate, puis ouvrit d'un coup sec le bouton supérieur de sa chemise.

Pourquoi l'ai-je laissée seule ? Pourquoi ne l'ai-je pas protégée ? Parce qu'elle ne voulait pas de toi. Elle n'a jamais voulu de toi.

Cela n'aurait pas dû faire de différence.

Sans savoir comment, il se retrouva dans sa voiture et il déboucha dans la rue. La circulation n'était pas très dense sur l'avenue des Amériques. Des taxis jaunes, principalement. Il se faufila dans le flot continu et grilla un feu rouge.

Son corps était couvert de sueur, sa chemise blanche amidonnée collait à la peau de ses épaules. Il envoya de l'air frais dans l'habitacle étouffant de la BMW, le souffle lui balayant le visage et l'aidant à reprendre un peu le contrôle de lui-même.

Des images défilaient dans son esprit. La chair tailladée. Le sang versé. Il essaya de chasser de son esprit les images de mort et de cheveux soyeux et emmêlés, mais c'était impossible. La transpiration rendait ses paumes moites et sa prise sur le volant glissante. Il les essuya sur ses cuisses. La nausée lui tordit l'estomac, mais Marsh la maîtrisa et s'empêcha de céder à la panique, laissant sa formation prendre le relais. En grillant les feux et en ne respectant pas les limitations de vitesse, il s'engagea dans Grove Street en un temps record.

Un policier tenta de lui barrer la route, mais Marsh brandit sa plaque et il fut autorisé à passer. Se garant derrière un véhicule de patrouille, il claqua sa portière derrière lui. Le bruit résonna comme un coup de feu entre les bâtiments rapprochés.

Quand l'écho se dissipa, le silence lui sembla anormal. Le chuintement de la circulation au loin. Le bruissement des branches minces se réduisait à un doux craquement sous l'effet du vent froid. Marsh se concentra sur la porte noire située trente mètres plus haut dans la rue. Elle était grande ouverte. Les lumières du vestibule inondaient les trois marches de pierre et les rambardes métalliques projetaient des ombres squelettiques sur le trottoir. Un ruban de scène de crime bouclait la zone. Les policiers tenaient à distance une foule de journalistes et de spectateurs.

La maison de Josephine. Athée ou non, il se mit à prier.

Il brandit son insigne, traversa la foule des badauds et se glissa sous le ruban, passant devant un bleu au teint verdâtre. Ils échangèrent un regard en silence, et Marsh hocha la tête, grimpa les trois marches, son cœur vibrant dans sa poitrine. Il se prépara. Il était un professionnel. Tout était sous contrôle. Un brancard aux roues grinçantes et transportant un corps fut poussé par la porte.

Josephine...

Il chancela et détourna les yeux. La femme qu'il aimait était morte parce qu'il avait été trop stupide pour se rendre compte qu'elle était en danger. Trop lâche pour prendre le risque d'être rejeté. Il prit une profonde inspiration tandis que le brancard descendait les marches de façon irrégulière et était hissé dans un véhicule qui l'attendait. Il s'agrippa à la balustrade, ne sachant plus comment marcher, ni même si ses jambes fonctionnaient encore. Il était à ce point terrassé de chagrin qu'il avait envie de se laisser tomber à genoux et de hurler. La femme qu'il aimait avait été assassinée et il n'aurait jamais l'occasion d'arranger les choses. Pourquoi ne l'avait-il pas poursuivie ? Depuis des mois, il n'avait cessé de penser à elle… Pourquoi ne l'avait-il pas au moins appelée ?

— Qui êtes-vous ?

Marsh leva le nez et croisa le regard acéré d'un inspecteur de la police de New York. Il se rappela qu'il s'agissait d'une enquête sur un meurtre. Il voulait savoir de quelles preuves ils disposaient et s'ils étaient sur le point d'épingler ce malade.

Marsh sortit un mouchoir de sa poche et s'essuya le front.

— FBI.

Il chercha sa plaque à tâtons, espérant que personne ne verrait qu'il était en train de mourir à l'intérieur.

— Encore ? Bon sang ! s'exclama l'inspecteur chauve, reculant pour le laisser passer en se frottant la moustache. Au moins, cette fois, nous avons une piste.

Une piste ?

— C'est votre affaire ?

L'inspecteur survola son apparence ruisselante de sueur, comme s'il décidait s'il devait ou non lui faire confiance. Ce qu'il vit dut lui suffire.

— Pas exactement. J'ai travaillé sur les deux premières victimes. Je l'ai passé au ViCAP et j'ai obtenu des correspondances à Washington et au Nouveau-Mexique, expliqua-t-il, jetant un regard à la foule qui s'amassait, comme s'il faisait mentalement le décompte des visages. Les fédéraux ont pris le relais, puis Interpol est intervenu. Nous disposons maintenant d'une *task force*. Nous pensons que ce criminel est actif depuis plus de dix ans. La presse l'appelle *le Chasseur au couteau*.

Le policier poussa un ricanement moqueur. Sa moustache frémit tandis qu'un technicien de la police scientifique recherchait des empreintes digitales dans le couloir derrière lui.

— Salaud. Il taillade des blondes à travers le monde.

Marsh appuya fortement sur l'arête de son nez et ravala la bile qui lui montait à la gorge quand il imagina les photos du cadavre de Josephine épinglées à côté de celles des autres femmes.

— Vous n'êtes pas sur cette affaire, si ? s'enquit l'inspecteur, l'air soupçonneux.

Le téléphone de Marsh vibra sur sa hanche. Ravi d'avoir un moment de répit avant de répondre à la question du policier, il leva la main en signe d'excuse. Il sortit son téléphone et vit un message de Dancer qui lui demandait ce qui se passait.

— Agent spécial en charge Marshall Hayes ? À quoi devons-nous ce plaisir, monsieur ?

Marsh leva les yeux de son portable. Un agent spécial super-viseur du département des sciences du comportement de Quantico passa par-dessus l'épaule de l'inspecteur de police pour lui serrer la main. Levant davantage le regard, Marsh croisa les yeux cobalt de la femme qui hantait ses rêves.

Josephine.

Son monde se mit à tourner. Il s'agrippa fermement au chambranle de la porte, ses ongles fissurant la peinture laquée noire. Son souffle se bloqua dans sa gorge alors que le monde basculait à nouveau sur son axe, et qu'une vague de soulage-ment déferlait dans sa poitrine.

Vivante. Elle était vivante.

Et elle n'avait jamais été aussi belle.

Vêtue d'un jean et d'un pull noirs, ainsi que d'une veste mili-taire kaki jetée sur ses épaules, sa peau paraissait presque trans-lucide sous la lumière fluorescente. Son expression était crispée par la peur et la vulnérabilité, mais elle le cachait en plissant les yeux. Ses lèvres affichaient leur moue acerbe habituelle.

Il s'en moquait. Elle était vivante et, en dehors du fait qu'elle avait l'air un peu secouée, elle semblait aussi agacée que la dernière fois qu'il l'avait vue. Elle avait ramené ses cheveux blonds en queue de cheval. Ses traits trompeusement délicats se fondaient dans un visage en forme de cœur qui dissimulait une langue féroce et un tempérament dur. Au cours des six derniers mois, il n'était pas parvenu à la chasser de son esprit.

Pourquoi elle ? La raison n'avait pas d'importance. Il l'avait crue morte, et cette idée avait réduit sa vie à des cendres insignifiantes.

Marsh essuya la sueur qui lui coulait dans les yeux et se souvint du nom de l'agent spécial superviseur. Nicholl. C'était un excellent agent.

Son cœur reprit un rythme régulier et il respira profondément en intégrant le fait qu'elle n'était pas morte, qu'elle ne saignait pas, qu'elle n'était pas blessée. Une énorme vague de soulagement déferla sur lui et, soudain, le fait qu'ils ne s'appréciaient même pas n'eut plus d'importance. Car, en dépit de toutes les différences qui les séparaient, en dépit de leurs relations compliquées et peu conventionnelles, elle était en vie et il n'allait plus jamais la laisser partir.

Josie serra les poings et fixa le visage de l'homme qu'elle avait espéré éviter pour le reste de sa vie. En fait, il y avait *deux* hommes qu'elle avait espéré éviter... et les deux s'étaient présentés ce soir. Elle jeta un regard noir à Marsh : elle aurait voulu être n'importe où ailleurs que là. Elle aurait voulu être une meilleure personne, une personne normale.

La dernière fois qu'elle l'avait vu, elle s'était comportée comme une peste et lui avait dit qu'elle ne pouvait pas le supporter. Il avait aidé à la libérer d'une prise d'otage, et il avait feint l'ignorance pour éviter à sa meilleure amie, Elizabeth Ward, d'être arrêtée. Au lieu de le remercier, elle s'était comportée comme une garce. Depuis, elle avait passé chaque jour à regretter ses actes.

Des papillons de la taille de vautours s'envolèrent dans son ventre. Marshall Hayes avait l'air plus séduisant que jamais, mais il était plus mince, les sillons autour de sa bouche étaient plus marqués, plus profonds. Il la transperça de ses yeux noisette et, pendant un instant, le soulagement qu'elle y vit la sidéra. Mais le masque impassible des forces de l'ordre se rabattit sur ses traits et il arbora une expression neutre au point qu'elle ne fut plus sûre de rien, à part que quelqu'un avait essayé de la tuer.

Elle oscilla légèrement, la langue collée au palais. Elle n'arrivait pas à déglutir. La panique enfla et elle se mit à trembler. Elle avait essayé de bloquer ses réactions en son for intérieur, de survivre à l'interrogatoire de la police afin de pouvoir quitter New York sans tarder. Ce ne serait pas la première fois qu'elle prendrait la tangente.

—Je suis venu voir Mlle Maxwell.

Marsh s'adressait au grand type des fédéraux, l'agent spécial Gros Con, mais il ne la quitta pas un instant des yeux. Le deuxième agent, le mignon dont elle avait déjà oublié le nom, restait dans les escaliers à côté d'elle, essayant de la persuader de venir au siège du FBI pour faire sa déposition.

Elle aurait préféré se planter des aiguilles dans les yeux.

— Vous vous connaissez, tous les deux ? s'enquit l'agent spécial Gros Con.

Marsh sourit. Elle observa ses traits calmes, et elle envia son autorité froide. Marshall Hayes attirait le pouvoir autour de lui comme les super-héros portent une cape. L'arrogance et l'intégrité transparaissaient dans les traits fins de son visage... M. Je-joue-selon-les-règles. Mais il était plus que cela. Beaucoup plus. Elle le savait maintenant.

Il lui rendit son regard sans sourciller, ces yeux intenses

fouillant au plus profond de son âme, comme s'il y cherchait quelque chose...

Qu'est-ce que le flic a demandé ? S'ils se connaissaient ? Réagissant instinctivement, sachant qu'elle se briserait si Marsh lui témoignait la moindre gentillesse, Josie se mit à rire, grimaçant intérieurement devant la fragilité du son.

— Oh, oui, nous nous connaissons !

Elle afficha un sourire suggestif, sachant l'effet qu'il produisait sur la plupart des hommes. À l'exception de Marsh. Il était insensible à ses charmes, se méfiait de tout, sauf de sa langue acérée.

L'inspecteur de New York sourit, et sa moustache décrivit un grand arc de cercle. L'agent spécial Gros Con rougit, et le deuxième agent toussa dans sa manche. Marsh regardait Josie comme si elle était une petite fille et qu'il attendait patiemment qu'elle se comporte bien. La colère enfla en elle, alimentée par la frustration et la peur. La colère était une bonne chose. Dans son esprit, c'était bien mieux que d'être effrayée.

— Tu veux récupérer les clés de tes menottes, Hayes ?

Posant une main sur sa hanche de manière suggestive, elle lui sourit, très sûre d'elle, très sexy. La dernière chose à laquelle elle s'attendait était l'éclair de colère sauvage qui jaillit dans ses yeux. Involontairement, elle recula d'un pas et se cogna le talon sur une contremarche.

— Arrête tes conneries, Josephine. Dis-moi ce qui s'est passé.

Son instinct de survie reprit le dessus, et des alarmes résonnèrent dans sa tête. Elle frissonna. Il était plus dangereux que les gens le pensaient. C'était une chose qu'elle n'avait jamais oubliée à son sujet. Elle ne lui avait jamais pardonné de ne pas être tombé dans le panneau.

— Je ne pense pas que Mlle Maxwell sache grand-chose,

monsieur, murmura l'agent spécial Gros Con d'un ton qui suggérait qu'elle était simple d'esprit.

Comme elle avait passé plusieurs heures à entretenir cette image, cela n'aurait pas dû l'agacer à ce point. Les manières de l'agent fédéral devenaient de plus en plus obséquieuses et elle leva les yeux au ciel.

— La victime, une femme appelée Angela Morelli, a été retrouvée morte dans l'appartement du rez-de-chaussée. Nous pensons que Mlle Maxwell a dérangé le tueur alors qu'il quittait le bâtiment. Il s'est peut-être dit qu'il pouvait prendre le risque de faire une deuxième victime, mais l'un des voisins est rentré chez lui et a donné l'alerte.

Elle aspira de petites bouffées d'air pour masquer sa détresse et fut consternée lorsque des larmes vinrent troubler sa vision. Une femme était morte ici ce soir-là, et ce type parlait d'elle comme si elle n'était qu'une donnée de plus.

Elle s'appuya des deux mains sur la rampe et ferma les yeux. *Est-ce ma faute ?* Si elle n'était pas rentrée tard de son rendez-vous, aurait-il laissé Angela Morelli tranquille ? Sauf qu'en tant qu'artiste, elle n'avait pas d'emploi du temps fixe. Cette ordure s'était cachée dans la cage d'escalier en attendant de lui tendre une embuscade, mais il avait déjà massacré Angela de sang-froid.

Elle aurait voulu s'enfuir et se cacher, mais, chaque fois qu'elle se retournait, quelqu'un se trouvait là, insistant pour qu'elle donne des réponses qu'elle refusait de fournir. Elle sentit Marsh près d'elle. Après tous ces mois, elle reconnaissait encore son odeur, sa chaleur. Sa bouche s'assécha et son cœur s'emballa. Elle ouvrit les yeux, les nerfs à vif, la panique lui hurlant de s'éloigner de lui parce qu'il était l'une des rares personnes à pouvoir lui faire du mal.

— Tu l'as repoussé ? Ce tueur en série expérimenté ? lui demanda Marsh, la regardant avec dédain. Avec ça ?

Il lui toucha le biceps et elle sursauta.

Se frottant le bras, elle pinça les lèvres pour éviter de prononcer des mots trop dangereux. La colère bouillonnait sous la surface de sa peau, tournant en rond comme un requin à la recherche d'une proie. Elle était plus forte qu'elle n'en avait l'air, et cet abruti le savait. Comme elle n'avait jamais été un modèle de retenue ou de bienséance, il essayait de la pousser à commettre une nouvelle erreur. À cause de leur histoire commune, elle ne pouvait pas le duper et elle l'avait trop maltraité pour qu'il avale un seul mot de ce qu'elle lui disait.

Elle n'aurait jamais dû le droguer quelques mois plus tôt. Elle avait prévu de l'embrasser jusqu'à ce qu'il s'évanouisse et qu'elle puisse s'échapper, mais ce plan lui avait explosé au visage. Ils avaient fait l'amour, une fois, des ébats torrides. Mais il ne l'avait pas vue nue, il ne connaissait pas les secrets gravés sur sa peau. Personne ne le savait, sauf l'homme au couteau.

— Laisse-moi tranquille.

L'inspecteur Cochrane ricana. Les deux fédéraux censés diriger les opérations se regardèrent en haussant les sourcils, l'air interrogateur. Il voulut la toucher à nouveau, mais elle tressaillit, et un côté de la bouche de Marsh se redressa. Elle comprit à quel point elle s'était trahie par ce simple petit mouvement. Reculant d'un pas, elle s'adressa au second agent fédéral, qui l'avait interrogée dans l'appartement.

— Je vous ai dit tout ce que je savais. J'en ai fini ici.

Marsh la suivit.

— C'est vrai ?

Il avait des yeux si intenses qu'ils scintillaient. Il la saisit par la taille, et le choc de ce contact la fit haleter. D'une manière ou d'une autre, il la retourna dans ses bras, la fit glisser sans effort devant lui comme si elle ne pesait rien du tout, ses pieds se balançant en vain au-dessus de la marche.

— Lâche-moi !

Elle se débattit, donna des coups de pied et le frappa, mais ses poings rebondissaient sur lui sans grand effet. Son odeur enveloppa Josie, un parfum frais et cher mêlé à son odeur virile, forte et saine. La sensation de ses mains traçant un chemin familier sur sa peau l'excitait autant qu'elle l'exaspérait. Mais après ce qu'elle avait vécu ce soir, la dernière chose qu'elle voulait, c'était qu'un type la malmène comme une poupée.

Malgré sa fureur, elle observa les expressions stupéfaites des hommes en dessous d'elle. C'est alors qu'elle se rendit compte que Marsh était en train de soulever son pull.

Non. Non. Non. Elle paniqua, agrippa ses avant-bras, sentit la force de ses muscles élancés. Elle se tordit plus fort, mais les bras de Marsh étaient comme un étau qui la retenait contre lui.

L'air froid caressa sa peau nue pour la deuxième fois de la nuit. De son bras, il masquait sa nudité, une main sous son sein comme si elle y avait sa place. Il était si déterminé qu'elle avait du mal à lutter ; la fureur la fit se raidir.

Autant pour l'honneur et l'intégrité.

— As-tu parlé de *ça*, Josephine ? murmura-t-il dans le creux de son oreille, sa colère transparaissant dans sa voix.

Elle n'avait pas besoin de baisser les yeux pour voir les longues cicatrices argentées qui barraient son abdomen en croix obliques. Sa rage se mua en une brume chauffée à blanc lorsque Marsh révéla son plus grand secret, et sa plus grande honte, au monde entier. Les expressions choquées sur les visages des flics et des fédéraux auraient dû être comiques, mais la répulsion et la pitié évidentes qu'elle y voyait la poussèrent à cesser de se battre.

— Vous avez du sang sur vous, mademoiselle.

Les yeux de l'inspecteur Cochrane étaient troubles à présent, et la poigne de Marsh se resserra, chassant l'air de ses poumons.

— Ce n'est rien.

Elle n'avait pas eu le temps de se laver après que cette

ordure l'avait attaquée, mais elle ne l'avait pas dit aux flics. Elle ne leur avait pas raconté qu'il l'avait blessée ni ce qu'il avait dit. Par-dessus son épaule, elle regarda le visage sinistre de Marsh, qui ne souriait pas.

— Lâche-moi, ou je t'arrache ta foutue gorge.

Elle vit le feu dans ses yeux, mais il lui répondit d'une voix douce.

— Tu ne me fais pas peur, Josephine. Du moins, pas comme ça.

Marsh la reposa sur les marches, la maintenant fermement pendant qu'elle reprenait son équilibre et remettait son pull en place. Sa rage et sa fierté la poussaient à blesser ce salaud, mais lorsqu'elle se retourna pour lui faire face, il démontra une impressionnante capacité de perception psychique et s'éloigna d'un pas.

Les larmes montèrent aux yeux de Josie. Elle se mordit la lèvre. Comment savait-il pour les cicatrices ? En dépit de son insigne, elle n'avait jamais douté de son sens de l'honneur presque démesuré.

À présent, elle n'était plus si sûre d'elle.

—Allons-y.

L'agent spécial Gros Con lui attrapa le bras comme s'il avait résolu l'affaire, et il l'entraîna vers la porte.

Se dégageant de l'emprise douloureuse de l'idiot, elle jeta un regard par-dessus son épaule, s'apprêtant à accabler Marshall Hayes de toutes les injures qu'elle avait jamais apprises, mais sa colère s'évanouit aussi vite qu'elle était venue. Quelque chose dans son expression hantée la foudroya. Il semblait dans le même état qu'elle, comme s'il avait combattu pour sauver sa peau et qu'il s'en était à peine sorti vivant.

Ses orteils le picotaient douloureusement sous l'effet du froid. Transférer son poids d'un pied sur l'autre l'aidait, mais si les flics ne faisaient pas de déclaration rapidement, il s'en irait. Boulot ou pas.

Une tasse de café lui permit de chasser un peu le froid. Il but une gorgée du breuvage crémeux et sucré et remarqua qu'il commençait lui aussi à refroidir. Il était trop vieux pour ces conneries. Vingt ans de métier et un taux de criminalité toujours aussi élevé.

Nelson Landry parcourut la foule du regard, remarquant de petits groupes agglutinés dont le souffle s'élevait en nuages de vapeur à travers la lueur des lampadaires à vapeur de sodium. Il était bien connu que les tueurs en série prenaient du plaisir à regarder l'action depuis la ligne de touche. L'un d'entre eux était-il le Chasseur au couteau? Il observa les personnes rassemblées, mais aucune d'entre elles ne lui parut être un cinglé sadique, et il se lassa de regarder les jeunes visages enthousiastes.

Le type à sa droite avait l'air plutôt respectable, mais qui savait ce que ce pardessus cachait ou ce que les doigts de ce type tripotaient au fond de ses poches. Nelson laissa échapper un petit rire face à l'image qu'il avait évoquée. Cela faisait bien trop longtemps qu'il faisait ce métier.

Les flics et les fédéraux commencèrent à sortir du bâtiment comme des fourmis en mission. Étirant au maximum son mètre soixante-cinq, Nelson regarda par-dessus l'épaule d'un caméraman de la NBC. Les policiers chargeaient les voitures et les camions de sachets de preuves et d'équipement. Le corps était parti depuis longtemps.

L'un des fédéraux traversa la foule pour faire une déclaration. Poussant un soupir de soulagement, Nelson sortit son enregistreur numérique de sa poche, puis déplaça son poids, ravi à l'idée qu'il retrouverait bientôt le confort de son lit.

L'agent du gouvernement se déplaçait avec raideur, presque sur la pointe des pieds. Du coin de l'œil, Nelson repéra une blonde que l'on escortait jusqu'à une berline Lincoln noire.

Bon sang ! Mais qui était-ce ? Une vraie beauté. Cela ne l'aurait pas étonné que ce soit un mannequin ou une star de cinéma.

— Vérifier la liste des résidents, dit-il dans son enregistreur vocal, tout en levant son Nikon de l'autre main, prenant quelques clichés de l'agent fédéral. Il tourna ensuite l'appareil photo vers la blonde, et centra la prise de vue dans le viseur. L'un des hommes qui marchaient à côté de la femme lui fit montrer les dents.

L'agent spécial en charge Marshall Hayes.

L'homme qui l'avait fait rétrograder au service des affaires criminelles à quelques années de la retraite, tout cela parce qu'il avait écrit un papier sur la dissimulation de la mort d'un conservateur du musée d'Art moderne.

Abruti.

Ce type enquêtait sur les fraudes dans le domaine de l'art, alors que faisait-il sur la scène d'un meurtre ? En pilote automatique, Nelson poussa son enregistreur vers le type qui faisait la déclaration officielle, tandis qu'il regardait l'homme qui avait brisé sa carrière se pencher tout près de la blonde avant qu'ils montent tous deux dans une Beemer garée un peu plus loin dans la rue. Hayes s'éloigna rapidement.

Marshall Hayes détestait la presse. Il aimait rendre la vie aussi difficile que possible aux journalistes. Le monde se remit en place comme par enchantement et Nelson sourit. Il était sur le point de lui rendre la monnaie de sa pièce.

CHAPITRE TROIS

De retour au bureau du FBI à New York, Marsh regarda l'interrogatoire à travers le miroir sans tain. Josephine arborait un sourire radieux et dégustait lentement un café que l'agent spécial Sam Walker lui avait apporté ; dans une tasse en porcelaine, rien de moins.

Elle avait cet effet sur les hommes.

Ses longs cheveux blonds étaient attachés en un nœud désordonné sur le dessus de sa tête. Ses lèvres étaient roses et légèrement courbées, son visage suffisamment beau pour vous faire croire à tous les mensonges que vous vous racontiez pour justifier votre désir peu professionnel de la déshabiller.

Il ne s'était pas rendu compte à quel point cette peste irrationnelle et insolente lui avait manqué jusqu'à ce qu'il la revoie. Et il était exaspérant de savoir que cette femme, qui le haïssait passionnément, était la seule qu'il voulait dans son lit.

Il frotta les muscles tendus de son cou.

— Alors, pourquoi n'avez-vous pas dit que cet homme vous avait blessée ? demanda Walker en posant une main sur le coude de Josie, essayant de lui inspirer confiance.

M. Bienveillant. Qui jouait le bon flic face au visage renfrogné du mauvais flic de l'agent Nicholl. L'étudiant attentivement, Marsh vit Josephine se figer pendant une fraction de seconde avant d'éclater d'un rire plein d'autodérision et de se forcer à se détendre. Elle posa les deux mains à plat sur la table devant elle, probablement pour éviter que son langage corporel ne la trahisse lorsqu'elle se mettrait à mentir à tort et à travers.

S'ils pensaient obtenir quoi que ce soit d'elle de cette manière, ils étaient aussi stupides qu'elle leur donnait l'impression de l'être.

— Je ne savais même pas qu'il m'avait coupée, jusqu'à ce que Marsh, l'agent Hayes..., dit-elle d'une voix rauque, avant de regarder le miroir. Jusqu'à ce que Marsh m'exhibe comme ça.

Le rouge monta aux joues de la jeune femme, et Marsh fronça les sourcils. Tout dans la façade de Josephine n'était qu'une vaste tromperie, à l'exception de la gêne qu'elle éprouvait au sujet de ses cicatrices. Elles n'étaient pas belles, mais, malheureusement pour lui, elles n'étaient pas non plus un tue-l'amour.

Son téléphone portable vibra contre sa hanche.

— Dancer, qu'est-ce que tu as pour moi ?

À son grand regret, il avait encore une enquête sur un vol d'œuvres d'art à mener.

— Philip et Gloria Faraday sont frère et sœur, récita Dancer. Nés en Angleterre. Parents décédés. Pas de casier judiciaire, pas de suspicion de vente sous le manteau.

Il poussa un grand bâillement qui rappela à Marsh qu'il était bien plus de minuit.

La vitre sans tain était constellée d'empreintes de mains, ce qui donnait l'impression de regarder à travers une lentille à focale douce. Josephine fit mine de vérifier sa déposition. Phrase par phrase, à mesure que les agents l'interrogeaient. Walker se pencha sur elle comme un loup possessif, et Marsh serra les dents.

Dancer poursuivit.

— Le laboratoire a accepté de nous envoyer un technicien de scène de crime en raison des circonstances inhabituelles. Une fois qu'ils auront terminé, Aiden pourra vérifier l'authenticité du tableau et faire analyser la peinture. Malheureusement, il n'y avait aucun agent de terrain disponible pour aider à la galerie. L'agent spécial en charge a déclaré que l'homicide de ce soir était prioritaire.

Marsh n'y voyait aucun inconvénient. Les vies humaines étaient plus importantes que l'art ou l'argent, et cette affaire était restée en suspens pendant des années.

— Rentre à l'hôtel et dors un peu. Je te retrouve à la galerie à neuf heures pour interroger à nouveau les Faraday. Nous verrons si nous pouvons obtenir quelque chose de cohérent de la part de Gloria, cette fois-ci.

— Est-ce vrai que ce tueur en série a attaqué Josephine Maxwell ? s'enquit Dancer.

Marsh soupira. Cela faisait des années qu'ils travaillaient ensemble, et Steve Dancer le connaissait mieux que quiconque. Il savait également que Marsh et Josephine avaient passé une nuit ensemble, qui avait engendré une profonde méfiance mutuelle.

— Oui. Il a tué une autre femme dans son immeuble, puis a attaqué Josephine dans le hall d'entrée. Heureusement pour elle, ils ont été interrompus et l'homme a pris la fuite.

Heureusement… ? C'était un foutu miracle.

Serrant les dents, Marsh lutta contre l'envie de vomir. Cette ordure l'avait vraiment entaillée ; il avait posé les mains sur sa chair et c'était un miracle qu'elle ne soit pas morte.

Merde.

Il y eut un long silence à l'autre bout de la ligne.

— Comment as-tu su ? Dans l'open space…, commença

Dancer avant de s'éclaircir la gorge. Je veux dire… Tu es parti en courant quand tu as vu ces photos… Comment as-tu su ?

L'une des plus grandes forces de Dancer était de découvrir des informations classifiées, mais Marsh n'avait jamais parlé à personne des cicatrices de Josephine. Le lendemain, il aurait de la chance si elles ne faisaient pas la une des journaux nationaux.

Alors, quelle différence s'il en parlait à Dancer ? Elle le détesterait, mais c'était déjà le cas.

— Ça doit rester entre nous, d'accord ? Josephine a été poignardée quand elle était enfant. Elle était assez mal en point pour que les flics pensent qu'elle ne s'en sortirait pas, expliqua Marsh, fermant les yeux pour ne plus voir les images toujours gravées dans sa mémoire à partir des photographies qu'il avait vues. J'ai reçu une copie du dossier de preuves quand nous étions à la recherche d'Elizabeth.

Il avait également vu les cicatrices de Josephine de ses propres yeux lorsqu'il l'avait droguée et lui avait injecté un minuscule transmetteur sous l'omoplate. Il s'en était servi pour retrouver Elizabeth Ward, la meilleure amie de la jeune femme, et son ancien agent secret sous couverture, qui avait été portée disparue au printemps précédent. Josephine n'était pas au courant pour l'émetteur, et il veillerait à ce qu'elle ne le découvre jamais. Leur relation avait pris une tournure inattendue lorsqu'elle avait utilisé ces mêmes tranquillisants sur lui, avec des conséquences surprenantes pour tous les deux.

— Elle a les mêmes cicatrices que les victimes des meurtres.

Dancer resta silencieux, mais Marsh savait qu'il était en train de visualiser tous les éléments.

— Tu penses que c'est le même gars ?

— Peut-être, je ne sais pas. Josephine ne parle pas, répondit Marsh, puis il changea de sujet. As-tu informé l'amiral Chambers que nous avons retrouvé son tableau ?

Cet ami de son père, lui aussi homme à faire jouer ses relations, allait être ravi qu'ils aient enfin retrouvé cette pièce. Surtout si les experts le réévaluaient comme un Vermeer.

— Je pensais que tu t'en chargerais, dit Dancer, le ton plein d'espoir.

En temps normal, Marsh aurait appelé l'amiral immédiatement, mais la sécurité de Josephine était plus importante que toute autre considération. Par la vitre, il remarqua que son sourire devenait de plus en plus tendu. Elle cramponnait si fort son stylo que le bout de ses doigts était exsangue.

Il resserra les siens autour du téléphone, car il savait que ce qu'elle écrivait n'était pas toute l'histoire. Josephine avait du mal à dire la vérité. Bon sang ! Peut-être était-ce leur cas à tous les deux.

— Fais-le lui savoir dès que possible.

— Oui, monsieur, dit Dancer d'un ton moqueur. Au fait, j'ai toujours cette photo de toi menotté...

Marsh eut envie de rire, mais d'autres choses pesaient trop lourd dans son esprit.

— Ouais, c'est ça, passe ce foutu coup de fil.

Il raccrocha et regarda par la vitre. Sa mâchoire et ses épaules crispées témoignaient de sa tension nerveuse, mais il doutait qu'elle craque. Pas ici. Pas encore.

Que cachait-elle ? Pourquoi cachait-elle quelque chose ?

Mais la seule chose qui comptait vraiment, c'était qu'elle était de retour dans sa vie et qu'il n'avait pas l'intention de laisser qui que ce soit lui faire du mal. Son sang bouillonnait d'une excitation qu'il n'avait pas ressentie depuis des mois, et qu'il aurait préféré ne pas éprouver maintenant. Josephine était en danger ; il ne croyait pas aux coïncidences. Le Chasseur au couteau essayait de terminer un travail qu'il avait commencé vingt ans plus tôt, et il s'agissait d'assassiner Josephine Maxwell.

※

JOSIE ÉPROUVAIT un besoin urgent de prendre une douche, ce qui lui mettait les nerfs à vif. L'odeur de la sueur, du sang et de la peur s'accrochait à elle. Le souvenir du contact de son agresseur lui écorchait la peau, s'imprégnait progressivement dans sa chair et s'y installait comme une ecchymose.

Elle mordit le bout du stylo. Sans Marshall Hayes, elle serait dans son appartement en train de faire ses valises.

Pour aller où ?

Elle n'avait pas encore décidé. Elle avait plusieurs choix. Le Connecticut ? Le Montana ? Ou peut-être devrait-elle simplement prendre un train sans se fixer de destination.

Plissant les yeux sur la page qu'elle avait écrite, elle posa le stylo et jeta un coup d'œil à l'agent spécial Sam Walker, qui était assis sur la table et balançait sa jambe, le léger mouvement faisant osciller la surface sous ses avant-bras.

Nicholl et lui lisaient le dernier rapport sur le meurtre d'Angela Morelli. Ils en discutaient tranquillement entre eux. Son cœur se serra.

Elle vivait depuis plusieurs années dans le même immeuble, mais elle connaissait à peine cette femme. Et maintenant, Angela était morte à cause d'elle. Elle tritura un fil lâche sur sa veste et tira dessus. La pièce était morne et étouffante, rien que du gris et du vert industriels. L'arme de Walker reposait contre sa hanche, près du coude de Josie.

Peut-être devrait-elle devenir flic ? Dommage qu'elle ne soit pas très attachée à l'honnêteté ou à l'application de la loi. Elle s'essuya les doigts sur son jean et regarda à nouveau l'arme noire dans son holster. Elle avait toujours évité les armes à feu : seuls les hommes sages et les flics en portaient, et elle ne leur faisait pas confiance.

Bon sang ! Elle avait tellement envie de sortir de là ! Elle relut ce qu'elle avait écrit.

J'ai vérifié le courrier et quelqu'un m'a attrapée par-derrière.

La lame tranchante du couteau de chasse surgit devant ses yeux, et, soudain, le gros pistolet noir de l'agent Walker lui sembla très tentant.

Mme Lauder du numéro trois a ouvert la porte d'entrée et a crié. Mon assaillant s'est relevé d'un bond et s'est enfui.

Elle aurait pu ajouter quelques détails, mais elle n'avait pas menti.

La porte donnant sur la rue s'était ouverte avec un courant d'air et Janet Lauder, sa voisine du dessous, avait aperçu la scène, laissé tomber ses courses et s'était précipitée dans la rue en hurlant. Josie avait brandi son porte-documents comme un bouclier, dans un ultime geste de défense désespéré.

Les cris de Mme Lauder avaient attiré l'attention et des voix masculines fortes avaient répondu. Si cela n'avait pas été le cas, Josie ne serait pas assise là à cet instant. Elle serait à la morgue, morte. Le prédateur avait glissé le couteau dans sa poche et s'était dirigé vers l'un des appartements du rez-de-chaussée. Il s'était arrêté suffisamment longtemps pour lui faire une promesse en partant.

— La prochaine fois, tu es morte.

Abruti.

Elle signa sa déclaration de son *J Maxwell* habituel. Son épaule la démangeait comme elle le faisait parfois, mais elle ne tenta pas de la gratter. Il lui semblait important de ne pas montrer de faiblesse dans ce bastion des forces de l'ordre.

— Puis-je m'en aller, maintenant ?

Elle bougea les pieds, se préparant à se lever. En dépit de la fatigue qui alourdissait ses paupières, elle sourit. C'était contraire à sa nature, mais le *système* lui avait appris qu'avoir l'air malheureux ne vous apportait rien de plus qu'une thérapie et des discours d'encouragement de la part d'assistantes sociales à l'air déprimant. Elle était bien trop âgée pour ces conneries.

Nicholl prit sa déposition et la parcourut, fronçant les sourcils de cette manière condescendante qu'avaient certains hommes.

— Madame, je pense qu'il est temps que vous nous disiez la vérité sur votre implication avec ce meurtrier et que vous ne nous racontiez pas une histoire à dormir debout en prétendant avoir croisé le type dans le couloir. Êtes-vous sa complice ? L'aidez-vous ?

Ils vont me mettre ça sur le dos ? Ne jamais faire confiance à un foutu flic. Levant les yeux au ciel, elle jeta un regard au miroir sans tain : elle savait que Marsh l'observait.

— La seule chose pour laquelle je l'aiderais, ce serait pour lui offrir un aller simple pour l'enfer, affirma-t-elle avec amertume.

Il était temps pour elle de faire preuve d'encore un peu plus d'honnêteté.

— Je ne vois pas quoi vous dire de plus. Mes cicatrices datent de mon enfance, quand quelqu'un m'a attaquée dans le Queens. Il y a eu un rapport de police, expliqua-t-elle, soutenant le regard de l'agent Walker, lui montrant qu'elle disait vrai. J'ai cru que j'allais mourir ce jour-là.

— Quel âge aviez-vous ? s'enquit Walker, fronçant les sourcils.

Il regardait ses lèvres. Elle rompit le contact visuel.

— Neuf ans.

— Où avez-vous grandi ?

Walker plissa ses yeux bleus, essayant de capter à nouveau son regard et de la charmer. Cela n'allait pas dans le sens qu'elle voulait. Elle avait voulu détourner leur attention d'elle, mais elle n'avait rien d'autre à leur donner.

— Brooklyn. Je rendais visite à une amie dans le Queens.

Elle posa les paumes à plat sur ses cuisses, les maintint immobiles, puis elle se détendit contre le dossier dur de la chaise quand elle comprit qu'elle n'irait nulle part de sitôt.

Il faisait chaud dans la pièce : elle se débarrassa de sa veste et croisa les jambes. Les deux hommes suivirent ses gestes dans un réflexe typiquement masculin. Elle n'était peut-être pas Sharon Stone, mais elle avait de la ressource.

Josephine jeta un coup d'œil au miroir : elle savait que Marsh ne se laisserait pas distraire aussi facilement. Ses joues s'échauffèrent alors que les souvenirs de la manière dont elle l'avait distrait lui revenaient en mémoire avec force détails. Les vierges ne devraient pas se lancer dans la manipulation sexuelle, à moins d'être prêtes à obtenir plus que ce qu'elles voulaient. Non pas qu'elle n'ait pas aimé ça. Elle avait aimé. Ils avaient tous les deux aimé. C'était sans doute ce qui les effrayait le plus chez l'autre.

— Je crois que je l'ai pris par surprise en étant là, quand j'étais enfant.

Elle fronça les sourcils. Elle n'avait jamais vraiment compris pourquoi il ne l'avait pas tuée. Même dans l'obscurité, elle avait vu le choc dans ses yeux. Certes, elle n'aurait pas dû être là. Elle n'aurait jamais dû regarder par cette fenêtre depuis l'escalier de secours. Aussi, elle n'avait pas fait de bruit lorsqu'il l'avait attrapée : elle ne voulait pas que sa mère ou l'amant de sa mère découvre qu'elle était assise devant la fenêtre et qu'elle les observait.

Elle ravala un sanglot sorti de nulle part.

— Quel âge avait-il ? C'était un *homme*, n'est-ce pas ? insista Walker.

Walker était un bel homme. Plus petit que Marsh, solide, la mâchoire carrée ; il y avait des rides au bord de ses yeux qui suggéraient qu'il souriait beaucoup. Un homme chanceux. Elle se concentra sur lui, et non sur son partenaire qui ressemblait à une grue ni sur l'homme sombre et intense qui exsudait de la puissance même depuis une autre pièce. Pour Marshall Hayes, la distance n'était pas un problème.

— C'était un homme, sans le moindre doute, répondit-elle, évoquant les vieux souvenirs toujours présents dans son esprit. Il avait des doigts larges, comme ses mains.

Elle baissa les yeux sur ses propres doigts effilés, déglutit en se rappelant la caresse intime de sa main sur le manche du couteau.

— Je ne sais pas quel âge il avait. Je veux dire, j'avais neuf ans. À l'époque, toute personne âgée de plus de seize ans était vieille pour moi.

— Était-il adulte ?

— Physiquement ou légalement ? Je ne sais pas.

Elle se passa une main dans les cheveux et tira. La pièce tournait légèrement, tant elle était fatiguée.

— Pourquoi n'allez-vous pas lire le rapport de police ? Il y a forcément plus de détails que ce dont je me souviens.

— Nous le ferons, lui assura Nicholl avec un regard noir.

Ce type était vraiment un con.

— Pourquoi pensez-vous qu'il s'agit du même homme ? demanda-t-elle, prenant le stylo pour griffonner sur le bloc. C'était il y a quoi, dix-huit, dix-neuf ans ? Je le croyais mort, ou en prison avec tous les autres dingos à l'heure qu'il est.

Peut-être ses souvenirs l'avaient-ils trahie… peut-être s'agissait-il d'un autre homme.

Sam Walker ouvrit un dossier et déposa une photo sur la table. Les yeux morts d'Angela Morelli la fixaient ; son buste portait les mêmes marques que Josie sur sa chair.

La bile lui monta à la gorge et elle se couvrit les lèvres avec sa paume. *Merde.* D'autres photos apparurent sur la table. Une succession de corps de femmes massacrées, une mare sombre de sang sous elles.

— Josie, je sais que c'est difficile, mais vous êtes la seule piste que nous ayons sur ce type.

La seule encore en vie. La voix de Walker était douce et apaisante, en totale contradiction avec l'horreur qui s'étalait sur la table. Il s'accroupit à côté d'elle et posa une main sur son bras. Elle resta parfaitement immobile.

Elle n'aimait pas être touchée. Elle n'avait jamais aimé. Mais elle ne pouvait pas se permettre de paniquer au beau milieu d'un poste de police. Se frottant les mains, elle tenta de masquer sa réaction jusqu'à ce qu'il retire sa main.

Lorsqu'il le fit, elle s'obligea à respirer. À essayer de se rappeler quelque chose, n'importe quoi qui permettrait de l'identifier. Elle ne voulait pas que ce cinglé reste en liberté, tout autant qu'eux.

Cette ordure l'avait assommée et l'avait transportée dans une ruelle pourrie.

— Je ne vois vraiment pas comment je peux vous aider.

Enfant, elle était restée figée lorsque cette lame tranchante avait entaillé sa peau. Pas profondément, mais en cherchant délibérément les terminaisons nerveuses à vif. *Je ne te tuerai pas si tu ne fais pas de bruit.* Elle fronça les sourcils et garda les mains sur la table devant elle. Il y avait eu *quelque chose* dans sa voix, mais c'était il y a si longtemps...

Elle avait été trop effrayée pour bouger, exactement comme ce jour-là. Et lorsqu'il l'avait retournée sur le ventre, elle avait cru qu'il la tuerait. Au lieu de cela, il avait encore fait glisser sa lame sur sa chair, y gravant un motif qui avait défini le reste de sa vie.

La douleur avait été intense, mais elle n'avait fait aucun bruit. À un moment donné, elle avait dû s'évanouir ; à son réveil il n'était plus là.

Elle s'était alors relevée en titubant, et elle avait couru chercher de l'aide.

Elle se souvenait qu'on avait pris ses empreintes digitales et qu'elle avait désespérément essayé de retirer la substance noire et grasse de ses mains, même si le mouvement avait tiré sur ses points de suture.

— Les flics ont relevé ses empreintes, il me semble. Sur le couteau qui me maintenait au sol.

MARSH PATIENTAIT DANS LE COULOIR, vérifiant les derniers mandats du Bureau soigneusement épinglés sur le tableau en liège à l'extérieur de la salle d'interrogatoire. La porte s'ouvrit et Josephine sortit, suivie de près par l'agent spécial Walker. Elle avait les yeux rivés sur le sol, et elle tenta de passer devant lui, mais il lui barra la route.

Les lumières fluorescentes accentuaient les creux sous ses pommettes. Le bleu de ses yeux était la seule note de couleur dans ce couloir aseptisé. Il avait beau ne pas lui faire confiance, il restait impuissant devant la fascination qu'elle exerçait sur lui.

Nicholl sortit précipitamment de la salle d'interrogatoire en consultant sa montre. Voyant Marsh, il ralentit et lui adressa un sourire discret.

— Merci pour la piste, monsieur.

Il sentit Josephine se hérisser. Les cicatrices de son enfance étaient plus qu'une piste dans une affaire. Écartant cette pensée et sachant qu'il aurait peut-être besoin de l'aide de Nicholl s'il voulait avoir des informations sur cette enquête, Marsh serra la main de l'homme. L'agent spécial Walker se tenait patiemment à côté de Josephine, posant une main possessive sur le bas de son dos.

Marsh lui tendit la main pour qu'il arrête de la toucher.

— Je vais raccompagner Mlle Maxwell chez elle, proposa Walker avec un sourire sinistre.

Pas dans cette vie.

— Je m'en occupe, répliqua-t-il.

Marsh relâcha la main de l'agent, s'attendant à ce que Josephine discute, mais il n'y avait que de la fatigue et de l'abattement dans ses yeux.

— Nous avons pas mal de temps à rattraper.

Elle les regarda tous les deux d'un air renfrogné. Au moins, elle n'avait plus l'air abattue.

Se déplaçant rapidement, elle monta dans l'ascenseur. Il glissa le bras dans l'espace entre les portes pour éviter qu'elles ne se referment devant lui, et il la suivit à l'intérieur. Enfin, ils étaient seuls.

Cette femme, d'ordinaire farouche, dégageait une impression de fragilité lorsqu'elle se laissa aller contre la paroi en acier inoxydable, appuyant d'un doigt sur le bouton du rez-de-chaussée. À la voir ainsi, Marsh eut un pincement au cœur.

— Et maintenant ? demanda-t-elle à voix basse.

Ses cheveux étaient coincés dans sa veste militaire abîmée. Incapable de résister, il glissa ses doigts dans son col et les dégagea, lissant les soyeuses mèches sur la toile olive usée. Les lèvres de Josephine s'entrouvrirent, ses narines se dilatèrent.

Elle le ressentait aussi. Il percevait son incertitude dans ses yeux, et cette conscience réciproque qui les animait, même s'ils étaient tous deux épuisés, méfiants et échaudés par leur dernière rencontre. Ses petites dents blanches mordirent dans ses lèvres roses et une sensation de chaleur lui traversa l'aine comme une supernova.

Trop intelligent pour se laisser prendre au piège, Marsh retira sa main.

— Nous rentrons chez toi, et je dors sur le canapé.

Il s'attendait à ce qu'elle proteste, mais, si Josephine Maxwell était plein de choses, elle n'était pas idiote. La peau délicate sous ses yeux était sombre, mais elle avait toujours l'air farouche et prête au combat.

— Demain, je quitterai la ville.

Elle avait pour habitude de s'enfuir. Il aurait dû savoir que ce serait sa réponse, et il n'aurait pas su expliquer pourquoi cela l'énervait autant.

— Et tu laisserais le suspect tuer d'autres femmes innocentes ? Je te croyais plus courageuse que cela, princesse.

C'était un coup bas, auquel Josephine répondit en montrant les dents. Quelque chose en elle lui avait toujours fait penser à un animal sauvage, plus dangereux lorsqu'il était acculé.

— C'est ton travail d'attraper les méchants, Hayes. Pourquoi ne te concentrerais-tu pas là-dessus ?

Elle n'avait plus du tout l'air abattue. C'était la Josephine pleine de cran qu'il avait parfois affrontée au printemps. Théoriquement, ils étaient à égalité, mais il n'en était pas certain. Il ne s'en était jamais remis, et, en dehors de sa rencontre avec un tueur en série, elle semblait aller bien.

Cela l'agaçait.

— Il va s'en prendre à toi.

Elle le regarda en plissant les yeux, mais pas avant qu'il ait vu la terreur briller au fond d'eux. Pourquoi ne pouvait-elle pas baisser sa garde pour une fois ? Pourquoi en était-il incapable lui aussi ? Marsh la poussa contre la paroi de l'ascenseur, conscient de la caméra de sécurité qui surveillait le moindre de ses gestes. Il avait envie de l'embrasser, de la garder en sécurité jusqu'à ce que le danger soit passé, mais Josephine ne permettait que rarement à quiconque de sentir sa faiblesse, et n'acceptait assurément jamais de compassion ou d'aide, surtout pas de sa part.

Ils se dévisagèrent, des émotions brillant dans les yeux de Josie, le cœur de Marsh battant la chamade dans sa poitrine. Il se mordit la langue pour empêcher les mots de sortir. De quoi avaient-ils si peur tous les deux ?

L'ascenseur sonna et il s'éloigna, mais pas avant qu'elle n'ait jeté un regard narquois sur son corps et rejeté ses cheveux sur ses épaules d'un geste méprisant. Comme s'il n'était rien. Comme s'il n'était personne. Il faillit sourire. Une chose était sûre, elle savait parfaitement comment l'asticoter. Il glissa les poings dans ses poches et attendit qu'elle sorte devant lui.

Ils franchirent le contrôle de sécurité, puis se rendirent à sa voiture. Leurs pas résonnèrent à travers la place et sur le grand bâtiment. La bannière étoilée claquait dans le vent vif et Marsh se réjouit de la fraîcheur sur sa peau. Une corne de brume retentit dans la baie, lugubre et triste. New York, New York.

Josephine accrocha son talon et trébucha légèrement, mais Marsh lui attrapa le bras. Un sentiment de triomphe primaire se répandit dans son sang quand elle ne se déroba pas. Pathétique. Il était totalement pathétique. Ce qu'il devait faire, c'était utiliser son cerveau et trouver un moyen d'attraper ce tueur.

Une pensée le frappa.

— Es-tu dans l'annuaire ?

Elle fronça les sourcils et secoua la tête.

— Tu veux mon numéro ?

Marsh connaissait déjà son numéro. Il avait choisi de ne pas l'appeler parce qu'il n'était qu'un abruti borné.

— À supposer qu'il s'agisse du même homme que dans ton enfance, comment a-t-il su où te trouver ?

La circulation était réduite et l'air légèrement salé. Elle afficha une expression perplexe, plissant le front.

— Je ne suis répertoriée nulle part. J'ai un site Web, mais mon adresse n'y figure pas.

C'était ce qu'il craignait.

— Es-tu inscrite sur les listes électorales ?

Elle secoua la tête et ils continuèrent à marcher.

—Je ne vote pas. Je ne voulais pas être dans le système.

Marsh secoua la tête, énervé. Des gens mouraient pour avoir le droit de vote, et cela l'agaçait quand d'autres ne se donnaient pas la peine de le faire. Mais ce n'était pas la question la plus importante du moment.

Elle se dirigea vers le côté passager de la voiture de l'agent.

— J'avais l'habitude de penser que les hommes politiques étaient tous les mêmes. J'avais sans doute tort à ce sujet.

— Peut-être a-t-il engagé un professionnel pour te retrouver. Un détective privé.

Marsh se demanda si cela pourrait constituer une piste pour l'enquête, ou si cela leur ferait perdre plus de temps.

C'était mieux que rien. Une sirène retentit, et un éclair rouge apparut au loin.

— Il aurait pu trouver mon nom dans les journaux à l'époque. Ils ont tout relaté dans les moindres détails, remarqua Josephine, qui monta dans la voiture, ferma les yeux et se frotta les tempes. Pourrions-nous arrêter de parler de ça maintenant, s'il te plaît ? J'ai mal à la tête.

Observant son profil tendu, il se tut et démarra. Le moteur répondit par un doux ronronnement et Marsh s'engagea dans la rue presque vide en direction du Village. Ils ne parlèrent pas, pas même lorsqu'ils atteignirent le calme relatif de Grove Street.

Il gara la voiture, coupa le moteur, mais Josephine ne bougea pas.

La lueur des réverbères baignait son visage d'une lumière dorée. Le léger mouvement de sa poitrine lui indiqua qu'elle dormait et un sentiment de satisfaction monta en lui, car il savait pertinemment qu'elle n'aurait pas dormi si l'agent Walker l'avait raccompagnée chez elle. D'un autre côté, il n'était pas non plus sûr de ce que cela disait de son sex-appeal.

Il brûlait d'envie de se pencher et de déposer un baiser sur ses lèvres. Elle n'était pas aussi froide qu'elle voulait le faire croire au monde entier et, certains jours, cela lui brisait le cœur de la voir repousser les gens sans ménagement. Le jour où il l'a vue pour la première fois, elle avait fait naître en lui une férocité comme personne d'autre ne l'avait fait. Cela n'avait aucun sens.

Une mèche de cheveux retomba sur la joue de Josephine. Doucement, il l'écarta, s'imprégnant de la douceur de sa peau et ignorant le besoin qui ne cessait de croître en lui. Ce qu'il ressentait pour elle n'était pas seulement physique ; voilà pourquoi cela l'effrayait. Elle ouvrit lentement les yeux et, pendant un moment, il crut voir son désir conflictuel se refléter en eux. Josie tira la poignée de la portière et sortit.

Il expira avant de la suivre, s'arrêtant pour récupérer un sac de voyage du coffre. Il était près de trois heures du matin. Des gens étaient encore dans la rue, entre deux clubs, ou rentrant chez eux après une soirée. Des rires d'ivrognes résonnaient dans l'avenue, curieusement légers pour une soirée placée sous le signe du meurtre.

— Que faisais-tu dans le Queens il y a dix-huit ans, Josephine ?

C'était une question qui le taraudait depuis qu'il avait découvert l'agression dont elle avait été victime dans son enfance.

Elle s'arrêta au milieu de la rue et leva le visage vers le ciel.

— Pourrions-nous laisser tomber le sujet ? S'il te plaît ?

Elle cachait quelque chose, ce qui n'avait rien d'inhabituel. Tout le monde mentait aux autorités. La question était de savoir quels faits étaient importants. Quelque chose lui disait que c'était le cas de celui-ci.

Il n'y avait pas de lumière à l'intérieur de son immeuble en briques rouges. Marsh monta les marches à côté d'elle et huma le subtil parfum d'agrumes de ses cheveux. Il retint volontairement son souffle lorsqu'elle introduisit sa clé dans la serrure et poussa la porte. Il essaya de s'accrocher à ce doux parfum plutôt qu'à la faible odeur de mort qui s'accrochait à l'appartement du rez-de-chaussée. Il n'aurait pas été surprenant que les autres résidents soient partis ailleurs jusqu'à ce que la puanteur de la violence s'estompe assez pour leur redonner l'illusion d'être en sécurité. Il aurait bien suggéré un hôtel, mais il savait que Josephine ne serait jamais d'accord.

Elle se tint raide et hésitante sur le seuil. Sa peau semblait cireuse. Marsh tendit le bras et appuya sur l'interrupteur. La lumière inonda le couloir, brillant sur le carrelage en mosaïque et les murs blancs maculés de poudre à empreintes digitales.

Il y avait des scellés sur la porte de l'appartement du bas, et il faudrait sans doute des jours avant que la police scientifique ne les retire.

Ses cheveux se dressèrent sur sa nuque.

— Les fédéraux ont-ils vérifié ton appartement avant que tu ne partes ?

Les yeux de Josie s'embrasèrent.

— Non. Pourquoi l'auraient-ils fait ? Il est parti par la fenêtre du rez-de-chaussée, affirma-t-elle, pointant la porte fermée, et elle avait l'air d'avoir envie de le gifler. Essaies-tu délibérément de me faire peur, ou cela te vient-il naturellement ?

Elle referma la porte d'entrée derrière lui.

— Un tueur s'en prend à toi avec un couteau, et c'est moi qui te fais peur ?

Hissant son sac sur son épaule gauche, il ouvrit son holster et dégaina son arme.

Bouche bée, Josephine le regarda faire. Secouant la tête, elle commença à monter les escaliers. Il la laissa passer devant et déverrouiller sa porte, puis il lui toucha le bras et lui fit signe de passer derrière lui. Elle leva les yeux au ciel, mais il sentit un frémissement d'inquiétude la traverser, comme si elle venait seulement de comprendre qu'elle pouvait encore être en danger. L'homme aurait pu revenir ici. Il savait qu'elle baisserait sa garde après avoir été interrogée par les flics. Il ne s'attendrait pas à ce qu'elle ait une escorte.

Le lourd poids de son pistolet la rassura tandis qu'il poussait la porte et basculait les interrupteurs. Il n'y avait pas d'ombres, pas de monstres prêts à bondir de derrière la porte. Marsh déposa son sac à l'intérieur et il lui fit signe d'avancer, fermant le verrou derrière lui. Si le tueur était là, il voulait le coincer avant qu'il fasse du mal à quiconque.

— Il n'est pas là, souffla Josephine.

Marsh leva les yeux au ciel. Les civils étaient une plaie.

— À moins que tu ne veuilles te tromper de façon irrémédiable, pourquoi ne pas rester près de moi pendant que nous nous en assurons ?

Il lui tendit la main, et il la vit s'approcher timidement de ses doigts. Elle écarquilla les yeux quand elle sentit passer une décharge électrique entre eux. Elle avait la peau douce comme du satin. Il la tira derrière lui, fouilla les placards et chacune des pièces, finissant par la chambre.

Lui lâchant la main, il ouvrit les hautes portes et fouilla la penderie, passa la tête sous le lit et, lorsqu'il fut certain à cent pour cent que l'appartement était vide et sûr, il rangea son arme dans son holster.

Josephine se laissa tomber sur le lit et remua les épaules pour se débarrasser de sa veste. Sa tête s'affaissa ; soudain, elle sembla aussi forte qu'un brin d'herbe. Son avant-bras resta coincé et elle tira en vain sur la lourde manche. Il se mit à genoux et attrapa sa main : aussitôt, elle serra le poing. Il passa le poignet sur sa paume et laissa le manteau glisser de ses épaules.

Le coude de Marsh reposait sur le genou de Josephine ; la chaleur crépitait entre eux comme de l'électricité statique. Le bleu de ses yeux était à moitié dissimulé par ses cheveux, mais il sentit son regard se poser sur ses lèvres avant qu'elle le détourne à dessein.

— Je ne coucherai pas avec toi, lui dit-elle.

— Qui a dit que je voulais coucher avec toi ?

— Je le vois dans tes yeux, affirma Josephine, mordant sa lèvre. De la même façon que je l'ai vu la dernière fois.

Marsh se recula et haussa un sourcil.

— La dernière fois, quand tu m'as supplié de te faire l'amour, tu veux dire ?

— Je ne t'ai pas supplié...

— Tu as mis du GHB dans mon scotch et tu m'as dit : « *Fais-moi l'amour, Marsh.* » Puis tu m'as traîné au lit et tu t'es envoyée en l'air avec moi jusqu'à en perdre la raison. Comment appelles-tu ça ?

La peau de la jeune femme devint couleur cendre.

Il ne savait pas pourquoi il insistait, sauf qu'elle faisait ressortir le pire de lui-même quand elle réduisait tout ce qui s'était passé entre eux à de simples rapports sexuels. Ses sentiments à l'égard de cette femme n'avaient rien de simple.

— C'était *ta* drogue, et tu m'as droguée en premier, protesta-t-elle.

Il grimaça, car elle ne savait pas tout ce qu'il avait fait pendant qu'elle était inconsciente.

— Et *tu* m'as embrassée. Je ne t'ai pas forcé, ajouta-t-elle avec une pointe d'agacement.

Elle essaya de lui faire lâcher prise, mais il ne la laisserait pas tant qu'il n'aurait pas obtenu de réponses. Il savait pourquoi elle l'avait drogué. Elle avait prévu de l'assommer pour pouvoir échapper à la protection de l'État, mais les choses avaient dégénéré. Le désir les avait consumés tous les deux.

— Pourquoi ? Pourquoi m'as-tu demandé de t'embrasser ?

Il avait besoin de savoir si cela signifiait quelque chose pour elle. Elle ferma les yeux tandis qu'un léger rougissement colorait ses joues.

— Je voulais t'emmener dans la chambre pour pouvoir t'attacher au lit.

— Tu aurais dû me dire que tu avais des fantasmes comme ça.

Elle inspira profondément, comme si elle s'efforçait d'être patiente.

— Je ne voulais pas faire l'amour. Je n'ai jamais voulu aller aussi loin.

— Alors, pourquoi l'as-tu fait ? s'enquit-il, la voix brisée.

Avec un seul acte, cette femme avait tout ruiné pour lui, en dehors du fait qu'il se languissait d'elle comme un chiot en mal d'amour.

La poitrine de Josie se souleva.

— Je... j'ai dû me tromper dans les doses. J'avais peur de trop t'en donner, et..., expliqua-t-elle, puis elle ouvrit les yeux et leur bleu intense frappa Marsh de plein fouet. Je n'avais jamais fait l'amour avant, et c'était... bon.

Baissant la tête, il fixa le parquet et se demanda si elle se montrait enfin honnête ou si elle était si habile à comprendre les hommes qu'elle se jouait de lui une fois de plus. Il la lâcha et Josephine se détourna, cachant son visage derrière un voile blond. La ligne délicate de sa gorge ondula quand elle déglutit.

Elle roula sur le lit et descendit de l'autre côté. Ses traits étaient sévères, son regard morne.

— Je suis sincèrement désolée. Tu as raison. Je t'ai drogué et j'ai abusé de toi. Si les rôles étaient inversés...

Elle frémit. Marsh gémit, s'assit sur le lit et se frotta les yeux. *Bon sang !* Il avait voulu savoir si cela l'avait affectée de la même façon que lui. Si cela signifiait quelque chose pour elle, même maintenant. Il n'avait pas eu l'intention de la cuisiner alors qu'elle se remettait à peine de sa rencontre avec un tueur en série.

Se levant lentement, il se gratta les cheveux, sachant qu'il devait être honnête, qu'il devait tenter de retrouver un peu de l'intégrité et de l'honneur qui étaient les fondements de sa vie. Il s'approcha d'elle et posa les mains sur ses épaules. Très tendue, elle le fixa dans les yeux ; sa mâchoire était crispée par la fierté et la honte, et elle s'attendait manifestement à recevoir un dernier coup d'estoc.

— Je n'arrête pas de repenser à quel point c'était incroyable. Franchement, cela n'avait jamais été aussi bon, lui dit-il d'un air maussade. Et j'en suis tellement frustré que je n'arrive pas à réfléchir correctement.

Marsh vit la surprise dans les yeux de Josephine quand elle assimila ses paroles. Puis il l'observa tandis qu'elle remettait ses remparts et ses protections en place.

— On ne couchera quand même plus ensemble.

Marsh secoua la tête et se dirigea vers la porte.

— Tu es vraiment infernale, tu le sais ?

Il avait envie de lui dire qu'il ne voulait plus jamais la toucher, mais il ne laisserait plus aucun mensonge s'interposer entre eux. Alors qu'il scrutait le corps de Josephine, la dernière question qu'il se posait sur cette nuit six mois plus tôt lui revint.

— Je suppose que tu n'es pas tombée enceinte ?

Passant une main pâle aux longs doigts sur son ventre, elle secoua la tête.

— C'est bien. Dors un peu, lui dit-il, tenant la poignée, la voix étranglée.

Refermant la porte derrière lui, il appuya son front contre le bois frais et eut envie d'y cogner la tête. *Bien ?* Autant pour la fin des mensonges entre eux.

CHAPITRE QUATRE

L e calme régnait dans l'air, une attente qui l'enthousiasmait. Une légère bruine vaporisait son visage et rafraîchissait sa peau brûlante. Ce n'était pas son quartier, ce n'était pas sa ville, mais c'était son terrain de chasse.

Il cilla deux fois, puis grimaça à cause de la douleur de son œil gauche. Il avait caché ses égratignures avec du maquillage. La morsure sur son poignet lui faisait mal, mais il l'avait couverte d'une crème antibiotique et l'avait pansée avec soin. Cette garce allait payer. Son couteau était bien rangé dans sa poche. Solide. Réel. Sûr. Pointu. Vengeur. Les souvenirs se bousculaient, lui agitaient le sang et lui coupaient le souffle.

Sa soif de sang ne se tarissait pas. Il lui était de plus en plus difficile de penser à autre chose qu'à tuer, et cela l'inquiétait. La femme de l'appartement du bas avait été trop âgée pour le satisfaire vraiment. Mais qui pourrait résister à la possibilité d'atteindre Josephine Maxwell par l'intermédiaire d'une autre garce aux cheveux blonds ?

Même si ce n'était pas une vraie blonde.

Les arbres bruissaient sous l'effet d'un souffle d'air froid qui remontait la rue depuis l'Hudson, apportant avec lui la puanteur des algues pourries exposées par la marée descendante. Un couple se promenait sur le trottoir, bras dessus bras dessous, se crispant légèrement en approchant de lui.

Invincible, le Chasseur au couteau sourit, hocha la tête et leur dit :

— Bonsoir.

Ses doigts glissèrent autour de la poignée de l'arme dans sa poche et se serrèrent jusqu'à ce que ses articulations soient douloureuses.

La femme lui répondit par un sourire, avec la légèreté d'une personne qui a trop bu. C'était une blonde, et il aurait adoré lui donner quelques leçons sur le danger de relâcher sa garde, mais il ne s'attarda pas. Son petit ami était un marine, il le portait sur son visage d'homme de Cro-Magnon.

Quelque chose se glissa comme une couleuvre autour de ses jambes.

— Aïe !

Il lâcha son couteau et tomba violemment sur le trottoir, amortissant sa chute avec ses mains, s'écorchant les paumes.

Miaou. Un chat était assis sur le trottoir et le regardait en agitant la queue.

— Ça va, mon pote ?

Le marine se retourna vers lui, laissant sa petite amie ivre chanceler sur ses talons hauts. S'il l'avait eue pour lui seul, il aurait fait glisser sa lame sur sa peau...

Il se secoua. Se releva sur ses genoux.

— Oui. Merci.

Le type l'attrapa, le soulevant presque du sol par son col.

— Vous avez besoin d'aide pour rentrer chez vous ? demanda-t-il d'une voix bourrue, féroce et étonnamment prévenante.

Je les traiterai selon leurs voies, Je les jugerai comme ils le méritent...

— Ça va, merci, affirma-t-il en souriant.

Il brossa son pantalon, qui n'était pas abîmé. Le type fronça les sourcils et marmonna :

— Ne restez pas dans la rue, mec, il y a un foutu cinglé qui découpe les gens comme toi en morceau pour le petit déjeuner.

Miaou.

L'inconnu aux cheveux noirs donna un coup de botte vers le chat, qui s'enfuit entre les voitures garées dans la rue.

Il regarda, fasciné, le bon samaritain retourner vers sa petite amie. *New York.* La ville qui ne dort jamais. Une sirène retentit au loin. Une explosion de musique hip-hop jaillit d'une voiture qui passait. Il sourit. Il *adorait* cette ville. Peut-être resterait-il un peu.

CHAPITRE CINQ

ancer approcha un exemplaire du *NY News* si près de son nez que Marsh sentit l'odeur du papier journal. Il le prit des mains de son collègue, puis se redressa du bureau d'où il regardait Philip Faraday pendant que celui-ci accédait aux registres d'inventaires privés des galeries.

Au centre de la première page figuraient une photo de Josephine et lui prise sur les lieux du meurtre de la veille au soir, ainsi qu'une photo de lui en compagnie des Duvall et de Lynn Richards.

Oh, bordel! Il gémit et ferma les yeux. Il n'avait pas pensé que quelqu'un s'intéresserait suffisamment à lui pour le photographier. Ensuite, il vit la signature : Nelson Landry. Cette petite ordure.

Se frottant l'arête du nez, il ferma les yeux devant le gros titre en gras.

SUPERFLIC AU BOULOT!

Il allait se faire démolir de tous les côtés. Les chances que cela ne parvienne pas aux oreilles du directeur étaient inférieures à zéro. Heureusement, d'un point de vue financier, Marsh n'avait pas *besoin* de travailler.

Philip Faraday tordit le cou pour voir.

— On dirait que vous avez eu une nuit chargée, agent spécial en charge Hayes, remarqua-t-il, puis il se tourna à nouveau vers l'écran de l'ordinateur, tapa rapidement sur le clavier, faisant apparaître les données.

— Est-ce la même femme que vous avez amenée à l'inauguration hier ?

Faraday fit un signe de tête en direction du journal, faisant clairement référence à la photographie de Josephine, trop granuleuse pour qu'on puisse distinguer ses traits.

Marsh lui adressa un sourire crispé. S'il parvenait à découvrir qui avait vendu les œuvres d'art volées aux Faraday, il avait encore une petite chance de remonter une piste, de procéder à une arrestation et de retrouver Josephine avant qu'elle ne trouve un moyen de quitter la ville.

— Avez-vous trouvé l'information pour moi ?

Vêtu d'une chemise bordeaux, de boutons de manchette dorés, de lunettes de soleil de marque et d'un pantalon noir, le marchand d'art avait fière allure. Et il était bien plus facile à gérer que sa sœur, Gloria, qui pleurait chaque fois que Marsh lui posait une simple question. Il avait envoyé Aiden et Dancer s'occuper d'elle, ce qui semblait fonctionner puisqu'elle avait cessé de pleurer, sauf quand elle le regardait.

— Je fais aussi vite que possible, dit Philip, qui s'arrêta de taper et leva les yeux vers lui, la lumière se reflétant sur ses épaisses lunettes. Je devrais peut-être faire venir mon avocat.

Marsh soupira. À une époque, les gens le trouvaient charmant. AJ. *Avant Josephine.*

— Si vous voulez un avocat, n'hésitez pas. Dans ce pays, la vente de biens volés est passible d'une peine de prison. Alors, pourquoi ne pas redoubler d'efforts pour m'obtenir ce nom et je redoublerai d'efforts pour me rappeler que vous avez pleinement coopéré ?

Philip détourna le regard et commença à imprimer des documents.

Le portable de Marsh sonna. Il le sortit de la poche de son costume et se déplaça vers les fenêtres panoramiques de la façade qui donnait sur West Broadway.

— Hayes, répondit-il.

— Je suis suivie, dit Josephine, dont la voix semblait hachée et essoufflée.

— Qu'est-ce que tu veux dire par « *suivie* » ? Tu étais censée être placée en détention sous protection avec Walker et Nicholl.

— Oui, dit-elle, à ce sujet...

Des gouttes de sueur perlèrent sur le front de Marsh. Il entendait les pas de Josephine qui résonnaient sur le trottoir, et son souffle rauque.

— J'ai changé d'avis, affirma-t-elle, comme s'il s'agissait d'une option sensée avec un tueur en série à ses trousses.

Merde ! Elle avait fait la même chose quand la mafia était à ses trousses, alors il aurait dû être préparé.

— Dis plutôt que tu as encore menti ! s'exclama Marsh.

Il se cogna délibérément le front contre l'énorme vitre, et encaissa la réverbération dans son cerveau.

— Où es-tu maintenant ?

Faites que ce ne soit pas dans un endroit désert et tranquille. Je ne veux pas écouter pendant qu'une ordure te taillade...

— Au milieu de Washington Square.

Bien. C'était une bonne chose.

— Vois-tu des flics dans le coin ?

Il fit signe à Dancer, tentant d'attirer son attention, mais l'agent était en train d'apporter un café à Gloria et de lui tapoter l'épaule.

— Non, répondit Josephine avec un sourire. Pour une fois, il n'y a pas de flics.

Sous le rire, il entendit la peur, et son cœur se serra.

— Va t'asseoir sur un banc près de la fontaine et reste en ligne. Je viens te chercher, lui annonça-t-il, puis il posa une main sur son téléphone et fit signe à ses collègues de venir. Josephine a échappé au FBI, et maintenant elle pense être suivie.

Dance secoua la tête en s'approchant de lui.

— Cette femme a envie de mourir.

Marsh ferma les yeux.

— Désolé, patron, ce n'est sans doute *pas* ce que tu voulais entendre, s'excusa Dancer, tirant sur son oreille.

Elle se trouvait dans un endroit très fréquenté. Il doutait qu'un prédateur aussi avisé que le Chasseur au couteau prenne le risque de commettre un meurtre dans un lieu aussi fréquenté. Pas quand il prenait son plaisir en infligeant de la douleur.

La galerie *Total Mastery NY* était située entre Prince Street et Houston Street, à SoHo. À quelques rues seulement de Washington Square.

Il regarda Philip Faraday, qui s'était tourné vers eux, écoutant sans vergogne leur conversation.

Tournant le dos, Marsh baissa la voix pour que seul Dancer l'entende.

— Obtiens des mandats pour accéder aux relevés bancaires et téléphoniques et découvre où les Faraday ont bien pu se procurer ce tableau. S'ils ne nous fournissent pas de nom avant midi, emmène-les au poste de police et inculpe-les tous les deux pour recel de biens volés. Cela fera l'affaire pour commencer.

Le portable à l'oreille, il franchit à grands pas les immenses portes vitrées et s'engagea dans la rue.

— Continue à me parler, Josephine.

— Que veux-tu que je te dise ? s'enquit Josephine d'une voix beaucoup plus calme, à présent. Tu avais raison, j'avais tort ?

Après avoir remarqué qu'il y avait beaucoup de circulation, il partit à pied vers le nord, en évitant les piétons.

— Cela me semble être un bon départ.

Elle rit, et cela suffit à apaiser légèrement les nerfs de Marsh, à fleur de peau. Puis il maudit ses collègues du département des sciences du comportement. *À quoi pensaient Walker et Nicholl ?*

— Comment as-tu su pour mes cicatrices ? demanda-t-elle soudain.

C'était une question à laquelle il s'attendait, et à laquelle il ne voulait pas répondre.

— Tu m'as matée la nuit où tu m'as droguée à Boston, n'est-ce pas ?

La voix de la jeune femme semblait distante, comme si elle s'était déconnectée de lui. Cette nuit-là, il l'avait sauvée d'une attaque de la mafia, puis il l'avait droguée pour pouvoir lui implanter l'émetteur et mettre en place ses plans sans avoir à la surveiller à chaque instant. Mais si Josephine considérait que voir sa peau était une atteinte à sa vie privée, il était certain qu'elle serait furieuse si elle apprenait pour la puce.

— Je t'ai mise au lit, tu te souviens ? Ton haut est remonté, et j'ai vu les cicatrices, avoua-t-il, car ce mensonge était mieux que d'admettre la vérité. Après les avoir vues, je me suis rappelé le rapport de police sur l'agression dont tu as été victime lorsque tu étais enfant.

Ce n'était pas le genre de conversation qu'ils auraient dû avoir au téléphone. Un silence s'installa entre eux. Il n'aimait pas la sentir s'éloigner. Les feuilles mortes s'accumulaient dans les caniveaux, noires et trempées par la pluie de la veille au soir. Le ciel était couvert, et l'air était très humide. Un véhicule fila à vive allure dans la direction opposée, toutes sirènes hurlantes. Il n'était que onze heures, mais Marsh espérait que le parc était rempli de gens qui déjeunaient tôt.

— Josephine ? Tu es là ? l'appela-t-il, et sa peur enfla dans le silence tandis que son cœur martelait ses côtes. Josephine ?

Il se mit à courir, et le trajet ne lui prit que deux minutes. Les muscles de ses jambes le brûlaient, l'air chaud embrasait ses poumons, mais il était là, avançant vers le centre de Washington Square, cherchant frénétiquement la diablesse blonde qui avait pris le contrôle de sa vie.

Elle était là.

Le soulagement l'envahit comme une vague brûlante lorsqu'il la repéra, vêtue de la même veste olive que la veille. Elle était assise sur un banc, le téléphone à l'oreille, un bras replié sur la poitrine, les jambes fermement croisées. Elle fixait du regard un type qui arborait une banderole proclamant : « *Irez-vous au paradis ? Faites le test.* »

Elle était en sécurité. Agacée, comme d'habitude, mais en sécurité. Et elle n'irait pas au paradis s'il pouvait l'éviter, du moins, pas ce jour-là.

Les arbres étaient presque nus, quelques feuilles de sycomore orange résistant avec ténacité. L'ironie du sort voulait qu'ils se trouvent sur un ancien cimetière. Il s'accorda un moment pour reprendre son souffle. Il fouilla la zone du regard à la recherche d'éventuelles menaces, tout en gardant Josephine dans sa vision périphérique.

Il y avait un type, assis sur un banc en béton à proximité, le *NY News* étalé sur ses genoux alors qu'il grignotait un sandwich. La cinquantaine, portant un jean, un pull épais couleur rouille, le crâne dégarni, et une barbe pour compenser. Il ressemblait à un professeur d'université.

Marsh le regarda lancer un coup d'œil et plisser les yeux vers Josephine. Puis le type tourna la page du journal, luttant contre une brise vive qui sifflait dans les rues, aplatissant la page contre son genou. Il leva à nouveau les yeux. C'est alors que

Marsh se rendit compte que l'homme regardait la photo de Josephine et lui dans le journal.

Les gens n'oubliaient pas un tel visage.

Marsh l'écarta en tant que potentiel suspect. De l'autre côté du parc, derrière l'arche, Marsh repéra Walker et Nicholl dans une Lincoln stationnée le long de The Row. Plissant les yeux, il secoua la tête et posa les mains sur les hanches. Ils la surveillaient pour voir si elle les menait quelque part. C'était une foutue suspecte. Ou un appât…

Soudain, elle fut à ses côtés et lui tendit une canette de cola. Il accepta la boisson, tira la languette et prit une grande gorgée, laissant le doux goût du sucre apaiser son angoisse.

Il lui rendit la canette, lui lançant un regard qui la mettait au défi de partager. Josephine n'aimait pas partager quoi que ce soit. Elle était plus fermée que Fort Knox. Mais elle prit tout de même une gorgée, ce qui procura à Marsh un frisson juvénile. Une fois encore, il avait régressé à l'époque du lycée.

Évitant son regard, Josephine reprit sa place sur le banc. La pâleur de sa peau lui rappela qu'elle n'avait pas beaucoup dormi la nuit précédente et que c'était la deuxième fois qu'elle se retrouvait face à face avec le tueur. Elle n'était pas une débutante. La première fois l'avait marquée à vie, au sens propre comme au sens figuré. Qui savait l'effet qu'avait eu sur elle la rencontre de la veille.

Marsh sortit son portefeuille, chercha la carte de l'agent Walker et composa son numéro.

— Walker, répondit l'homme dès la première sonnerie.

— C'est ça, votre idée de la détention sous protection ? demanda-t-il d'une voix froide et tendue.

— Mlle Maxwell n'a pas accepté la détention sous protection, *monsieur*.

Au ton de Walker, Marsh regarda fixement la Lincoln.

— Que prévoyez-vous de faire ? Attendre qu'il la taillade avant de l'épingler ?

— Écoutez, Hayes, je n'ai pas besoin que vous me disiez comment faire mon travail.

Walker avait élevé la voix ; en arrière-plan, Marsh entendit Nicholl dire à son partenaire de se calmer.

Mais peut-être ce type avait-il raison. Josephine n'était pas vraiment connue pour être une femme coopérative. Marsh se frotta le front. Walker était un bon agent doté d'un dossier élogieux, et lui perturbait l'enquête parce qu'il était personnellement impliqué et parce qu'il le pouvait.

Merde. Marsh avait toujours eu en horreur les gens qui abusaient du pouvoir, et, maintenant, il se rendait compte à quel point c'était tentant. Il prit une grande inspiration. Et une autre encore. La seule chose en laquelle Marsh croyait était la loi. Il devait laisser le Bureau faire son travail pendant qu'il protégeait Josephine.

— Vous avez raison, concéda Marsh, et il poursuivit, alors que cela lui coûtait. Je suis désolé.

La tension se relâcha légèrement au bout de la ligne.

— Avez-vous récupéré les preuves de l'ancienne affaire ? s'enquit-il. Je peux aller dans le Queens tout de suite et les prendre...

— Non, monsieur, ce ne sera pas nécessaire...

— Vous l'avez ?

Marsh entendit la dérobade dans sa voix. Ce type ne lui disait pas tout.

— Non, monsieur.

Walker marqua une pause, comme s'il réfléchissait à ce qu'il allait lui dire.

— Les preuves ont disparu. Il y a environ un mois, un agent de police a été assassiné, son uniforme a été volé et quelqu'un s'en est servi pour sortir les preuves de l'ancienne affaire de Mlle Maxwell. Elles n'ont jamais été restituées.

— Bon sang !

Marsh passa une main dans ses cheveux courts et tira. Ce criminel était audacieux et ne manquait pas d'astuce.

— Avez-vous obtenu quelque chose sur les caméras du commissariat, ou sur le registre ?

Walker hésita encore ; Marsh commençait à s'énerver sérieusement.

— Tout ce que nous avons obtenu, c'est votre nom, monsieur.

Qu'est-ce que... ?

— Je vous ai dit que j'avais examiné les dossiers il y a six mois, répliqua Marsh, fronçant les sourcils.

Leur avait-il dit ?

— Oui, monsieur, mais l'individu a signé de votre nom quand il a pris le dossier.

Pourquoi aurait-il fait cela ? Marsh serra les dents pour étouffer un juron.

— Peut-être a-t-il consulté le registre pour voir qui d'autre avait sorti ces preuves.

— Peut-être, répondit Walker, trop vite.

— Ai-je besoin d'un alibi pour la nuit dernière, agent spécial Walker ? Parce que je suis sûr de pouvoir vous en fournir un.

Marsh n'avait pas le temps pour ces conneries. Tournant le dos à la Lincoln noire, il s'assit sur le banc à côté de Josephine, conscient de son parfum et de ses yeux bleus curieux.

— J'ai plus de deux cents personnes, en plus de mon partenaire et d'une cavalière, qui peuvent me situer à la galerie *Total Mastery NY* sur West Broadway pendant la plus grande partie de la soirée d'hier.

Josephine haussa un sourcil, mais il ne savait pas si c'était le fait qu'il fournisse un alibi ou qu'il ait eu un rendez-vous qui la surprenait.

— Pourquoi avez-vous consulté les preuves il y a six mois ? l'interrogea Walker.

Il n'était pas question pour Marsh de mêler Elizabeth Ward, son ancien agent et la meilleure amie de Josephine, à cette enquête. Pas alors qu'elle avait tout sacrifié et qu'elle avait enfin retrouvé une vie.

— Le père de Josephine s'inquiétait pour elle.

Marsh la sentit se raidir à côté de lui, mais refusa de regarder dans sa direction.

— Walter Maxwell ? insista Walker.

Marsh renversa la tête en arrière, étirant le cou en regardant le mince voile de ciel gris à travers les branches à moitié nues.

— Lui-même, confirma Marsh, qui entendit la question que l'autre homme n'avait pas formulée.

Walter Maxwell, qui a été retrouvé mort vingt-quatre heures plus tard ?

— Je crois que nous allons avoir besoin d'une déposition de votre part, monsieur.

Marsh devait bien reconnaître que cet enfoiré avait du cran.

— Vous validez ça avec le directeur Lovine, et je serai heureux de vous dire tout ce que je sais.

Hors de question !

D'ordinaire, Marsh n'appréciait guère le pouvoir et l'influence que lui conféraient son nom de famille et sa fortune, mais à cet instant précis, cela lui évitait d'avoir à gérer une tonne de conneries qui ne l'aideraient pas à résoudre l'affaire. Le directeur Brett Lovine et lui avaient grandi ensemble dans les meilleures écoles. S'il se servait rarement de ses relations personnelles pour son propre intérêt, il n'allait pas se laisser embarquer dans une théorie du complot foireuse pendant que le véritable tueur assassinait d'autres victimes.

Josephine tapota du bout des doigts sur une latte de bois du banc, grattant la peinture écaillée. Elle ne portait pas de bagues, ses ongles étaient propres et courts. Cherchant à calmer son agitation, il posa sa main sur la sienne et fut choqué par la froideur de sa chair.

— Peut-être que, pendant ce temps, vous pourriez commencer à chercher vraiment cet individu ?

Marsh coupa la communication et tendit le bras pour prendre l'autre main de Josephine, fermement accrochée à la lanière de son sac. À ce contact, une décharge d'électricité rebondit frénétiquement dans son ventre. Elle résista un moment, puis sembla céder. Elle se laissa aller contre son épaule tandis qu'il frottait ses doigts entre ses paumes jusqu'à ce qu'ils commencent à se réchauffer.

Sa peau était douce comme de la soie et, en dépit de la drogue qu'elle lui avait fait ingurgiter cette nuit-là, six mois plus tôt, il se rappelait que d'autres parties d'elle étaient encore plus douces. Le désir l'envahit. Une conscience réciproque illumina les yeux de Josephine, mais ils étaient pleins de larmes aussi, envahis d'un tourbillon d'émotions. Une sensibilité physique, oui, mais aussi de la tristesse et du chagrin. La disparition d'Elizabeth Ward avait mené à l'assassinat du père de Josephine, ainsi que de Marion Harper, la femme qui l'avait pratiquement élevée, par des mafieux qui cherchaient à la retrouver. Marsh serra les doigts de la jeune femme. Pas étonnant qu'elle soit perturbée.

— Eh bien, eh bien, qu'avons-nous là ? dit Pru Duvall avec un profond accent traînant du Sud.

Marsh grimaça et leva les yeux sur la Première dame en devenir. Que faisait-elle de ce côté de Manhattan ? À sa connaissance, les Duvall avaient un appartement dans le quartier huppé de Gramercy Park.

— Vous allez vite en besogne, agent spécial en charge

Marshall Hayes, remarqua Pru, parcourant du regard la silhouette de Josephine. Je vois que vous les aimez jeunes, minces et blondes.

Les muscles de Josephine vibraient comme un arc tendu. Il lui lâcha les mains qu'elle referma en poings osseux et il posa la main sur son genou.

— Madame Duvall, quel plaisir ! la salua Marsh, sans prendre la peine de se lever. Permettez-moi de vous présenter une très bonne amie, Mlle Josephine Maxwell.

Pru Duvall adressa un sourire crispé à Josephine, qui lui répondit d'un regard hargneux.

— Ah ! Je vous reconnais, maintenant, ma chère. Vous êtes la victime de cette horrible personne qui arpente Manhattan avec un couteau.

Rejetant ses cheveux blonds sur une épaule, Josephine repoussa la main de Marsh de son genou et se leva, hissant son sac sur son épaule.

— Faux. Je ne suis la victime de personne.

Tournant le dos à Pru, ce qui était un coup bas, elle baissa les yeux sur lui, avec une lumière dans le regard faite d'ardeur et des flammes de l'enfer.

— Tu viens ?

L'inquiétude et la frustration qu'il avait éprouvées au cours des douze dernières heures furent balayées par l'admiration que lui inspirait son esprit indomptable. Sans un mot pour Pru, il se leva et suivit Josephine sur le chemin qui conduisait à la sortie du parc, sachant que, si elle le voulait vraiment, il la suivrait n'importe où.

— Où allons-nous ?

La question bourrue de Marsh l'irrita au plus haut point.

Elle ne savait pas quoi faire des sentiments qu'il avait suscités en se précipitant à son secours, puis en lui tenant la main alors qu'elle était assise sur un banc public à Washington Square.

La terreur qui l'avait saisie après avoir quitté l'appartement l'avait déstabilisée. Et elle était mécontente du fait que, dans sa panique, elle avait téléphoné à Marsh au lieu de composer le 911.

Elle regarda par-dessus son épaule, attendant qu'il la rattrape. Pru Duvall les observait avec une expression revêche. Elle avait toisé Josie comme si elle était une saleté qu'elle avait grattée sur la semelle d'une chaussure.

Josie releva le nez vers des yeux noisette aux reflets d'ambre et de jade, comme les feuilles d'automne éparpillées dans la ville.

— Elle en pince pour toi.

Marsh secoua la tête.

— C'est une manipulatrice assoiffée de pouvoir. Elle veut que je me mette à genoux et que je rampe.

— Effectivement, elle veut que tu te mettes à genoux, mais je ne crois pas qu'elle veuille que tu rampes.

Il sourit et Josephine détourna le regard. *Il la perturbait.* À cause de lui, ses pensées s'éparpillaient. Il lui faisait penser au sexe.

Tout en lui séduisait ses sens, depuis la façon dont son costume moulait ses larges épaules, à la longueur de ses jambes et à son visage parfait aux pommettes minces et à la lèvre infé-rieure pulpeuse. Il sentait même très bon, le propre et le frais, comme l'océan.

Elle le voulait.

Sa bouche devint sèche. Elle était stupéfaite de penser ainsi. Pendant toute sa jeunesse, le mot « sexe » avait été un gros mot. Dans ses bons jours, son père adorait la traiter de *catin*. Toutes ces années plus tard, les mots vicieux de son père lui étaient encore douloureux. Elle ferma le poing, serrant les doigts si fort que ses jointures tirèrent sur sa peau. Elle avait tout fait pour lui prouver qu'il avait tort, qu'elle n'était pas une traînée et qu'elle ne se retrouverait pas dans le caniveau comme sa mère ou l'alcoolique imbibé de whisky qui l'avait engendrée. Voilà pourquoi elle n'avait pas touché un homme jusqu'à ce qu'elle séduise Marsh plus tôt dans l'année. Cela avait été un désastre, mais, sur le moment, la sensation avait été extraordinaire.

D'une manière ou d'une autre, cet agent du gouvernement ultraconservateur avait actionné un interrupteur en elle qui lui donnait envie de se mettre nue et de faire des choses avec lui, et cela la terrifiait. Mais pas autant que l'homme au grand couteau.

Elle frissonna.

Marsh passa un bras autour de ses épaules, la faisant sursauter, et il la guida pour contourner un groupe d'étudiants qui portaient tous des shorts en dépit du temps frais. Certains hommes la regardaient. Elle savait qu'elle aurait dû être flattée par les regards et les murmures, mais les cicatrices qui marquaient sa chair lui rappelaient à quel point la beauté était superficielle.

Ce n'était donc peut-être pas le désir de prouver à son père qu'il avait tort qui l'empêchait de s'adonner à des relations physiques. Peut-être n'était-ce rien d'autre que de la simple vanité. Quand elle touchait Marsh ainsi, qu'elle était si proche, son cœur s'emballait, et un sentiment d'excitation bouillonnait dans ses veines. Elle avait toujours repoussé les hommes hétérosexuels parce qu'elle avait peur d'être trop proche de quiconque. Mais, à présent, elle avait à ses côtés un homme hétérosexuel qui avait vu ses nombreux défauts, et cela ne semblait plus être un problème.

Sauf que, si ses cicatrices avaient été son seul problème, elle aurait simplement éteint la lumière.

Elle était détraquée, et, au fond, elle ne voulait laisser

personne franchir ses défenses. Il était dangereux de compter sur quelqu'un. Elle s'écarta de Marsh. Il sembla seulement surpris que cela lui ait pris tant de temps.

— Que se passe-t-il ensuite ?

— Je vais mettre en place une protection rapprochée, affirma-t-il, puis sa voix se fit plus profonde, plus séductrice et irrésistible. Je te mettrai dans une planque...

— Je n'irai pas dans une planque.

Marsh inspira, comme s'il voulait protester, et, pour la première fois de sa vie, elle se sentit obligée de s'expliquer.

— Écoute, Marsh. Les services sociaux se sont donné pour mission de m'éloigner de la seule personne au monde en qui j'avais confiance.

Un morceau de peluche s'accrochait au revers de l'agent. Elle se concentra pour le retirer plutôt que de faire face aux émotions qui surgissaient quand elle pensait à Marion. Elle posa son regard sur la colonne puissante de sa gorge, au-dessus de son col blanc amidonné.

— Il est hors de question que je supporte d'être à nouveau enfermée.

— Tu préférerais être morte ?

— *Je* voulais partir, tu te souviens ? Disparaître ? C'est toi qui veux que je reste ici, et, oui, franchement, je préfère être morte qu'enfermée dans une planque en attendant que quelqu'un me tue, protesta-t-elle, une boule dans la gorge. Franchement, je n'aime aucune des options.

Le vent fit voler ses cheveux en un tourbillon sauvage autour de son visage.

— Je croyais que tu voulais attraper ce type, poursuivit-elle.

— Je veux le coincer, confirma-t-il, ses doigts lui serrant les épaules, et elle leva les yeux pour croiser le regard de Marsh. Mais pas si cela implique de te mettre en danger.

Ses doigts étaient chauds dans sa veste, et la pression augmentait, comme pour l'obliger à lui faire confiance.

Lentement, il se pencha en avant pour poser son front et son nez contre les siens, peau brûlante contre peau froide. Elle n'avait jamais partagé de geste aussi intime avec quiconque, ce regard en tête-à-tête avec un agent du gouvernement qu'elle avait passé des mois à détester, avant de passer les suivants à fantasmer sur lui. Des paillettes d'or brillaient dans les yeux noisette de Marsh, et la chaleur du désir qu'il réprimait brillait profondément et ardemment.

— J'engagerai une protection privée...

— Je peux payer pour ma propre foutue protection !

Elle était malheureuse d'être vulnérable face à un tueur, et inexplicablement déçue que ce ne soit pas Marsh qui la surveille. *Qui la regarde.* Elle recula.

— Josephine, je ne peux pas te protéger vingt-quatre heures sur vingt-quatre, sept jours sur sept. Je resterai avec toi la nuit, mais j'ai un travail. Et c'est moi qui engage le garde du corps, alors laisse tomber.

Frustrée, elle expira et se souvint de ce qu'Elizabeth lui avait dit à propos du sens de l'honneur et de la justice de Marsh. Pauvre imbécile pétri d'illusions.

— Où vas-tu maintenant ? s'enquit-il en balayant la rue du regard, comme s'il remarquait soudain la foule de touristes et d'acheteurs.

— Il y a une galerie d'art sur Mercer qui a vendu deux de mes peintures la semaine dernière. Je voulais voir le propriétaire pour savoir par quoi il voudrait les remplacer.

Marsh consulta sa montre de luxe, comme s'il comptait dans sa tête les minutes qu'il devrait passer en sa compagnie. Remuant les mâchoires, elle plissa les yeux vers les fissures du trottoir. Pourquoi était-elle à ce point en colère qu'il fasse son travail ? Pourquoi était-elle à ce point en colère, tout court ?

La vie l'avait rendue ainsi, mais elle détestait cela.

— Je vais t'accompagner. Dancer pourra prendre ma relève plus tard si je n'arrive pas à joindre un autre de mes amis qui habite en ville. Tu te souviens de Dancer, n'est-ce pas ?

Josephine hocha la tête. Difficile d'oublier l'acolyte de Marsh avec ses gadgets technologiques. Steve Dancer avait fait preuve de gentillesse envers elle, même quand tout le monde, y compris Marsh, l'avait détestée. Même Nat Sullivan, qui venait d'épouser d'Elizabeth, n'avait pas voulu d'elle après qu'elle eut involontairement conduit Andrew DeLattio dans son ranch isolé. Elle ne pouvait guère lui en vouloir. Elizabeth avait failli mourir par la faute de Josie.

Ses épaules s'affaissèrent alors que Marsh la conduisait vers son rendez-vous, déjà au téléphone avec un garde du corps dont il connaissait le numéro par cœur. Elle voulait retrouver sa vie. Sa petite vie agréable, sûre et isolée qui semblait maintenant aussi froide et abandonnée que n'importe quel terrain vague.

Il y avait un vendeur de hot-dogs au coin de West Broadway, et l'arôme envahissait l'air qu'elle respirait, lui rappelant qu'elle n'avait mangé qu'un minuscule morceau de toast depuis le déjeuner de la veille.

— Tu veux un hot-dog ? demanda-t-elle à Marsh, cherchant la monnaie dans son sac.

Le soleil se frayait un chemin entre les nuages et la lumière se répandait sur ses cheveux sombres, laissant apparaître une touche d'argent qu'elle n'avait pas remarquée auparavant.

— Tu veux manger en marchant ? s'enquit-il, le ton désapprobateur.

— Oui.

Elle aurait voulu ne pas le trouver aussi attirant, ne pas avoir découvert à côté de quoi elle était passée en tant que jeune femme de vingt-sept ans qui n'avait jamais eu de relations sexuelles. Sa vie allait bien, avant cela.

—Allons dans un endroit décent...

—C'est décent.

Elle secoua la tête, puis souffla pour écarter ses cheveux de ses yeux. Il était tellement snob !

Posant une main sur le coude de Josephine, Marsh lui montra les mouches qui planaient au-dessus du distributeur de ketchup.

—C'est un risque pour la santé.

Sérieusement... Elle leva les yeux au ciel.

Le soleil traversa complètement les nuages, baignant la peau bronzée de Marsh de reflets chauds. Il l'éloigna de l'arôme succulent et, à contrecœur, elle le suivit.

—Eh bien, il vaudrait mieux que ce soit rapide...

Il s'arrêta et la regarda, une lueur dure dans les yeux.

— Pourquoi, Josephine ? Je croyais que les artistes étaient des bohèmes, des esprits libres ? Pourquoi es-tu toujours à ce point si pressée que tu ne prends même pas soin de toi ?

La colère d'être si injustement jugée alluma une mèche en elle.

—J'ai faim, espèce d'idiot ! Et je sais comment prendre soin de moi ! s'exclama-t-elle, plantant un doigt dans la poitrine de Marsh. J'ai eu tout le loisir de m'occuper de moi jusqu'à présent, et, hormis ce stupide tueur en série à mes trousses, je m'en sors plutôt bien.

Les gens circulaient autour d'eux dans la rue. Marsh promena un regard apitoyé sur sa silhouette, depuis ses bottes Dr Marten jusqu'à sa veste militaire préférée. Elle lui répondit par un regard noir. Elle aurait voulu croiser les bras sur sa poitrine, mais elle savait que cela la mettrait en position défensive plutôt qu'en position d'attaque.

—Tu es trop mince. Je pourrais te pousser d'un seul doigt.

Il l'imita et planta son index dans le sternum de Josephine, entre ses seins.

Le monde s'arrêta. Le temps se suspendit. Les gens qui se précipitaient autour d'eux cessèrent d'exister. Il n'y avait plus que la chaleur dans les yeux de Marsh et l'énergie qui grésillait et circulait entre les points de contact de chaque doigt sur chaque poitrine, tourbillonnant, faisant jaillir des étincelles à travers son cœur et ses seins, réduisant sa respiration à presque rien.

Soudain, elle posa la paume à plat sur sa chemise de coton blanc, comme pour le retenir, mais ce n'était pas ce qu'elle faisait, et il le savait. Il retira lentement sa main de Josephine.

Sans voix pour une fois dans sa vie, elle laissa retomber sa propre main, et son contact lui manqua aussitôt.

— Allez, femme, lui dit-il, prenant doucement son coude pour la guider vers le trottoir. Allons chercher à manger.

Ils optèrent pour un petit pub irlandais. Marsh commanda un sandwich au steak, et Josephine choisit une tourte au bœuf, des frites et un jus d'orange.

Il but une gorgée d'eau pendant qu'ils restaient assis en silence. Cette vague de désir qui avait déferlé sur eux dans la rue l'avait ébranlé. Six mois plus tôt, il l'avait laissée approcher de trop près, et il n'était pas sûr de pouvoir s'en remettre un jour. Le désir qu'il éprouvait pour elle avait obscurci son jugement, affecté sa réflexion, et l'avait poussé à enfreindre la loi. Sans oublier qu'il avait failli faire tuer son agent. À cet instant, il ne pouvait pas se permettre d'être distrait, car, cette fois-ci, c'était Josephine qui risquait de mourir.

Une énorme montagne de nourriture arriva devant eux et ils commencèrent à manger. Elle n'allait pas pouvoir avaler tout ça. D'abord, elle aspergea les frites de vinaigre, puis de ketchup, et elle commença à manger comme si elle était affamée. Les frites disparaissaient l'une après l'autre entre ses lèvres délicates. Elle lécha le sel en sortant sa langue rose.

Elle surprit Marsh qui la regardait.

— Quoi ?

Il secoua la tête et observa la nourriture qui disparaissait rapidement.

— J'espère que tu ne fais pas ça pour m'impressionner.

— Je meurs de faim, répliqua-t-elle, s'essuyant la bouche avec une serviette avant de marquer une pause. Et tu sais qu'il est très rare que je fasse quoi que ce soit pour impressionner quelqu'un.

— À l'exception de Marion ? demanda-t-il, jaugeant sa réaction.

Sa fourchette s'arrêta en l'air, et elle s'immobilisa complètement.

— J'aurais fait n'importe quoi pour Marion, avoua-t-elle.

— Qu'est-il arrivé à ta vraie mère, Josephine ?

Il y avait de la douleur enfouie sous le regard furieux qu'elle lui lançait et il regretta aussitôt de l'avoir poussée quand elle posa sa fourchette et s'arrêta de manger. Cette femme avait besoin d'être nourrie. Elle était plus mince qu'au printemps, et elle ne pouvait pas se permettre de perdre un kilo de plus.

Marsh ne comprenait pas pourquoi elle l'attirait autant. Elle avait des problèmes de la taille de l'Empire State Building. Le pouls au-dessus de sa clavicule palpita délicatement lorsqu'elle haussa les épaules et il fut pris de l'envie de l'embrasser à cet endroit.

— Elle est partie.

Ses yeux se tournèrent vers la droite, ce qui aurait été parfait si Marsh n'avait pas su qu'elle était gauchère et que les indices physiques du mensonge, qui n'étaient pas infaillibles, même dans les meilleures circonstances, étaient généralement inversés.

Mais pourquoi mentirait-elle ?

— Quel âge avais-tu quand elle est partie ? l'interrogea-t-il, et elle pinça les lèvres en réfléchissant à sa question.

— Neuf ans.

Le même âge que lorsqu'elle avait été poignardée.

— Ta mère t'a abandonnée après qu'un psychopathe t'a attaquée ?

Quel genre de femme faisait ça ?

Ses cheveux blonds retombèrent autour de son visage quand elle secoua la tête. Elle reprit sa fourchette et piqua un morceau de bœuf dans la sauce riche et parfumée de sa tourte.

— Elle est partie avant, expliqua-t-elle, puis elle mit la viande dans sa bouche et mâcha. Elle s'est enfuie avec un gars de notre église.

— Tu as dit *église* ? répéta Marsh, haussant un sourcil, choqué.

Josephine lui adressa un sourire de dure à cuire.

— Oui. J'étais une petite fille catholique dévote jusqu'au jour où j'ai découvert que ce n'était que des conneries.

— Et tu n'as plus jamais entendu parler de ta mère ?

Il persistait sans trop savoir pourquoi, si ce n'était le désir de découvrir ce qui la motivait. Son expression neutre lui fit regretter de ne pas pouvoir lire dans les pensées.

— Je ne l'ai jamais revue, répondit-elle avec un petit rire sans humour. Non pas que je lui reproche d'être partie.

Le bleu des yeux de Josephine sembla s'accentuer.

— Tu as rencontré mon père, n'est-ce pas ?

Marsh acquiesça. Il avait effectivement rencontré son père, une ordure prête à risquer la vie de sa fille pour le prix d'une bouteille de whisky. Mais quelle mère pouvait abandonner son enfant aux mains d'un tel homme ?

Josephine termina ses frites et but son jus de fruits pendant qu'il jouait avec sa nourriture. Le petit appartement de

Walter Maxwell était sale et infesté de cafards. Son estomac se révolta à ce souvenir, et il repoussa son sandwich. Josephine avait vécu l'enfer dans son enfance. Elle ne méritait pas de mourir aux mains d'un psychopathe. D'un autre côté, qui le méritait ?

Son portable sonna. C'était Dancer.

— Ça t'ennuie si je prends cet appel ? lui demanda-t-il.

Josephine secoua la tête.

— Ils nous ont donné un nom pour l'origine du tableau. Tu ne vas pas aimer ça, dit Dancer.

Comme c'est étonnant.

— Vas-y.

Un géant franchit l'entrée du restaurant et fouilla la salle du regard jusqu'à ce qu'il aperçoive Marsh. Celui-ci lui fit signe de s'approcher.

— La société qui a vendu ce qui pourrait être un Vermeer prétendument volé est une certaine Blue Steel Trading Corporation. Propriété de l'épouse du sénateur Brook Duvall. *Prudence* Duvall.

— Tu plaisantes ! Attends une minute.

Marsh se leva et regarda le colosse à la peau d'ébène qui avait servi sous ses ordres dans la Navy. Il sourit en serrant la main de Vince, heureux qu'ils soient amis.

— C'est bon de te voir, Vince. Vincent Brandt, je te présente Josephine Maxwell. Josephine, je te présente Vince.

Ils se dévisagèrent comme un serpent face à un suricate.

— Il faut que j'y aille. Ne la perds pas de vue jusqu'à mon retour ce soir, Vince, ordonna Marsh, contemplant le visage angélique de la première victime du Chasseur au couteau. Et ne crois pas un mot de ce qu'elle raconte. C'est une menteuse compulsive, et elle est sacrément douée pour ça.

CHAPITRE SIX

Marsh se pencha sur la table où étaient disposés les documents comptables. Il était de retour à Federal Plaza et commençait à se demander s'il reverrait un jour son bureau ou sa maison de Boston, même si New York devenait de plus en plus attrayante.

Dancer regarda vingt-trois étages plus bas par la fenêtre, où la circulation était réduite à de simples petites voitures et où les gens n'étaient guère plus que des fourmis à deux pattes se déplaçant d'un point A à un point B. Un moineau sauta sur le rebord et il tapota la vitre, ce qui fit s'envoler l'oiseau. Marsh l'ignora, sachant qu'il était frustré par la tournure que prenait l'enquête. Ils étaient sur le point de se plonger dans un bourbier politique et ne pouvaient pas se permettre de se planter.

— Blue Steel Trading Corp a vendu le tableau pour cent mille dollars il y a six mois ? demanda-t-il.

— Oui. Ce qui ne correspond pas non plus à la valeur supposée du tableau.

Aiden Fitzgerald, expert en art renommé et agent infiltré du FBI, scrutait une photo du tableau, agrandi à grande échelle.

— Même avec la signature de De Hooch, ça vaut un demi-million, facile.

— Peut-être le vendeur avait-il besoin d'argent rapidement ?

— Ou bien, ils savaient qu'il était volé, et ils voulaient s'en débarrasser, intervint Dancer.

— Au moins une personne s'est donné la peine de le faire nettoyer par un professionnel.

Aiden s'adossa à sa chaise, un mannequin parfait, impeccablement habillé. Il joignit les doigts, puis porta les extrémités manucurées à ses lèvres. La scène artistique new-yorkaise était son domaine, et cela lui allait bien.

— La signature de De Hooch semble être là depuis des années. En admettant qu'une signature de Vermeer soit dissimulée quelque part, ce qui n'est qu'une hypothèse à ce stade, pourquoi la cacher ?

— Peut-être parce qu'un Vermeer apparaissant subitement au grand jour susciterait un émoi international ? Peut-être ne voulaient-ils pas de ce genre d'attention de la part des médias ?

Aiden tourna les yeux vers Marsh. Les deux guerres mondiales avaient été une période de grands bouleversements au cours de laquelle de nombreux objets de valeur avaient changé de mains pour de multiples raisons. Les gens avaient dissimulé leurs richesses et leur butin de diverses façons.

— La plus récente découverte d'un Vermeer, dont beaucoup doutent encore, s'est vendue pour trente millions de dollars en 2004, annonça Aiden, posant les mains sur la copie de l'acte de vente. Johannes Vermeer n'a réalisé que trois douzaines de tableaux au cours de sa vie. La plupart se trouvent dans des musées, et l'un d'entre eux, comme vous le savez, est répertorié comme volé au musée Gardner.

Il expira une grande bouffée d'air. Il pinça les lèvres en examinant la photographie une dernière fois ; le tableau lui-même était encore en cours d'analyse dans un laboratoire voisin, plus sécurisé que celui des Nations unies.

— Je continue de penser, en admettant qu'il ne s'agisse pas là d'une sacrée contrefaçon, qu'il pourrait s'agir du vrai. L'utilisation de la lumière…, commença-t-il avant de se taire, admiratif.

Il leva les yeux.

— Il pourrait facilement être vendu aux enchères aujourd'hui pour cinquante millions de dollars.

— Alors pourquoi l'a-t-on retrouvé à l'ouverture d'une petite galerie à Manhattan ? s'enquit Marsh, frottant ses yeux fatigués. Les Faraday devaient savoir que le tableau avait plus de valeur que ce qu'ils avaient payé… mais c'est bien là l'intérêt d'être revendeur, non ? De gagner quelques dollars.

— À quel prix était-il affiché à la galerie hier soir ? l'interrogea Marsh.

Dancer s'éloigna de la fenêtre et retourna à son bureau. Il pointa un chiffre sur un autre listing.

— Huit cent mille.

Il siffla et afficha son sourire enfantin.

— J'en prendrai deux.

Marsh tambourina sur le bureau avec ses doigts.

Pru Duvall s'était tenue à côté de lui, juste devant ce tableau, sans même y jeter un coup d'œil, sans montrer le moindre intérêt pour quoi que ce soit, à part sa cavalière. Il était possible qu'elle n'ait rien à voir avec la gestion quotidienne de Blue Steel Trading Corp et qu'elle n'ait jamais vu l'œuvre auparavant. Mais si elle ne s'intéressait pas à l'art, que faisait-elle dans une galerie à New York ? Il ne faisait pas confiance à Pru Duvall, et son mari était un abruti. Mais c'était un abruti qui avait beaucoup de relations.

Les Duvall commençaient à s'imposer sur la scène politique, et la scène artistique de New York regorgeait de gens riches et influents : qui d'autre pouvait se permettre de dépenser huit cent mille dollars pour un tableau ?

— Organise un entretien avec les Duvall, Steve, mais fais en sorte que ce soit très discret, très officieux. À leur domicile, si possible.

Marsh consulta sa montre, se demandant comment Josephine et Vince s'entendaient. Il sortit son téléphone et composa le numéro de ce dernier.

— Qu'a dit l'amiral quand tu lui as annoncé que nous avions trouvé le tableau ?

Un rougissement intense fit disparaître les taches de rousseur de Dancer, qui eut la grâce de prendre un air honteux.

— Je n'ai pas réussi à le joindre, dit-il, agitant les jambes en s'appuyant sur la table. La femme de ménage a dit qu'il était parti pêcher en Alaska.

Dancer était le meilleur expert en électronique qu'il ait jamais connu, mais il n'était pas très à l'aise avec les représentants du pouvoir. Il était capable de charmer les femmes avec un seul sourire à fossettes, mais il ne savait plus quoi dire face aux huiles.

Marsh serra les dents en entendant sonner le téléphone de Vince.

— Je suis presque sûr qu'ils ont des téléphones en Alaska. Appelle le bureau du FBI à Anchorage et demande-leur d'aller le trouver.

Il était seize heures. Marsh se frotta la tempe et se demanda ce que faisaient Vince et Josephine. *Et pourquoi ne répondaient-ils pas au téléphone ?*

— C'est trop grand.

— Vous le tenez mal.

— Comment faites-vous pour vous promener avec ce truc ? s'enquit Josie, tendant le cou pour regarder Vince.

Son rire partit de son ventre et s'échappa de ses lèvres ; elle sentit la vibration se déplacer dans son dos alors qu'il se tenait derrière elle. De sa main énorme, il prit l'arme de celles de la jeune femme, remplaça le chargeur et la replaça sans effort dans son holster.

Le canon semblait minuscule dans sa paume.

Les yeux de Vince étaient plus sombres que le chocolat, et possédaient cette lueur dure et soignée propre aux militaires.

— C'est un pistolet Desert Eagle, m'dame. Il pèse plus de deux kilos quand il est chargé.

Josephine secoua les mains et frotta ses poignets douloureux.

— Eh bien, *merde* ! Ça ne fonctionnera pas.

Il la regarda en fronçant les sourcils ; il avait un diamant à l'oreille.

— Vous cherchez une arme d'autodéfense ?

— Non, je songe à envahir Washington, répondit-elle en posant une main sur sa hanche, levant les yeux au ciel. Bien sûr que je cherche une arme d'autodéfense !

Bon sang ! Cette simple pensée la fit grimacer. Elle n'avait ressenti que du désespoir lorsqu'elle avait regardé dans le viseur de ce pistolet monstrueux. Et le désespoir impliquait la peur.

Elle détestait la peur. Elle détestait les armes à feu. Elle mordilla sa lèvre inférieure. *La vie est nulle. Remets-t'en.*

Elizabeth était en lune de miel tardive au milieu de l'Outback, sinon elle lui aurait téléphoné pour lui demander conseil. Elle ne devait pas revenir avant la semaine suivante, et Josie doutait que Nat apprécie qu'elle interrompe le temps qu'ils passaient ensemble.

Elle avait mal aux doigts à force de les serrer fort, alors elle relâcha ses mains. Elle aurait aimé pouvoir se concentrer suffisamment pour peindre, mais même cela lui échappait pour le moment.

Un éclair de dents blanches la surprit. Vince sourit.

— Nous pouvons arranger cela.

— Vous allez m'aider à trouver une arme ? Une petite ?

Elle sourit. Elle était soulagée de pouvoir faire quelque chose de concret plutôt que de rester assise à attendre que le tueur réapparaisse. Elle attrapa son sac et monta les marches en courant jusqu'à la porte.

— Où allons-nous ? Ai-je besoin d'argent liquide ? Combien ?

Vince la fixa du regard, puis plissa les yeux, perplexe.

— Eh bien... Nous aurons besoin d'une pièce d'identité avec photo.

Il se dirigea vers les grandes fenêtres à l'avant de son appartement, examina les stores, puis les ferma, occultant la lumière du soleil.

— Passeport ou permis de conduire. Et nous devrons remplir le formulaire de demande en ligne...

— Un formulaire de demande ? répéta Josephine, debout devant sa porte d'entrée, alors que ses épaules s'affaissaient en même temps que sa bonne humeur s'effondrait.

Elle tendit la main vers la poignée de la porte.

— Pour un permis de port d'arme. Ne touchez pas à cette porte avant que je ne vous le dise, jeune fille.

Levant les yeux au ciel, elle lui demanda :

— Et combien de temps cela prendra-t-il pour obtenir un permis ?

— Assez longtemps pour vous apprendre à utiliser une arme de poing.

Vince lui lança un de ces regards impérieux que Marsh

maîtrisait parfaitement. Ils devaient les enseigner au camp d'entraînement de la Navy.

Irritée au point d'en oublier la politesse, elle porta un index à ses lèvres et inclina la hanche.

— Mmmh, je me demande si cette ordure de meurtrier a pensé à prendre son permis de port de couteau dissimulé avant de commencer à massacrer des femmes ? Je suppose que nous devrions lancer une alerte, non ?

— Vous trouvez ça drôle ?

La force de Vince la mettait mal à l'aise et ce mal-être la mettait hors d'elle. Elle saisit la poignée de la porte.

— Ne… !

Vince ne cria pas, mais sa voix était comme un puissant boum qui pénétrait la brique et, en dépit de sa corpulence, il s'élança vers elle, aussi rapide qu'un crocodile. Mais elle fut plus rapide.

Elle ouvrit la porte en grand et recula, choquée, en voyant un homme qui se tenait là. Son cœur s'emballa. Vince dégaina son arme et bondit vers elle.

— Reculez !

Il la poussa contre le mur tandis que l'agent spécial Sam Walker dégainait à son tour un pistolet pour le pointer sur la poitrine massive de Vince.

— Non, non, non ! FBI ! s'écria Josie en se débattant, tâchant de se placer devant Vince, mais sa main était comme une armature métallique autour de sa poitrine. Il est du FBI ! FBI !

Josie observa leurs expressions, qui passèrent de belliqueuses à méfiantes.

— Papiers d'identité, s'exclama Vince, dont la voix indiquait qu'il ne tolérerait pas de refus.

Heureusement, Sam Walker ne protesta pas. Il retourna le pan de sa veste pour dévoiler l'insigne doré surmonté d'un aigle et Vince baissa son arme, mais sans relâcher Josephine. En fait, la pression de sa paume sur son sternum augmentait et Josie avait du mal à respirer. Ce qui était amusant, c'était l'absence de feu d'artifice sexuel, contrairement à quand Marsh la touchait.

Aussi amusant qu'une crise cardiaque.

Lentement, avec d'infinies précautions, Vince rengaina son arme, tira son portefeuille de sa poche et en sortit une pièce d'identité.

— Je suis le garde du corps personnel de Mlle Maxwell. Je m'excuse d'avoir pointé une arme sur vous, monsieur.

Walker eut le culot de prendre un air amusé en lui rendant sa carte d'identité, tandis que Vince continuait à plaquer Josie contre le mur. Elle avait les joues brûlantes et ses poumons avaient du mal à fonctionner sous une telle pression.

— Je n'ai fait qu'ouvrir la porte, haleta Josie.

— Vous avez désobéi à un ordre direct, mademoiselle.

Mademoiselle ?

— Je ne suis pas dans la...

Sa vision commença à se brouiller. Elle n'avait pas l'intention de s'excuser. Elle n'avait pas demandé l'aide de ce type.

— Je n'appartiens pas... à... cette foutue armée... !

— La Navy, rectifia Vince, tournant la tête pour capturer son regard. Si vous voulez que des gens comme moi et l'agent spécial Walker soient tués, continuez à vous comporter comme une peste trop gâtée !

Josie grinça des dents, incapable de formuler les mots avec ses poumons brûlants. C'était elle la cible, et pourtant, elle était la seule à n'être pas armée. En quoi était-ce juste ?

Je n'ai pas demandé votre aide...

Des yeux sombres la fixèrent tandis que le monde commençait à tourner à l'intérieur, mais il n'était pas question qu'elle s'excuse d'avoir ouvert sa propre porte d'entrée.

❄

LA PORTE de l'appartement de Josephine était grande ouverte. Marsh leva les yeux vers la cage d'escalier et se mit à courir, détachant le fermoir de son holster pour poser la main sur la crosse de son Glock. Il avait toujours une balle dans la chambre.

Quelqu'un cria quand il arriva en haut des marches.

— Ne vous emballez pas trop, Hayes !

L'agent spécial Sam Walker franchit la porte d'entrée, la lassitude creusant des sillons sur les côtés de ses yeux. Marsh rengaina son arme.

— Où est Josephine ? Est-ce qu'elle va bien ?

Contournant l'autre agent fédéral, il s'arrêta brusquement lorsqu'il aperçut Vince penché sur une silhouette prostrée.

— Que s'est-il passé ?

Vince se redressa et secoua la tête.

— C'est ma faute. J'ai sous-estimé la quantité de pure obstination qui coule dans ses veines. Elle s'est évanouie plutôt que d'admettre qu'elle avait peut-être tort.

Un grognement s'éleva depuis le canapé. Josephine s'efforça de se redresser, mais Vince posa la paume sur sa tête.

— Restez allongée encore une minute, d'accord ?

À la surprise de Marsh, Josephine acquiesça et obéit. Les stores étaient tirés, sans doute pour éviter les tireurs d'élite, mais Marsh doutait que le Chasseur au couteau l'atteigne de cette façon : ce n'était pas assez personnel. Quelque chose remua à la limite de son champ de vision. Sam Walker passa près de lui, puis descendit les marches menant au salon.

— Pourrais-je avoir un verre d'eau, s'il vous plaît ? s'enquit Josephine d'une voix douce et séduisante.

Une bouffée de chaleur envahit Marsh. La dernière fois qu'il avait entendu ce ton, c'était lorsqu'elle lui avait demandé de lui faire l'amour.

Répéterait-elle la même chose à quelqu'un d'autre ? Sam Walker se rendit dans la cuisine et Marsh le regarda partir, envahi d'un sentiment d'agacement grandissant. *Merde*. Il secoua la tête, atrocement jaloux.

— Ton garde du corps a failli me tuer.

Elle avait l'air pathétique et frêle, allongée sur le grand canapé écarlate, Vince la dominant de toute sa hauteur. Cette même femme qui l'avait un jour frappé à l'aine avec tant de force qu'il avait failli s'évanouir.

— Ouais, je me disais bien que Vince était du genre à frapper une femme. C'est pour ça que je l'ai engagé, répliqua-t-il, échangeant un regard complice avec l'ancien SEAL. Je doute que ce soit la faute de Vince.

Sam Walker revint dans la pièce avec un verre d'eau.

— L'agent spécial Walker l'a vu, n'est-ce pas, Sam ?

Josephine adressa à cet enfoiré un sourire tremblant et il acquiesça, un sourire sur le visage.

Des émotions sombres tordirent les tripes de Marsh. *Super*. Une fois encore, elle l'avait réduit à ses sentiments plutôt qu'à sa logique.

Il soupira et se laissa tomber sur le canapé à côté d'elle. Elle recroquevilla ses jambes pour lui laisser de la place. Sa paire de bottes abîmées se trouvait à quelques centimètres du pantalon de costume de Marsh. Il en prit une, dénoua les lacets et la déchaussa ; il fit tomber la botte sur le sol avant de reposer délicatement son pied sur le canapé. Alors qu'il répétait l'opération avec l'autre pied, il remarqua que l'agent Walker l'observait, une lueur interrogative dans ses yeux marqués par la fatigue. Marsh le laissa tomber et il rebondit sur le coussin. Il n'eut même pas l'énergie de sourire lorsqu'elle se redressa en repliant ses pieds sous ses fesses bombées.

D'énormes toiles occupaient le mur derrière la tête de Walker, détournant le regard de Marsh. Elles représentaient des flammes blanches avec, à l'occasion, des projections de couleurs intenses qui se tordaient comme si elles essayaient de s'enfuir. Il se souvint de la première fois qu'il les avait vues. Étonnantes, provocatrices, à l'image de la femme qui les avait peintes.

— Tu veux me dire ce qui s'est passé ? Ou bien devons-nous passer à autre chose ? s'enquit Marsh.

Sa tension s'ajoutait à un mal de tête qui lui donnait l'impression que son crâne allait exploser.

Fronçant les sourcils, Vince remarqua :

— Je ne sais pas si je pourrai la protéger si elle refuse de coopérer avec des consignes élémentaires.

Ses yeux étaient braqués sur Marsh. Vince était intelligent, loyal, et il se jouait de Josephine comme un pro. Sauf qu'elle ne jouait jamais vraiment bien avec les autres.

— De toute façon, je n'aurai pas besoin de vous. Je vais disparaître. Je sais comment...

— Oui, c'est vrai que cela a *tellement* bien marché la dernière fois ! s'exclama Marsh.

Il faisait attention à ses paroles devant Sam Walker, mais le tressaillement de douleur lui indiqua qu'il avait fait mouche. La mafia l'avait retrouvée après avoir torturé et assassiné son père et la femme qui l'avait élevée. Si Marsh ne l'avait pas suivie, elle serait probablement morte. Leurs regards se croisèrent. Le bleu des yeux de Josephine était si vif qu'on aurait dit qu'ils avaient été peints sur une toile neuve.

Sam Walker prit place à côté de Vince sur le canapé d'en face, qui parut soudain bien petit.

— Je ne crois pas que ce soit une bonne idée de vous enfuir, remarqua Walker d'un ton sombre.

Josephine croisa les doigts.

— Pourquoi ? Qu'avez-vous découvert ? s'enquit Marsh.

Walker sortit un dossier de sa mallette. Le sérieux du regard de l'homme incita Marsh à lui prêter attention.

— L'inspecteur Cochrane a dressé une liste de victimes possibles liées à ce tueur dès la fin des années 1990 : deux cas au

Nouveau-Mexique et deux cas à Washington. Je me suis penché sur les dossiers pour tenter d'établir un lien avec d'autres.

— Sur quoi vous basez-vous pour le faire ?

Sam balaya la pièce du regard.

— Tout ce que je dis est confidentiel. Si l'une de ces informations est divulguée, je vous ferai tous inculper pour obstruction, affirma-t-il, posant les coudes sur les genoux, tenant lâchement un stylo entre ses doigts. Même vous, monsieur.

Il adressa un signe de tête à Marsh.

Celui-ci se dit qu'il avait dû vérifier son alibi pour les meurtres, et qu'il était tiré d'affaire. Il était temps.

— Alors, pourquoi nous le dire ?

— Parce que je sais que vous disposez de l'influence nécessaire pour obtenir l'information de toute façon et que j'aime l'illusion du contrôle.

Walker ne semblait pas impressionné par le statut de Marsh, qui le respectait d'autant plus pour cela. Mais il ferait tout ce qu'il fallait pour protéger Josephine d'un tueur. Walker la fixait d'un regard dur.

— Et parce que je pense que vous êtes la première victime.

— Je ne suis pas une vic...

— En es-tu sûre ? s'exclama Marsh, coupant court à ce déni qui faisait partie intégrante de l'existence de Josephine.

Walker acquiesça et prit une photo en haut de la pile.

— Au départ, je me suis concentré sur cette femme du Nouveau-Mexique, parce que je pensais qu'elle était la première victime. Elle s'appelait Donna Viera, assassinée il y a seize ans.

La photographie glissa sur la surface de la table basse avec un chuintement qui fit dresser les cheveux sur la nuque de Marsh. Blonde. Élancée. Son corps était couvert d'une série de marques croisées qui avaient abondamment saigné, striant sa peau.

— Cause du décès ? l'interrogea Marsh.

Josephine détourna les yeux et but une gorgée d'eau. Vince se pencha sur la table, contemplant les photos de ces meurtres rituels.

— Elle s'est vidée de son sang.

Walker sortit un autre cliché qu'il posa à côté de celui de Donna Viera. *Angela Morelli.* La femme du rez-de-chaussée. *Deux décennies plus tard, cette ordure continue à tuer.* Marsh essaya de contrôler la fureur qui l'envahissait.

— Ces victimes sont probablement l'œuvre d'une seule et même personne. Ce sont toutes les deux des femmes blondes de type caucasien, fin de la vingtaine ou début de la trentaine, et séduisantes.

Josephine posa brusquement son verre d'eau et le renversa.

— Je vais chercher un chiffon.

Elle était presque debout, mais Marsh posa une main sur sa cuisse et la maintint en place. Vince se leva pour aller chercher le torchon. Marsh savait qu'elle voulait éviter cela, mais il était important qu'elle comprenne le danger auquel elle était confrontée.

— Angela Morelli n'était pas une vraie blonde, remarqua Walker, pointant du doigt la région pubienne de la femme. Il a écorché ses parties génitales, sans doute en guise de punition.

Une vague de dégoût monta dans sa gorge, mais Marsh la repoussa. Josephine avait la main plaquée sur sa bouche quand Vince lui tendit le linge. Il pendait de ses doigts, alors Marsh le lui prit et essuya l'eau qu'elle avait renversée.

— Quel est son mode opératoire ? demanda Marsh.

Walker jeta un coup d'œil à Vince.

— Je sais que vous êtes un soldat décoré et un héros de guerre, mais si ça se sait…

— Je disposais d'une habilitation de sécurité maximale il y a trois mois et vous pensez que j'ai déjà oublié les règles ?

L'expression amusée de Vince ne parvint pas à duper Marsh. L'injure faite à son caractère offensait l'ancien SEAL.

— Vince est la personne la plus discrète que vous puissiez rencontrer, répliqua Marsh.

Et l'un des plus respectueux de la loi. Josephine lança un regard noir à Vince, qui le lui rendit avec un sourire tranquille et un clin d'œil.

— Je pense que vous devez tous comprendre de quoi ce tueur est capable, dit Walker, sortant deux nouvelles photos.

Deux autres femmes brutalisées.

— Ces femmes ont été attaquées dans leur propre maison. Elles sont célibataires, et elles étaient seules au moment de l'attaque. Il passe du temps avec les victimes lorsqu'il le peut. Plusieurs heures, d'après les témoignages.

Josephine ouvrit la bouche pour parler, mais la referma sans qu'aucun mot ne s'échappe.

Walker poursuivit.

— Les preuves suggèrent qu'il les bâillonne, les attache à leur lit et les taillade. De façon répétée.

— De l'ADN ou des traces ? s'enquit Marsh, espérant contre toute attente.

Walker secoua la tête.

— Rien n'a fourni d'échantillon biologique viable, hormis le sang que nous avons trouvé sur le sol en bas quand vous l'avez mordu, Josie. C'est une véritable avancée pour les forces de l'ordre. L'analyse n'est pas encore terminée, mais elle est prioritaire.

—Espérons qu'il soit dans le système, déclara Marsh.

Regardant Josephine, Sam dit d'un ton calme :

— D'après ce que vous nous avez dit, nous pensons qu'il porte une sorte de chapeau ou de masque, au moins jusqu'à ce qu'il ait mis la main sur sa victime.

— Pourquoi les taillade-t-il ? demanda Josephine d'une voix aiguë.

Walker haussa les épaules.

— Par piquerisme ? Certaines personnes éprouvent une satisfaction sexuelle en tailladant ou en poignardant. Ou bien elles prennent leur pied grâce à la douleur de la victime.

Josephine frémit et se détourna. Sa peau était si pâle que le bleu de ses veines était visible sur le dos de ses mains.

— Agression sexuelle ? s'enquit Marsh.

Walker secoua la tête.

— Il ne m'a pas violée, affirma Josephine, l'air soulagée.

Marsh lui prit la main, frottant les doigts froids de la jeune femme entre les siens. Elle se tourna vers lui, totalement confuse.

— Pourquoi ne viole-t-il pas les femmes qu'il agresse ?

Marsh haussa les épaules.

— Il se pourrait qu'il soit impuissant.

Il ne voyait vraiment pas ce qui pouvait pousser un homme à tuer pour le plaisir. Le fait que les victimes n'aient pas été agressées sexuellement était une bonne chose, mais le prédateur les avait quand même fait souffrir.

Walker toucha un autre dossier. Marsh le reconnut et serra les dents. Son assistante personnelle, Dora, avait envoyé, sur son insistance, une copie du rapport sur l'agression de Josephine depuis son bureau de Boston à la police de New York et au FBI. Walker sortit une autre photo, celle d'une enfant mince aux yeux creusés qui dormait dans un lit d'hôpital.

Tous les muscles de Josephine se crispèrent. Lentement, elle tendit une main tremblante et caressa le bord de la photocopie comme si elle était vivante, et que l'enfant risquait de se réveiller si elle la dérangeait.

La silhouette sur le cliché était plate, avec des hanches étroites. Androgyne. Asexuée.

— Je crois qu'à plusieurs égards, vous avez eu de la chance, dit Walker, qui poursuivit malgré le tressaillement de Josephine. Son comportement n'avait pas encore escaladé jusqu'au meurtre, ou vous ne correspondiez pas au profil de sa victime.

— Vous ne pensez pas qu'il l'a choisie spécifiquement ? Vous croyez qu'elle n'était qu'un accident ? Ou une attaque opportuniste ?

Walker haussa les épaules.

— C'est une théorie.

Vince fixa la table du regard, arborant une moue, les yeux rivés sur les photos.

— C'est vous ? s'enquit-il avec un signe de tête vers l'image.

Josephine acquiesça, les yeux écarquillés sous l'effet du choc.

La voix de baryton profonde de Vince fit vibrer l'air.

— Combien de femmes pensez-vous que cet animal a tuées ?

Sam Walker, l'air sinistre, passa ses mains sur son visage.

— Après avoir interrogé Mme Maxwell, j'ai décidé de repasser les informations dans ViCAP, mais cette fois, j'ai omis le mode opératoire et je n'ai utilisé que les informations relatives aux blessures par arme blanche.

Leurs regards se croisèrent et Marsh retint son souffle, l'effroi l'imprégnant jusqu'à la moelle.

— Combien ? demanda-t-il.

— J'en ai trouvé dix qui correspondaient à ce que nous avions déjà : toutes blondes, avec la peau entaillée plutôt que poignardée, certaines trouvées dans des endroits reculés, d'autres repêchées dans des rivières, d'autres encore brûlées.

— Il détruit les preuves.

Walker acquiesça face à la sinistre déclaration de Marsh.

— Et maintenant Interpol est impliqué...

Le silence s'étira jusqu'à ce que Marsh ait envie d'attraper l'homme par le revers de sa veste et de lui arracher l'information.

— Combien ?

— Nous établissons une chronologie des disparitions depuis le milieu des années 1990, lorsque Josie a été attaquée.

— Combien ? répéta Marsh d'un ton dur.

— Quinze. Il est possible qu'il y en ait davantage, déclara Walker. Il est difficile d'avoir des certitudes lorsque la décomposition est avancée et que tous les corps n'ont pas forcément été retrouvés...

Vince jura et se détourna.

Josephine était tendue comme une corde de violon que l'on pince, et la peur et le malaise irradiaient d'elle. Walker la regardait fixement, mais Marsh ne comprenait pas ce que l'homme attendait d'elle. *Qu'elle se sente coupable ? De quoi ?* Il doutait qu'elle connaisse son agresseur, même si elle ne leur disait pas tout. Marsh détestait la voir effrayée. Cela lui nouait les tripes et lui brouillait les méninges au moment où il avait le plus besoin de s'en servir. Il fixa son regard sur le parquet, sachant que la situation allait empirer avant de s'améliorer, à moins qu'ils n'aient beaucoup, beaucoup de chance.

— Pourquoi les taillade-t-il ? insista Marsh, répétant la question de Josephine.

Vince fronça les sourcils, penché en avant, les mains jointes.

— Les scarifications sont très répandues dans le milieu du sadomasochisme. Les meurtriers sexuels font souvent preuve de sadisme.

Walker haussa les épaules.

— Nous n'en savons rien, à ce stade, nous ne pouvons faire que des suppositions.

— Vous avez établi un profil ?

— Les agents du département des sciences du comportement y travaillent maintenant que nous avons plus d'informations ; malheureusement, il y a plus de meurtriers que de ressources au FBI, expliqua Walker, fronçant les sourcils devant la table basse, passant les mains le long du bord dur. Nous savons que nous sommes en présence d'un criminel organisé et mobile géographiquement.

— Le genre le plus difficile à attraper.

Aucun d'eux n'ignorait qu'ils avaient affaire à une ordure très maligne, mais même les ordures malignes commettaient des erreurs.

Walker tourna encore quelques pages de son carnet.

— Qu'avez-vous ? insista Marsh.

Walker pinça les lèvres.

— L'âge. Ces nouvelles informations révisent notre estimation de son âge. Si l'on suppose qu'il avait entre dix-huit et vingt-cinq ans lorsqu'il a attaqué Mlle Maxwell pour la première fois, cela lui fait entre trente-huit et quarante-cinq ans.

Ce qui lui laisse encore de nombreuses années pour tuer...

— Caucasien ? s'enquit Vince.

Walker se tourna vers Josephine, qui confirma d'un hochement de tête.

— Oui, un homme blanc de taille moyenne aux yeux gris. C'est notre seul point de référence solide pour l'instant.

— Que voulez-vous de moi ?

Une unique larme coula sur la joue de la jeune femme. Elle ne l'essuya pas, pensant peut-être qu'ils ne la remarqueraient pas si elle n'attirait pas l'attention dessus.

Marsh répondit pour Walker.

— Dans les affaires de meurtres en série, la première et la dernière victime sont les plus révélatrices au sujet du criminel.

Il plaça la photo d'Angela Morelli à côté de celle de Josephine enfant, et il eut un mouvement de recul intérieur. Josephine était la clé. C'était évident.

Elle avait les yeux rivés sur les photos macabres.

— Que faisais-tu dans le Queens ce jour-là, Josephine ? l'interrogea Marsh.

La douleur filtra à travers ses yeux bleus profonds, suivie par le déni. Elle secoua la tête puis ouvrit la bouche pour parler. La ferma à nouveau. Fronçant les sourcils, elle saisit un cliché de Donna Viera.

— Oh, mon Dieu !

L'air choqué, elle se redressa, se tenant en équilibre sur le bord du coussin.

— Quoi ? insista Walker. Qu'y a-t-il ?

— Ma mère. Cette femme ressemble à ma mère ! s'exclama Josephine, plaquant une main sur sa bouche. Est-il possible qu'il l'ait traquée cette nuit-là, et qu'il m'ait trouvée à sa place ?

— Je croyais que tu avais dit que ta mère avait disparu avant que tu ne sois attaquée ? intervint Marsh.

Elle se tut et Marsh se demanda si elle allait finir de raconter son histoire ou se taire comme elle le faisait d'habitude.

Ses traits étaient à moitié dissimulés par ses cheveux lorsqu'elle reprit la parole.

— Je l'ai suivie cette nuit-là. C'est pour ça que je suis allée dans le Queens.

Elle ferma les yeux, visiblement tiraillée par l'indécision. Une rougeur envahit son cou et ses joues.

— Pourquoi as-tu suivi ta mère, Josephine ? demanda-t-il d'une voix douce.

— C'était il y a si longtemps !

Elle s'affala contre le canapé, contemplant le haut plafond.

— Essayez de vous rappeler, insista Sam Walker, qui avait du mal à contenir sa frustration.

Marsh le fusilla du regard. Elle eut un rire amer.

— C'est là le problème. Je me rappelle. Je me souviens de chaque détail.

La légère inclinaison des lèvres de Walker trahissait son

scepticisme. Les témoins oculaires étaient notoirement peu fiables. Et après tout ce temps…

— J'avais peur qu'elle me quitte à nouveau. Elle était partie plusieurs semaines quand j'étais plus jeune, et…, commença-t-elle avant de s'interrompre avec un rire amer. Eh bien, ce n'était pas vraiment la meilleure période de ma vie.

Les yeux de Josephine s'embuèrent tandis qu'elle pensait au passé.

— Je rentrais de l'école quand elle est montée dans le bus où j'étais. Elle ne m'a pas vue, parce que j'étais assise vers l'arrière.

Marsh dut lutter pour l'entendre, car elle parlait de plus en plus bas.

— Elle se comportait de manière étrange, elle s'habillait plus joliment, elle portait du maquillage, elle souriait.

Josephine mordit sa lèvre avec ses dents blanches et solides. Et continua à regarder le haut plafond voûté.

— J'ai décidé de la suivre. Elle est descendue dans le Queens, puis elle est entrée dans un grand bâtiment en briques rouges avec un escalier de secours qui longeait l'extérieur. J'ai grimpé sur une benne à ordures et j'ai réussi à attraper la barre inférieure de l'escalier et à me hisser. J'étais gymnaste à l'époque, donc c'était facile.

Elle fronça légèrement les sourcils. Échangeant un regard avec Walker, Marsh se demanda si c'était l'avancée dont ils avaient besoin.

— J'ai regardé par différentes fenêtres pour la trouver et, finalement, j'ai réussi, dit-elle, ses paroles empreintes de dégoût. Elle se faisait prendre contre le mur par un gars de l'église Sainte-Marie.

Josephine s'interrompit. Puis, lentement, prudemment, elle prit son verre d'eau et le vida.

— Sympa, hein ? Cela a donné un tout nouveau sens à : « Accourez, fidèles. »

— Te souviens-tu du nom du type ?

Josephine secoua la tête.

— Que s'est-il passé ensuite ? s'enquit Walker, le visage impassible.

Josephine le dévisagea, puis frotta ses mains sur ses genoux dans un geste répétitif déstabilisant.

— La nuit était tombée. Je ne m'en étais pas rendu compte. Je suis simplement restée sur l'escalier de secours, à les regarder, à attendre que ma mère rentre à la maison. Au bout d'un moment, je crois que j'ai fini par m'endormir. Je n'étais qu'une gamine.

La poitrine de Marsh se serra ; il luttait pour respirer. Il imaginait l'enfant qu'elle avait été.

— Tout à coup, un homme masqué s'est retrouvé à côté de moi, raconta-t-elle en regardant Marsh, les yeux brillants dans son visage pâle. Il a plaqué sa main sur ma bouche et m'a traînée dans cette ruelle.

Elle haussa les épaules.

— Tout le reste est dans le rapport de police.

L'agent spécial Walker tapota un bloc-notes avec un stylo qui était apparu dans sa main.

— Votre agresseur aurait-il pu être le même homme que celui qui était dans la chambre de votre mère ?

Ses cheveux retombèrent de leur nœud. Elle les secoua en une auréole désordonnée et les noua à nouveau.

— Je ne crois pas. Ils sont allés dans la chambre ou la salle de bains, hors de ma vue. Je surveillais la porte d'entrée et je n'ai vu personne sortir.

— Mais est-ce possible ? insista Walker.

Josephine haussa les épaules, l'air confus.

— Je suppose, oui, mais pourquoi ma mère l'aurait-elle laissé me faire du mal ? Oh... !

Sa bouche s'ouvrit, puis se referma. Le visage couleur de cendre, elle comprit là où l'agent Walker voulait en venir.

Marsh brûlait d'envie de la prendre dans ses bras et d'apaiser ses muscles raidis. Mais il n'osait pas la toucher.

— Vous pensez que ma mère est morte ? s'enquit-elle, sa voix s'élevant, et elle se leva d'un bond. Comment pourrait-elle être morte ? Aucun meurtre n'a été signalé.

— Peut-être n'avons-nous jamais retrouvé le corps, suggéra Walker d'une voix douce.

— Pourquoi me laisser en vie ?

Elle se dirigea vers les fenêtres voilées, son pantalon noir épousant ses hanches minces, son pull-over ample retombant sur ses épaules, puis elle se mit à faire les cent pas.

— Peut-être qu'il ne pouvait pas se résoudre à tuer une enfant ? suggéra Marsh. Quand tu t'es évanouie, il a pu en profiter pour se débarrasser du corps avant que tu ne te réveilles ?

Josephine cessa d'arpenter la pièce ; ses mains couvrirent son visage tandis que des sanglots silencieux agitaient ses épaules.

— *Bon sang !*

Se morigénant pour avoir oublié que *le corps* pouvait être la mère de Josephine, Marsh s'approcha d'elle et l'entoura de ses bras, l'obligeant à poser la tête sur son torse alors que son corps était agité de tremblements.

— Cet entretien est terminé, annonça Marsh, fixant du regard l'agent Walker dont la bouche se pinça, signe de son agacement. Lisez les rapports de police, vérifiez les dossiers des locataires des immeubles près desquels Josephine a été trouvée et voyez si une Jane Doe[1] correspond... Quel est le nom de ta

---

1. NdT : en anglais, Jane Doe (John Doe en version masculine) est une expression qui désigne une femme non identifiée.

mère, Josephine ?

— Margo, Margo Maxwell. Margo Thomas avant son mariage.

Elle avait marmonné les mots dans sa chemise, les larmes mouillant le tissu fin qui lui collait à la peau.

— Voyez si une Jane Doe correspondant au profil a été retrouvée dans les six mois qui ont suivi l'attaque de Josephine, ou si Margo Maxwell a refait surface ailleurs. Vérifiez son numéro de sécurité sociale et son permis de conduire, cela devrait vous indiquer si elle est morte ou non.

Les sanglots de Josephine s'amplifièrent. Il était aussi sensible qu'une bombe à neutrons. Il serra la jeune femme fort contre lui, essayant de la réconforter, mais les muscles de son dos étaient comme de la fonte sous ses doigts.

— On se voit demain, Vince ? s'enquit-il auprès du grand homme.

Vince semblait perturbé, ce qui laissait penser qu'il ne voulait pas de ce travail. Qui aurait pu le lui reprocher ?

Il leva ses yeux d'ébène, et son clou d'oreille en diamant brilla brièvement.

— À sept heures tapantes, monsieur, répondit Vince, qui rassembla son immense carrure pour se lever. Est-ce que ça va aller pour elle ?

Il fit un signe de tête incertain en direction de Josephine, dont les pleurs redoublaient.

— Oui.

Marsh inclina la tête vers l'agent Walker, qui avait récupéré ses dossiers et se leva à son tour, hésitant, comme s'il était réticent à partir.

— Je devrai l'interroger à nouveau demain.

La fatigue marquait les traits de l'agent aussi sûrement que la décomposition dégradait un cadavre. Marsh savait que

Walker était un bon enquêteur, mais, pour l'instant, Josephine était sa priorité.

— Elle sera à nouveau prête demain.

Prête à aider à coincer l'ordure qui l'avait attaquée tant d'années auparavant, et qui pouvait avoir tué sa mère.

CHAPITRE SEPT

Il y avait une douleur dans sa poitrine. Elle s'étendait et empirait. La tétanisait. La déchirait. Pendant toutes ces années, elle avait essayé de ne pas haïr sa mère pour l'avoir abandonnée, pour l'avoir laissée à un père violent. Mais peut-être que sa mère n'était pas partie, mais qu'elle avait été assassinée et jetée dans la nature, et que personne ne s'était soucié d'elle.

Elle ne pouvait pas le supporter.

Des bras chauds et sûrs s'enroulèrent autour d'elle. De la chaleur et de la force l'enveloppèrent dans un cocon protecteur, tandis que ses larmes roulaient sur son visage et sur son menton. *Pourquoi personne n'avait posé de questions ?*

Son père avait bu jusqu'à l'oubli et l'avait blâmée. Et, bêtement, Josie l'avait cru. Elle avait vu sa mère avec un autre homme et elle avait décidé avec une certitude enfantine qu'elle était responsable de tout. Elle avait fait fuir sa mère parce qu'elle n'avait jamais été à la hauteur.

C'était classique. Classique, stupide et stérile. Neuf ans. Elle avait *neuf ans* à l'époque, et elle était responsable de tout ce qui se passait dans le monde, une croyance confirmée quand elle avait été punie par l'homme au grand couteau.

Je ne te tuerai pas si tu ne fais pas de bruit... Elle n'avait pas fait de bruit. Cette ordure avait tué sa mère, et elle n'avait pas fait le moindre bruit.

Josephine plaqua son poing sur sa bouche, essayant sans succès de calmer les sanglots qui ne voulaient pas s'arrêter.

Elle ne s'effondrait pas, elle ne craquait pas. Jamais.

Mais, à cet instant, elle ne pouvait rien faire d'autre que de pleurer sa mère et la petite fille qu'elle avait été. Des mains apaisantes lui frottaient le dos. Des bras bienveillants la maintenaient debout. Finalement, ses larmes se tarirent et elle se souvint de la personne sur laquelle elle s'appuyait.

Elle agrippait le coton doux de la chemise de Marsh et sa gorge était à vif.

— S'il l'a tuée... je dois savoir. J'ai besoin que tu attrapes cette ordure.

Les yeux de Marsh brillèrent quand il passa ses mains le long de ses bras, saisissant ses coudes.

— Nous l'aurons.

Sa voix était ferme, et son ton l'incitait à croire en lui, à croire au système. Mais ferait-il n'importe quoi pour cela ? Ou bien suivrait-il les règles comme le faisait Vincent ?

— J'ai besoin d'une arme.

— Je t'en ai engagé une. Il s'appelle Vincent Brandt.

Les règles avant tout.

Compter sur Marsh et Vince, c'était comme jongler avec des grenades : ce n'était pas bon pour sa santé mentale. Mais elle n'était pas assez bête pour affronter ce prédateur sans toute l'aide possible. Elle souhaitait simplement pouvoir se défendre seule. Elle s'écarta de Marsh. Le soleil était couché et l'appartement était plongé dans des ombres profondes qui lui rappelaient trop cette nuit lointaine. Elle alluma une lampe. Un sentiment déstabilisant se logea au creux de son estomac ; c'était plus que du chagrin, plus que de la peur, plus que de la haine. Elle était solitaire. Elle ne comptait pas sur les autres. Elle n'était pas habituée à cela.

— Et s'il vous tue, toi et Vince ? s'enquit-elle, et une douleur inattendue la transperça à cette idée.

Ces mots révélaient trop de faiblesse, alors elle les détourna.

— Et que je me retrouve avec lui, et qu'il ait toutes les armes ? Je n'aurai rien pour me défendre.

— S'il tire sur Vince ou moi, ou n'importe quel autre membre des forces de l'ordre d'ailleurs, tu t'enfuis en courant, tu hurles comme une dingue et tu te mets à l'abri.

Marsh sortit de sa poche un mouchoir soigneusement repassé et le lui tendit.

— Tu dois être le seul homme au monde à utiliser encore des mouchoirs en tissu.

Elle renifla, sachant qu'elle ne gagnerait jamais cette dispute. Marsh ne lui ferait jamais confiance avec une arme à feu. Et, franchement, elle ne lui en voulait pas. Elle s'essuya le visage, se moucha, et rangea le linge blanc dans sa poche de pantalon.

— J'aime ça chez toi.

— C'est déjà ça.

Le sourire de Marsh plissa le coin de ses yeux, mais ne masqua pas sa tristesse. Ou ses regrets.

Ils n'étaient pas parvenus à s'entendre, parce qu'elle ne savait pas ce que c'était que d'agir comme une personne normale. Elle n'avait jamais été normale. Elle était abîmée et peu sûre d'elle. Elle avait grandi en luttant pour sa survie. Quelque chose dans le regard de Marsh lui donnait envie que les choses soient différentes, qu'*elle* soit différente. Josephine retint son souffle, mais il détourna le regard, comme s'il était soudain mal à l'aise. Une idée frappa la jeune femme, qui baissa les yeux, se concentrant sur ses mains. Marsh sortait avec quelqu'un. Elle avait oublié.

— Tu devrais y aller. Ça ira pour ce soir. Je vais m'enfermer et je te promets de n'ouvrir la porte à personne. Retourne auprès de ta petite amie. Je suis sûre que tu lui manques.

— De quoi parles-tu ?

Marsh fronça les sourcils. Puis son expression changea et une lueur d'humour anima ses yeux, les remplissant d'une lueur diabolique.

— Ah ! Ma cavalière d'hier soir ?

Était-ce seulement la nuit précédente que son petit monde étroit et sûr avait volé en éclats ? Elle avait l'impression que c'était un million d'années plus tôt. Un sentiment de jalousie, inconnu et laid, s'agita au creux de sa poitrine. Est-ce qu'avec elle, le sexe était le meilleur de tous les temps aussi ?

Waouh ! D'où est-ce que cela sort ? Et pourquoi était-elle à ce point en colère contre un homme qui faisait tant pour l'aider ? Elle n'était qu'une idiote.

— Lynn a dix-huit ans et elle est très sexy.

Marsh s'approcha d'elle d'une manière qui transforma sa jalousie en malaise. Il y avait de la grâce dans ses mouvements, de la chaleur dans son regard.

— Et moi qui pensais que tu étais trop vieux pour moi.

Elle le regarda avec appréhension, mais se força à rester immobile. À bien des égards, elle se sentait en sécurité avec lui... à l'exception d'un seul domaine. Sa conscience du fait qu'il était un homme l'effrayait au plus haut point. Il se rapprocha. Soudain, elle fut stoppée net par le manteau de la cheminée en bois contre ses épaules et elle se rendit compte qu'elle avait reculé.

— Je suis trop vieux pour toi.

La lueur diabolique devint torride lorsqu'il baissa les yeux sur ses lèvres. Il baissa la tête, lentement. Elle l'observait, fascinée, impuissante à bouger, parce qu'elle voulait qu'il l'embrasse. Et malgré tous ses défauts, elle n'avait jamais été hypocrite. Alors, elle se hissa sur la pointe des pieds et posa ses mains sur ses larges épaules. Elle sentit sa surprise à ses muscles soudain tendus. Ses lèvres douces et hésitantes rencontrèrent sa bouche chaude et ferme. Elle ferma les yeux et se laissa embrasser, savourant l'exploration prudente, la douce hésitation. Ce baiser était d'une tendresse inattendue, inhabituelle et enivrante.

Il posa ses mains sur le bas de son dos, la ramena contre lui, et chaque point de contact fit monter l'excitation dans son corps comme une décharge électrique. Ses seins la picotèrent, ses mamelons devinrent douloureux et sensibles. Josephine glissa les mains dans les cheveux de Marsh, se demandant pourquoi toutes les sensations étaient exacerbées simplement parce que cet homme la touchait.

Il détacha ses lèvres de celles de la jeune femme pour parcourir son cou, son oreille. Des frissons parcoururent sa peau, la chaleur se répandit dans ses veines comme un désir liquide. Il la souleva du sol et elle enroula ses jambes autour de ses hanches ; l'érection de Marsh frottait contre son intimité, et la sensation était tellement incroyable qu'elle brûlait d'être encore plus près de lui. Il la plaqua contre le mur voisin. La dureté implacable contre son dos était agréable le long de sa colonne vertébrale. Elle était solide et fiable, tandis que le reste de son monde s'écroulait autour d'elle. Marsh la caressait, et les sensations explosèrent entre ses jambes ; les muscles de Josie se contractèrent et elle haleta.

— Je te veux. J'ai toujours envie de toi, même si tu me rends fou, murmura-t-il, son souffle brûlant contre l'oreille de la jeune femme.

Il posa sa main rugueuse sur son sein, jouant avec son mamelon, la rendant humide. La faisant trembler de désir. Il se pressa contre elle et elle aurait voulu qu'il soit en elle, qu'il la comble alors qu'elle basculait au-delà de ce bord mystérieux : des lumières éblouissantes, des sirènes hurlantes, des cris de stupéfaction.

C'était aussi spectaculaire que dans ses souvenirs. Elle ferma les yeux pour absorber le plaisir, mais l'image de sa mère se faisant prendre contre un mur chassa toute la passion de son esprit et elle s'écarta de lui.

— Oh, mon Dieu ! s'exclama-t-elle, prise de nausée.

Garce. Traînée. Elle se dirigea en titubant vers la chambre. Marsh lui attrapa le bras et la fit pivoter vers lui.

— Qu'est-ce qui ne va pas ? Tu vas bien ?

— Mon père avait raison. Je suis comme elle, répondit-elle en s'essuyant la bouche, essayant d'effacer le souvenir. Je suis comme ma mère.

— Tu es normale, répliqua-t-il d'une voix que la frustration rendait rauque. Le sexe est normal.

Elle se dégagea et il la relâcha ; la colère brillait au fond des yeux de Marsh.

— Tu as une petite amie, murmura-t-elle.

— Non, et le fait que je t'aie laissé le croire est une erreur de ma part, pas de la tienne. Je n'ai pas l'habitude de jouer, Josephine. Je ne suis pas ce genre d'homme, lui dit-il, puis il se passa une main dans les cheveux et prit une grande inspiration. Crois-le ou non, ma mère essaie de me piéger et de me marier à n'importe quelle femme qui voudra bien de moi. Mais je n'ai *pas* de petite amie. Tout le temps où nous étions ensemble hier soir, j'avais l'impression d'être son père.

Il semblait tellement énervé que le cœur de Josephine se serra. L'idée qu'il se marie, qu'il soit définitivement indisponible l'anéantissait. Et elle ne voulait rien avoir à faire avec lui... *tu t'en souviens, Josie ?*

— Je n'ai été avec personne depuis que tu... depuis que

nous... avons couché ensemble. Tu m'as ruiné pour toutes les autres.

Il y avait dans le ton de Marsh une honnêteté brute qui la figea sur place.

— C'était il y a six mois.

Il lui adressa un sourire douloureux.

— Je sais. Je n'arrive pas à te sortir de ma tête.

Josie le dévisagea. Elle n'arrivait pas non plus à se le sortir de la tête. Ce n'était pas seulement à cause du sexe, même si c'était déjà assez perturbant. Si elle n'avait pas beaucoup d'expérience en matière de sexe, qui était donc un territoire inconnu, elle n'avait rien de timide. Mais, au bout du compte, elle n'y connaissait rien au sexe et aux relations amoureuses.

Certes, elle l'avait vu dans des films et en cours de biologie... cependant, elle avait drogué Marsh et l'avait séduit, sans jamais penser qu'elle prendrait plaisir à ce qu'ils feraient. Mais cela semblait si lointain, et le plaisir qu'il avait fait naître en elle quelques instants plus tôt était si frais, si... tangible.

Elle voulait recommencer, répéter l'expérience, et peut-être apprendre à être normale. Malheureusement, d'une manière ou d'une autre, le sexe avait causé la perte de sa mère et avait coûté son enfance à Josie. Et le sexe était tout ce qu'il pouvait y avoir entre une fille comme elle et cet agent fédéral ultraconservateur.

Si le sexe était dangereux, les relations étaient comme des zones de guerre.

Marsh se retourna et se dirigea vers la porte d'entrée. L'espace d'un instant, elle crut qu'il s'en allait, mais il ferma les serrures et le pêne dormant. Le soulagement l'envahit, et pas seulement parce qu'elle avait échappé à un tueur en série. Elle le regarda descendre les marches, aussi gracieux qu'un tigre, charmant comme le diable, regrettant de n'être pas en colère pour l'affronter. Au lieu de cela, il posa à nouveau les yeux sur le corps de Josie avec *ce* regard, et elle réagit en inspirant brusquement.

Ils avaient besoin d'une distraction.

— *Manger.*

Elle fila dans la cuisine.

— Ce n'est pas fini entre nous, Josephine, murmura-t-il d'une voix grave qui lui donna des frissons.

C'était définitivement fini.

Son rire la poursuivit et elle crut bêtement que c'était terminé jusqu'à ce qu'il la suive dans la pièce, où elle fouillait au fond d'un placard, à la recherche d'une passoire. Elle jeta un coup d'œil par-dessus son épaule. Marsh desserra le nœud de sa cravate et se débarrassa de sa veste de costume, qu'il passa sur son bras.

Il incarnait le péché. Magnifique. Sophistiqué. Les mots ne suffisaient pas à décrire à quel point le regard de cet homme l'affectait. Et quand il ne se montrait pas autoritaire, elle *appréciait* vraiment l'agent spécial en charge Marshall Hayes. Et cela l'effrayait bien plus que l'idée qu'ils s'envoient en l'air comme des lapins.

— Que fais-tu?

Il arqua un sourcil sombre, ses yeux se promenant sur ses fesses comme s'il ne pouvait pas s'en empêcher.

Ignorant la réaction de son corps, Josephine écarta ses cheveux de ses yeux, repéra le manche blanc de la passoire, l'attrapa et se redressa.

— Je fais un gâteau, expliqua-t-elle, haussant un sourcil à son tour quand elle vit Marsh bouche bée de surprise. Quoi?

— Je croyais que tu ne savais même pas cuire un œuf dur.

Ouvrant un tiroir pour trouver des verres mesureurs, elle s'arrêta un instant pour prendre une respiration plutôt que de réagir à froid ou de s'emporter. Il était temps d'affronter cette chose.

— C'est parce que nous ne nous connaissons pas très bien, tu ne crois pas?

— Nous nous connaissons bien mieux que tu ne veux l'admettre.

Se tournant pour lui faire face, elle fut ébranlée par la force de son regard.

— Je sais que tu as un sale caractère, qui dissimule tout un arsenal d'insécurité, affirma-t-il d'une voix de velours qui la fit frissonner. Je sais que tu ne te bats pas à la loyale quand tu es effrayée.

Il se rapprocha d'un pas, et elle eut envie de s'enfuir.

— Je sais que tu fais un drôle de petit bruit dans ta gorge quand tu jouis.

Rougissant furieusement, elle détourna le regard. Il était la seule personne sur la planète à savoir cela d'elle.

— Je sais que tu étais une petite gamine courageuse, qui a surmonté une enfance difficile pour devenir une artiste à succès, poursuivit-il, puis il s'arrêta et elle leva les yeux, incapable de s'en empêcher. Et je sais que tu es fidèle et loyale envers ceux que tu aimes.

L'image que Marsh avait d'elle la bouleversait. Elle était garce et acerbe, et elle avait passé la majeure partie de sa vie à fuir sa réalité. Elle ne savait pas comment il pouvait voir le bien sous la surface qu'elle montrait au monde.

Il avança encore d'un pas, se plaçant ainsi à portée de bras, et fit glisser son index le long de son front, effleurant son nez et s'arrêtant sur sa lèvre inférieure, qui trembla.

— Je sais que je te veux.

Bouleversée par son regard clairvoyant, elle lutta contre la sensation pathétique qui envahissait ses membres. Elle ne pouvait pas se permettre de laisser entrer cet homme. Elle n'y survivrait pas si elle devait le perdre, lui aussi.

Elle plissa les yeux face à l'intensité de son regard.

— Même si je ne veux de toi que pour me protéger d'un fou ?

— Et si je disais que je ne veux pas de toi pour autre chose que le sexe ? répliqua-t-il avant de lui faire relever le menton. Sauf que je mentirais, et que j'ai promis d'arrêter de le faire quand il s'agit de toi.

Le cœur de Josie battait si fort contre ses côtes qu'elle était sûre qu'il pouvait l'entendre. Passant à côté de lui à toute vitesse, elle sortit de la cuisine et entra dans sa chambre, claquant la porte derrière elle. Et dire qu'elle était censée ne pas s'enfuir et affronter ses peurs ! Il n'y avait pas de rire, pas de joie. Elle savait seulement que Marshall Hayes était plus dangereux pour son âme que n'importe quel maniaque armé d'un couteau.

IL REGARDA la fille morte sur le lit. Les poignets et les chevilles liés. Ses cheveux blonds étalés sur les draps sombres, presque dorés dans cette lumière. Des yeux bleus, qui passaient de brillants et terrifiés à opaques et sans vie. En train de mourir sous son regard. *Car ils ont semé le vent, et ils récoltent la tempête.*

C'était la faute de Josephine.

Je ne te tuerai pas si tu ne fais pas de bruit... Seule l'enfant était restée silencieuse. Mais elle n'était plus une enfant. Un frisson le parcourut quand il se souvint de ses cicatrices. Des marques brillantes sur sa peau blanche et pâle.

Sa création.

Tout comme cette pathétique créature était la sienne.

Le sang imbibait le matelas. Il avait été éclaboussé, lui aussi. Il se débarrassa de sa combinaison et la fourra dans un sac poubelle noir qu'il incinérerait. Le manche du couteau était solide dans sa main. Lourd. Familier. Les gants en latex faisaient transpirer ses paumes. Un mal nécessaire. Du ruban adhésif étouffait les cris de la fille. Encore une concession aux voisins.

Tuer en ville était plus difficile que de tuer en pleine campagne, mais, même si le bruit qu'elles faisaient quand il les tailladait dans les bois lui manquait, il n'avait pas l'intention de se faire prendre. Une fois qu'il aurait terminé ce qu'il avait commencé toutes ces années auparavant, quand il aurait bouclé la boucle, il passerait à autre chose. Il changerait d'identité et s'arrêterait pendant un certain temps. Il expérimenterait d'autres moyens d'apaiser sa soif de sang.

Les cicatrices sur son torse le démangeaient, et il leva la main pour les toucher. Il ne pouvait pas s'arrêter éternellement. Pourtant, il avait essayé.

Des souvenirs de violence ricochaient dans sa tête comme un marteau frappant un tambour d'acier. La sensation d'oppression dans sa poitrine l'empêchait de respirer. *Seuls les petits garçons et les femmes crient. Il est temps d'être un homme.* Il ouvrit grand les yeux pour voir sa puissance et ne pas se rappeler sa faiblesse. Il était un homme à présent, pas un enfant. C'était à son tour de dominer et contrôler.

Il se mit à trembler. Il était trop tôt pour recommencer, mais la fièvre était trop forte, trop intense pour qu'il puisse la combattre longtemps. Les tambours battirent plus fort. Il avait soif de domination et méprisait la faiblesse.

Il baissa les yeux sur la perfection sanglante de la fille et inspira profondément, se forçant à calmer les contractions féroces de son cœur. *Il* était la dernière chose qu'elle avait vue sur cette terre, et le savoir l'emplissait d'une puissance que personne ne pourrait jamais lui retirer. Il observa la zone de chair qu'il avait écorchée. Elle avait un tatouage qui marquait son corps. Elle était sa toile. Son œuvre, et elle avait été souillée par des graffitis. Et pas un chef-d'œuvre, loin s'en fallait.

Elle avait servi son objectif et maintenant, il était temps pour lui de partir. Il ramassa le sac poubelle et lui caressa le visage une dernière fois. Peut-être qu'une fois qu'il aurait tué l'enfant, il pourrait tourner la page sur le passé. Il détruirait tout s'il le fallait.

UN BUREAU QUEEN ANNE et une chaise assortie étaient placés devant la fenêtre donnant sur Gramercy Park. La lumière pénétrait à travers les rideaux translucides, éclairant la pièce d'une lueur douce et presque spirituelle. Marsh plissa les yeux pour lutter contre la luminosité. Josephine ne lui parlait pas. Il s'obligea à détendre sa mâchoire, espérant atténuer le mal de tête qui lui taraudait les tempes. La nuit avait été longue sur le canapé dur, à contempler un plafond terne tout en essayant de ne pas penser à la femme qui se trouvait dans la chambre voisine.

Des pivoines et des gardénias frais trônaient dans un gros globe de cristal, ajoutant un parfum puissant à cette pièce à l'image parfaite. Une esquisse de Degas était accrochée au-dessus de la cheminée. Élégante. Chère. Le décor lui rappelait un millier d'autres salons d'un millier d'autres femmes de la haute société auxquelles il avait rendu visite au fil des ans, y compris celui de sa propre mère.

Assis sur un canapé damassé, il essaya d'imaginer Pru Duvall dans ce décor et n'y parvint pas. D'une certaine manière, l'image ne collait pas. En dépit de son dédain sudiste et de ses nobles origines, sa personnalité à fleur de peau la prédisposait au chrome, au marbre et au verre brisé.

Avec son costume coûteux et ses chaussures italiennes bien cirées, que Dieu lui vienne en aide, il était parfaitement à sa place. Alors qu'il ajustait la sangle de son holster, il avait au moins l'illusion d'être autre chose qu'un poids mort de la société. Le souvenir d'une Josephine boudeuse, savourant un café en regardant silencieusement par la fenêtre de son loft, lui revint à l'esprit. Ils venaient de mondes totalement différents, mais il s'en moquait. Il avait failli la perdre quelques jours plus tôt. La tragédie les avait rapprochés, mais, cette fois, il était déterminé à ce que cela fonctionne. D'une manière ou d'une autre.

Même s'il avait encore merdé la veille au soir.

Pru entra à grands pas, suivie de l'assistant que Marsh avait vu à l'inauguration de la galerie. Il se leva, tandis que Dancer, qui examinait un vase Meissen à anse de serpent, se redressait.

Marsh lança un regard gêné à son agent. *S'il te plaît, ne place pas de mouchard chez un sénateur américain et sa femme.*

— Marshall Hayes, le salua Pru d'une voix rauque. Vous apparaissez dans les endroits les plus inattendus. Je pourrais croire que vous vous êtes pris d'affection pour moi.

Marsh eut un mouvement de recul intérieur, mais il fit de son mieux pour le masquer. Peut-être Josephine avait-elle raison, peut-être Pru était-elle en quête d'un peu d'action dans la chambre à coucher, et, même s'il aurait préféré téter de l'acide de batterie, il lui adressa un sourire sympathique.

— Une femme aussi charmante que vous doit avoir beaucoup d'admirateurs.

Inclinant poliment la tête, elle sembla prendre son compliment au pied de la lettre, ou bien elle prenait part à cette comédie sociale dans laquelle ils avaient tous deux été élevés. Son pull rose layette était en cachemire, sa jupe trapèze en tweed couleur mauve. Tout criait au conservatisme, à l'exception de la lueur tranchante dans son regard.

Tournant la tête, elle fit face à Dancer à qui elle adressa un sourire de prédateur.

— Et qui êtes-vous ?

Avec ses cheveux roux et ses taches de rousseur, Steve Dancer ressemblait davantage à un écolier catholique qu'à un agent spécial du FBI. Ce qui tournait généralement à son avantage. À cet instant, Pru Duvall avait l'air d'avaler des écoliers catholiques au petit déjeuner.

Dancer s'avança et lui serra la main.

— Agent spécial Dancer. Enchanté, madame Duvall.

Soudain, Marsh eut une vision de Huckleberry Finn transformé en accessoire de mode par Cruella d'Enfer.

— Et voici Geoffrey Parker, l'assistant personnel de Brook, expliqua-t-elle, agitant le bout des doigts dans la direction de l'homme en question, qui hocha brièvement la tête, visiblement mal à l'aise. Je l'ai volé pour la matinée.

En parfaite hôtesse mondaine, Pru sonna pour qu'on apporte du café, puis elle se mit à l'aise sur la causeuse en face de Marsh. Peu importait qu'ils soient venus l'interroger dans le cadre d'une affaire aussi scabreuse que la contrefaçon et le vol d'œuvres d'art.

Marsh attendit que le café arrive pour s'atteler à la tâche. Il posa sa délicate tasse de porcelaine sur sa petite soucoupe, et il eut l'impression d'être un géant maladroit. Dancer semblait tout aussi mal à l'aise avec la sienne, la tenant avec précaution, comme un quarterback protège un ballon.

— Madame Duvall, Pru. Je dois vous interroger au sujet d'un tableau que vous avez vendu à la galerie *Total Mastery* au printemps dernier ; il était exposé lors de l'inauguration de la galerie à laquelle vous avez assisté.

Elle agita la main d'une manière qui suggérait que parler affaires était grossier.

— J'ai un administrateur qui s'occupe de tout cela. Geoffrey peut vous donner sa carte.

— Votre administrateur devra répondre à des questions très sérieuses, Pru. Peut-être concernant un crime, affirma Marsh, qui vit les pupilles de la femme se dilater.

— Pourquoi ? hasarda Geoffrey, espérant manifestement désamorcer une situation potentiellement explosive.

Marsh sortit une photo du tableau de la poche de sa veste, et la fit glisser sur la table.

— Le reconnaissez-vous ?

Pru secoua la tête.

En dépit de ses nombreuses années d'expérience en tant qu'homme de loi, il ne parvenait pas à lire en elle.

— Blue Steel Trading Corporation a vendu le tableau pour une petite fraction de sa valeur réelle, il y a environ six mois.

Il ne précisa pas que le tableau était peut-être un Vermeer et qu'il valait sans doute beaucoup plus cher. De Hooch avait suffisamment de valeur. Et, dans tous les cas, il était volé.

Pru prit sa tasse de café qu'elle but délicatement.

— Quel est le rapport entre l'incompétence de mon administrateur et le FBI ?

— Le tableau a été volé il y a plusieurs années à l'amiral Chambers, annonça Marsh, attendant une réaction.

La lueur dans son regard était antipathique quand elle éclata de rire.

— Ce vieux schnock ? Il l'a sans doute perdu lors d'une partie de poker après avoir trop bu, et il avait tout oublié le lendemain.

Marsh s'était dit qu'il était possible que Brook et Pru Duvall connaissent l'amiral, mais il ne s'était pas attendu à ce qu'elle éclate de rire.

— Quoi qu'il en soit, il a déclaré le vol, et votre société l'a vendu à la galerie *Total Mastery* il y a six mois. Nous devons savoir où il se trouvait au cours des dix dernières années et, plus important encore, où vous vous l'êtes procuré.

Les plis autour des yeux de Pru se creusèrent très légèrement. Encore une belle réussite de la chirurgie plastique.

— Comme je l'ai dit, Marshall..., commença-t-elle, tenant délicatement sa tasse, tandis que les tendons se tendaient sous sa peau pâle. Mon administrateur s'occupe de tout cela.

Geoffrey s'éclaircit la gorge, mais Marsh l'ignora.

— Êtes-vous en train de me dire que vous ignorez tout de ce

tableau ? insista-t-il, tapotant des doigts sur la photo qu'elle n'avait même pas regardée.

Pru s'en saisit et fit mine de se concentrer, comme si elle avait besoin de lunettes. Marsh aurait pu parier son insigne qu'elle n'avait absolument aucun problème de vue.

— Je n'accorde pas beaucoup d'attention à l'art.

Elle haussa un sourcil et le regarda droit dans les yeux, comme si elle le mettait au défi de ne pas être d'accord.

— Dans ce cas, pourriez-vous me dire pourquoi vous étiez à l'inauguration de la galerie vendredi soir ? l'interrogea-t-il, tout en prenant sa ridicule tasse de café qu'il termina d'un trait.

— Nous avons reçu une invitation, alors nous nous y sommes rendus.

— Vous ne connaissez pas les Faraday ?

Quelque chose changea dans ses yeux, comme si elle se rendait enfin compte qu'il était sérieux, que *l'affaire* était sérieuse. Se penchant en avant, elle soutint son regard.

— Ai-je fait quelque chose d'illégal, *agent spécial en charge* Hayes ? Parce que, si vous insinuez que j'ai commis une infraction, j'appelle mon avocat.

Marsh s'était demandé quand elle impliquerait les gros bras. Apparemment, ils avaient atteint le seuil de tolérance très bas de Pru Duvall à l'égard du système judiciaire américain. Et elle n'avait pas répondu à la question. Même si, étant donné sa nature acerbe, ce n'était peut-être pas une si grande surprise.

Geoffrey s'avança vers Pru.

— Je vous enverrai les coordonnées dont vous avez besoin, agent spécial en charge Hayes.

Congédiés. Visiblement, cet entretien était terminé.

Marsh inclina la tête, arborant un sourire mielleux.

— Je suis sûr que votre administrateur pourra dissiper tout malentendu, affirma-t-il en se levant, un petit sourire aux lèvres. Je ne voudrais assurément pas causer d'ennuis à Brook alors que nous approchons de la période des candidatures.

Dancer masqua son rire derrière une toux, attirant l'attention de Pru.

Elle le fixa du regard, comme un chat guettant une proie.

— C'est une bien mauvaise toux que vous avez là, agent spécial Dancer, ronronna-t-elle. J'espère que cela ne dégénérera pas en quelque chose de grave.

Dancer se calma rapidement.

— Je fais toujours très attention à ma santé, madame Duvall.

— Bien, répondit-elle, lui offrant un autre sourire glacial.

Prudence Duvall cachait quelque chose, et Marsh allait découvrir ce que c'était. Lorsqu'ils s'en allèrent, il coula un regard vers le vase Meissen. Il espéra que Dancer avait mis cette sorcière sur écoute.

CHAPITRE HUIT

Josie combina travail et pèlerinage. La statue de la Liberté se dressait au-dessus d'elle, quatre-vingt-treize mètres et deux cent vingt-cinq tonnes de fierté américaine. Conçue par les Français. Célébrant l'indépendance vis-à-vis des Britanniques.

Et était-ce vraiment là tout ce que l'on pouvait en dire ?

Les pastels à l'huile rendaient ses mains grasses. Son carnet de croquis était posé sur un mini chevalet qu'Elizabeth lui avait offert quelques années plus tôt, un objet onéreux que Josie ne se serait jamais permis.

Son moral chuta. L'odeur du sel était dense dans l'air, mais lorsqu'elle ferma les yeux un instant, elle se retrouva dans le Montana, où Andrew DeLattio l'avait enfermée à l'arrière de son minivan, sa main remontant sous son t-shirt tandis qu'il narguait Elizabeth sur son téléphone portable.

Elle prit une longue respiration. Sa meilleure amie lui manquait. Elle remerciait tout ce qui était sacré qu'Andrew De-Lattio se soit fait exploser la tête avant de pouvoir lui faire du mal à nouveau.

Un frisson de dégoût lui parcourut l'échine. Il était mort, et le Chasseur au couteau allait le rejoindre.

Un cri de mouette au-dessus de sa tête interrompit sa rêverie.

Vince était allongé sur l'herbe à une vingtaine de mètres d'elle. Il semblait dormir, mais elle se doutait que les anciens Navy SEAL, héros de guerre, pouvaient avoir l'air endormis sans l'être vraiment. Cela prenait des années d'entraînement, mais personne n'avait jamais dit qu'il était aisé d'être un SEAL.

Le soleil réchauffait les joues de Josephine. Elle prit un pastel bleu pâle, plissa les yeux, puis le remplaça par une teinte plus foncée. Le ciel était d'un bleu outremer brillant. Immaculé, parfait, et paisible.

Une tromperie que tous les New-Yorkais connaissaient.

Elle fit la moue en évoquant de terribles souvenirs qui les avaient changés, sa ville et elle, à tout jamais.

Selon le dicton, ce qui ne vous tuait pas vous rendait plus fort, mais si c'était vrai, elle ne serait pas aussi lâche pour tout ce qui comptait vraiment.

Se concentrant sur la seule chose qu'elle savait bien faire, elle entreprit d'ombrer une partie du fond, après avoir ébauché la statue et le piédestal à grands traits. Il y avait quelque chose de saisissant dans la façon dont le vert de la statue se détachait sur ce ciel bleu vif et elle voulait l'immortaliser. Les photos l'aidaient, mais elle savait par expérience qu'elles ne reproduisaient pas exactement les couleurs. Les pastels non plus, mais elle avait aussi emporté ses peintures. En combinant les médiums, elle espérait rendre justice à la dame.

Native de New York, elle avait été chargée par l'office de tourisme de réaliser une série de peintures de la ville. C'était un bon travail fiable dans une carrière qui n'en offrait que rarement.

Les deux premiers tableaux représentaient le Chrysler Building et l'Empire State. L'un était un gros plan sur les détails art déco. L'autre, un monument d'une période architecturale plus ascétique.

Elle ravala la boule qui lui obstruait la gorge. Elle avait du mal à peindre les gratte-ciel de cette ville : il y avait trop de douleur associée. Elle regarda par-dessus son épaule droite l'endroit où tant de gens avaient péri, où le cours de l'histoire avait basculé, et sa gorge se serra.

Elle redressa les épaules et releva le menton. Elle ne serait pas lâche parce qu'un homme lui voulait du mal. Les habitants de cette ville étaient plus forts que cela. Ils ne se laissaient pas facilement intimider, surtout lorsqu'ils avaient un imposant garde du corps armé à leur disposition.

Des mouettes élancées volaient au-dessus de leurs têtes. Déterminée, elle frotta le pastel sur le papier, reprenant le cours de sa vie. Ils allaient attraper cette ordure, et Marshall Hayes rentrerait à Boston.

Le pastel à l'huile craqua sous son doigt.

— *Bon sang !*

Se concentrant sur la statue, elle choisit un vert pâle et un vert feuille foncé qui était presque noir pour les ombres plus prononcées, les tenant de la même main tandis qu'elle esquissait les détails. Elle prit ensuite du jaune de cadmium et du blanc, et, en quelques touches, elle donna du feu à la Liberté.

Pour obtenir le côté net dont elle avait besoin pour les pointes du diadème, elle utilisa son petit couteau et tailla le bord d'un vert glacé.

— Tu as un permis pour ça ?

Elle sursauta sur son siège. Marsh lui serra l'épaule et fit voler en éclats sa détermination à maintenir une relation strictement professionnelle entre eux.

Des plis se creusaient autour de sa bouche, la lumière du soleil sculptait sa mâchoire têtue. Elle fit rouler son épaule pour éviter qu'il la touche, car elle n'aimait pas être à ce point heureuse de le voir.

— Tu vas m'arrêter si ce n'est pas le cas ?

— J'ai encore ces menottes, la taquina-t-il.

Une chaleur intense envahit ses joues tandis que des souvenirs impromptus remontaient à la surface. Une bouffée de chaleur enveloppa le bas de son corps, une légère touche de passion. L'éclat de son regard la poussa à ciller : ses yeux étaient plus verts aujourd'hui que bruns, clairs, complexes, changeants. Elle savait qu'il voulait la protéger, mais ces yeux noisette promettaient aussi quelque chose d'autre. Du sexe à vous chambouler l'âme.

Quelle femme célibataire et saine d'esprit ne voudrait pas coucher avec un agent fédéral riche et séduisant qui avait promis de la protéger d'un monstre ? Cela ne faisait pas d'elle une traînée. Cela la rendait enfin normale.

Retirant sa veste anthracite, Marsh s'assit à côté de Josephine, son genou frôlant le sien. Il fixa l'esquisse d'un air pensif, mais ne dit rien ; son froncement de sourcil s'intensifia dans son silence. Elle lutta de toutes ses forces pour ne pas lui demander ce qu'il en pensait. Mais son travail lui avait toujours été personnel, sans être influencé par l'opinion des autres ou par les humeurs changeantes du marché.

Un peu comme elle.

Le grondement de son estomac lui indiqua qu'il était l'heure de déjeuner. Incapable de travailler pendant que Marsh la regardait, elle rangea ses pastels et plaça l'esquisse dans son porte-documents. Elle chercha Vince, mais il était parti.

— C'est ton tour de garde ? lui demanda-t-elle, le cœur serré.

Sinon, pourquoi serait-il ici ?

— Il est allé se promener, expliqua Marsh, et les rides autour de ses yeux se creusèrent tandis qu'il observait la statue. Je suis venu pour te dire que je ne te rejoindrai sans doute pas à ton appartement ce soir.

— Oh !

Ses doigts se recourbèrent. *Bon sang*, elle n'était pas complètement démunie.

— Je peux aller passer la nuit chez Pete... Tu te souviens de Pete ? Mon ancien colocataire ?

Le rouge monta aux joues de Marsh.

— Il y a des gens qu'on n'oublie jamais. Pete et son petit ami en font partie.

Il ferma les yeux et secoua la tête. Ni lui ni Pete ne voulaient dire ce qui s'était passé entre eux.

— Tu n'aimes pas les homosexuels ?

Marsh rejeta la tête en arrière et éclata d'un rire grave et sonore. Sa gorge était d'un bronze pâle sur le ciel bleu pur, sa pomme d'Adam clairement dessinée. Josie sourit. Elle ne se souvenait pas de la dernière fois qu'elle l'avait entendu se laisser aller à rire et, même si elle essayait de s'en tenir à son agacement, elle aimait ça.

— En règle générale, la sexualité des autres ne me regarde pas, affirma-t-il.

Puis il se déplaça pour faire face à Josephine. Sa cuisse frôla celle de cette dernière tandis qu'elle soutenait son regard.

— Mais découvrir que ton colocataire était gay, et que ce n'était pas ton amant m'a fait un plaisir fou.

Josephine déglutit.

— Oh !

Le sourire de Marsh lui prouva qu'il en avait révélé plus qu'il l'aurait voulu, et il changea de sujet.

— Vince a dit qu'il resterait à ton appartement jusqu'à mon retour, lui dit-il. Ce pourrait être tard ce soir, mais plus probablement demain.

— D'accord.

Un tueur en série se promenait avec un couteau qu'il lui destinait, et, en dépit des apparences, elle n'était pas idiote. En réalité, elle se sentait extrêmement redevable envers eux deux et il faudrait qu'un jour prochain, elle ait le courage de le leur dire.

Se baissant, elle finit de ranger ses affaires dans son sac à dos. Elle avait assez de détails et d'informations sur les couleurs pour poursuivre le travail chez elle. Et elle ne pouvait pas se concentrer quand Marsh était si près d'elle. Cela la dérangeait, car, normalement, rien ne pouvait la distraire.

Repérant l'urne au fond du sac, elle s'arrêta. Elle avait prévu de disperser les cendres de Marion aux quatre vents ce jour-là. Mais elle ne pouvait pas le faire. Elle avait beau essayer, en dépit de la promesse qu'elle s'était faite, elle n'arrivait toujours pas à oublier le passé.

La douleur enfla, mais elle ne voulait pas que Marsh sente que quelque chose n'allait pas. La mort de Marion était liée à lui et elle n'avait pas encore commencé à faire face à ses sentiments à ce sujet.

Peut-être était-ce la raison pour laquelle elle l'avait fui avec tant d'acharnement ? Pour les punir tous les deux d'être en vie alors que Marion était morte de façon si atroce ? Ou peut-être était-ce simplement la bonne vieille terreur à l'idée de s'impliquer et de voir son cœur s'attendrir.

— Où vas-tu ? lui demanda-t-elle.

— À Savannah.

— Oh !

Qu'y a-t-il à Savannah ? Elle refusait de poser la question, sachant qu'il prenait son travail très au sérieux. Tendant le cou, elle leva les yeux vers l'image de la liberté et de l'indépendance, ignorant ce qui lui rongeait le cœur, à savoir l'absence de ces qualités dans sa vie. Un pigeon se posa par terre devant elle, une flaque de plumes se pavanant et picorant des restes de nourriture.

— Tu es déjà monté au sommet ? l'interrogea-t-elle, pointant du doigt le monolithe grec vert malachite en inclinant le menton.

Elle fut étonnée quand il secoua la tête.

— Non, mais je sais que le bras de la torche est fermé aux visiteurs depuis 1916, date à laquelle des collabos allemands ont fait exploser de la dynamite sur la rive côté New Jersey, raconta-t-il, les yeux emplis de tristesse. Le terrorisme n'est pas un phénomène nouveau. Et toi ?

C'était une question anodine, ils étaient assis au soleil en train de discuter, mais cette statue représentait bien plus que cela pour elle.

— J'avais l'habitude de venir ici chaque année avec Marion. Le week-end *suivant* la fête de l'Indépendance.

Marion détestait les foules et aspirait à se rendre dans la patrie de son grand-père, de l'autre côté de l'océan, en Irlande. Son souhait n'avait jamais été exaucé. La boule que Josie avait dans la gorge la brûlait.

— Je... je ne suis pas venue cette année.

La mort de Marion était trop récente à ce moment-là, la culpabilité presque étouffante, et elle ne pensait pas qu'elle disparaîtrait un jour. Elle jeta un regard à son sac à dos. Aujourd'hui, c'était la première fois qu'elle avait le courage de revenir ici et c'était seulement parce qu'elle y avait été contrainte, repoussant Lady Liberty et les souvenirs aussi longtemps qu'elle l'avait pu.

Des images de toutes ces visites d'enfance ressurgirent et, même six mois plus tard, la douleur de perdre la femme qui avait pris les rênes de la vie de Josie alors qu'elle n'avait personne d'autre était écrasante. Elle savait au fond d'elle-même que ce n'était pas la faute de Marsh si Marion avait été tuée. C'était la sienne. Un sanglot monta dans sa gorge, et elle plaqua sa main sur sa bouche pour qu'il ne s'échappe pas.

Elle sentait le regard de Marsh, elle sentait le poids de la compassion dans ses yeux noisette. Mais il ne fit pas mine de la toucher. Il n'essaya pas d'aider. Ce n'était pas quelque chose qu'il pouvait résoudre ou réparer. Elle devait surmonter cela elle-même. L'empathie silencieuse dans ses yeux laissait entendre qu'il comprenait sa douleur, son besoin de faire pénitence et son incapacité à surmonter la culpabilité.

Il pinça les lèvres et fourra les mains dans ses poches. Quand il se pencha en avant, le pigeon s'envola.

Après quelques minutes de silence, il lui demanda enfin :

— L'agent spécial Walker t'a-t-il contactée ce matin ?

— Non.

Elle leva la main pour sortir ses cheveux de l'élastique avec lequel elle les avait attachés. La brise de mer s'engouffra aussitôt dans sa chevelure et joua avec.

— Peut-être n'a-t-il encore rien trouvé, remarqua Marsh, crispant la mâchoire.

Trouvé quelque chose… *Comme un vieux cadavre correspondant à la description de ma mère.* Le chagrin mêlé de culpabilité formait un kaléidoscope de tourments qui lui nouait l'estomac. Sachant qu'elle était sur le point de craquer, elle prit ses affaires et s'éloigna à grands pas, consciente qu'un corps très solide se précipitait à sa suite.

Marsh lui attrapa le bras et la fit tourner face à lui.

— Je n'ai pas le temps de te courir après, Josephine. Ce n'est pas un jeu !

Soucieuse de faire disparaître les preuves de ses larmes, elle cilla rapidement. Mais il avait dû remarquer ses joues mouillées, car soudain, chaque centimètre de son corps fut collé au sien, son visage contre le tissu frais de sa chemise, respirant l'odeur masculine de son eau de toilette et le léger musc de la sueur. Elle ne pouvait pas respirer ni voir, mais elle avait tant besoin de ce réconfort que cela ne semblait pas avoir d'importance.

— Bon sang ! Je suis sincèrement désolé. Je ne cesse d'oublier que c'est de ta mère que nous parlons.

Des mains apaisantes parcouraient son dos, calmantes et bienfaisantes. C'était bon de s'appuyer sur lui. *Tellement bon.* Et bien trop dangereux. Josie était seule, c'était ainsi qu'elle vivait. Ainsi qu'elle survivait. La douleur d'avoir été blessée et abandonnée avait été plus profonde que n'importe quel coup de couteau et elle n'était pas sûre de pouvoir faire face aux choses autrement. Elle recula et renifla de manière peu élégante, s'essuya les yeux et se moucha.

— Tu veux grimper là-haut ?

Elle savait qu'elle l'avait surpris. Elle s'était surprise elle-même. Elle voulait emmener Marion au sommet une dernière fois avant de disperser ses cendres. Elle n'était pas certaine de pouvoir le faire seule.

Il lui prit la main et la serra.

— J'adorerais, mais je ne peux pas. J'ai un avion à prendre. Et de toute façon, elle est fermée aujourd'hui. Vince restera avec toi ce soir...

— Tout va bien, répondit-elle, se dérobant à son étreinte. Nous traînerons ensemble. Nous irons voir un film.

Elle se mordit l'intérieur de la joue pour éviter de débiter d'autres idioties, comme une lycéenne. L'ancien Navy SEAL s'approcha derrière Marsh.

Le portable de ce dernier sonna et elle en profita pour se diriger vers le terminal des ferries. Il tendit la main et l'attrapa avant qu'elle ait fait deux pas.

— Hayes, répondit-il au téléphone. Quand ?

Il marqua une pause et, à la façon dont ses yeux se posèrent sur elle, Josie comprit que quelque chose de terrible s'était produit.

— Oui, elle est là. Je l'amène tout de suite.

Tout son sang quitta sa tête, et Josie se sentit soudain faible.

— Est-ce qu'ils ont trouvé ma mère ?

Leurs regards se croisèrent, et celui de Marsh était vif et fiévreux.

— Non. Il y a eu un autre meurtre.

MARSH NÉGOCIA la circulation en direction de Federal Plaza, une main tenant fermement le volant, tout en klaxonnant un chauffeur de taxi qui tentait de lui couper la route. Ce n'était pas le jour où il fallait le chercher.

Josephine était assise à côté de lui, pâle, tendue, repliée sur elle-même.

— Ont-ils des pistes ? se renseigna Vince depuis la banquette arrière.

— Ils n'ont rien voulu me dire au téléphone.

La tension qui montait en lui entraînait une douleur à la mâchoire et une peur qui le traversait jusqu'au bout des doigts. Et il fallait qu'il se rende à Savannah.

Il jeta un regard au profil austère de Josephine.

— Viens avec moi.

La suggestion était sortie de sa bouche avant qu'il puisse s'en empêcher, mais maintenant qu'il y pensait, c'était une bonne idée.

Elle secoua la tête, et ses cheveux blonds effleurèrent ses fines épaules. Trop fines pour porter le poids de ce monstre.

— Ton vol est dans moins d'une heure, répondit-elle d'une voix faible et triste. Si nous voulons arrêter ce tueur, je dois passer en revue tout ce à quoi je peux penser avec l'agent Walker.

Marsh se retint de répondre. Elle pouvait faire tout cela après avoir passé la nuit avec lui à Savannah, et cela n'avait rien à voir avec le sexe et tout à voir avec le fait de la garder en vie.

Et si cette ordure assassinait une autre femme entre-temps ?

Marsh respira à pleins poumons et tenta de se détendre. Il croisa le regard noir de Vince dans le rétroviseur, et lut sa promesse tacite. Il hocha la tête.

Remuant les épaules pour détendre ses muscles crispés, il regarda l'heure et sut qu'il allait devoir mettre les bouchées doubles s'il voulait arriver à l'aéroport à temps.

— Promets-moi une chose, dit-il à Josephine.

Son regard fragile avait disparu. Au lieu de cela, des yeux méfiants se tournèrent vers lui, rappel qu'elle n'avait pas l'habitude de faire des promesses.

— Quoi ?

— Quand tu en auras terminé avec Walker, rentre chez toi avec Vince et ne le quitte sous aucun prétexte. Et je suis sérieux, *sous aucun prétexte.*

— Aucun ? insista Josephine en souriant avec son habituelle attitude de peste, dont Marsh comprenait enfin qu'il s'agissait d'une façade pour dissimuler la peur. Nous doucher sera amusant, mais je suis partante si vous l'êtes, mon grand.

Marsh croisa le regard de Vince dans le rétroviseur et il reconnut la lueur de détermination dans son grand sourire.

— Bien sûr, Josie. Enfin, si vous croyez être capable de vous occuper de moi, répliqua Vince avec un accent sudiste.

Josephine commença par se renfrogner, avant d'éclater de rire. Elle avait le sens de l'humour, qu'elle essayait constamment d'enfouir.

Une fois qu'ils furent arrivés, Vince sortit et ouvrit la portière de Josephine, balayant la zone du regard même si l'agent spécial se tenait juste devant, leur jetant un regard noir à travers le pare-brise. Marsh saisit la main de la jeune femme avant qu'elle sorte.

— Sois prudente.

Il aurait voulu dire autre chose, quelque chose de significatif, mais il ne voyait pas quoi. Au lieu de cela, il fixa bêtement ses yeux bleus méfiants.

— S'il te plaît.

Elle acquiesça, descendit de la voiture et claqua la portière derrière elle. Marsh grimaça, remerciant la solide ingénierie allemande.

Sam Walker passa la tête par la vitre ouverte.

— J'ai aussi besoin de vous à l'intérieur.

À en juger par son apparence, il avait encore passé une nuit difficile. Marsh jeta un regard à l'heure sur le tableau de bord.

— Je ne peux pas.

Le département des sciences du comportement connaissait plus de burn-out que les autres services, mais si quelqu'un pouvait aider à attraper ce tueur, c'étaient bien ces gars-là.

— J'ai une réunion à Savannah. Je serai de retour ce soir ou demain matin. Vous pouvez me fixer un rendez-vous à ce moment-là.

Ignorant le regard noir de Walker, Marsh remonta la vitre. Était-il redevenu un suspect ? Walker recula, se tourna vers Josephine et sourit brièvement à quelque chose qu'elle avait dit.

Marsh sortit de sa place de stationnement et engagea sa voiture dans la circulation dense. Serrant les dents, il ignora la colère, la douleur et le désespoir qui s'insinuaient dans chacune des fibres de son corps. Il avait un boulot à accomplir. Vincent était largement à même d'assurer la sécurité de Josephine. Le problème, il avait fini par se l'avouer, c'était qu'il ne voulait pas que quelqu'un d'autre s'approche d'elle, et cela le dérangeait profondément.

Son téléphone portable sonna, une distraction bienvenue. Répondant en mains libres, il se faufila entre les voies, se dirigeant vers le pont de Manhattan. Puis il frémit quand une voix féminine annonça que le directeur était en ligne.

Merde !

— Marsh, qu'est-ce que tu fous ?

— Brett, content de t'entendre...

— Ce n'est pas un appel de courtoisie.

Brett Lovine semblait épuisé et énervé. Ce n'était pas la combinaison idéale pour un directeur du FBI, mais elle n'était sans doute pas rare.

— Que puis-je faire pour vous, *monsieur* ?

Les surnoms qu'ils s'étaient donnés enfants résonnaient dans ce court titre. Suffisamment pour que Brett souffle fort dans son téléphone.

— Je viens de raccrocher après avoir parlé à Montgomery Able. Tu le connais ?

— Euh...

— L'avocat du sénateur Brook Duvall, *agent spécial en charge* Hayes, répliqua Brett, dont le ton se rapprochait d'un grognement sarcastique.

Aaaah !

— Directeur, j'ai des preuves solides qui relient Pru Duvall à un tableau volé. Je dois enquêter sur cette piste, expliqua-t-il.

Après avoir vérifié son rétroviseur, il changea de voie et s'engagea en trombe sur la voie rapide, pied au plancher.

— Ce n'est pas parce que Brook est le favori pour remporter l'investiture du parti que nous devons reculer. En fait, je lui rends service en enquêtant de manière approfondie sur cette affaire.

Brett ricana, mais Marsh poursuivit.

— Nous avons des raisons de penser que le tableau volé à l'amiral Chambers est en fait un Vermeer disparu, dont la valeur pourrait atteindre cinquante millions de dollars lors d'une vente aux enchères. Cette découverte provoquera une explosion dans le monde de l'art lorsqu'elle sera révélée. Tout soupçon d'irrégularité fera couler Duvall comme une pierre.

Le silence s'installa sur la ligne.

Brett mettait manifestement dans la balance la bonne publicité que le FBI pourrait obtenir s'il retrouvait ce tableau, et le mauvais karma associé au fait d'énerver un potentiel futur président.

— Nous savons tous les deux que Chambers est un vieux bouc tellement dingue qu'il aurait pu donner ce truc et changer d'avis le lendemain, dit lentement Brett.

— Pru a dit la même chose, confirma Marsh. Mais il a des preuves photographiques que le tableau faisait partie de sa collection, et il a signalé le vol au FBI.

Son patron semblait l'écouter, maintenant.

— Je ne veux pas qu'un seul mot de cette histoire sorte dans la presse. *Pas un mot.* Compris ?

— Oui, *monsieur*, répliqua Marsh en souriant.

— Et comment se fait-il que tu sois impliqué dans ce fiasco de tueur en série à New York ?

— L'affaire concerne une amie proche...

— Oui, j'ai vu les photos, répondit Brett qui ricana, de nouveau son ami plutôt que le directeur. Elle est exactement ton genre. Rends-nous service à tous les deux : envoie-toi en l'air avec elle, et tire-toi de...

— Sinon quoi ? Tu vas me virer ? s'exclama-t-il, la voix empreinte de fureur.

— Peut-être que je le ferai.

Trop en colère pour répondre, Marsh coupa la communication.

Une vague de chaleur se répandit dans son corps, tandis que l'adrénaline alimentait la rage qui couvait comme de la lave à l'intérieur de son cerveau. Soudain, sa veste en laine l'étouffa. Il baissa la vitre et laissa la brise froide envahir l'habitacle de la voiture, fouettant ses sens.

Brett n'avait jamais remis en question son professionnalisme. Marsh compta jusqu'à dix tandis qu'il envisageait de faire demi-tour et de retourner à Manhattan.

Maîtrisant une forte expiration, il leva le pied de l'accélérateur et réfléchit à ce qui s'était passé. Il y régnait l'odeur trop familière de la politique et du pouvoir, qui se mêlaient de la loi et de l'ordre, remuant les eaux troubles. Cela puait.

Brett n'avait pas appelé pour le licencier.

Pas encore.

En attendant, Marsh allait retrouver le voleur du tableau de l'amiral Chambers et espérer que les preuves soient suffisamment convaincantes pour tenir devant un tribunal, qui que soit l'auteur du vol.

Et Josephine ?

Les paroles de Brett avaient touché une corde sensible. L'image du regard clair et défiant de la jeune femme le fit réfléchir à sa réaction exagérée aux commentaires grossiers du directeur du FBI. Le dégoût de Josephine pour l'autorité était clairement en train de déteindre sur lui. Elle l'avait affectée dès leur première rencontre, attaquant tout ce qu'il représentait.

Mais il ne l'abandonnerait pas. *Jamais.* Sauf qu'il ne savait pas du tout comment l'amener à lui faire confiance.

Il enfonça la pédale d'accélérateur et fila vers son devoir et le serment qu'il avait fait d'exercer le métier qu'il aimait avec honneur.

Josephine était en sécurité.

C'était tout ce qui comptait vraiment.

NELSON SE PENCHA sur les photos étalées sur son bureau. Il lui avait fallu cinquante dollars et un travail de détective de génie pour découvrir l'identité de la dernière nana à s'être fait découper par le Chasseur au couteau. Lynn Richards, la femme qu'il avait photographiée deux nuits plus tôt, alors qu'elle assistait à l'inauguration d'une galerie d'art avec l'agent spécial en charge Marshall Hayes. Nelson n'en revenait pas de sa chance.

Le brouhaha dans le bureau était cacophonique. L'atmosphère de la ville commençait à être chargée de peur et de paranoïa. Tout à coup, les histoires banales de Nelson concernant la mort, la drogue et le crime recevaient l'attention normalement réservée aux stars de cinéma et aux icônes de la musique pop.

— Landry !

Sa garce de rédactrice en chef, en proie à des troubles prémenstruels, se planta devant la porte de son bureau et cria à travers la pièce.

Mal à l'aise, il leva les yeux, incapable de mesurer son humeur autrement que par la lueur dans ses yeux.

— Oui, *boss* ?

— As-tu du nouveau sur la dernière victime du Chasseur au couteau ?

— Oui. Tout, de la présence de ses parents à un dîner VIP au moment du meurtre, jusqu'à son rencard avec un agent fédéral.

Il lui tendit le *NY News* du samedi, et pointa du doigt la photo de Lynn Richards. De la sueur coulait le long de son visage, car cette histoire était susceptible de le remettre sur les rails.

— C'est la victime ? Tu en es sûr ?

S'approchant du bureau de Nelson, elle l'examina d'un air méfiant... son air naturel.

— Oui.

Il y eut un temps d'arrêt qui s'étendit à tout le bureau, quand chacun retint son souffle.

— Apporte-moi ton article dans quinze minutes, et je te réserve la une.

Il sourit.

— Pas de problème, *boss*.

Un sentiment d'excitation l'envahit alors qu'il commençait à rédiger.

— Et qu'en est-il de l'autre fille ? s'enquit la rédactrice, pointant l'autre femme en couverture du *NY News* avec un ongle cramoisi.

Nelson haussa les épaules. Il n'avait encore rien trouvé sur elle.

— Je ne sais pas qui elle est. J'y travaille.

— L'agent fédéral ?

Il allait regretter de s'être frotté à lui.

— Pas disponible pour un commentaire.

La rédactrice haussa ses sourcils finement épilés.

— J'ai mes propres sources. Je vais voir ce que je peux trouver.

CHAPITRE NEUF

— Vous arrive-t-il de dormir, agent Walker ? s'enquit Josephine, observant les plis profonds qui marquaient le visage de l'homme.

Sam Walker étira la bouche d'un air sinistre et secoua la tête. Ses yeux bleus manquaient d'une véritable étincelle.

— Plus maintenant.

Il appela Nicholl pour l'avertir qu'ils allaient entrer.

Vince la suivait comme son ombre, et, soudain, elle lui en fut reconnaissante. Ils commencèrent à marcher vers le bâtiment de béton et de verre, des drapeaux claquant derrière eux dans le vent vif. Walker posa une main sur son coude ; Josie ne pensait plus qu'à une chose : le grand vide à côté d'elle, là où Marsh aurait dû se trouver.

Et cela la faisait paniquer.

— Il y a eu un autre meurtre ? demanda Vince de sa voix grave qui vibrait comme un bulldozer.

Walker jeta un coup d'œil à l'ancien SEAL par-dessus son épaule, hocha la tête, mais ne lui donna aucun détail. Josephine sentit un froid glacial l'envahir. Peut-être que si ses souvenirs lui étaient revenus plus tôt, ou si elle avait admis avoir suivi sa mère il y a tant d'années, aucune de ces femmes ne serait morte.

Ils passèrent le contrôle de sécurité, où Vince laissa son arme, avant d'entrer dans l'atrium du bâtiment. Les portes d'un ascenseur s'ouvrirent, et un groupe de personnes en sortit. Une femme sanglotait ouvertement, ses cheveux blond pâle retombant en désordre autour de sa tête. Josie s'écarta, incapable d'être témoin d'une douleur aussi brute.

La femme la vit et s'immobilisa aussitôt, ignorant les gens qui s'avançaient derrière elle.

— Vous ! s'écria-t-elle, le visage figé dans une grimace d'angoisse qui se transforma en rage. Vous savez qui a fait ça ! Vous savez qui a tué mon bébé !

Elle s'élança, et, en dépit de sa débrouillardise, Josie resta là, bloquée par la haine qui se lisait dans les yeux de l'autre femme. Elle se préparait à ce que cette dernière lui griffe le visage, mais Vince la stupéfia en la tirant en arrière et en la plaçant derrière son large dos, d'où elle ne pouvait plus rien voir.

Garde du corps.

Elle l'avait oublié.

Elle fut surprise de la faiblesse soudaine dans ses genoux. Elle s'adossa au mur pendant qu'on emmenait la pauvre femme. Le silence qui s'ensuivit résonna bruyamment, tandis que les gens restaient là, les yeux fixés sur eux.

Vince entraîna Josephine dans l'ascenseur. L'agent Walker y entra à leurs côtés, se frottant le front. Peut-être était-ce *vraiment* de sa faute. L'esprit malfaisant du tueur était un élément essentiel des flammes qui l'avaient forgée.

— Désolé pour ça, lui dit Walker, l'air énervé.

Josephine ouvrit la bouche, mais rien ne sortit. Quand ils quittèrent l'ascenseur, Walker dit :

— Patientez ici un moment.

Puis il les laissa dans le couloir, comme des invités indésirables à une fête.

Vince et elle le virent s'approcher de l'agent spécial Nicholl près de la cafetière, puis le tirer par le revers de sa veste pour lui faire franchir une porte ouverte, l'emmenant à l'abri des regards.

— Il va avoir des ennuis, remarqua Vince, haussant les sourcils en direction de l'entrée.

Josie se renfrogna sans comprendre.

— Que voulez-vous dire ?

Soudain, le brouillard se dissipa et elle comprit. Nicholl était responsable de cette petite scène en bas. *Mais, pourquoi ?*

Pour la déstabiliser ? Cela semblait être la raison la plus probable, mais, encore une fois, pourquoi ? Elle remuait déjà ciel et terre pour se souvenir ; que pourrait-elle leur dire de plus ?

Walker revint dans le couloir avec l'air d'un homme qui avait asséné un coup de poing à quelqu'un qui le méritait.

— Il croit vraiment que j'ai quelque chose à voir avec ça, n'est-ce pas ? Que je conspire d'une manière ou d'une autre ? demanda Josie.

Elle n'en revenait pas que Nicholl puisse avoir une si piètre opinion d'elle.

Sam Walker ne dit rien tandis qu'il les conduisait dans une salle d'interrogatoire semblable à celle où elle était déjà entrée. Il tint la porte pour Josie, mais il posa sa main devant Vince pour l'empêcher d'entrer.

— Je vais devoir vous demander de rester dehors.

Vince lui lança un regard sans appel.

— Si nous avions fait cela dans mon appartement, Vince aurait été là, souligna Josie. À moins que vous ne vouliez faire une pause, Vince ? Et me retrouver ici plus tard ?

— J'ai promis à Marshall Hayes que je ne vous quitterais pas des yeux, madame, répliqua Vince d'un ton monocorde. À l'exception des pauses toilettes, à condition que je puisse inspecter la pièce d'abord.

Josephine croisa les bras en le regardant.

— Sérieusement ?

Il arqua un sourcil.

— Sérieusement.

— C'est bien ce que je craignais, marmonna Walker. Hayes vous laisse un garde du corps, mais il ne se donne pas la peine de répondre à de simples questions...

— Qu'avez-vous contre lui ? s'exclama Josie, déconcertée.

Les deux fédéraux se ressemblaient beaucoup : ils étaient tous deux dévoués et tenaces. Elle aurait cru qu'ils seraient *potes* des forces de l'ordre.

— Rien, répondit rapidement Walker, avant de faire signe à Vince d'entrer dans la pièce. Vous n'intervenez pas, d'accord ?

Vince s'installa sur l'une des chaises en plastique orange datant dans les années soixante-dix. Elle grinça de manière inquiétante, mais il l'ignora, écartant les pieds et croisant ses bras épais.

Posant prudemment son sac à dos contenant les cendres de Marion sur le sol à côté de la chaise, Josie s'assit, et comprit à la façon dont l'agent Walker refusait de soutenir son regard que quelque chose de terrible s'était produit.

— Cela vous dérange-t-il si j'enregistre ça ? s'enquit Walker.

Josie s'en fichait complètement, mais elle se demanda si elle ne devrait pas appeler son avocat. Il actionna un interrupteur et commença à réciter l'heure, la date et leurs noms pour l'enregistrement.

— Où étiez-vous hier soir, Josephine ?

Walker fixait la table devant lui, les yeux rivés sur les dossiers, comme s'il s'agissait des choses les plus intéressantes qu'il ait jamais vues.

— Quoi ?

Elle plissa les yeux. *N'avait-il pas été présent chez elle jusqu'à ce que Marsh les mette dehors, Vince et lui ?* Elle ne savait même pas à quelle heure cela s'était produit, trop absorbée par ses souvenirs.

— Vous savez où j'étais.

Du bout des doigts, elle agrippa le coin de la table, et ses ongles griffèrent le mince placage.

— Pourriez-vous le dire pour l'enregistrement, s'il vous plaît ? insista Walker, l'air innocent.

Fatigué et las. C'était peut-être la routine.

— J'étais dans mon appartement.

— Avez-vous quitté votre appartement hier soir, ou avant sept heures ce matin ?

Elle redressa son dos, les bords de ses vertèbres s'enfonçant dans le plastique rigide.

— Non.

— Étiez-vous seule dans l'appartement ?

— Non.

Elle fronça les sourcils, ses doigts pianotant un rythme rapide sur la table, et se demanda ce que cela révélait de ses pensées les plus intimes dans le manuel de la police sur le langage corporel. Walker leva les yeux, et elle sentit la température chuter de plusieurs degrés.

— Qui était avec vous ?

Elle cessa de pianoter.

— L'*agent spécial en charge* Marshall Hayes était là avec moi. Vous savez tout cela.

— Marshall Hayes était dans votre appartement *toute* la nuit dernière ? Vous en êtes certaine ?

Bon sang ! Mais que se passait-il ?

— Absolument, dit-elle à haute voix pour l'enregistrement.

— Vous êtes sûre de n'avoir à aucun moment quitté Marshall Hayes du regard ?

Les yeux de Walker plongèrent dans les siens. Après l'échange houleux qu'elle avait eu avec Marsh la veille au soir, elle avait fermé la porte à clé et n'était jamais ressortie. Il avait frappé à vingt-trois heures, et lui avait dit qu'il dormirait sur le canapé. Elle ne l'avait pas vu avant l'aube. Elle regarda Sam Walker droit dans ses yeux fatigués et mentit.

— Marsh a passé toute la nuit juste à côté de moi.

Walker pinça les lèvres. Vince remua, visiblement mal à l'aise, sans doute parce qu'il savait que Marsh avait dormi sur le canapé. Mais il ne dit rien. Il ne la trahit pas.

— Pourquoi ? s'enquit Josephine.

Soupirant profondément, Sam Walker sortit la photo d'une jeune femme. Ses yeux étaient vitreux. Sa bouche relâchée. Elle était jeune. Et elle avait été magnifique.

— Vous la connaissez ?

Josephine ramassa la photo de la femme, et des larmes lui brouillèrent soudain les yeux. Cette ordure avait recommencé. Son doigt survola le visage de la jeune fille. Elles auraient pu être sœurs. La femme dans le hall d'entrée aurait pu être sa propre mère.

— Je ne l'ai jamais vue avant, répondit Josie en se mordant la lèvre. Qui est-elle ?

L'agent Walker fit glisser la couverture pliée du *NY News* de la veille sur la table. Une photo sur papier glacé de Marsh et d'elle quittant ce bâtiment deux nuits auparavant figurait au premier plan.

— J'étais en couverture du *NY News* ? Je ne comprends toujours pas...

Walker déplia la première page. Les yeux de Josie glissèrent sur l'autre photo en dessous. Elle prit la photo de la femme morte et la plaça près du cliché de Marsh qui assistait à l'inauguration d'une galerie d'art plus tôt dans la même soirée.

— Oh, non ! s'exclama-t-elle, puis elle se tourna vers Vince. Est-il au courant ?

Vince se leva. S'appuyant lourdement sur la table, il baissa les yeux sur la photo.

— J'en doute ; il ne serait pas parti dans ce cas.

Tous deux se tournèrent vers Walker, mais Josie posa la question en premier.

— Vous le croyez vraiment capable de ça ?

Marsh était le meilleur être humain qu'elle ait jamais rencontré. Il était tellement honorable que c'en était écœurant.

— Marsh ne ferait jamais ça à quelqu'un, affirma-t-elle, et il va être dévasté et s'en vouloir d'avoir mis la fille dans la ligne de mire d'un tueur. Et pourquoi resterais-je à moins de mille mètres de lui si c'était le type qui m'a attaquée... ?

— Vous avez dit que vous n'aviez pas vu son visage.

La réponse de Walker fut lapidaire, comme si elle venait d'éliminer son plus sérieux suspect. Le FBI devait vraiment être au désespoir pour vouloir épingler l'un de ses meilleurs éléments.

— Il ne suffit pas de voir le visage d'une personne pour la reconnaître : cela tient également à la voix, à la morphologie et à la largeur de ses épaules, expliqua-t-elle, ouvrant grand les paumes. C'est aussi dans le toucher des mains, l'odeur de la peau.

Soutenant le regard de l'agent Walker, elle espéra qu'il la croirait.

— Le type qui m'a attaquée n'était pas Marshall Hayes

Vince se redressa et regagna son siège orange.

— Vous savez qu'elle a raison, Walker. Vous n'avez simplement pas envie de lâcher votre bel os juteux.

Walker esquissa un sourire amer et haussa les épaules, comme s'il admettait le bien-fondé de sa remarque.

— Bien, dit-il en remuant les papiers. J'ai entré les numéros de sécurité sociale et de permis de conduire de votre mère dans le système : aucun des deux n'a été utilisé depuis sa disparition, la nuit de votre agression.

Brutalement, Josephine eut le souffle coupé, comme si elle avait été projetée contre un mur.

— Donc, elle est morte.

Elle baissa les yeux sur la table, remarquant que des graffitis en marquaient la surface bien usée.

— Pas nécessairement...

Josie releva la tête d'un coup sec.

— Que voulez-vous dire ?

— Elle aurait pu partir à l'étranger. Ou vivre sous une fausse identité.

Elle fronça les sourcils.

— Le gars avec qui elle se trouvait était missionnaire en Afrique...

— En Afrique ? répéta Vince qui se redressa, soudain attentif.

— Ne l'ai-je pas dit hier ? répondit Josie en fronçant les sourcils.

Walker lança un regard à Vince, lui intimant de se taire, puis il se pencha pour vérifier ses notes.

— Vous avez simplement parlé d'un type de l'église Sainte-Marie.

— Il n'était dans le pays que pour quelques semaines.

— Où, en Afrique ? s'enquit Vince.

Walker lui adressa un nouveau regard et parut sur le point de jurer, mais il jeta un œil à l'enregistreur, se rappelant qu'il était allumé.

— Je ne sais pas.

Josie secoua la tête, et ses pensées se succédaient si vite

qu'elles tournaient en rond. Vince dressa ses deux mètres de muscles puissants et se dirigea vers l'enregistreur pour l'éteindre.

— Que faites-vous ? bafouilla Walker.

Il s'arrêta quand Vince retira sa veste et entreprit de déboutonner sa chemise. Le holster de son pistolet Desert Eagle était vide et pendait sous son bras gauche.

— J'apporte une perspective différente sur certaines choses.

Vince écarta les pans de sa chemise, révélant une magnifique poitrine d'ébène et des marques qui firent cogner le cœur de Josie contre ses côtes. Six longues et profondes cicatrices couraient de chaque côté de son torse, soulignant ses côtes. Une minuscule rangée de points ponctuait le haut de chacune d'entre elles.

— Il y a quelques années, j'ai remonté l'histoire de ma famille jusqu'à un petit village du Mozambique, expliqua Vince.

Satisfait de sa démonstration, il remit sa chemise en place et commença à la reboutonner.

— Je m'y suis rendu et ils ont essayé de me pousser à participer à une cérémonie de scarification en me disant que je ne serais pas un vrai homme si mon corps ne mûrissait pas à la manière de mes ancêtres. Je leur ai dit qu'il était hors de question qu'ils s'approchent de moi avec leurs vieux couteaux rouillés, raconta-t-il avant d'éclater bruyamment de rire, et il haussa ses épaules massives. Mais je me suis procuré des instruments stériles dans une clinique voisine et je les ai laissés me scarifier, pas parce que je n'étais pas déjà un vrai homme, vous comprenez, mais parce que je trouvais que c'était cool.

Il fronça les sourcils et rentra sa chemise dans son pantalon.

— Heureusement pour moi, j'étais déjà circoncis.

— Je vous crois sur parole, répliqua Josie, qui essaya de dissimuler son choc, mais en vain. Alors, *ceci*, dit-elle en plaçant sa main sur sa propre cage thoracique, sous sa poitrine, c'est courant en Afrique ?

— Pas autant qu'avant, mais oui, confirma-t-il avec un hochement de tête. Les tatouages ne fonctionnent pas aussi bien sur les peaux plus foncées.

— Vous avez eu mal ?

Walker ne parvenait pas à dissimuler son dégoût et elle remarqua son expression lorsqu'il baissa les yeux sur la poitrine de la jeune femme. Une réaction masculine involontaire ? Ou bien pensait-il à ses cicatrices ? Elle croisa les bras.

— Ça m'a fait un mal de chien, mais les femmes adorent, répondit-il, puis il fit un clin d'œil et son clou en diamant scintilla.

Josie ricana :

— Cela en dit sûrement plus long sur les femmes avec qui vous sortez que sur votre sex-appeal.

Soudain, Vince redevint sérieux.

— Ce que je veux dire, c'est que... les entailles pourraient être un lien avec l'Afrique et ce missionnaire.

Walker tira sur sa lèvre avec son pouce et son index.

— Si je me souviens de certains de mes cours d'anthropologie de base, les scarifications sont également très répandues dans d'autres populations indigènes d'Australie et d'Amérique du Sud.

Soudain, Josephine comprit, et sa bouche s'asséca.

— Il se sert de ces femmes comme d'une toile sur laquelle travailler, affirma-t-elle en frémissant.

Walker remit l'enregistrement en marche.

— Josephine. Passons en revue tout ce dont vous vous souvenez à propos de l'homme qui, selon vous, s'est enfui avec votre mère.

❄

LA MIGRAINE qui faisait rage dans le crâne de Marsh n'avait rien à voir avec la naphtaline qui imprégnait le bureau de l'administrateur de Pru Duvall, mais tout à voir avec l'humidité écrasante d'une tempête qui se préparait. Même si, à bien y réfléchir, il n'avait pas cessé d'avoir mal à la tête depuis qu'il avait découvert que Josephine était la cible d'un tueur en série.

En ce début de mois d'octobre, la température atteignait les trente-deux degrés et le taux d'humidité était exceptionnel. Sa lèvre supérieure était moite, tout comme le reste de son corps.

Son costume de laine sur mesure était peut-être parfait pour le froid insidieux de la côte est, mais il était comme une couverture mouillée à Savannah, en Géorgie. Il retira sa veste et attendit que Thomas Brown ait fini de servir un verre de thé glacé. Le liquide frais produisit de la condensation sur la surface extérieure, se déposant sur le bois sombre pendant un moment avant que Brown ne le lui tende.

— Merci, monsieur Brown.

Marsh prit le verre des mains du petit homme soigné et en avala la moitié d'un trait. La température de son corps baissa d'une fraction de degré.

— Je vous en prie, appelez-moi Thomas, répondit Thomas Brown avec un sourire. Encore ?

Marsh accepta avec reconnaissance. Thomas n'avait rien du gros bonnet auquel Marsh s'était attendu. Ce type avait l'air d'un domestique sous contrat. Docile, modeste, rien à voir avec Pru Duvall.

— Fait-il toujours aussi chaud en automne ?

Se réfrénant, il but poliment une gorgée et accueillit avec plaisir le breuvage frais qui glissa dans sa gorge.

Un ventilateur de plafond vrombissait doucement au-dessus d'eux, renvoyant des vagues d'air chaud vers le sol, leur procurant le même soulagement qu'un sèche-cheveux. Un rideau s'agitait sous l'effet de cette légère brise. Le son de rires d'enfants flottait dans l'atmosphère étouffante, bribes de plaisir semblables à des plumes. Marsh était impatient d'obtenir des réponses, mais l'expérience lui disait qu'un peu de bavardage et de courtoisie le mèneraient plus loin, plus rapidement, que s'il aboyait des ordres. Surtout dans le sud.

La pièce était remplie de vêtements d'époque et d'antiquités. De quoi ouvrir un magasin. Des boules de naphtaline, qui dégageaient une odeur âcre et de renfermé, étaient éparpillées un peu partout, comme de petites billes blanches. Marsh en extirpa subrepticement une de sous sa cuisse, la laissa tomber sur le sol et essuya ses mains huileuses sur son pantalon.

— Elles empêchent les chats de monter sur les chaises et les mites de pénétrer dans les vêtements.

Thomas fit un signe de tête en direction du vestiaire rempli de vieilles robes qui semblaient provenir du plateau de tournage d'*Autant en emporte le vent*.

—Pardon ?

— La naphtaline, dit Thomas, qui plissa les yeux en signe d'amusement. Elle empêche les chats d'abîmer le tissu.

C'est alors qu'un persan touffu sortit de derrière le bureau, la queue dressée en l'air, et passa devant Marsh.

—Êtes-vous une sorte de collectionneur ?

— Non, monsieur, répondit Thomas en souriant. Tout le contraire, en fait. Tout cela appartenait aux parents et aux grands-parents de Mlle Pru. Elle m'a demandé de me débarrasser de tout.

Il prit place derrière le petit bureau encombré de papiers, de dossiers, d'un grand écran d'ordinateur et d'un vieux téléphone.

—Cette maison appartient-elle aussi à Mme Duvall ?

La maison était une demeure de style Regency de taille moyenne, peinte d'un bleu pâle fantomatique. Les volets et les balcons en fer forgé contribuaient à son attrait visuel. Elle donnait sur une place avec une fontaine en pierre en son centre et des chênes géants qui offraient de l'ombre et un abri contre la chaleur implacable.

Thomas acquiesça.

— Oui, monsieur. C'était la maison de sa grand-mère à l'origine, mais Mlle Pru a fait déménager toutes ses affaires ici lorsque sa mère, Mme Virginia, est décédée. Elle a grandi dans l'une des grandes demeures d'Abercorn Street, mais elle l'a vendue il y a des années. C'est un hôtel maintenant.

Marsh hocha la tête. Il imaginait sans mal Pru grandir dans un style décadent et dans le faste, un peu comme lui. En revanche il ne la voyait pas vendre et s'installer dans cette maison qui, bien que belle et historique, n'était ni splendide ni grandiose comme avait dû l'être la maison de son enfance. Les manoirs étaient parfaits pour divertir les amis politiques.

— Une idée de la raison pour laquelle elle a vendu ? s'enquit Marsh.

Le blanc des yeux de Thomas était teinté de jaune.

— Je ne sais pas vraiment, monsieur. Mlle Pru ne se confie pas à moi, elle me paie simplement pour que je veille sur sa propriété ici, ce dont je lui suis très reconnaissant.

Thomas Brown avait au moins quinze ans de plus que Pru… Marsh se demanda quels secrets de famille il connaissait *Avaient-ils été amants ?*

— À quelle fréquence Mlle Pru vient-elle ici, Thomas ? l'interrogea Marsh.

L'autre homme baissa les yeux sur ses chaussures en cuir marron qui dépassaient sur le côté du bureau. Elles étaient bien usées, mais pas en mauvais état, un peu à l'image de l'homme lui-même. Thomas releva la tête, plissant les yeux comme s'il réfléchissait.

— Pas souvent. Peut-être deux fois au cours des trois

dernières années… Elle vit en Australie, par intermittence, depuis un petit moment.

L'hypothèse des amants semblait un peu tirée par les cheveux. Marsh sortit une photographie du tableau de l'amiral Chambers.

— Vous avez vendu ce tableau à une société appelée *Total Mastery NY* il y a environ six mois. Vous en souvenez-vous ?

Thomas adressa à Marsh un regard qui laissait entendre qu'il n'était qu'un imbécile.

— Bien sûr que je m'en souviens, répliqua-t-il en croisant les mains sur le devant de son pantalon ceinturé. J'ai été très heureux d'en obtenir un si bon prix.

Marsh n'informa pas l'homme que l'objet valait bien plus que ce qu'il en avait obtenu… ou qu'il ne valait rien, s'il était volé.

— Où avez-vous trouvé ce tableau, Thomas ?

— Au manoir, expliqua-t-il, frottant lentement ses cheveux noirs coupés court du bout de ses doigts enflés. Mlle Pru m'a dit de vendre tout ce qui n'était pas nécessaire pour meubler cette maison. Elle avait déjà pris tout ce qu'elle voulait garder.

L'homme fit un signe de tête vers les vêtements et la porcelaine qui encombraient l'espace.

— Cela m'a pris cinq ans, mais c'est tout ce qu'il reste aujourd'hui.

Cela n'aidait pas.

— Vous souvenez-vous de la date à laquelle ce tableau est arrivé au manoir ou de la façon dont il y est arrivé ?

Les yeux couleur chocolat de Thomas brillèrent.

— Je ne me rappelle même pas exactement l'endroit où je l'ai trouvé, précisa-t-il, fronçant les sourcils. Mais quand j'ai mis la main dessus, je me suis dit qu'il pourrait avoir de la valeur, car il semblait vraiment ancien. Je l'ai envoyé à une entreprise locale pour le faire nettoyer.

Il haussa ses épaules osseuses qui étirèrent le coton fin.

— Lorsqu'il est revenu, il était presque méconnaissable. Toute cette saleté noire avait disparu, dit-il avec un sourire. La seule chose qui m'importait, c'était de récupérer l'argent pour la rénovation, et de faire un bon bénéfice. Quel est le problème, agent spécial en charge Hayes ?

Le tableau avait été nettoyé depuis qu'il avait été volé à l'amiral.

— Savez-vous si Mme Duvall a vu le tableau après qu'il a été nettoyé, mais avant qu'il ne soit vendu ?

Marsh se passa une main sur le visage, conscient du cauchemar politique qui s'annonçait. Établir la provenance du tableau allait s'avérer bien plus délicat qu'il ne l'avait prévu. Existait-il deux tableaux identiques en circulation ?

Les yeux doux de Thomas contenaient un soupçon de pitié.

— Je ne sais vraiment pas. Je ne crois pas.

— Avez-vous une preuve de la provenance du tableau ? l'interrogea Marsh, agacé par ce qui n'était qu'une perte de temps.

Thomas sourit encore.

— Tous les documents importants ont été perdus dans un incendie après la guerre civile.

Le tonnerre retentit au loin et une lumière blanche jaillit dans la pièce. Il recula sa chaise et regarda par la fenêtre au moment où retentissait le cliquetis des sabots de chevaux.

— Il est ironique d'être épargné par Sherman et d'être terrassé par une servante de cuisine, vous ne trouvez pas ? Voilà l'orage qui arrive, commenta rapidement Thomas.

Marsh hocha la tête. Toute sa vie ressemblait à une tempête et il était là, à Savannah, à n'apprendre absolument rien. Son téléphone vibra dans la poche de son pantalon.

Il vérifia le numéro… *merde*.

Il rangea le téléphone sans répondre. Il avait encore une question à poser.

— Comment vendez-vous les articles, Thomas ? Dans une salle des ventes ?

— Mlle Pru a envoyé une cargaison d'antiquités et autres à une maison de vente aux enchères chic, et m'a laissé m'occuper du reste, expliqua Thomas avec un signe de tête en direction de l'ordinateur. En général, je les mets sur le Web.

Marsh haussa les sourcils, surpris.

— Vous avez vendu ce tableau en ligne ?

Bordel !

— Oh, oui ! confirma-t-il en hochant lentement la tête. La beauté d'Internet.

Pliant sa veste sur son bras, Marsh remercia l'homme et lui dit au revoir. Il ne trouverait aucune réponse à Savannah. Rien qu'une autre couche de vieille fortune et un mystère qui lui criait dessus à travers la distance du temps et de l'espace. Le portable de Marsh sonna à nouveau, et cette fois, il dut répondre.

Il se tenait sur le perron qui donnait sur une place de Savannah recouverte de mousse.

— Hayes.

— Marsh...

C'était Josephine : son cœur se mit à battre à tout rompre tandis qu'un pic d'adrénaline pénétrait dans son système sanguin. Il sursauta quand un coup de tonnerre gronda au-dessus de sa tête.

— Tout va bien ?

Il s'intima de ne pas paniquer. Vincent n'était pas un abruti.

— Je vais bien. Vince est juste à côté de moi, lui répondit-elle, puis elle baissa la voix et les mots lui parvinrent étouffés, comme si elle avait mis ses mains sur sa bouche. Le FBI t'a-t-il déjà parlé du dernier meurtre ?

— Je ne peux pas discuter de ça au téléphone.

Ils étaient sur une ligne non sécurisée. Il n'avait pas l'intention de dévoiler quoi que ce soit, au cas où il serait sur écoute. Il entendit Josephine déglutir bruyamment.

— C'était ton rencard. La fille que tu as emmenée à l'inauguration de la galerie d'art. Je suis sincèrement désolée. Je me suis dit que tu devais l'apprendre le plus vite possible. Il l'a tuée, Marsh. *Il l'a tuée*.

CHAPITRE DIX

L'obscurité régnait dans la cage d'escalier. Une mince bande de lumière filtrait sous une porte, mais les autres étaient noires et vides. Appuyant une main sur le chambranle de la porte, Marsh se concentra sur sa respiration. Inspirer, expirer. Il prit de profondes respirations qui ralentirent le flux sanguin dans ses veines jusqu'à un rugissement étouffé.

Le meurtre de Lynn Richards avait fait basculer quelque chose de fondamental en lui, comme le lent glissement d'une plaque tectonique au niveau d'un gouffre géologique.

Il avait pris la dernière correspondance depuis Atlanta. Et même s'il était presque minuit, il s'était directement rendu au domicile des Richard pour leur présenter ses condoléances. Cela ne s'était pas bien passé. Leur fille était morte... à cause de lui. Marsh serra les poings de rage. Cibler Josephine était déjà assez terrible, ainsi qu'Angela Morelli et toutes les autres femmes que cet enfoiré avait brutalisées. Mais le tueur avait planifié le meurtre sadique de cette jeune femme en se basant uniquement sur le fait qu'elle faisait la une d'un journal à côté de lui...

Elle était si jeune.

Bon sang ! Dans la Navy, il avait perdu des hommes sous son commandement et les regrets qu'il en éprouvait étaient comme des éclats d'obus dans sa poitrine. *Ça ?* Il avait envie de laisser exploser sa rage, mais il se redressa et glissa la clé dans la serrure. Elle s'ouvrit, et il se trouva face au Desert Eagle de Vince pointé directement sur son cœur.

— Heureusement que j'ai appelé avant, hein ?

Marsh reconnut l'empathie dans le regard de l'autre homme. Vince avait connu Dieu sait quoi, dans plus de zones de guerre qu'il n'y avait d'États, et il comprenait ce que c'était que de perdre quelqu'un. Ils se fixèrent pendant un long moment de silence avant que Marsh détourne le regard.

— C'est important d'être très vigilant dans la zone de combat, Marshall. Et il est temps de t'en rappeler, lui dit Vince qui rangea son arme dans son holster, puis il récupéra son sac de voyage et le passa sur son épaule. On se voit demain matin.

— Surveille tes arrières, Vince.

L'autre homme acquiesça d'un hochement de tête. Il s'éloigna, ses pas rapides résonnant sur les murs. Marsh ferma la porte derrière lui et verrouilla. Il appuya sa tête contre le bois frais, tandis que les émotions l'assaillaient.

— Ce n'est pas ta faute, lui dit la voix de Josephine surgissant de l'obscurité.

Il se retourna, puis vit son ombre s'attarder, incertaine, à côté de la porte de sa chambre.

— Si, répondit-il, la voix rauque. Ça l'est.

Il se frotta la gorge, espérant se débarrasser du nœud qui menaçait de l'étouffer. Josephine s'approcha des fenêtres et regarda la rue sombre en contrebas. Des pas résonnèrent faiblement sur le bitume, sans doute Vince qui se hâtait de retourner à son autre vie.

— Tu ne peux pas tout contrôler.

— Je ne voulais même pas sortir avec elle.

Le souvenir de la façon dont il l'avait traitée, parce qu'elle n'était pas Josephine, parce que sa mère les avait piégés, le rongeait. Il s'était comporté comme un enfoiré sans envergure et maintenant elle était morte.

Ses yeux suivirent avec avidité les déplacements de Josephine dans l'obscurité. La lune accrocha le bord de sa chemise de nuit, ourlant son profil d'une lueur argentée. Le contour de son corps était visible à travers le tissu éclairé à contre-jour, et ses formes le remplissaient d'un besoin douloureux. L'amertume l'envahit et le dégoût de lui-même se répandit dans son corps. Même la mort de Lynn n'était pas parvenue à éteindre le désir qu'il éprouvait pour cette femme… au contraire, elle l'avait intensifié. Ces heures seraient peut-être tout ce qu'ils auraient. Elle ne serait peut-être jamais à lui, et, même s'il était prêt à mourir pour la protéger, il n'y avait pas de certitudes dans la vie. La seule chose certaine, c'était la mort.

— Je ne voulais pas sortir avec elle parce qu'elle n'était pas *toi.*

Les mots sortirent alors qu'il pensait qu'ils resteraient enfermés dans sa tête. *Merde.* Les mains de Josephine agrippèrent le tissu au niveau de sa poitrine.

— Je…

— Ne le dis pas, l'interrompit-il, passant ses mains dans ses cheveux, descendant les marches d'un pas traînant. Je ne veux pas de ta pitié.

Elle s'approcha de lui et s'arrêta à quelques pas.

— Je n'ai jamais eu pitié de toi, Marsh. Je vous ai détestés, toi et toutes ces choses que tu me fais ressentir, mais je n'ai jamais eu pitié de toi. Ce n'est pas ta faute…

— C'est ma faute, dit Marsh à voix basse. Si je ne l'avais pas emmenée à l'inauguration de la galerie, elle ne serait pas morte.

Les épaules de la jeune femme se tendirent, et elle releva le menton.

— Si ta mère ne t'avait pas organisé ce rencard, si le photographe ne vous avait pas pris en photo, si le journal ne nous avait pas mis ensemble en première page…, énuméra-t-elle, avançant jusqu'à ce qu'il n'y ait plus entre eux que des molécules d'électricité polarisées. Si je n'avais pas survécu.

La douleur déchira la poitrine de Marsh. *Bon sang !* C'était *vraiment* sa faute. Il se laissa tomber sur le canapé, le visage entre les mains, l'odeur de la naphtaline restant incrustée dans sa peau malgré les lavages de mains incessants. C'était répugnant. Nauséabond. Dégoûtant. Ou peut-être était-ce simplement lui.

Il prit une profonde inspiration, frissonna, sentit les bras de Josephine se glisser autour de lui avec légèreté, incertains, comme si elle ignorait tout de la manière de réconforter quelqu'un.

— Ce salaud l'a tuée comme si elle ne valait rien. Il l'a massacrée parce qu'il voulait faire un doigt d'honneur au FBI. Elle avait *dix-huit ans.*

— Je veux aider. Dis-moi ce que je peux faire pour t'aider.

Des menottes feraient l'affaire. Qu'elle l'attache et s'envoie en l'air avec lui jusqu'à en perdre la raison. Cela fonctionnerait. *Merde.* Il voulait plonger dans sa chair. Enfouir chacune de ses pensées désespérées dans des replis doux qui l'envelopperaient si étroitement que la culpabilité ne pourrait pas s'immiscer dans sa tête. Alors, il pourrait prétendre que le mal n'était pas omniprésent et incontrôlé dans leur monde. Il pourrait prétendre que la loi finirait par l'emporter, qu'ils coinceraient ce malade, et que Josephine serait enfin en sécurité. Mais cela n'arriverait peut-être jamais. Ils pourraient ne jamais attraper ce monstre.

Josephine serra la tête de Marsh contre sa poitrine et le berça.

Elle *le* berçait.

Il leva la tête pour que leurs yeux soient à la même hauteur, le bleu habituellement vif de ceux de la jeune femme apparaissant monochrome dans le clair de lune. La peau autour de sa bouche était tendue, ses lèvres serrées, comme si elle retenait de force l'émotion à l'intérieur, incapable de la relâcher, de l'exprimer. Il posa la main sur sa joue, frotta son pouce sur la ligne douce de ses lèvres et la sentit se détendre un peu alors qu'elle relâchait son souffle. Elle sentait le pamplemousse comme si elle venait de se doucher, sa peau était encore légèrement humide.

Elle ne s'insurgeait jamais contre le destin ou les choses terribles qui lui étaient arrivées. Peu importait ce que ce tueur lui infligeait, elle ne cédait pas d'un pouce et Marsh ne croyait pas que c'était parce qu'elle ne ressentait pas la peur. Elle s'était barricadée derrière tant de défenses émotionnelles qu'elle était presque impénétrable.

Presque.

— Je pense que tu es un meilleur homme que la plupart des autres, dit-elle, attrapant la main de Marsh pour qu'il la laisse sur sa joue.

C'était ce qu'il voulait, être meilleur que la plupart, être assez bon pour combler le vide laissé par un frère aîné qu'il avait aimé de tout son cœur. Assez bon pour attraper les méchants.

Les doigts de Marsh glissèrent sur la joue de Josephine, effleurèrent son oreille et s'enfoncèrent dans les mèches soyeuses de ses cheveux. Il la rapprocha de lui, et sentit la résistance dans chaque muscle, chaque vertèbre, chacune de ses respirations haletantes.

— Je te veux.

— Je ne peux pas..., dit-elle avant de reculer légèrement.

— Tu l'as fait, la dernière fois, répliqua-t-il.

Les battements du cœur de Marsh résonnaient dans ses oreilles, le sang brûlant qui coulait dans ses veines lui donnait envie de plonger et de la dévorer. Mais il ne s'autoriserait aucune transgression. Pas de coercition. Pas de drogues. Pas de culpabilité. Rien d'autre qu'un désir sincère.

Caressant doucement la peau délicate de ses poignets, il se recula pour appuyer ses épaules contre le canapé. Il la libéra. Elle n'était pas une lâche. Elle s'était résolument placée dans le collimateur de la mafia au printemps dernier pour aider Elizabeth et elle n'avait pas bronché. Mais quand il était question de la passion qui brûlait entre eux, de ce crépitement de chaleur insensé, elle fuyait toujours.

— Va te coucher, lui dit-il.

Il afficha un sourire sans humour, frustré et énervé. Il avait besoin que cette femme lui offre quelque chose qu'elle ne voulait manifestement pas lui donner en retour, ou dont elle n'avait pas besoin venant de lui. Il ferma les yeux pour qu'elle ne voie pas sa faiblesse.

Le silence était assourdissant. Il n'entendait plus que la respiration de Josephine, un son légèrement indécis.

Il ne voulait pas d'indécision.

— Va te coucher, Josephine.

Des doigts froids l'effleurèrent à travers la laine douce de son pantalon et il tressaillit violemment, la caresse changeant une douleur feutrée en une chaleur volcanique qui lui arracha un bruit entre ses dents serrées, comme s'il était en train de mourir.

Elle hésita, comme si elle n'était pas sûre d'elle.

— Ne t'arrête pas.

M. Sang-froid. Délicatement, il déplaça ses doigts fins sur la chair qui réclamait son attention ; il ne voulait personne d'autre et il allait probablement la faire paniquer, la faire fuir, mais il avait besoin qu'elle le touche. Il avait besoin qu'elle *veuille* le toucher.

De son autre main, elle le repoussa contre le canapé. Le clair de lune entrait par les hautes fenêtres, la rendant aussi immatérielle que l'ombre, aussi puissante qu'une prophétie. Il la laissa le coincer, sachant qu'il était condamné, sachant qu'elle pouvait le dominer par la seule pression de ses mains fines ou d'un mot doux.

Ses cheveux brillaient, retombant pour couvrir son expression alors qu'il voulait absolument voir son visage. Puis elle le toucha à nouveau, une exploration qui le fit sursauter et se cogner le coude sur le bras en bois du canapé. Il serra les dents, de la sueur perlant sur son front, chaque neurone du plaisir dans son corps réagissant à son contact comme de la limaille de fer avec un aimant. Elle retira sa main et, pendant une seconde, il crut qu'il allait hurler. Puis elle tira sur sa ceinture, manquant de peu de lui couper la circulation avant de détacher la boucle et de faire glisser le cuir pour le dégager.

Des doigts doux effleurèrent son ventre tandis qu'elle défaisait le bouton, descendait la fermeture éclair avec un son rauque qui était plus torride que son fantasme le plus érotique.

— Je n'ai jamais fait ça avant.

La bouche de Josephine était proche de la sienne quand elle murmura dans son oreille, passant la main sur son érection grandissante. Il ne pouvait plus respirer et encore moins parler. Elle déplaçait les mains en douceur sur sa chair, déclenchant une vague de chaleur dans leur sillage.

— Dis-moi si je fais quelque chose que tu n'aimes pas.

Un rire dément résonna dans la tête de Marsh. Impossible.

S'agenouillant à côté de lui sur le canapé, se collant contre sa cuisse, elle remonta ses doigts sur son ventre tendu, et elle défit un bouton de sa chemise.

Il la tira sur lui, des lumières surgissant derrière ses paupières alors qu'elle le chevauchait, alignant leurs corps d'une manière qui lui fit fondre le cerveau, surtout lorsqu'il se rendit compte qu'elle ne portait pas de sous-vêtements.

Marsh agrippa la chair ferme des cuisses de Josephine, la plaquant contre lui, refusant de la laisser bouger même s'il sentait, au frémissement de ses muscles, qu'elle brûlait de le faire.

— Josephine, dit-il, la voix rauque.

Quand elle ouvrit les yeux, elle avait l'air de sortir d'une transe. Ce n'était pas ce qu'il voulait, mais il n'avait pas l'intention de jouer ce soir-là, et il refusait qu'un malentendu s'interpose entre eux.

— Je ne veux pas m'amuser comme un adolescent. Je veux t'emmener au lit et...

— Me prendre jusqu'à en perdre la tête.

— C'est plus que ça ! s'exclama-t-il, et la véhémence de sa voix les ébranla tous les deux.

— Je ne veux pas que ce soit plus que ça, répondit Josephine, posant une main sur son épaule. Pourrait-on faire ça ? Faire l'amour. Comme des adultes normaux ? Ou bien allons-nous à nouveau tout gâcher ?

Marsh agrippa le bord de sa chemise de nuit, trop vite pour qu'elle puisse protester, et il la lui fit passer par-dessus la tête.

— Les adultes normaux et équilibrés se mettent nus pour faire l'amour, lui dit-il.

Ni l'un ni l'autre n'était normal ou équilibré, mais il s'en moquait.

— Les gens normaux ne ressemblent pas à ça, affirma-t-elle, levant les mains pour couvrir son buste.

— Ne fais pas ça, lui intima-t-il. S'il te plaît, non. Tes cicatrices ne me dérangent pas. Je doute qu'elles dérangent quelqu'un d'autre que toi.

Il posa la main sur un petit sein parfait, et elle se balança contre lui. La tête de Josephine retomba en avant, ses cheveux effleurant ses épaules. Lui rappelant qu'elle était nue tandis que lui était presque entièrement vêtu.

Un fantasme devenu réalité. Si la chaleur augmentait encore entre eux, il allait s'enflammer. Marsh passa les mains dans le dos de Josephine, effleurant l'endroit où il avait implanté l'émetteur quelques mois plus tôt ; il ne voulait pas attirer son attention dessus, mais il était curieux. Sa peau était douce comme du satin, sans indice quant à la présence de la puce cachée sous la chair souple. Frémissant, il déplaça la main de la jeune femme pour qu'elle berce le renflement de son sein, qu'elle ressente la beauté et la sensualité de son propre corps. Un doux gémissement s'échappa de ses lèvres légèrement entrouvertes.

Suivant le tracé d'une cicatrice, il frotta légèrement l'endroit où elle se terminait, juste à la pointe de l'os de la hanche de la jeune femme.

— Tu es magnifique, lui dit-il.

— Non, c'est faux, répliqua-t-elle en relevant la tête, le feu brûlant dans ses yeux au clair de lune. Tu n'as pas besoin de me flatter. Tu vas avoir de la chance ce soir.

Traiter avec cette femme était toujours un défi, et quand le sang ne circulait plus dans son cerveau, c'était carrément impossible.

— Exactement. Alors, pourquoi ne me crois-tu pas quand je te dis que tu es la femme la plus belle que j'aie jamais rencontrée ?

Il soutint son regard, et il vit la méfiance le disputer à l'insécurité dans ses yeux.

— Je t'aurai de toute façon.

Il descendit sa main, caressant lentement son corps, puis il passa la main entre ses jambes. Il plongea un doigt dans sa chair brûlante.

— Pourquoi mentirais-je ?

— Oh, mon Dieu ! murmura-t-elle, plaquant ses mains sur le torse de Marsh. Je ne sais pas.

Elle était glissante et humide, et le désir de plonger à l'intérieur faillit le submerger, mais il voulait tout lui donner, lui faire considérer le sexe comme une chose merveilleuse, et non comme un gouffre de dépravation.

Il la maintint en place avec une main dans le creux de son dos, la rapprochant de l'extase. Tendrement, il prit un mamelon foncé dans sa bouche et le suça doucement, passant sa langue sur l'aréole tendue. Un gémissement se fit entendre dans la pièce, résonnant sur les hauts plafonds. Sa respiration haletante était rythmée par le mouvement de ses doigts. Elle s'agrippa à ses épaules, ses ongles mordant la chair alors qu'il appuyait la paume contre le clitoris de Josephine et trouvait cet endroit qui la faisait se tordre de plaisir. Elle explosa contre lui, les lèvres écartées, les yeux fermés tandis qu'elle frémissait et tremblait, nue, dans ses bras. Elle s'apaisa lentement et posa le front sur l'épaule de Marsh. La sensation de son souffle contre son cou le remplit de satisfaction. Comme un élément essentiel de sa vie qui se remettait en place.

Le désir le tenaillait toujours, mais il était atténué par la patience. Il ne la bousculerait pas. Il ne *les* bousculerait pas. Peut-être n'était-elle pas prête pour plus.

Une morsure à bouche ouverte dans son cou vint troubler ses pensées. Elle se redressa, ange magnifique, nue et splendide sur ses genoux.

— Tu te contrôles beaucoup trop.

— Je me rattrape pour la dernière fois, dit-il d'une voix rauque.

Il saisit une mèche de cheveux soyeux et caressa le haut de son sein avec.

— Tu as dit que la dernière fois avait été la meilleure expérience de toute ta vie, lui rappela-t-elle.

Doucement, il passa le bout d'un doigt sur la peau sensible à la jonction de sa cuisse et la regarda frissonner.

— Tu doutes de moi ?

Elle inspira brusquement.

— Non, mais mon expérience est limitée.

Marsh les fit glisser sur le sol.

— Que fais-tu ? s'enquit-elle.

Il y avait suffisamment de curiosité dans sa voix pour qu'il ne s'arrête pas.

— Je te donne un cours accéléré sur certains des meilleurs moments.

Il glissa le long du corps de Josephine pour la goûter, son odeur féminine explosant dans chaque recoin de son esprit. Ses pensées s'évanouirent, le désir explosa dans ses veines et alluma une mèche à l'intérieur de sa tête.

Elle se redressa quand il glissa sa langue dans ses replis intimes.

— Oh, bon sang ! Je n'arrive pas à croire à quel point c'est bon. Je crois que je ne pourrai pas le supporter.

— Tu veux que j'arrête ? demanda-t-il, la voix étouffée et sinistre.

— Pas encore.

Et elle éclata de rire. *Dieu merci.* C'était un son si inhabituel qu'il faillit s'arrêter. Posant la main sur ses fesses, il la taquina, la caressa, la câlina, la mordilla... Il brûlait d'être en elle, mais il voulait faire durer ce moment pour toujours. Que ce soit bon pour elle. Tant qu'il n'avait pas à penser à autre chose, il était heureux de voir son contrôle craquer et s'effilocher. Josephine se raidit, la bouche ouverte sur un cri silencieux, le corps cambré comme une vision primitive de la féminité.

Magnifique.

Le sexe n'était pas sordide ou sale. C'était magnifique. *Elle* était magnifique.

Il releva la tête. Elle était étendue sur le sol, haletante. La lumière tamisée révélait sa peau pâle et son corps élancé. Elle était mince, mais pas faible.

La voir allongée là, nue, le rendait fou, mais il sentit

aussi un changement dans l'atmosphère lorsqu'elle se remit à réfléchir. Des alarmes résonnèrent dans l'esprit de Marsh, mais il était aussi curieux. Tendu, palpitant, fou, remonté comme un ressort, mais curieux. Les fines cicatrices qui sillonnaient le corps de la jeune femme ressortaient dans le clair de lune. Soudain, des visions de Lynn Richards hantèrent son esprit. Il se passa les mains sur le visage et se redressa alors que la réalité s'abattait sur lui.

La main de Josephine trouva la sienne. Elle parlait plus bas dans l'obscurité.

— Peu importe où je vais, il est toujours là, avec moi. Dans ma tête. Tout le temps.

Marsh aurait voulu lui dire qu'ils attraperaient ce monstre avant qu'il ne tue à nouveau, mais il n'en était pas sûr. Plus maintenant.

— Je peux t'aider à oublier pour une nuit, lui proposa-t-il, lui tendant la main. Viens. Allons nous coucher.

— Qu'est-ce que tu lui as dit ? s'écria-t-il d'une voix rauque.

La lumière du quartier s'infiltrait par les fenêtres du loft qui n'étaient pas couvertes. Sa peau picotait, son sexe palpitait d'une impatience si primitive qu'elle risquait d'éclater dans sa chair et de se répandre dans la nuit. La cravache s'abattit violemment sur les fesses nues de la femme.

— Aïe !

Une fine ligne sombre divisait sa peau blanche et pâle. La couleur s'infiltrait dans l'ombre.

— Rien ! S'il te plaît, je t'en prie ! Je ne lui ai rien dit !

Pru Duvall sanglotait contre l'oreiller sur lequel il avait plaqué son visage dès qu'elle était entrée dans la pièce. Il avait relevé sa jupe en tweed et s'était enfoncé en elle jusqu'à ce qu'elle le supplie.

Puis il s'était arrêté.

Une sirène résonna dans l'appartement. Des bruits agités, des gémissements et des cris. De petites personnes désespérées qui commettaient de petites actions pathétiques.

Le pouvoir était *là*. Il traversait la nuit comme les ailes d'une chauve-souris, silencieux, invisible, aussi tangible que la cravache qu'il tordait entre ses doigts.

Clac !

— Bon sang ! sanglota Pru. Je n'en peux plus.

Il toucha sa peau et la sentit tressaillir sous son doigt. Pru Duvall était peut-être une future Première dame des États-Unis d'Amérique, mais, au fond de son cœur, au fond de son âme, elle n'était que ténèbres et désespoir.

— S'il te plaît..., demanda-t-elle, la voix brisée.

Il avait envisagé de la tuer, mais une petite voix au fond de lui disait qu'éliminer Pru Duvall reviendrait à s'ôter la vie, et il n'était pas encore prêt pour cela.

Le cuir à la base de la cravache était doux et effiloché contre les extrémités sensibles de ses doigts. Des tambours battaient dans l'obscurité, mais pas des tambours meurtriers, rien que de l'excitation et du plaisir. Si seulement cela suffisait à ses besoins. Il lui avait menotté les mains dans le dos. Pas avec les menottes doublées de velours que les autres utilisaient, mais celles en acier, qu'il avait volées à un policier lorsqu'il s'était installé en ville. Un flic mort maintenant.

— Je vais le détruire, affirma-t-il, passant un doigt le long de la ligne de peau abîmée.

Le pouvoir. Il abaissa les lèvres pour souffler doucement sur sa peau et atténuer la douleur. *Le contrôle.* Pru frémit, le blanc de ses yeux brillait.

— Bien, siffla-t-elle.

Il effleura sa peau parfaite avec ses dents. Mordit doucement la base de sa colonne vertébrale et glissa la cravache entre ses jambes pour la caresser.

— S'il te plaît ? demanda-t-elle d'une voix de petite fille qui se brisa quand elle se rassit.

Clac !

— Maudite… !

Il la fouetta plus fort, rompant la peau.

Clac !

— Je suis désolée, je suis désolée ! Je t'en prie, s'il te plaît, ne me tue pas. Je peux t'aider. Je ferai tout ce que tu voudras.

Elle le faisait toujours. C'était ce qui les rendait à ce point compatibles.

CHAPITRE ONZE

Un faisceau de lumière passa sur le plafond tandis qu'une voiture roulait lentement dans la rue. Josephine était lovée contre lui comme un chat, la tête nichée sous son épaule, et il ne savait pas ce qu'il allait faire avec elle. Un désir primitif l'avait amené à lui faire l'amour aussi souvent que possible pendant la nuit, comme le ferait un cerf sauvage pour revendiquer ses droits biologiques.

Et, pour être honnête, l'idée que Josephine soit enceinte de son enfant lui procurait un sentiment de satisfaction intense. Ce qui était *insensé*.

Tout jeune, il avait eu de nombreuses petites amies. Le fait d'être riche ne nuisait généralement pas à son succès, mais cette fois-ci, c'était le cas. Cette fois, l'argent jouait en sa défaveur. Si elle avait de l'argent, Josephine, qui ronflait doucement contre sa poitrine, s'enfuirait aussitôt vers un endroit sûr. Et il ne voulait pas qu'elle s'enfuie. Ils avaient fait l'amour pendant des heures, et, même maintenant, le parfum de sa peau, de ses cheveux, de son essence, éveillait le désir en lui. Il ne voulait pas la perdre, mais il ne savait pas comment la garder. Elle était trop indécise, trop sur la défensive, trop sauvage.

Il y eut un fracas dans la rue, du métal sur du béton, comme une boîte de conserve qui roulait sur le trottoir. Doucement, Marsh s'éloigna de la chaleur de Josephine et se dirigea vers la fenêtre. Il regarda dans la rue.

L'aube serait là d'ici quelques minutes. Un homme, courbé contre le vent glacial, promenait un dalmatien dont la queue s'agitait comme un fouet. Les feuilles se balançaient dans son sillage et le chien marquait son odeur sur les volutes de métal qui bordaient la base de chaque arbre.

Marsh sentit qu'on l'observait. Qui d'autre était là dans la nuit ? Le Chasseur au couteau l'observait-il en ce moment même ? Pourquoi cette ordure en avait-elle fait une affaire personnelle ?

Il entendit les couvertures bouger sur le lit.

— Qu'est-ce que tu regardes ? lui demanda Josephine.

Marsh entendit la peur dans sa voix, et ses nerfs se tendirent sous l'effet de cette menace insidieuse.

— Seulement un type qui promène son chien, expliqua-t-il en se tournant vers elle.

Gémissant, elle retomba contre les couvertures.

— Je *déteste* ça.

Il s'éloigna de la fenêtre et s'assit sur le lit. Le matelas s'affaissa sous son poids.

— Je déteste ça aussi.

Les mots n'aidaient pas. Promettre d'attraper le tueur n'aidait pas. La seule chose capable d'aider vraiment, c'était d'enfermer cet animal derrière les barreaux. Marsh fit le tour du lit, ramassa son pantalon et fouilla dans ses poches à la recherche de son téléphone portable. Consultant l'écran, il se rendit compte qu'il avait manqué plusieurs appels, mais pas ceux qu'il attendait.

— Je ne comprends pas pourquoi l'agent Walker ne m'a pas fait venir pour m'interroger.

— Euh...

— Que veux-tu dire par « euh » ?

Alerté par son ton, il leva les yeux. Se rapprochant du côté du lit, il déposa son téléphone portable à côté de son arme.

— Je, euh..., dit Josephine, la voix étouffée par le drap.

— Walker a-t-il dit quelque chose ?

La jeune femme se redressa sur le lit et ramena le drap sur sa poitrine. Elle était plus sexy que jamais avec ses cheveux ébouriffés et sa lèvre inférieure pulpeuse.

— Disons plutôt que *j'ai* dit quelque chose.

Elle pinça les lèvres et croisa le regard de Marsh. La lune était déjà couchée, mais il y avait suffisamment de lumière ambiante pour qu'il puisse voir qu'elle détournait ses yeux des siens.

— Que lui as-tu dit, exactement ? l'interrogea-t-il, méfiant.

Relevant le menton, elle écarta ses cheveux de ses yeux d'un geste désormais familier. Marsh reconnut l'inclinaison pugnace de sa mâchoire.

— Il allait te faire porter le chapeau.

Les paroles de Josephine éveillèrent une certaine méfiance en lui.

— Il ne ferait pas son travail s'il ne me considérait pas comme un suspect.

Et cela le mettait en colère. Toutes ces années passées au service de son pays ne comptaient pas. *Et c'est exactement comme ça que ça doit se passer,* se rappela-t-il.

— Eh bien, je sais que tu ne l'as pas fait, affirma-t-elle, le fusillant du regard comme s'il était abruti.

Oh, oh !

— Que lui as-tu dit ?

Elle sembla le défier.

— Je lui ai dit que tu étais ici avec moi.

— Mais, pour ce que tu en sais, ou ce que l'agent Walker en

sait, j'aurais pu me glisser hors d'ici au milieu de la nuit et assassiner Lynn.

Il fit un signe du menton en direction de la porte verrouillée qui les avait séparés la nuit précédente. Josephine secoua la tête.

— Je *sais* que tu n'es pas ce monstre.

Walker ressentait-il la même chose ? Il en doutait. Une fois de plus, elle lui jeta *ce regard* lui donnant l'impression qu'il était vraiment stupide.

— J'ai dit à Walker que tu étais *avec* moi, toute la nuit, déclara-t-elle.

Une poussée de colère, aussi fine qu'une lame de rasoir, le transperça. Pointue. Mortelle. Il détourna le regard, soudain effrayé par ses sentiments.

— Tu as menti à un agent du FBI au cours d'une enquête cruciale ?

— Oui, répondit-elle, balançant le mot alors qu'elle rejetait ses cheveux en arrière.

Marsh avait la mâchoire si serrée qu'il eut du mal à parler.

— Et ça ne te dérange pas ?

— Ce n'est pas vraiment la première fois, expliqua-t-elle, haussant les sourcils d'un air de défi.

Bon sang ! Il le savait, mais il s'agissait d'une enquête sur un tueur en série ! Une courte respiration s'échappa de ses narines dans un accès de frustration. Il était pris au piège. S'il avouait la vérité, il stigmatisait Josephine comme une menteuse, ce qui risquait d'entacher tout témoignage de sa part. Mais s'il ne disait pas la vérité à Walker, il se rabaissait lui-même et dégradait son éthique. Il s'était déjà compromis une fois, et Josephine était déjà impliquée à ce moment-là.

Elle sortit du lit, nue et distrayante à souhait, ce qui, connaissant Josephine, était probablement son intention.

— Et quel est le problème exactement ? Je croyais que le but était d'attraper le méchant ? Ce n'est pas en nous laissant piéger par ses stratagèmes que nous y parviendrons.

Elle croisa les bras sur ses seins. Les yeux de Marsh s'y attardèrent involontairement. Cette femme était son talon d'Achille et il s'en voulait de cette faiblesse.

— Que ferais-je si tu étais arrêté pour un meurtre que je sais que tu n'as pas commis ? lui demanda-t-elle d'une voix douce. Ce monstre sait que nous comptons l'un pour l'autre. Il veut se débarrasser de toi, et il sait comment manipuler les flics pour y parvenir.

Un tremblement visible l'agita, mais il ignorait si c'était de froid ou de peur. Marsh se rapprocha d'elle, posa les mains sur ses épaules, les os fins résistant sous la surface de sa peau.

Ce criminel se jouait des forces de l'ordre.

— Vince sera là aussi longtemps qu'il le faudra. Nous pouvons engager des agents de sécurité supplémentaires s'il le faut. Je ne laisserai rien de mal t'arriver, Josephine.

— Je ne veux pas d'agents de sécurité supplémentaires. C'est toi que je veux.

Elle se hissa sur la pointe des pieds, enroula les bras autour du cou de Marsh et l'embrassa. Il fut tellement surpris par ce geste d'affection spontané qu'il resta bêtement debout, une seule partie de son corps réagissant. Lorsqu'elle le relâcha, le cerveau de Marsh était vide à cause du manque de sang.

— Le Chasseur au couteau essaie de te mêler à cette enquête afin d'embrouiller la police et de détourner l'attention de lui-même, affirma-t-elle avant de mordiller la lèvre inférieure de Marsh. Cela signifie qu'il m'observe… qu'il *nous* observe. Il veut nuire à ta réputation, et que je me retrouve seule et vulnérable.

Josephine effleura la mâchoire de Marsh de ses lèvres.

— Il m'a déjà assez pris. Je ne lui donnerai pas ce qu'il veut cette fois-ci. Et si je dois raconter un mensonge blanc pour l'éviter ? Disons que cela ne m'empêchera pas de dormir la nuit.

Elle n'avait pas tort, mais, moralement, cela l'irritait qu'elle ait menti à l'organisation à laquelle il avait consacré toute sa vie. Une main caressant l'érection de Marsh, l'autre toujours enroulée autour de son cou, Josephine le ramena sur le lit, et il ne se débattit pas vraiment pour l'en empêcher.

Marsh prépara un café avec la machine ultramoderne qui se trouvait dans la cuisine de Josephine.

— Tu en veux ? demanda-t-il par-dessus son épaule à Vince qui venait d'arriver.

Celui-ci acquiesça et s'installa sur la deuxième chaise de la cuisine aux dimensions généreuses.

Versant quatre tasses du breuvage, Marsh en laissa une sur le plan de travail pour Josephine, qui prenait tranquillement sa douche. Steve Dancer était affalé sur l'autre chaise, la chemise froissée et les chaussettes dépareillées.

Marsh avait été élevé dans une atmosphère qui exigeait la perfection physique, que ce soit chez lui, à l'école, dans la Navy ou au sein du Bureau. D'une manière ou d'une autre, Dancer était parvenu à passer entre les mailles du filet. Le sens du goût de Marsh aurait dû être consterné par le fait que le type portait des chaussures marron avec un pantalon noir et une veste de sport marine, mais il n'en avait strictement rien à faire. Steve Dancer était l'une des personnes les plus brillantes qu'il ait jamais rencontrées, et l'une des plus sympathiques. Enfant unique d'une mère célibataire, il avait étudié au MIT tout en cumulant trois emplois. Les hommes le sous-estimaient à cause de ses taches de rousseur et de son apparence négligée. Les femmes voulaient le materner. Marsh ignorait pourquoi ce type s'était engagé au FBI, mais il était assez intelligent pour être heureux de l'avoir intégré à son équipe.

— Pourquoi as-tu laissé Josephine mentir à Walker, Vince ?

Marsh était encore furieux d'avoir été pris au piège d'un tissu de mensonges. Il n'aimait pas être manipulé par qui que ce soit.

— Elle n'a pas vraiment menti, protesta Vince, dont les dents blanches ressortaient contre ses lèvres bordeaux. Elle a *sous-entendu.*

Il haussa une épaule massive.

— Walker a marché, mais, bon sang, il était furieux.

Marsh inspira fortement, puis relâcha son souffle par le nez.

— Tout ce qu'il a à faire, c'est de revenir en arrière et de vérifier les dates des autres meurtres, ce que je pensais qu'il avait déjà fait. Pourquoi est-ce que, tout à coup, ça l'excite de s'en prendre à moi ?

Vince passa ses mains de la taille d'une assiette sur ses cheveux coupés court, et son clou d'oreille brilla. Il lui lança un regard insistant.

— Tu sais pourquoi.

Josephine. La jalousie était une vraie plaie. Mais sa relation avec Josephine ne devrait pas interférer avec l'arrestation de ce tueur.

— Le tueur a-t-il encore frappé ? Quelqu'un a entendu quelque chose ? s'enquit Marsh en remuant son café.

Dancer et Vince secouèrent la tête.

— Peut-être a-t-il pris sa soirée.

Dancer but une gorgée de café et grimaça : il n'était pas du matin. *Ou peut-être n'ont-ils tout simplement pas encore trouvé le corps.*

— Où en est l'enquête sur le De Hooch/Vermeer ? demanda Marsh.

Dancer souffla sur son café avant de répondre.

— J'ai jeté un coup d'œil sur les registres des ventes Internet. Celle-ci semble réglo.

— Avec ou sans mandat ? interrogea Vince, une lueur d'intérêt dans le regard.

Les taches de rousseur de Dancer remuèrent sur ses joues.

— Contrairement à certains d'entre nous, je respecte toujours les règles.

— Conneries, marmonna Marsh.

Vince grogna et retourna à son café. Il prit un muffin dans la boîte posée au milieu de la table, que Dancer avait rapportée d'une boulangerie au coin de la rue.

— Selon Thomas Brown, le tableau est resté dans le manoir familial pendant des décennies. Mais, selon l'amiral Chambers, il lui a été volé il y a quelques années.

Marsh leva les yeux au plafond. Compte tenu de la notoriété des deux familles, il était confronté à un autre scandale potentiel.

— Nous devons à nouveau nous entretenir avec Chambers. Vérifier sa version du vol.

Dancer passa une main dans ses cheveux, qui retombèrent de travers sur ses yeux.

— Il est de retour chez lui. Il a pris un vol au départ d'Anchorage hier soir.

Marsh avait les nerfs à vif. Il avait un travail à faire et une position à défendre. Ni l'un ni l'autre n'était compatible avec la protection permanente de Josephine contre un tueur.

— Je suppose que nous allons à Boston, dit-il en grimaçant.

— Qu'en est-il de..., commença Vince, jetant un regard par-dessus son épaule, montrant la porte ouverte d'un geste du menton.

Marsh s'appuya contre le plan de travail de la cuisine. Laisser Josephine à New York c'était la laisser vulnérable. Vince pouvait la protéger la plupart du temps, mais Marsh avait besoin de savoir qu'elle était en sécurité en permanence.

— Elle vient aussi.

— Elle n'aimerait pas ça, intervint Vince, secouant la tête.

Une charnière grinça et le bruit de pieds nus sur le parquet se fit entendre. Josephine franchit la porte, regarda les trois hommes dans sa cuisine, et tendit la main en silence pour que Marsh lui donne son café. Il prit la tasse et la lui tendit ; leurs doigts se frôlèrent avec une étincelle qui fit rougir la jeune femme. Dancer croisa le regard de Marsh et haussa un sourcil d'un air entendu.

Ignorant l'autre agent, Marsh plongea dans les yeux de Josephine.

— Tu dois venir à Boston avec nous.

Elle haleta doucement.

— A-t-il encore tué ?

— Non, répondit Marsh avant de s'éclaircir la gorge.

C'était un plan judicieux. Josephine marcherait.

— Cela n'a rien à voir avec l'affaire du Chasseur au couteau. Je dois me rendre à Boston dans le cadre de l'enquête que je mène, expliqua-t-il, fixant des yeux cobalt qui devenaient lentement froids. De cette façon, nous pourrons garder un œil sur toi plutôt que de te laisser vulnérable à New York.

Marsh essaya de soutenir le regard de Josephine, mais c'était comme si elle disparaissait sous ses yeux.

— Je ne fuirai pas cette ordure. Pas cette fois...

— Il n'est pas question de fuir, mais d'être intelligent, répondit Marsh sans tenir compte de ses préoccupations. Emporte tout ce dont tu as besoin pour peindre, et nous t'installerons quelque part...

— Ma toile fait six mètres de haut, argua-t-elle, et il sentit la distance dans sa voix, comme si elle s'était éteinte.

Il parla d'une voix plus forte, essayant inconsciemment de pénétrer l'armure qu'elle construisait autour d'elle.

— Travaille sur autre chose pendant quelques jours.

Les yeux de Josephine revinrent vers ceux de Marsh, vides de toute passion et de sa vivacité habituelle.

— J'ai une commande à terminer, dit-elle, les lèvres pincées. Ce n'est peut-être pas un travail important ou digne d'intérêt, mais c'est le mien, et je ne l'abandonnerai pas pour cette maudite ordure.

Elle le regardait sans le voir. Elle ne voyait que cet enfoiré armé d'un couteau.

— Vince peut veiller sur moi.

Sortant de la pièce, elle leur adressa un vague sourire tandis que sa peau pâlissait sous le soleil du matin.

— Josephine.

La panique s'entendait dans la voix de Marsh. Elle disait qu'elle ne s'enfuyait pas, mais elle mentait. Il s'était attendu à des feux d'artifice, mais il s'était aussi attendu à obtenir ce qu'il voulait. Cette distance le dépassait ; il ne l'avait jamais vue se replier aussi complètement sur elle-même.

— Prépare tes affaires, car nous partons à midi.

Il n'obtint pas de réponse. Dans le lourd silence, seul résonna le déclic de la serrure sur la porte de la chambre.

— Eh bien ! Ça s'est plutôt bien passé ! remarqua Dancer qui termina son café et lécha le sucre glace sur ses doigts. Tu veux que j'aille chercher les tranquillisants, ou tu te débrouilleras ?

La lumière était parfaite. Si elle pouvait se concentrer sur la couleur, sur la façon de rendre les plis de la toge de la statue à la fois fluides et solides, tout irait bien. Extrayant du vert permanent, un peu de vert phtalique et une goutte d'acrylique vert cobalt profond, elle contempla bêtement sa palette. Ses mains tremblèrent alors que la sensibilité revenait lentement dans son corps.

Cela ne marcherait jamais. Être avec Marshall Hayes ne marcherait jamais.

Il ne pouvait pas la protéger éternellement, et elle ne voulait pas qu'il reste uniquement par obligation. Elle ne voulait pas non plus le mettre en danger, ou avoir à s'inquiéter pour lui. Elle ferma les yeux et se balança sur ses pieds. Elle n'était qu'une idiote.

Elle aurait dû s'enfuir ce premier jour, mais elle avait hésité, et cela avait été sa première erreur.

Le bras levé de Liberté se moquait d'elle. Cette peinture était censée représenter l'esprit indomptable de la ville de New York et son tableau le phénix renaissant des cendres de la douleur, et le courage des habitants de cette grande ville. Mais comment pouvait-elle espérer lui rendre justice alors qu'elle ne pouvait même pas se promener dans les rues sans garde du corps ? Elle méprisait ce que sa vie était devenue. Elle n'était pas une lâche qui s'en remettait à la parole d'un homme et s'attendait à ce qu'il prenne soin d'elle. Elle ne voulait pas non plus être la blonde idiote des films d'horreur qui se fait surprendre par un monstre armé d'un grand couteau tranchant alors qu'elle vérifie les fusibles dans la cave.

Marshall Hayes s'était glissé sous sa peau comme aucun homme ne l'avait fait auparavant. Elle voulait croire en lui, s'appuyer sur lui, mais elle savait qu'elle ne pouvait pas s'y risquer.

La lumière du soleil filtrait à travers les hautes fenêtres et faisait perler de petites gouttes de sueur sur sa tempe. À l'âge de neuf ans, elle avait appris que la clé de la survie, c'était de ne pas faire de bruit. De garder la tête baissée, de ne pas s'impliquer. Ne pas dévoiler ses émotions. Fuir, se cacher, observer, survivre, frapper quand c'était nécessaire, et, surtout, *la fermer*. L'image de son père surgit dans son esprit, la traitant de tous les noms parce qu'elle avait l'audace de ressembler à sa mère. Qu'aurait fait Walter Maxwell s'il avait su que sa femme avait été assassinée, qu'elle ne l'avait pas quitté ? Josephine fronça les sourcils un instant. Cela aurait constitué une bonne erreur de plus pour boire jusqu'à la mort.

Pas étonnant que sa mère soit partie avec un autre homme. Marion avait sauvé Josie, l'avait recueillie, et, au bout du compte, celle-ci avait remboursé sa dette en causant une mort douloureuse à cette femme qu'elle aimait.

Ces derniers temps, les morts douloureuses avaient tendance à la suivre et elle ne supportait pas l'idée que ce soit Marsh qui en fasse les frais cette fois-ci. Mais elle ne laisserait pas un homme contrôler sa vie, pas même un homme bon comme Marsh, et certainement pas une ordure diabolique comme le Chasseur au couteau.

Ses doigts se refermèrent sur le pinceau et elle le trempa dans l'épais vert cobalt, avant de s'approcher de l'escabeau et de poser le pied sur le premier échelon.

— Es-tu prête à entendre raison ? lui demanda Marsh depuis l'embrasure de la porte, et son sang bouillonna dans ses veines.

Toute la nuit précédente, ils s'étaient accrochés l'un à l'autre. Mais avec lui, elle se sentait exposée et elle ne pouvait pas se permettre d'être aussi vulnérable. Secouant la tête, elle appliqua la première légère couche de peinture sur le côté droit de la statue. Elle ne pouvait se résoudre à l'affronter.

— Vas-tu me dire pourquoi ou simplement m'ignorer à nouveau ?

Son accent de Boston était encore plus prononcé que d'habitude et suffisamment glacial pour la faire frissonner. Dans le cottage du Vermont, elle avait refusé de lui parler pendant trente-six heures d'affilée. Ensuite, elle l'avait séduit. Elle ne savait pas combien d'erreurs une personne pouvait commettre au cours d'une vie, mais, apparemment, elle essayait de le découvrir.

Elle s'éclaircit la gorge.

— Je ne peux pas m'enfuir alors qu'il est en train de pourchasser d'autres femmes.

Elle releva le menton, ignorant le léger tremblement qui la parcourut quand elle se retourna pour le regarder, debout, en costume bleu marine et cravate à rayures écarlates. Beau et fier. Elle avait la gorge douloureusement nouée à le regarder.

— Je reste. Tu peux y aller. Je te promets de ne pas quitter l'appartement.

— La nuit dernière n'a rien signifié pour toi ? lui demanda-t-il, et son ton commençait à agacer Josephine.

L'escabeau vacilla légèrement.

— La nuit passée était belle, Marsh, mais je ne vais pas réorganiser ma vie simplement pour que tu aies quelqu'un dans ton lit. J'ai du travail.

— Tu crois que je te veux à Boston pour pouvoir m'envoyer en l'air avec toi ?

Josephine descendit de l'escabeau et affronta Marsh. La chaleur et la colère irradiaient de lui comme du kérosène. Cela ne se passait pas comme elle l'avait prévu.

— Tu crois que je ne peux pas passer quelques nuits sans sexe alors que ça fait des mois que je m'abstiens ? s'exclama-t-il, et elle vit la bataille de l'ambre et du jade dans ses yeux aux pupilles dilatées.

— Je n'en sais rien. Je ne sais rien de tout cela ! s'exclama-t-elle, et sa voix grimpa. Rien de tout cela n'a de sens.

Avec des gestes brusques, il prit le pinceau et la palette des doigts rigides de la jeune femme et les posa sur la table.

— Une chose a du sens.

Josephine inspira brusquement tandis qu'il empoignait le tissu de son t-shirt et la plaquait contre son corps. Les lèvres de Marsh s'écrasèrent sur les siennes, laissant transparaître sa fureur et sa frustration dans la pression et le claquement de ses dents. Son autre main appuya fermement dans le creux des reins de Josephine, les poussant à un contact intime, envoyant des bouffées de désir de ses seins jusqu'au sommet de ses cuisses.

Le baiser de Marsh devint doux, en contradiction avec sa colère, ses dents mordirent sa bouche jusqu'à ce qu'elle réagisse, et elle glissa ses mains autour de ses épaules. Prise d'une soudaine faiblesse, elle ferma les yeux, l'étreignant fermement tandis qu'un tumulte d'émotions montait en elle. Il ralentit son baiser et elle en savoura la douceur, ouvrit les yeux et entrevit brièvement la douleur avant qu'il ne s'éloigne.

— Ce n'est pas une question de sexe, Josephine. Tu sais que ce qui se passe entre nous va au-delà du sexe et que je n'aime pas ça plus que toi. C'est réel et ce n'est pas près de s'arrêter, insista-t-il d'une voix lasse qui entama sa détermination. Si tu viens à Boston avec moi, c'est pour empêcher un enfoiré de meurtrier de te taillader et de t'ouvrir en deux pour finir le travail qu'il a commencé il y a des années.

La nausée submergea Josephine, et c'était normal. Marsh essayait de lui faire peur. Comme si elle avait besoin d'un rappel. Mais elle n'avait pas l'intention de se faire capturer par ce psychopathe. Elle devait se montrer prudente.

Elle se dégagea de ses bras.

— Vince est là.

Marsh s'arrêta un moment et regarda par-dessus son épaule tandis qu'il se dirigeait vers la porte.

— Mais, *je* voulais le faire… *Je* voulais être celui qui te protégerait.

CHAPITRE DOUZE

Les orteils mouchetés de peinture de Josie dépassaient de ses tongs turquoise à sequins. L'ourlet effiloché de son jean chatouillait la partie sensible de son pied. Ni la vue ni les sensations n'apaisaient la tension de sa mâchoire ou la raideur de ses épaules. Sa fureur se répandait à travers ses os, brûlante. Elle s'y accrocha, dans une tentative désespérée pour se concentrer.

Josie prit un nouveau pinceau n° 20 ainsi qu'un tube de blanc de Chine de taille industrielle, qu'elle jeta dans son panier. De nouvelles éponges, des crayons Conté et un couteau à palette triangulaire pointu suivirent.

Passant devant Vince, elle lui lança un regard.

Les hommes.

Avec un bruit sec, elle posa son panier à la caisse. L'employée, qui mâchait du chewing-gum, prit son temps pour remarquer sa présence et commencer à scanner ses achats. Qu'est-ce que cela pouvait faire si elle agissait de manière irrationnelle ?

Un tueur voulait détruire sa vie et Marshall Hayes voulait la contrôler. Tout ce qu'elle désirait, c'était retrouver son indépendance. Elle avait besoin d'espace pour réfléchir.

— Il veut seulement vous protéger, lui murmura à l'oreille la voix grave de Vince.

Mais, plutôt que d'apaiser son esprit, il ne fit qu'alimenter sa fureur.

— Je croyais que vous étiez là pour ça ? répliqua-t-elle avec un regard dédaigneux de haut en bas.

La caissière cessa de mâcher et jeta un coup d'œil nerveux à Vince qui bloquait en grande partie la lumière. Le garde du corps posa les yeux sur l'employée, haussant un sourcil interrogateur.

La crise de Josephine attirait le mauvais type d'attention.

— Ne vous inquiétez pas pour lui, c'est mon garde du corps, et un héros de guerre décoré, dit-elle pour rassurer la caissière quand elle paya.

— Vous a-t-on déjà dit que vous étiez aussi subtile qu'une tronçonneuse ? murmura Vince.

— Maintenant que vous en parlez, le sujet a déjà été abordé par le passé.

Rassemblant ses achats, elle sortit de la boutique à grands pas et s'engagea dans la rue, luttant contre le vent qui plaqua son mince pull noir contre sa peau. Il faisait plus froid qu'attendu à cette époque de l'année. Un vent glacial était descendu des Maritimes avec le mordant de griffes d'ours. Elle frissonna. L'art et la colère la consumaient depuis qu'elle s'était disputée avec Marsh ce matin-là. Heureusement qu'elle s'était habillée avant d'être à court de peinture, sinon elle serait sans doute sortie nue.

Incapable de se concentrer sur sa commande, elle avait mis Liberté de côté et projeté de l'émotion pure sur une nouvelle toile. Le résultat ressemblait à un animal écrasé sur la route et cette image lui avait retourné l'estomac lorsqu'elle en avait reconnu la source d'inspiration.

Évitant habilement les touristes et les New-Yorkais, elle avança sur le trottoir. Elle devait contacter l'agent Walker pour voir s'il y avait du nouveau.

Alors qu'elle se tenait sur le trottoir, entourée de l'arôme de la pizza et des vapeurs d'essence, elle vérifia qu'il n'y avait pas de circulation et traversa vers Bleecker, sans se soucier de savoir si Vince la suivait ou non. En tournant dans Grove Street, elle regarda par-dessus son épaule et découvrit l'homme dans son ombre. Silencieux, effrayant, vigilant.

Et cela l'énervait. Ce n'était pas qu'elle n'appréciait pas Vince, mais elle détestait devoir être protégée physiquement, et que d'autres se mettent en danger pour elle. Le Chasseur au couteau tirait toutes les ficelles et les faisait danser à sa guise. Elle haïssait cela. Elle avait passé son enfance à être contrôlée par la peur qu'il revienne, ce qui était le cas maintenant.

Des images de femmes mutilées défilèrent dans son esprit, y compris le visage de sa mère déformé par le temps, et des visions macabres de scènes de crime. Plaquant une main sur sa bouche, elle s'immobilisa dans la rue.

— Ça va ? s'enquit Vince derrière elle.

— Non, mais je survivrai.

Avec un peu de chance. C'est alors qu'elle repéra Marsh qui se tenait en face de sa maison, levant les yeux vers ses fenêtres ; l'émotion la submergea. Elle avait supposé qu'il était déjà parti pour Boston, mais il avait l'air d'être là depuis des heures.

Vince lui posa une main sur l'épaule.

— Soyez maligne.

— Pourquoi ? Vous avez besoin de vacances, mon trésor ? demanda-t-elle au grand homme avec un sourire.

Ses dents blanches brillèrent comme des phares allumés, et il lui serra l'épaule.

— Ce *sont* des vacances, mon chou.

Il la poussa doucement. *Super.* Elle n'était qu'une mauviette entourée de super-héros armés de gros pistolets. Marsh se tourna vers elle quand elle s'approcha.

— As-tu enfin retrouvé la raison ?

— Je reste, dit-elle.

Elle vit la déception dans les yeux noisette de Marsh, et elle eut un pincement au cœur. *Bon sang !* C'était pour cela qu'elle ne s'impliquait pas. Il était bien plus facile d'être seule que d'essayer de répondre aux attentes de quelqu'un d'autre. Et savoir qu'il lui manquerait quand il partirait, c'était aussi bien que d'attendre qu'un tueur en série frappe. Mais c'était peut-être mieux ainsi.

Remontant son sac de courses sous son bras, elle déverrouilla la porte d'entrée. Marsh s'avança derrière elle et elle jeta un coup d'œil de côté, observant Vince qui levait la main en guise d'au revoir.

— Il va chercher assez de nourriture et de matériel pour tenir les quarante-huit prochaines heures, annonça Marsh d'un ton neutre, qui ne laissait rien transparaître.

Ce n'était pas nécessaire. Il avait clairement exprimé son opinion.

— Il n'est pas obligé de rester tout le temps.

Elle ouvrit la porte et fut choquée quand Marsh la fit tourner dans ses bras pour la pousser contre le mur à l'entrée.

— Pourquoi agis-tu comme si tu t'en fichais ?

Les cheveux de Josephine se dressèrent sur sa nuque. Elle garda la bouche fermée.

— Pourquoi agis-tu comme si *rien* ne te préoccupait jamais ? insista-t-il, tous ses muscles tendus.

La peau autour de sa bouche était d'un blanc mortel. Josephine fut soudain très nerveuse. Elle l'avait poussé trop loin et elle se détestait pour cela.

— Qu'est-ce que tu feras s'il s'en prend à toi ? lui demanda-t-il, puis il s'éloigna d'un coup, comme s'il ne supportait pas de la toucher un instant de plus. Qu'est-ce que *moi*, je ferai ?

Le cœur battant la chamade, elle commença à monter les escaliers.

—Josephine !

L'angoisse dans la voix de Marsh la poussa à se tourner pour lui faire face. La lumière dans ses yeux était vive et brillante, lui arrachant des émotions qu'elle ne savait pas comment gérer.

— Je ne peux pas faire ça, Marsh. Je ne sais même pas comment vivre une relation dans des circonstances normales, expliqua-t-elle alors qu'à sa grande horreur ses larmes se mettaient à couler. Pour l'instant, je ne peux penser à rien d'autre qu'à me sortir vivante de cette histoire.

Elle s'élança à nouveau sur les marches, et ses pas résonnèrent dans la cage d'escalier. Son cœur battait de plus en plus vite, ses poumons la brûlaient, et elle n'arrivait pas à respirer.

Elle atteignit le premier étage avant que Marsh commence à la suivre. Josephine ne le fuyait pas. Elle avait simplement besoin de respirer un peu.

En haut de l'escalier, elle s'arrêta net. La porte de son appartement était entrouverte. *L'ai-je laissée ouverte ?* Elle observa la porte. Le bois était éclaté à côté de la poignée, qui avait été abîmée.

— Reste derrière moi, lui intima Marsh qui dégaina son arme.

Assaillie par des vagues d'adrénaline, Josephine entendait son sang battre dans ses oreilles. Elle s'agrippa au dos de la veste de Marsh et s'y accrocha de toutes ses forces.

Merde. Merde. Merde. Le cœur de la jeune femme s'emballa, et la sueur lui coula dans le dos.

Passant une main derrière lui, Marsh détacha les doigts de Josephine et les porta à ses lèvres. Puis il lui donna un bref baiser et lui adressa un sourire tendu avant de lui faire signe de se remettre derrière lui tandis qu'il se serrait contre le mur. Sans quitter la porte des yeux, il sortit son téléphone portable, composa un numéro à toute vitesse et le plaça entre les mains de Josie.

— Que faisons-nous maintenant, murmura-t-elle.

Marsh posa un doigt sur ses lèvres et chuchota :

— Nous attendons.

— Quoi ? murmura-t-elle à son tour.

Il fallut environ soixante secondes avant qu'une porte s'ouvre avec fracas au rez-de-chaussée et que le bruit de bottes ne résonne dans l'escalier.

— Des renforts, répondit Marsh avec un sourire.

L'effet était électrisant.

Vince arrivant en haut des marches, le pistolet à la main, la sueur au front, et une expression mortelle sur le visage.

Sans un mot, les deux hommes se mirent en position et pénétrèrent dans l'appartement comme elle l'avait vu faire un millier de fois à la télévision. Marsh entraîna Josephine à l'intérieur, serrant son poignet si fort que c'en était douloureux, mais elle ne se plaignait plus. La dernière chose qu'elle voulait, c'était être laissée seule... Bien sûr, c'était le moment idéal pour avoir *cette* révélation ! Bon sang ! Elle n'était rien d'autre qu'une imbécile bornée.

Le salon ne semblait pas avoir été dérangé. Marsh et Vince inspectèrent en duo toutes les cachettes possibles, vérifièrent la cuisine, la salle de bains, les toilettes, les placards.

Josie les suivit dans son atelier, et se tint au centre de la pièce, stupéfaite. Il avait pris le tableau...

Étourdie, elle se laissa entraîner dans la chambre d'amis pendant qu'ils continuaient à vérifier sous le lit et à l'intérieur des penderies. La nausée lui monta à la gorge. Il était venu ici. Un frisson de répulsion parcourut sa peau. Elle suivit Marsh dans le salon. D'autres pas résonnèrent dans la cage d'escalier, accompagnés de cris. Les agents Dancer et Walker firent irruption dans l'appartement, mais Marsh et Vince ne levèrent pas les yeux. Ils étaient concentrés sur la dernière cachette possible pour un intrus. *Sa chambre.*

La peur lui laissa un goût amer sur la langue tandis qu'elle les suivait.

Du rouge vif éclaboussait les couvertures blanches, dégoulinait sur le parquet. La puanteur de la térébenthine et de la peinture s'insinua dans ses narines : les outils de son métier utilisés comme armes de terreur. Le message barbouillé sur le mur lui fit froid dans le dos.

TU ES MORTE.

— Il devra d'abord me passer sur le corps ! s'exclama Marsh en rengainant son arme.

Josephine ne voulait pas que ce monstre s'approche de lui. Elle croisa les bras et s'efforça d'empêcher ses dents de claquer.

— C'est ce qu'il m'a dit la nuit où il a tué Angela Morelli. « La prochaine fois, tu es morte ».

— C'est drôle que vous ayez oublié de le mentionner plus tôt, s'emporta l'agent spécial Walker.

— Drôle ? répliqua Josephine, dont la voix grimpa. Je me suis dit que ce message était suffisamment évident pour que même les fédéraux le comprennent.

— Nous devons fouiller tout le bâtiment au cas où il se cacherait quelque part. Je vais demander des renforts, mais, en attendant, nous allons commencer par le bas et remonter.

Walker adressa un signe de tête à Dancer, qui franchit la porte d'entrée à la suite de l'agent du département des sciences du comportement, accompagné de Vince. Les genoux de Josie flanchèrent ; Marsh la souleva dans ses bras et la déposa délicatement sur le canapé.

Ses dents claquaient.

— Il est en train de me dire qu'il peut m'atteindre quand il le veut.

— Il nous nargue tous, confirma Marsh, posant les mains sur ses hanches, les yeux rivés sur elle. Je te jure que je ne le laisserai pas t'atteindre, Josephine.

— Je déteste que tu aies eu raison à propos de ça. Tu dois être heureux.

Il pinça les lèvres, retenant manifestement sa colère.

— Non. Mais je suis heureux que tu n'aies pas été seule ici quand cette ordure est entrée.

Il marquait un point.

— Je ne me suis absentée qu'une demi-heure, dit-elle, et, soudain, une pensée la frappa. Comment est-il entré dans le bâtiment ? L'as-tu vu entrer par la porte avant ?

Marsh secoua la tête et balaya l'appartement du regard.

— Il a dû voler une clé de l'appartement d'Angela Morelli. Je croyais que ton concierge devait changer les serrures ?

— Vendredi prochain.

— As-tu un double de tes clés quelque part dans l'appartement ?

Josie secoua la tête.

— J'ai donné le dernier à Vince. Elizabeth et Pete en ont aussi.

— J'ignore toujours comment cette ordure sait où tu habites.

L'agent Walker revint à grands pas dans l'appartement.

— Nous devons traiter cette scène...

— Vous ne croyez pas sincèrement qu'il a laissé des preuves derrière lui, n'est-ce pas ? demanda Marsh à son collègue, haussant un sourcil.

— Je ne vais pas rater une occasion d'en chercher, monsieur, répondit Walker.

— Des résultats sur son ADN ? s'enquit Marsh.

Elle avait oublié le sang qu'elle avait fait couler quand elle l'avait mordu. Ce rappel lui retourna l'estomac. Sam Walker pinça les lèvres.

— Il n'est pas dans le système

Marsh fronça les sourcils.

— Avez-vous fini de vérifier le reste du bâtiment ?

— Nous y travaillons. J'ai des équipes qui inspectent chaque appartement en ce moment même. La plupart d'entre eux sont vides depuis le meurtre de Morelli. Nous allons mettre en place une surveillance vidéo à l'arrière et à l'avant de cette propriété et dans le couloir, dès que possible.

Pourquoi ne l'avaient-ils pas fait avant ?

Josephine baissa les yeux et aperçut la peinture rouge incrustée sous ses ongles, comme du sang frais.

— Il a pris quelque chose. Une toile sur laquelle je travaillais.

— Quelle toile ? demandèrent les deux fédéraux à l'unisson.

Josie se sentit nauséeuse, comme si elle avait trahi les victimes du Chasseur au couteau en peignant une image de la torture qu'elles avaient endurée. C'était abstrait, mais ce criminel avait su exactement ce qu'il regardait.

— Je ne l'ai commencée que ce matin, dit-elle, vacillant légèrement, prise de vertige. C'est abstrait, mais cela concerne les meurtres, le sang et la douleur.

Marsh lui enfonça doucement la tête entre les genoux avant même qu'elle se rende compte qu'elle était sur le point de s'évanouir. Il s'agenouilla sur le tapis à côté d'elle.

— Tu viens avec moi, Josephine, et si tu t'opposes à moi, je te menotterai et je te traînerai jusque là-bas.

— Il y a toujours la détention sous protection, intervint

Sam Walker, s'adressant à Marsh, pas à elle. Elle saisit la main de Marsh et la serra pour lui dire exactement ce qu'elle pensait de cette idée.

— C'est bon, agent Walker, dit-il, caressant doucement la main de la jeune femme. Elle vient avec moi pour quelques jours. Après cela, nous devrons trouver un autre arrangement, jusqu'à ce que nous puissions attraper ce type.

— Toute la ville est en état d'alerte. Les médias s'affolent, et nous devrions bientôt disposer de plus de ressources, expliqua Walker.

— Tu peux marcher ? lui demanda Marsh à voix basse.

— Bien sûr.

Du moins, elle l'espérait.

— Y a-t-il quelque chose dont tu ne peux pas te passer ? voulut-il savoir, mais il lui tendit la main comme s'il s'attendait à ce qu'elle dise non.

Au lieu de cela, elle le repoussa et se dirigea en titubant vers le placard situé près de la porte d'entrée. Son sac à dos était posé sur le sol. Elle l'ouvrit et jeta un coup d'œil à l'intérieur. Les cendres de Marion étaient en sécurité dans la petite urne amusante que Josie avait peinte.

Elle serra le sac à dos devant elle et ignora son froncement de sourcils curieux.

— Rien que ça. Rien d'autre n'a d'importance.

Cinq heures plus tard, Marsh observait le balancement des hanches de Josephine alors qu'il les suivait, sa propre mère et elle, le long du couloir de l'étage de la maison familiale.

Différents aspects de sa vie entraient en collision.

Ils glissaient comme des fantômes sur l'épais tapis persan, leurs pas aussi silencieux que les ailes d'un papillon de nuit.

L'odeur subtile de la cire d'abeille lui taquinait les narines et apportait avec elle une cascade de souvenirs qui s'estompaient inexorablement au fil des années. Deux garçons qui se battaient à l'épée dans ce couloir, glissaient le long de la rampe et grimpaient sur les meubles. Il fourra ses mains dans ses poches et chassa les souvenirs.

Sa vie était sur le point de changer. *Encore.*

Qu'elles s'en rendent compte ou non, les deux personnes les plus importantes de sa vie étaient en train de se jauger mutuellement. Josephine s'arrêta sur le seuil de la chambre. C'était celle dans laquelle elle avait dormi six mois plus tôt, mais ses parents étaient absents à ce moment-là. Josephine la reconnaissait-elle ? La décoration avait encore changé.

Sa mère passait sans cesse d'une pièce à l'autre de leur énorme maison de Louisburg Square, qu'elle décorait dans un effort désespéré pour combler le vide laissé par la mort de son fils aîné. Marsh travaillait comme un forcené et son père jouait au golf. Comment faire face autrement à la perte d'un fils bien-aimé ou d'un frère vénéré ?

Josephine descendit avec précaution son sac à dos sur le sol à côté du lit, et il se posa avec un bruit sourd. *Mais qu'y a-t-il là-dedans ?*

Le lit était fait avec un mélange somptueux de draps mauve, crème et violet brillants, et suffisamment de couvertures et d'oreillers pour survivre à un hiver canadien.

— Je n'arrive pas à croire ce qui est arrivé à cette pauvre Lynn.

Beatrice Hayes se tenait à l'intérieur de la pièce, la main sur le cœur. Elle secoua légèrement la tête.

— Je voulais passer pour présenter mes condoléances, mais Lydia ne recevait pas. Elle est sous traitement, expliqua-t-elle en détournant nerveusement les yeux.

Lydia, la mère de Lynn Richards. Josephine croisa le regard de

Marsh, et ils partagèrent un instant de culpabilité. Sa mère croisait et décroisait ses mains sur sa poitrine, probablement déstabilisée par l'expression peu amicale de Josephine. C'était la première fois qu'il ramenait une femme à la maison, et elle n'avait vraiment rien d'ordinaire.

— Josephine a été attaquée deux fois par ce tueur, une fois alors qu'elle n'était qu'une enfant.

Marsh savait qu'il irait en enfer pour avoir joué sur la corde sensible de sa mère, à supposer que Josephine ne le tue pas d'abord pour avoir partagé ses secrets. Sa mère se radoucit visiblement ; son instinct maternel étant suffisamment fort pour ne pas tenir compte du fait que Josie n'était plus une enfant, mais une femme adulte que son fils convoitait.

— Je vais essayer de vous trouver des vêtements, ma chère.

Bea fronça les sourcils en observant la taille fine de Josephine. Sa mère mesurait au moins cinq centimètres de moins, et faisait quatre tailles de plus.

— En fait, Marshall, vous devriez aller tous les deux à la boutique au bout de la route et prendre quelques affaires. Je n'arrive pas à croire qu'il ne vous ait pas laissé le temps de vous changer.

Oui, parce que les vêtements étaient plus importants que de mettre Josephine à l'abri du danger. Celle-ci baissa les yeux sur son jean taché de peinture et fronça les sourcils, une lueur d'incompréhension dans le regard.

— Le FBI voulait fouiller mon appartement, et je ne voulais rien porter que ce type aurait pu toucher…

Bea porta la main à sa gorge.

— Oh, bien sûr que non ! Pardonnez-moi, ma chère. Je ne sais pas à quoi je pensais.

Elle frémit délicatement, traversa la pièce et étreignit brièvement Josephine, comme si le fait que quelqu'un touche à ses sous-vêtements était le pire crime que sa mère puisse imaginer. Il espérait que cela ne changerait jamais.

Josephine lança un regard suppliant dans sa direction avec ses yeux affolés et sauvages. Marsh haussa les épaules.

C'était le genre de choses qui se produisait quand deux mondes se rencontraient.

— As-tu redécoré cette pièce ? demanda-t-il, essayant de donner un tour plus léger à la conversation.

Sa mère relâcha Josephine et sourit, heureuse d'être détournée des bassesses de la vie.

— Oui, mon chéri, mais ton père n'était pas content quand j'ai fait peindre les boiseries en blanc.

Sans blague. Marsh toussa.

— Je ne lui en ai parlé qu'une fois le projet terminé.

Elle lui serra le bras ; ses doigts étaient doux sur la manche de sa veste. Il aurait pu parier que son père avait piqué une colère noire quand le bois ancien avait été rénové, mais tout le monde s'en fichait tant que sa mère était heureuse. Sauf qu'elle n'était jamais vraiment heureuse. La douleur persistait au coin de ses yeux, dans les rides qui entouraient sa bouche. Et c'était pour cela qu'il avait accepté de sortir avec une jeune femme qui avait fini par mourir.

— Cette couleur éclaire la pièce, tu ne trouves pas ?

Les yeux noisette inquiets de Bea, si semblables aux siens, si similaires à ceux de Robert, l'imploraient à présent. Il voulait lui dire : « Oui, elle éclaire la pièce. » Mais la boule qu'il avait dans la gorge bloquait ses mots.

Quelle importance ? Le sourire de sa mère s'estompa.

— C'est magnifique, la complimenta Josephine qui restait debout près du lit, comme si elle avait peur de s'asseoir.

Elle s'éclaircit la gorge, se dirigea vers la fenêtre à battant et jeta un coup d'œil à la place sombre dehors.

— Tu as une sacrée maison, Marsh.

— Et la sécurité est haut de gamme, ajouta-t-il, plissant les yeux vers sa mère. Tu utilises toujours le système d'alarme que nous avons installé, n'est-ce pas ?

Bea agita les mains.

— Ton père n'arrête pas de déclencher cette chose stupide avec ses promenades nocturnes dans la cuisine, dit-elle en souriant, et les rides sur ses joues se plissèrent. Nous gardons celle de l'extérieur allumée, bien sûr, mais à l'intérieur...

Elle s'interrompit.

— Je parlerai à papa. Tant que nous n'aurons pas attrapé ce tueur, nous devons partir du principe qu'il pourrait traquer Josephine jusqu'ici.

Il soutint le regard de sa mère, et comprit sa question silencieuse : pourquoi avait-il amené le danger dans leur maison ? Cependant, elle était trop polie pour le lui demander. Josephine faisait les cent pas dans la pièce, comme un tigre enfermé dans une cage trop petite. Les sequins de ses tongs scintillaient sous la lumière du lustre ornementé.

— Depuis combien de temps vous connaissez-vous ? demanda Bea en souriant à Josephine avec une telle candeur que Marsh voulut lui crier un avertissement, mais elle répondit avec naïveté.

— Nous avons une amie commune qui a eu des problèmes en avril dernier.

Josephine haussa une épaule et ne vit pas la grimace de Marsh. Sa mère, elle, la remarqua. Bea se retourna vers Josephine et l'observa pendant dix bonnes secondes, rythmées par le tic-tac de l'horloge. L'éclairage donnait aux cheveux de Josephine un éclat blanc contre l'obscurité de la fenêtre où ils se reflétaient tous les trois comme des fantômes.

Conscient qu'il pouvait y avoir d'éventuels curieux, Marsh s'avança pour tirer les rideaux. Il resta debout près de l'épaule de Josephine.

Le regard vif, les lèvres pincées, Bea les examina attentivement, puis elle hocha la tête.

— Vous devez être terrifiée, Josephine. Cela vous dérange-t-il si je vous appelle Josephine ?

— En fait, je préfère Josie, répondit-elle, repoussant une mèche de cheveux pâle derrière son oreille délicate.

Marsh expira profondément.

— Mais Josephine est un si beau prénom.

L'approbation transparaissait dans le ton de Bea, mais la jeune femme fronça les sourcils et fit la moue, jetant un regard irrité à Marsh.

Ce dernier avait toujours aimé le nom de Josephine, il refusait de l'appeler Josie... et pourtant elle n'aimait pas ça. Peut-être parce que c'était un prénom démodé et formel, ou peut-être parce qu'on s'était moqué d'elle quand elle était petite. Il plongea les mains dans ses poches et fixa une égratignure qui barrait la surface autrement parfaite de sa chaussure.

Sa mère ouvrit une commode ancienne peinte en blanc et en retira des vêtements de nuit. Elle déposa un pyjama en satin sur la courtepointe, puis alla chercher une robe de chambre assortie. Les vêtements étaient d'un prune profond, de la teinte exacte de la literie. La décoration intérieure avait atteint de nouveaux sommets.

Qu'allait penser Josephine d'une femme qui passait tout son temps à décorer des murs et à assortir des couleurs... et pourquoi diable se souciait-il de l'opinion de la jeune femme sur sa mère ?

La honte l'envahit. Sa mère semblait futile, une riche oisive, alors qu'elle était bien plus que cela. La culpabilité le disputait au dégoût de lui-même. Qu'est-ce qui lui donnait le droit de juger la femme qui lui avait donné la vie ? Ou celle dont il s'était follement épris ?

Il aurait dû prendre une chambre d'hôtel. Ces deux femmes n'auraient pas eu besoin de se rencontrer, et pourtant…

— Vous avez un goût exquis pour les couleurs, madame Hayes, la complimenta Josephine qui s'avança et caressa lentement le dessus-de-lit. Et pour la texture.

Marsh se détourna, regardant sa mère, espérant qu'elle allait quitter la pièce. Il avait hâte de sortir d'ici, mais il n'osait pas les laisser seules.

— Je ne peux pas prétendre à grand-chose dans ce domaine non plus, soupira sa mère, et le son était déchirant. J'ai un décorateur d'intérieur pour me conseiller.

Elle s'affaira à faire gonfler un oreiller de satin.

— Mais une vieille femme sans petits-enfants a besoin de distractions pour occuper son temps, ne croyez-vous pas ?

Avec un regard appuyé sur chacun d'eux, Beatrice Hayes sortit de la chambre. Un long silence s'installa, au cours duquel aucun d'eux ne respira.

— Elle doit *vraiment* mourir d'envie d'avoir des petits-enfants si elle envisage de laisser mon sang se mêler à la lignée de la famille Hayes, constata Josephine, qui adressa un petit sourire à Marsh en agitant les sourcils. Tu veux le faire maintenant ou plus tard ?

Choquer les gens avait toujours fonctionné pour elle par le passé, un mécanisme de défense pour les éloigner afin de ne pas être blessée. Mais Marsh était plus avisé maintenant. Il la comprenait. Soutenant le regard de Josephine, il attendit qu'elle cesse de s'agiter.

— Ma mère a été adoptée. Elle est consciente d'avoir eu de la chance de trouver des parents riches, mais, plus important encore, d'avoir trouvé des parents qui l'aimaient. Ce qui lui tient à cœur, ce n'est pas le sang, c'est la famille.

Marsh contempla le visage de la jeune femme, espérant qu'il parviendrait à faire tomber ces barrières qui la protégeaient depuis si longtemps. Peut-être ne s'ouvrirait-elle jamais vraiment, ou ne le laisserait-elle jamais vraiment l'approcher, mais il n'était pas prêt à abandonner.

Il se retourna et sortit de la chambre, lui accordant l'espace dont il savait qu'elle avait besoin.

Deux heures plus tard, Josie passait la main sur le revêtement mural en soie tandis qu'elle descendait l'escalier aux boiseries finement sculptées, le bruit de ses pas étouffé par l'épaisse moquette. Elle était si nerveuse que son estomac se révoltait. Son besoin de fuir était féroce. Elle ne s'était jamais sentie aussi dépassée de toute sa vie.

Et elle était aussi en retard pour le dîner.

Elle aurait préféré manger un plateau-repas dans sa chambre, ou rester dans la cuisine… ou même mourir de faim. Mais la mère de Marsh l'avait très poliment invitée à se joindre à eux et Josie était moins apte à faire face à la courtoisie qu'à l'antagonisme. Et cela lui flanquait une trouille bleue.

Timidement, elle passa la main sur un pantalon en lin bleu marine et en savoura la douce texture avec un frisson d'appréciation. Il était assorti à un cardigan à pois bleu marine et blanc avec une bande rouge et blanche le long de l'ourlet. Elle aimait ça. C'était sexy et amusant, et elle n'aurait sans doute pas regardé l'ensemble dans un magasin.

Non pas que les surplus de l'armée aient beaucoup de pois en stock.

Marsh était arrivé vingt minutes plus tôt avec un grand sac rempli de vêtements, l'avait jeté sur le lit et il était reparti sans dire un mot. Et elle aurait désespérément voulu qu'il reste.

Un rire retentit dans la salle à manger, suivi du doux grondement d'un homme amusé. À contrecœur, elle descendit la dernière marche. Marsh apparut soudain sans bruit à côté de la balustrade.

— Bon sang ! s'exclama-t-elle en sursautant.

Il l'observa de haut en bas d'un regard brûlant, puis il hocha la tête.

— Tes vêtements te vont ?

— Oui, ils sont parfaitement adaptés, contrairement à moi, marmonna-t-elle.

Marsh leva les yeux vers le plafond et elle eut l'impression qu'il était en train de compter jusqu'à dix. Pourquoi était-il contrarié ? Elle était là, n'est-ce pas ?

Certes, elle avait rendu ce processus aussi difficile que possible. Josephine soupira. Il lui fallut un moment pour admettre qu'elle était injuste, et que son agacement avait plus à voir avec ses propres insécurités et sa situation actuelle qu'avec les agissements de Marsh. Elle inspira profondément pour se calmer.

— Merci. Pour les vêtements. Pour tout.

L'expression de Marsh s'adoucit, mais ils furent interrompus avant qu'il puisse parler.

— Ah, la voilà... !

Une version plus mince et plus âgée de Marsh apparut dans l'embrasure de la porte et Josie se prépara. Les autres entretenaient des relations sociales. Elle restait chez elle pour regarder la télé ou peindre. Elle détestait rencontrer de nouvelles personnes. Et maintenant, elle ressentait la pression inattendue d'essayer d'impressionner ces gens simplement parce qu'ils étaient les parents de Marsh.

À quand remontait la dernière fois que quelqu'un avait attendu quelque chose d'elle ?

Marion avait été la dernière.

Josie ravala la pierre qui avait décidé de se loger dans sa gorge.

— Papa, je te présente Josephine Maxwell. Josie, voici mon père, le général Jacob Hayes.

Elle en resta bouche bée. Il l'avait appelée *Josie*. Elle lui lança un regard choqué, mais il s'était déjà détourné. Son père lui tendit la main. Il était difficile de soutenir les yeux vert vif du général, plein d'interrogations inexprimées et d'une évaluation silencieuse. Jacob Hayes adressa un coup d'œil sévère à son fils quand il aperçut les pieds nus de la jeune femme.

— Tu n'as pas acheté de chaussures à Josie ?

Marsh lui avait acheté diverses paires : des chaussures, des baskets, des bottes. Bien trop de belles choses pour quelques nuits seulement. Elle allait devoir trouver un moyen de les rendre, ou passer les dix prochaines années à le rembourser.

Elle agita ses orteils nus tandis que tout le monde observait ses pieds.

— En fait, je me suis dit que, si je portais des chaussures, je risquais d'être tentée de m'enfuir par la porte d'entrée. J'ai décidé de ne pas tenter le coup.

Pendant ce qui sembla être une éternité, le père de Marsh fixa son regard sur le sien. Puis il laissa échapper un rire.

— Vous êtes nerveuse à ce point ? s'enquit-il avant de regarder par-dessus son épaule, l'air inquiet. Mon seul conseil à propos de la mère de Marsh, c'est de ne pas la laisser vous surprendre en train de jurer… Trente ans dans l'armée et elle pense toujours que « flûte » est un juron approprié pour couvrir toutes les occasions… y compris les effusions de sang.

Josie sourit : il avait l'air d'être un vieil homme sympathique. Marsh se tenait en silence à côté d'elle, et elle savait qu'il avait dûment noté et catalogué dans son cerveau efficace son commentaire à propos de son envie de fuir. Ils l'escortèrent dans l'élégant salon et lui proposèrent de prendre place dans un fauteuil près de la cheminée. Elle avait l'impression d'avoir été transportée dans un téléfilm.

— Voulez-vous boire quelque chose ? lui proposa le général.

— Non, je vous remercie.

— Prenez un *Pimms*, ma chère, suggéra Bea d'un air joyeux en lui souriant et en levant son verre bien rempli.

Évitant le regard plein d'espoir de la mère de Marsh, Josie ravala la boule qu'elle avait dans la gorge.

— Je ne bois pas vraiment d'alcool, mais je prendrai de l'eau, s'il vous plaît.

Elle adressa à Marsh un sourire forcé, sachant qu'elle ne se conformait pas à ce à quoi sa famille était habituée. Mais elle était incapable de faire semblant d'être ce qu'elle n'était pas. Marsh alla lui chercher de l'eau. Il était resté sinistrement silencieux. Ses parents échangèrent un regard.

Josie prit le verre des mains de Marsh et le remercia d'un sourire. Il gardait la même expression. Réservée. Méfiante.

— Que faites-vous dans la vie, ma chère ? s'enquit le général.

— Quand je ne suis pas traquée par un tueur en série, vous voulez dire ? répondit Josie avec un sourire exagéré.

Il n'était pas question qu'elle fasse semblant d'être là en tant que cavalière de leur fils. Certes, c'était plus aisé ainsi, mais Josie n'avait jamais choisi la facilité. Il n'y aurait pas de fin de conte de fées pour Marsh et elle. Il ne serait pas juste de prétendre le contraire. Ce qu'ils partageaient était brûlant, dangereux, et s'éteindrait dès qu'ils auraient attrapé le tueur... ou que lui les aurait rattrapés.

— En fait, je suis une artiste.

Bea afficha un sourire ravi. Le général but une gorgée de son verre.

— Et qu'en est-il de votre famille, Josephine ? Que font-ils ? l'interrogea-t-il.

Ils lui faisaient passer un test...

Elle ne voulait pas blesser les parents de Marsh, mais ils ne pouvaient pas continuer à croire qu'il s'agissait d'une présentation familiale de la future Mme Hayes. Elle savait qu'ils voulaient le marier, mais elle n'était pas cette fille. Et le fait qu'une infime partie de son cerveau aurait voulu qu'elle puisse l'être la mettait hors d'elle.

Marsh faisait les cent pas près d'une fenêtre donnant sur la rue. Elle ne savait pas du tout à quoi il pensait. Et il ne l'aidait pas.

— Mon père était ouvrier à l'usine et il a passé la majeure partie de sa vie en invalidité. Ma mère était secrétaire d'école et elle a disparu après avoir eu une aventure avec un missionnaire venu d'Afrique ; on pense aujourd'hui qu'elle a été assassinée.

Le feu crépita soudain, et Bea, choquée, porta une main à sa bouche. Marsh se tourna pour les regarder, mais elle ne savait pas déchiffrer la lueur dans ses yeux.

— Le FBI pense que ma mère a été la première victime de ce maniaque qui en a après moi, expliqua-t-elle, et elle but une gorgée d'eau dont la fraîcheur apaisa sa gorge. La seule personne qui a pris soin de moi pendant mon enfance était une femme du nom de Marion. Malheureusement, elle a été torturée et tuée au printemps dernier et je suis presque sûre que c'était ma faute.

Consternée par les larmes qui lui montaient aux yeux, elle dévisagea Marsh, stupéfaite de comprendre qu'elle ne s'était jamais remise, même de loin, de la mort de Marion. Elle n'avait même pas commencé à se pardonner.

— Ses cendres sont à l'étage dans mon sac à dos parce que je ne peux pas supporter l'idée de lui dire adieu pour toujours, poursuivit-elle.

Elle fit glisser son verre sur la table la plus proche, craignant de le faire tomber et de le voir se briser en mille morceaux, comme son sang-froid.

— Je ferais mieux d'y aller…

— Non !

Bea se leva et tendit les deux mains vers elle. Elle avait les yeux remplis de larmes ; Josie se figea, incapable de supporter l'empathie dans le regard de cette femme. La mère de Marsh aurait dû être dégoûtée, adoptée ou non. Il était évident que Josie ne convenait pas du tout à leur fils bien-aimé.

— Pardonnez-nous, dit la mère de Marsh, déglutissant, cillant pour chasser ses larmes. Nous n'aurions jamais dû vous poser de questions. Ce n'est pas comme si notre famille n'avait pas connu de grande perte... mais je suis sûre que Marsh vous a tout raconté.

Josie tourna les yeux vers ce dernier, qui ne lui avait jamais rien dit sur sa famille. Elle n'avait jamais rien demandé. Il avait les yeux rivés sur le sol, la bouche tordue, puis il leva le nez vers elle, le regard fermé.

Sa mère contempla le feu, et sa tristesse était aussi palpable que la pluie sur la fenêtre. Le général toussa. Marsh s'approcha de Josie et lui prit la main. Les doigts de la jeune femme étaient froids contre la chaleur de sa peau. Il la conduisit à l'autre bout de la pièce, près d'une photo accrochée au mur entre deux fenêtres à battant. Quand elle y avait jeté un œil un peu plus tôt, elle avait cru qu'il s'agissait d'un cliché de Marsh. À présent, elle se rendait compte que l'uniforme était différent : c'était l'armée, et non la Navy.

— Mon frère, Robert, lui expliqua Marsh d'une voix neutre. Il est mort en Irak.

Josie contempla la photo du jeune homme à la beauté renversante, un homme qui ressemblait tellement à Marsh que son cœur se serra.

Beatrice Hayes se mit à pleurer doucement. Jacob lui tendit un mouchoir et le regard de Josie se porta sur Marsh, qui crispa ses lèvres en ce que la majeure partie des gens aurait pris pour un sourire. Elle savait ce qu'il en était. C'était un signe de douleur.

— J'ai l'impression que c'était hier, sanglota doucement Bea.

Le général lui frottait le dos dans un geste à la fois apaisant et désespéré, comme s'il l'avait déjà fait un million de fois et qu'il savait que cela ne servait à rien. La douleur était trop forte pour être apaisée.

— La douleur ne disparaît jamais vraiment, n'est-ce pas ? demanda Josie, luttant pour prononcer les mots en dépit de sa gorge nouée par l'émotion. Perdre quelqu'un que l'on aime...

Beatrice soutint le regard de la jeune femme ; le lien émotionnel entre elles était comme de l'acier malléable. Ses yeux semblaient toucher Josie au plus profond d'elle-même et la calmer. Elle n'avait pas éprouvé un tel réconfort depuis la mort de Marion. Elle avait envie de pleurer.

Josie releva la tête et regarda Marsh.

Elle s'était laissée prendre à un piège si simple qu'elle avait été prise au dépourvu. Cette femme l'avait entraînée dans leur monde, dans le monde de Marsh. Elle l'avait poussée à éprouver de l'affection, un sentiment qu'elle évitait soigneusement et qui, pourtant, s'était glissé dans son corps aussi facilement qu'un hameçon.

Il se pencha vers elle, et elle sentit son souffle chaud contre sa joue.

— Bienvenue dans mon monde.

MARSH HÉSITA en ouvrant la porte de la chambre de Josie. Des ombres se dessinaient sur les murs, l'odeur du vieux bois se mêlant au doux parfum de la bougie qu'elle avait allumée à côté du lit.

Il entra dans la pièce.

Elle était assise, tout habillée, penchée en avant sur une

chaise à dossier droit, les coudes sur les genoux, observant la rue vide.

Les bruits étaient étouffés par les épaisses vitres centenaires, les sons du centre-ville lointains dans cette citadelle cossue. Seul un léger vent faisait vibrer les fenêtres. Choqué par la fragilité de son apparence, il prit la main de la jeune femme et la fit se lever avec précaution.

— Je dois m'en aller, affirma-t-elle.

Sa voix était chevrotante, bien trop tendue. Il la serra contre lui, appuyant sa tête contre son torse.

— Reste. Reste avec moi.

— Je ne peux pas. Je ne veux pas que quelqu'un soit blessé, protesta-t-elle alors que son corps frémissait contre lui.

Mais, en dépit de ses mots, elle enroula les bras autour du cou de Marsh, posa ses lèvres contre les siennes, et il sut qu'elle ne le quitterait pas tout de suite.

CHAPITRE TREIZE

À six heures, ils étaient en train de manger dans le coin petit déjeuner de la cuisine. Marsh n'en revenait pas de voir à quel point il appréciait un moment aussi banal. Pendant un petit moment, ils avaient pu prétendre qu'ils étaient des gens ordinaires qui apprenaient à se connaître, et que Josie n'était pas la cible d'un tueur. Puis il vit la première page du *NY News*. La tension remonta le long de son échine et s'étendit sur ses épaules, comme une croix.

— *Merde !*

— Fais attention à ce que tu dis. Ta mère n'approuve pas les gros mots.

L'insolence de la jeune femme s'évanouit quand il tourna l'ordinateur portable vers elle.

— Oh, non !

Les lumières vives du plafond de la cuisine accentuaient l'horreur de la jeune femme, dont le passé était révélé au monde entier. Elle serra les poings, et ses jointures blanchirent. D'une manière ou d'une autre, le *NY News* avait mis la main sur la photo de Josie prise juste après la première attaque au couteau.

La photo sombre, en noir et blanc, d'une enfant aux yeux creux les observait, à côté d'une légende en caractères gras : « La première victime ».

Cette affaire était sur le point d'éclater au grand jour : un tueur en série arpentait la ville de New York depuis vingt ans. Évidemment que cela faisait la une des journaux.

Marsh regarda le nom de l'auteur. *Ce foutu Nelson Landry.*

C'était ainsi que ce journaliste se vengeait du fait que Marsh avait mis un terme à son enquête sur la disparition d'Elizabeth au printemps précédent. Le karma était une vraie saleté. Son portable sonna. *Dancer.*

— Yo, boss.

— Yo ? répéta Marsh, se pinçant l'arête du nez. Je suis un cadre supérieur du gouvernement fédéral et ton patron, et tout ce à quoi j'ai droit, c'est « Yo » ?

— Je fais ressortir mon *Donnie Brasco* intérieur. Aujourd'hui, tu n'auras rien d'autre qu'un « Yo ».

Dancer siffla, visiblement enthousiaste. Marsh reconnut la musique du *Parrain*. Il espéra de toutes ses forces que la mafia n'était pas impliquée, de quelque manière que ce soit, même s'il y avait eu des rumeurs au sujet du vol des Gardner...

— Qu'as-tu pour moi ? Et pourquoi tu joues le rôle de Joe Pistone ? s'enquit Marsh, s'efforçant de parler d'un ton dur, mais il savait que son collègue n'était pas dupe une seule seconde.

— Parce que je pars en mission sous couverture à New York, boss.

Un signal d'alarme se déclencha dans l'esprit de Marsh. La pression dans sa mâchoire commençait à lui donner mal à la tête. Ces deux affaires le tuaient.

— Que veux-tu dire ? Je croyais que tu venais à Boston pour m'aider à interroger l'amiral.

— Je *devais* venir à Boston, le corrigea Dancer, l'air bien trop enjoué.

Marsh grinça des dents et desserra sa cravate alors qu'il commençait à bouillir intérieurement. Il avait un mauvais pressentiment à ce sujet. Dancer était brillant, mais il pouvait aussi être une véritable plaie quand il le voulait. C'était un électron libre, le gamin intello laissé trop longtemps sans surveillance dans le laboratoire d'informatique qui finissait par pirater la NASA.

Marsh lança un coup d'œil à Josie. Il semblait attirer les gens impétueux.

Peut-être était-il attiré par leur fougue, leur mépris des règles qui l'entravaient. Josie croisa son regard, ses yeux bleus cristallins reflétant une blessure profonde. Il voulait la prendre dans ses bras, l'envelopper dans un cocon de sécurité.

— Crache le morceau, Steve, avant que je signe tes papiers de transfert pour Fargo.

— Fargo ne serait pas si mal…

— Washington, alors…

L'idée de tous ces politiciens le ferait plus flipper que les tronçonneuses et le permafrost.

— Très bien. Il y a quelque chose qui ne colle pas dans cette affaire, dit Dancer à voix basse.

— Dis-moi quelque chose que je ne sais pas.

— Je me suis dit que je devais creuser un peu plus…

— Qu'as-tu trouvé ?

En temps normal, la patience était son point fort, mais à cet instant… rien n'avait de sens. Son attention était tirée dans un million de directions différentes et la seule chose qu'il voulait vraiment faire, c'était mettre un sourire sur le visage de Josie et faire en sorte qu'il y reste.

— Rien pour l'instant, mais Pru Duvall a téléphoné au

bureau hier soir, juste avant que je prenne mon vol. Elle m'a invité à déjeuner aujourd'hui.

Marsh ferma les yeux.

— Ne t'engage pas avec cette femme, Dancer, je suis sérieux...

— J'ai accepté de déjeuner avec elle...

— *Bordel !*

Sa mère entra dans la cuisine brillamment éclairée. Il tourna le dos en voyant son expression stupéfaite. Il avait de bonnes raisons de ne pas apporter son travail à la maison.

— C'est un déjeuner, boss.

— Je ne lui fais pas confiance, Steve. Ne la rencontre *pas* sans renfort, même pour déjeuner.

Il avait des crampes aux doigts à force de serrer son téléphone. La douleur lui transperça le crâne alors que ses sens étaient finalement saturés. À l'aveuglette, il se leva et attrapa le flacon d'aspirine qu'ils gardaient dans le placard de la cuisine.

— Je ne sais pas comment tu fais ce que tu fais, Marshall, murmura sa mère.

Elle secoua la tête tout en remuant son thé au lait dans une tasse en porcelaine avec une cuillère en argent. Dans sa tête, Marsh compta jusqu'à dix. *En latin.*

— Allez, boss ! C'est une femme d'âge moyen, épouse d'un politicien. Quel mal pourrait-elle faire à un agent du FBI intelligent, spécialement formé et armé comme moi ?

— J'ai bien quelques idées en tête.

Dancer garda le silence pendant un moment.

— Tu ne me fais pas confiance ?

Marsh soupira, glissa le téléphone dans le creux de son cou, remplit un verre d'eau et avala deux comprimés. Il avait besoin d'évacuer son stress, ou de faire de l'exercice. Il devait résoudre cette affaire de tableau, et il commençait à penser qu'il s'agissait plutôt d'une querelle personnelle entre deux familles fortunées, afin de pouvoir s'atteler à la recherche du tueur dont le principal objectif dans la vie était de taillader et découper en pièces la femme qu'il aimait.

Et n'était-ce pas là une sacrée révélation à avoir pendant que son cerveau tambourinait et que sa mère essayait d'arracher un sourire à Josie qui était plus pâle qu'un fantôme !

— Je te fais confiance, Dancer. C'est à Mme D que je ne fais pas confiance.

Marsh soupira, la décision était déjà prise. Il fallait qu'ils résolvent cette affaire.

— Je veux que tu fasses un rapport, avant et après.

— Tu veux que je commande aussi une équipe du SWAT, juste au cas où ? Ils pourraient se joindre à nous pour le déjeuner. Même ces gars-là doivent manger.

Se rappelant le regard féroce de Pru lorsqu'elle avait dévisagé Dancer l'autre matin, ce n'était pas une si mauvaise idée.

— Ça ira. Je te le promets, dit Dancer, dont le portable ne captait plus très bien.

— Surveille tes arrières.

Marsh mit fin à l'appel et jeta le téléphone sur le plan de travail où il atterrit avec fracas. Il expira bruyamment, contourna le comptoir, et entoura la taille de Josie de ses bras. Il ignora sa mère. Il ignora la raideur initiale de Josie, plongeant son visage dans ses cheveux en attendant que son mal de tête se dissipe.

Plus rien d'autre ne comptait vraiment, si ce n'était de la garder en sécurité.

Ils restèrent assis en silence pendant un certain temps. Marsh travaillait. Josie lisait les nouvelles sur son iPad. Sa mère était partie superviser le menu du déjeuner d'un groupe de ses amies.

— Pourquoi fais-tu cela ? s'enquit Josie, et la curiosité dans son ton le déconcerta.

Marsh leva le nez, croisa des yeux brillants et se demanda ce que cela ferait de la regarder tous les jours de sa vie. Il secoua la tête, essayant de se débarrasser de cette pensée. Ce n'était pas le moment de songer à l'avenir. Ils devaient déjà survivre au présent.

— Pourquoi je fais quoi ?

— Ça, répondit-elle, passant la main sur le badge du FBI qui trônait dans son étui sur le plan de travail de la cuisine.

Avec précaution, elle prit l'étui en cuir noir lisse et l'ouvrit pour faire briller le blason d'or.

— Manifestement, tu n'as pas besoin de cet argent.

Marsh étudia Josephine pendant qu'elle scrutait son badge, un insigne pour lequel il avait travaillé dur malgré ses relations. Elle se mordit la lèvre et fronça les sourcils : elle réfléchissait trop, comme d'habitude. Vêtue d'une robe flottante assortie de hautes bottes en daim marron et d'un long gilet brun, elle était plus féminine que jamais. Il s'était procuré les vêtements dans une boutique voisine. Il s'était contenté de donner ses mensurations et sa carte de crédit à l'employée, puis il lui avait demandé un exemplaire de chaque produit. Il savait qu'elle serait belle de toute façon. La robe était décontractée : sans cela, elle ne l'aurait pas portée. Faite de tissus dépareillés, elle était ornée d'un petit nœud qui mettait en valeur ses petits seins et sa taille fine. Tout dans son apparence criait à la richesse et aux privilèges. Les apparences étaient trompeuses, et il s'en fichait éperdument.

Sa bouche devint aussi sèche qu'un désert. Se rendant compte qu'il la fixait bêtement, il appuya sa main sur l'arme qui reposait sous son bras.

— Que pourrais-je faire d'autre ?

C'était une non-réponse, et ils le savaient tous les deux. Marsh consulta sa montre. Il remarqua que Josie ne portait rien au poignet en dehors de trois pâles taches de rousseur.

Le fossé entre leurs deux mondes n'aurait pu être plus visible, et pourtant, Marsh se fichait bien de son manque d'argent ou de liens familiaux. C'était Josie qui s'en souciait, elle qui avait décidé de porter les stigmates de son éducation et de proclamer qu'elle n'avait sa place nulle part.

Il devait trouver le moyen de lui faire comprendre ce qui importait réellement à ses yeux : qui il était au-delà de l'insigne et du nom.

Il lui restait plusieurs heures avant sa rencontre avec l'amiral. Il vivait dans une vieille maison coloniale à Charlestown. Non seulement c'était la scène du crime, mais c'était aussi l'endroit où le vieux bougre se sentait le plus à l'aise et où, avec un peu de chance, il n'était pas sur ses gardes. Marsh se leva, empocha son téléphone portable et son badge.

— Viens. Je vais te montrer.

— Me montrer quoi ? s'enquit Josephine tandis que des lignes se formaient entre ses sourcils et qu'elle l'observait.

— Pourquoi je suis devenu un agent du FBI.

Il prit une veste de velours marron foncé et la leva pour qu'elle glisse un bras, puis l'autre, dans les manches chaudes.

Il la conduisit à travers la maison jusqu'à l'arche géorgienne de la porte d'entrée. Vince devait les rejoindre ici à onze heures trente, après avoir choisi de passer la nuit précédente à New York. L'assistante personnelle de Marsh, Dora, avait loué une voiture parce que sa Beemer était toujours à New York et qu'elle y resterait probablement pendant les prochains jours. Il balaya du regard l'élégante rue pavée. Il contempla une minuscule Smart qui se trouvait à l'extérieur, près du trottoir.

— Qu'est-ce que c'est que ça ? grogna-t-il.

Josie ricana bruyamment et posa une main sur le torse de Marsh. Il sentit la connexion jusque dans son cœur.

— J'ai dit que je voulais quelque chose de discret. *Ça*, ce n'est pas discret.

— Maintenant, je regrette de n'avoir pas appris à conduire.

Josie était carrément en train de glousser lorsqu'elle franchit la porte d'entrée.

— Je parie qu'elle est beaucoup plus écologique que ce que tu conduis.

Marsh scruta les environs à la recherche de journalistes ou de tueurs, mais Josie ne semblait pas imaginer que quelqu'un ait pu la suivre jusqu'ici. Ils ne seraient probablement pas en mesure de la retrouver, mais ils la harcèleraient lorsqu'elle retournerait à New York.

Il cligna des yeux et la regarda attentivement.

— Que veux-tu dire par « apprendre à conduire » ?

— Eh bien, je sais conduire, évidemment, mais je n'ai pas mon permis, affirma Josie en lui adressant un grand sourire, ce qui n'était jamais bon signe.

— Mais tu as conduit ma BMW jusqu'à l'aéroport au printemps dernier.

— Ça n'a pas été facile. J'ai failli m'écraser contre un arbre avant même de sortir de l'allée et l'aéroport de Logan était un cauchemar, raconta-t-elle avec un frisson délicat. Je me suis servie de la fausse carte d'identité qu'Elizabeth m'avait donnée pour louer une voiture dans le Montana.

Super. Marsh serra les dents. Il était amoureux de cette femme qui enfreignait la loi sans réfléchir. Elle était dingue, et il allait essayer de lui expliquer ce qui l'avait poussé à postuler au Bureau ?

C'était peut-être lui, le fou.

Ce n'était qu'à quelques kilomètres à l'ouest sur Huntington, après l'université de Northeastern et le long de Louis Prang. Le musée Gardner. Les jours de match, on pouvait entendre le rugissement des supporters des Red Sox à moins d'un kilomètre.

— As-tu déjà entendu parler du musée Isabella Stewart Gardner ? demanda Marsh à Josie alors qu'elle sortait de la boîte de conserve.

L'étoffe de sa robe collait à son corps tandis qu'elle tendait mollement les bras vers le ciel. Plus il passait du temps avec elle, plus il avait de problèmes. Son désir ne s'apaisait jamais. L'envie ne diminuait pas.

— Oui, répondit Josie, enroulant ses bras autour d'elle.

Ils marchaient sur le trottoir, leurs pas résonnant dans une parfaite harmonie, comme des amoureux ordinaires en balade.

Il était encore trop tôt pour que l'endroit soit ouvert au public, mais il avait téléphoné à l'avance et parlé au conservateur. En tant qu'agent principal du FBI chargé de l'enquête sur le vol, il n'avait pas de mal à entrer. En tant que fils unique d'une grande famille de Boston qui parrainait le musée depuis sa création en 1903, il aurait sans doute été admis de toute façon.

Un agent de sécurité que Marsh connaissait les contrôla. Entrant par une petite porte, Josie et lui plissèrent les yeux à cause du brusque changement de lumière et traversèrent des couloirs faiblement éclairés.

Tandis que sa vision s'ajustait, Marsh observa Josie qui admirait le palais de style italien. Des arcades en brique rouge entouraient une cour, et les pierres anciennes sculptées étaient rehaussées par la beauté naturelle de l'herbe et des fleurs.

Ses yeux s'illuminèrent, son regard se fit plus vif, et un petit sourire émerveillé se dessina sur ses lèvres... lèvres qu'il avait passé la plus grande partie de la nuit à goûter. La pièce maîtresse était un sol en mosaïque romaine représentant la Gorgone Méduse, entourée de statues. Il était vieux de près de deux mille ans, et les couleurs étaient toujours aussi claires.

L'intérieur des cloîtres était aussi silencieux qu'un cimetière.

— En mars 1990, deux voleurs déguisés en agents de la police de Boston ont pénétré ici et ont volé onze tableaux et deux objets d'art dont la valeur était estimée à l'époque à plus de deux cent cinquante millions de dollars. Aujourd'hui, les estimations s'élèvent jusqu'à un milliard, mais ce n'est pas une question d'argent.

Marsh enfonça ses mains dans ses poches et fixa du regard un ancien sarcophage de marbre, sculpté de belles femmes en train de cueillir du raisin. Il contrastait douloureusement avec la simple boîte en bois dans laquelle son frère était rentré à la maison.

— J'ai passé une licence d'histoire de l'art à Harvard et j'étais censé perpétuer la tradition familiale selon laquelle le deuxième fils devenait avocat, expliqua Marsh avec un frisson. *Bon sang !* Tu imagines ?

Josie balaya du regard ses chaussures bien cirées, posa un doigt sur la laine de son costume gris et haussa un sourcil.

— Oui.

Il attrapa sa main et la maintint immobile. Il voulait qu'elle sache qui il était. Qui il avait été. La journée avait été fraîche. Plus froide que d'habitude. Il sentait encore la morsure du gel et le déséquilibre dû à la glace qui glissait sous la semelle de ses chaussures.

— J'avais fait quelques mois d'études de droit et j'en avais détesté chaque seconde. Je suis venu ici parce que...

Le sentiment tragique de deuil se logea dans sa gorge. Même aujourd'hui. Même après toutes ces années. Serrant doucement la main de Marsh, Josie se tourna face à lui.

— Parce que tu venais de perdre ton frère.

Serrant les dents, il acquiesça. Il ne savait pas comment elle avait pu faire le lien, mais elle l'avait fait. Il était venu ici ce jour-là parce que c'était l'endroit que Robert préférait au monde, celui où il avait demandé sa petite amie, Hannah, en mariage, avant de partir à la guerre. Il était venu ici plutôt que d'affronter le chagrin de ses parents.

Le doyen était venu chercher Marsh en plein cours et lui avait annoncé la terrible nouvelle. Il n'y était jamais retourné.

— Quel est ton peintre préféré ? s'enquit Marsh, changeant de sujet.

Il lui prit la main et la fit avancer. Il devait faire les choses de la bonne manière, il avait besoin de lui montrer qu'ils n'étaient pas si différents après tout. Elle le laissa la guider, ce qui était un miracle en soi.

— D'un point de vue technique ? Rembrandt. Pour l'utilisation de la lumière ? Turner. Pour l'association de couleurs inimitables ? Vermeer. Et pour l'originalité en plus d'un travail de dessinateur exceptionnel ? Picasso, énuméra Josephine, puis elle se pencha en avant pour regarder de plus près la base d'une colonne en ruine. Mais il se pourrait que je te donne des réponses différentes si tu me poses la question demain.

Non pas qu'elle soit inconstante... Son sourire le rassurait. Leurs pas résonnaient doucement sur les dalles.

— Ferme les yeux, lui ordonna-t-il.

— Pourquoi ?

Mais Marsh ralentit le pas quand il se rendit compte qu'elle avait effectivement fermé les yeux, une subtile marque de confiance aussi gratifiante qu'effrayante.

Prudemment, il la guida au bas de quelques marches, jusqu'à ce qu'ils se retrouvent dans un couloir sombre. L'air y était plus frais. Ils se tenaient hors de portée d'une caméra de surveillance qui gardait un chef-d'œuvre qui trônait seul.

La prenant par les épaules, il la tourna vers le fond du couloir. Le système de sécurité ne pouvait ni les voir ni les entendre : il avait participé à toutes les mises à jour, et il en connaissait tous les points faibles.

Il se plaça derrière elle, entoura sa taille de ses bras et lui murmura doucement à l'oreille.

— C'est mon tableau préféré, dit-il avant de mordiller le lobe charnu de son oreille.

Il sentit la tension de l'anticipation se transformer en passion vertigineuse alors qu'elle expirait lentement.

— Il est magnifique, chuchota-t-elle, admirant le tableau tout en s'appuyant sur lui.

S'agrippant à ses avant-bras, elle eut un drôle de petit frisson qui vibra dans la chair de Marsh jusqu'à ses os.

Il la serra fort contre lui et posa les mains sur ses seins tandis qu'elle contemplait la toile peinte par John Singer, éclairée avec art. *El Jaleo* mesurait trois mètres quarante-huit de large sur deux mètres trente-deux de haut et mettait en scène une danseuse de flamenco dans la *cantina* d'une petite ville. Le tableau était encadré par une arche mauresque et l'intimité du lieu donnait l'impression d'entrer directement dans une taverne espagnole.

Avec ses yeux bleu clair et son esprit loyal, Josie l'éblouissait plus que n'importe quel tableau. Il caressa son mamelon dressé à travers le coton fin de sa robe tandis que la lumière dorée se reflétait sur le tableau pour baigner le sol, les murs, et le profil de la jeune femme d'un feu brûlant.

— J'aime la façon dont la lumière se déplace dans l'image.

Marsh glissa la main plus bas, savourant la fraîcheur du tissu de la robe sur son poignet. Les cheveux blonds de Josephine se posèrent sur son bras quand elle pencha la tête sur le côté, et il goûta le pouls qui battait dans sa gorge.

— J'aime aussi la lumière…

Elle haleta lorsqu'il glissa un doigt en elle. Elle était brûlante comme Hadès, aussi douce que de la soie de Chine.

— J'aime l'énergie de la danseuse, l'intensité de la passion du public.

La chaleur de Josephine lui brûlait la paume. Il sentit la tension dans ses muscles et le goût du sel sur sa peau quand la sueur apparut.

— Oh, mon Dieu ! Je me moque de ce tableau. Je te veux, Marsh. En moi. Maintenant.

Sa voix se fit plus basse avant de se briser quand il appuya la paume sur son sexe et caressa sa chair intime.

— Je ne peux pas faire ça, Josie, gronda-t-il dans son oreille. C'est contraire à la loi.

Il enfonça ses dents dans son épaule alors qu'elle jouissait avec un frisson incontrôlé. Sa propre excitation palpitait douloureusement, mais il respira lentement et la tint tendrement dans ses bras alors qu'elle revenait sur terre. Doucement, elle se tourna dans ses bras, passa les mains autour de son cou et le regarda, les yeux assombris par le désir.

— Je parie que je peux vous faire oublier vos principes, agent spécial en charge Hayes, murmura-t-elle, et ses lèvres représentaient une douce tentation.

— Tu l'as déjà fait.

Lentement, il s'écarta. Il fit un pas de côté, le temps que sa respiration s'apaise et que son sang se refroidisse.

— Mais tu voulais savoir pourquoi j'ai rejoint le FBI. Ce qui m'a poussé à entrer dans les forces de l'ordre.

S'efforçant de contenir les émotions qui l'envahissaient toujours à l'intérieur de ce bâtiment, il lui fit traverser la cour et gravir quelques marches. Ils passèrent devant des chefs-d'œuvre italiens et des paravents japonais d'une valeur inestimable. Ils pénétrèrent dans la salle hollandaise, avec son plafond à panneaux sombres et ses lourds meubles en chêne.

❋

Josie se tenait au centre de la pièce, impressionnée d'être en présence de chefs-d'œuvre intemporels. C'est alors qu'elle le remarqua.

— Il y a des cadres vides sur le mur.

Un froid glacial se répandit sur sa peau, son cuir chevelu se hérissait en dépit du soleil qui brillait à travers les grandes fenêtres cintrées et du désir résiduel qui affaiblissait ses membres.

— Isabella Gardner a laissé des instructions très claires dans son testament sur la façon dont cet endroit devait être géré, expliqua Marsh, qui gardait les mains raides le long du corps. Le conservateur ne peut pas modifier la collection permanente ; il nous reste donc ceci…

Il s'approcha d'un mur et pointa du doigt l'espace béant à l'intérieur d'un cadre.

— Rembrandt, annonça-t-il, continuant à marcher, la voix de plus en plus sinistre à mesure qu'il faisait le tour de la pièce. Vermeer. Rembrandt. Flinck.

Il n'y avait rien que des espaces vides et déprimants, triste témoignage de l'échec de la sécurité et de la cupidité humaine.

— Isabella Gardner a passé sa vie à collectionner des œuvres d'art qu'elle a léguées au peuple américain. Mon frère a donné *sa vie* à ces mêmes Américains, dit Marsh, dont la voix résonnait doucement sur les murs sombres, comme un sacrilège dans cette atmosphère feutrée. Ces enfoirés n'en avaient rien à faire, ils sont juste entrés et ils ont pris ce qu'ils voulaient.

Quand il se retourna pour faire face à Josephine, ses yeux étaient plus brillants que du verre.

— Voilà pourquoi j'ai abandonné mes études de droit et me suis engagé dans l'armée : pour honorer mon frère. Ça, poursuivit-il, c'est la raison pour laquelle j'ai rejoint le FBI et je les ai persuadés de créer une division consacrée au vol d'œuvres d'art, qui n'existait pas à l'époque. Je voulais avoir la satisfaction de traquer ces salauds et de retrouver les objets manquants.

Marsh prit une énorme respiration et expira lentement. Josephine haletait, le souffle tremblant.

— Mon frère adorait cet endroit, et les agissements de ces voleurs allaient à l'encontre de tout ce pour quoi il se battait. Je veux attraper ces gens qui se moquent des droits d'une nation. Je veux les mettre en prison, là où est leur place.

Marsh la fixa avec un éclat impie dans les yeux, complètement différent de l'échange sensuel qu'ils avaient partagé en bas. Et les joues de Josephine la brûlaient encore à l'idée de ce qu'ils avaient fait dans un lieu public.

Elle ne comprenait pas le système judiciaire. Il ne l'avait pas sauvée lorsqu'elle était une enfant vulnérable. Il n'avait même pas jeté un coup d'œil dans sa direction. Mais elle comprenait l'art, et elle ne pensait pas qu'il devait être le privilège des seuls riches. Des larmes lui piquaient les yeux. Elle avait toujours cru que Marsh se faisait des illusions, lui qui croyait en la loi et se battait si fort pour que justice soit faite. Elle réfléchit à ses propres idéaux et principes, et elle eut honte d'en avoir si peu.

Mais elle le comprenait mieux à présent. Il n'était ni arrogant ni vaniteux. Il n'était pas qu'un garçon riche qui jouait au flic. Il était motivé, concentré et déterminé à faire ce qui était juste pour tout le monde. Il était idéaliste et courageux. Elle était cynique et lâche.

Ils n'auraient pas pu être plus différents l'un de l'autre. Et pourtant, ils étaient là, aussi intimement liés que l'oxygène et le feu, aussi voués à la destruction que n'importe quel brasier créé par l'homme.

Le regard de cet homme lui disait qu'il mourrait pour elle et elle savait, au plus profond d'elle-même, là où elle enfouissait ses secrets, qu'elle ne voulait pas vivre dans un monde sans lui.

Même si son besoin d'évasion était profondément ancré, elle

ne pouvait pas s'enfuir. Pas encore. Il avait besoin du réconfort qu'elle pouvait lui apporter, et elle devait le lui offrir.

La vie avait été tellement plus simple quand ses émotions étaient enfermées...

Ils n'étaient séparés que par quelques mètres, mais lorsqu'elle s'avança vers lui, elle eut l'impression de traverser la galaxie. Elle sentit sa chaleur, remonta ses mains le long de ses bras jusqu'à ce qu'elle les glisse dans ses cheveux bruns. Elle attira la bouche de Marsh contre la sienne, l'embrassant avec une férocité qui frôlait la possessivité.

CHAPITRE QUATORZE

Dancer se baissa sous la table pour récupérer une fourchette que Pru Duvall avait fait tomber et fut confronté à un aperçu tout à fait inattendu de son épilation brésilienne. *Doux Jésus.* Il se redressa brusquement, se cognant la tête sur le bord de la table.

Il reprit son souffle, sachant que ses joues étaient écarlates. Le bordeaux hors de prix qui se trouvait dans son verre à vin en cristal avait sans doute coûté la même somme que sa mère et lui avaient payée pour une semaine de location à Southie. Il avala la moitié du verre d'un trait. Trois jours et demi de loyer en une seule gorgée.

— Le vin est-il bon ? s'enquit Prudence qui prit son propre verre et le huma avant d'en boire une gorgée en lui souriant.

D'après les informations dans son dossier, elle avait cinquante-deux ans, l'âge qu'aurait eu sa mère si elle avait vécu. À la voir, il ne lui aurait pas donné plus d'une quarantaine d'années.

Il l'avait secrètement baptisée le Barracuda. C'était un surnom enfantin, mais c'était ce côté de sa personnalité qui lui permettait de passer la plupart de ses journées en tenant à distance les souvenirs sombres.

— Il est très bon, madame, je vous remercie.

Ses joues le brûlaient toujours. *Bon sang !* Il détestait son teint.

— Appelez-moi Prudence.

Appelle-moi abruti. Cinquante-deux ans, bon sang. Soudain, il fut assailli de souvenirs. Ce petit appartement. La frêle silhouette de sa mère trébuchant d'une pièce à l'autre, se servant des murs pour soutenir ses membres décharnés. Il prit son verre et avala le reste d'une traite. Il s'essuya la bouche avec une serviette en essayant de retrouver l'émotion d'un déjeuner au Ritz-Carlton.

— Je suis curieux de savoir pourquoi vous vouliez me voir autour d'un déjeuner, Prudence.

Il lui adressa un sourire timide, conscient que cela lui donnait l'air d'avoir quinze ans. Elle haussa un sourcil soigneusement épilé.

— Avez-vous vraiment besoin de poser la question, agent spécial Dancer ?

— Je préfère ne pas supposer...

Il laissa la question en suspens. Ne pas supposer qu'une femme mariée trompe son époux ? Ne pas supposer qu'elle essaierait de s'immiscer dans une enquête officielle ? Ou bien que l'épouse d'un candidat potentiel à la présidence se montrerait aussi indiscrète ?

Passant par-dessus la table, elle posa sa main à côté de la sienne et caressa d'un ongle sa peau parsemée de taches de rousseur.

La chaleur irradia les joues de Dancer comme de mini-explosions.

— Je... je... je... je suis flatté, madame Duvall.

Son bégaiement était de retour, la cerise sur le gâteau de son humiliation. La statue de la Liberté le salua au loin, et Dancer se surprit à lui sourire. Avant qu'il puisse dire quoi que ce soit, Pru se pencha en avant, dévoilant un décolleté aussi profond et ferme que celui de n'importe quelle vingtenaire.

Cinquante-deux ans ou pas, elle s'entretenait, et elle avait une allure incroyable. Et elle n'éveillait pas le moindre intérêt, dans aucune partie de son corps. L'idée de coucher avec le Barracuda répugnait Dancer si profondément qu'il craignait de vomir.

Alors, tiens-toi. Tu ne crois pas vraiment qu'elle en veuille à ton corps, n'est-ce pas ? Elle veut quelque chose, et elle croit que coucher avec toi sera le moyen le plus rapide d'obtenir le jackpot.

Il lui sourit en la regardant droit dans les yeux, faisant semblant de ne pas remarquer les griffes déployées qui brillaient dans ses rétines.

— Prudence. Je suis flatté, mais vous êtes une femme mariée.

Le serveur arriva avec leur plat principal, et Dancer laissa échapper un soupir de soulagement. L'arôme de l'aloyau le fit saliver ; il prit son couteau et sa fourchette, puis remarqua qu'une larme glissait sur la joue de Pru. Il savait que ce n'était pas réel, il était conscient qu'elle jouait la comédie, mais la vue lui tordit les tripes : il posa une main sur la sienne.

— Il me bat, dit-elle dans un murmure.

— Quoi ? dit Dancer, qui ne la croyait pas une seconde. Qui vous bat, Prudence ?

Pinçant les lèvres, elle secoua la tête, laissant ses cheveux blond cendré se détacher d'une de ses épingles, lui donnant l'air vulnérable pour la première fois.

Barracuda, se rappela-t-il.

— Vous ne me croyez pas. Je le vois.

Ses yeux étaient brillants. Elle cilla rapidement pour chasser les larmes. Jetant un coup d'œil autour d'elle, elle remonta lentement la manche de sa veste.

Des ecchymoses indigo et vertes entouraient ses poignets. *Merde.*

L'appétit coupé, Dancer s'adossa à sa chaise et la regarda droit dans les yeux. Bon sang ! Mais que se passait-il ?

— Vous devez tout me raconter.

Elle hocha la tête frénétiquement.

— Mais pas ici. Quelqu'un pourrait me voir et le lui dire.

Levant mentalement les yeux au ciel, il se leva et contourna la table pour l'aider à se lever de sa chaise. Elle rabattit les manches de sa veste de tailleur et se leva brusquement, renversant son vin avec fracas. Le rouge tacha la laine blanche de sa jupe comme du sang frais.

— Venez, lui dit-il en lui prenant le bras, regardant avec envie le steak dans son assiette. Allons dans un endroit calme et parlons.

Peut-être lui dirait-elle où elle s'était procuré ce tableau, et pourquoi elle avait menti à son sujet.

— Je n'arrive pas à croire que vous l'ayez enfin retrouvé !

Les yeux bruns de l'amiral Chambers scintillaient comme des lumières de Noël tandis qu'il examinait la photocopie en couleurs que Marsh lui tendait.

— Nous avons eu un tuyau.

Marsh suivit le vieil officier de marine dans son bureau lambrissé de chêne. Le bois doré du bureau brillait fort. La pièce sentait bon l'encaustique.

— Votre père sera fier de vous.

Marsh s'était demandé combien de temps il faudrait à cet homme pour évoquer sa famille.

— Quand pourrai-je le récupérer ?

L'amiral se déplaçait d'une démarche raide, comme s'il souffrait d'arthrite ou d'une vieille blessure. Mais l'enthousiasme le propulsa promptement vers son bureau ; il se frottait les mains de joie. Chambers ignorait que le tableau avait été réévalué en son absence et que les quelques experts au courant de son existence considéraient qu'il s'agissait d'un Vermeer disparu.

À moins que... ?

Avant de pouvoir le rendre, Marsh devait en établir la propriété légitime. Il voyait déjà des avocats à l'horizon. Beaucoup d'avocats.

— Vous a-t-il vraiment manqué à ce point, ou bien êtes-vous simplement impatient de le vendre ? l'interrogea Marsh, marchant le long des étagères remplies de livres.

Il remarqua que chaque ouvrage était recouvert d'une épaisse couche de poussière. L'homme fronça ses épais sourcils argentés, et ses joues frémirent d'indignation.

— Ce ne sont pas vos foutus oignons !

— Et si je voulais l'acheter ? Pour l'offrir en cadeau à quelqu'un ?

Marsh examina ses ongles dans une grande démonstration de nonchalance.

— Vous ?

L'amiral plissa les yeux, comme s'il cherchait le piège, puis il s'installa dans un fauteuil en cuir marron brillant, usé aux coutures. Il grinça sous la pression quand il s'appuya sur le dossier.

— Jake m'a dit que vous aviez enfin ramené une femme à la maison. Vous vous aplatissez devant la nécessité de produire un héritier ou vous vous contentez de vous la taper ?

— Ce ne sont pas *vos* foutus oignons, répliqua Marsh en souriant au vieux briscard à qui son père se confiait lors de leurs parties de golf bihebdomadaires.

S'il arrêtait l'amiral, son père le renierait probablement, que ce dernier soit coupable ou non. Chambers ouvrit un tiroir et en sortit une bouteille de bourbon et un verre à shot.

— Vous en voulez un ? proposa-t-il, posant la main sur un second verre.

Décidant que c'était le meilleur moyen de faire parler cette vieille carne, Marsh acquiesça.

— Je croyais que vous n'aviez plus le droit de boire ?

Chambers grogna et coula un regard méchant vers la porte fermée du bureau.

— Ce que Helen ne sait pas ne la tuera pas, affirma-t-il avec un petit sourire amer.

— Après cinquante ans de mariage, elle doit vous aimer beaucoup pour surveiller votre santé de si près, remarqua Marsh, une expression neutre sur le visage.

Sa vie privée n'était pas la seule à faire l'objet de discussions entre inconnus. Helen Chambers tenait son mari par les bijoux de famille et l'étranglait lentement pour ses inconduites passées.

L'amiral remplit les deux verres à ras bord, puis en fit glisser un sur le bureau, laissant une petite trace de liquide sur la surface par ailleurs parfaite.

— Je vais vous donner un conseil gratuit, mon garçon. N'épousez pas une femme qui tient les cordons de la bourse. *Bon sang !* Ne vous mariez pas, point !

Mon garçon ?

L'amiral but le bourbon d'une traite et s'en versa un autre. Il leva la bouteille, mais Marsh déclina l'offre. Chambers la reboucha et la rangea dans son tiroir comme un secret coupable.

Quels étaient les autres secrets enfouis dans ce vieil esprit sournois ?

— Alors, commença l'amiral avant d'expirer lentement

tandis que le bourbon faisait effet. Quand est-ce que je récupère mon tableau ?

— Tout d'abord, nous devons en établir la provenance.

Une lueur d'inquiétude apparut dans les yeux du vieil homme. Comme s'il était conscient qu'il était en train de se trahir, il se tourna pour regarder par la fenêtre.

— Il a été acheté il y a des années. Je n'ai aucune preuve de cela.

— Prudence Duvall prétend que le tableau lui appartient.

Chambers tourna brusquement la tête, et sa bouche se retroussa sur une moue hargneuse.

— Cette femme n'est qu'une garce menteuse.

— Elle a des preuves. Des témoins oculaires situent le tableau dans sa maison d'enfance, tout au long de sa vie.

Une veine palpitait sur le front de Chambers, marque visible de sa colère. Soudain, il rejeta la tête en arrière et éclata de rire.

— Elle ment, mais elle avait promis de m'avoir un jour, déclara-t-il, puis son regard se fit soupçonneux alors que ses doigts se resserraient plus fermement autour du verre. Où avez-vous dit que vous l'aviez trouvé ?

Marsh ne donnait jamais de détails sur les enquêtes en cours.

— Je ne l'ai pas dit. Comment vous connaissez-vous, tous les deux ?

Tout en buvant une gorgée de son verre, l'homme fronça les sourcils d'un air contrarié.

— Nous nous *connaissions*. Je ne l'ai pas vue depuis des années, et c'est tant mieux, affirma-t-il.

Il se détourna à nouveau, contemplant la pelouse d'un vert velouté parsemée de quelques feuilles mortes. Des gouttes de sueur perlaient sur le front de l'amiral.

— Elle est diabolique.

Marsh ignora cette observation amère ; il voulait davantage d'informations.

— Vous avez couché ensemble ?

Le regard de l'amiral s'assombrit et il jeta un coup d'œil vers la porte en bois de chêne de son bureau.

— Non. Mais je l'ai *baisée* pendant quelques semaines.

— On dirait bien qu'elle *vous* a baisé en retour.

Marsh se leva, nauséeux à l'idée que *cet homme* soit le meilleur ami de son père. Il s'approcha de la fenêtre à battant et posa la main sur la vitre froide.

— Nous pensons que ce tableau, dont vous prétendez tous les deux être le propriétaire, pourrait facilement atteindre les cinquante millions de dollars dans une enchère aujourd'hui.

Le visage de Chambers perdit toute couleur. Marsh aurait aimé avoir la bonté d'âme d'être navré pour ce vieil imbécile, mais ce n'était pas le cas.

— Je pense qu'il est temps que vous me racontiez toute l'histoire et alors peut-être que le FBI ne portera pas plainte contre vous pour avoir fait une fausse déclaration de crime et avoir fait perdre du temps à la police.

LA VIEILLE ÉGLISE ÉTAIT CONDAMNÉE : les fenêtres étaient fêlées ou brisées, et un grillage métallique avait été installé pour faire respecter l'interdiction d'entrer. La saleté recouvrait chaque vitre restante, bloquant la lumière jusqu'à ce qu'il n'y ait plus qu'une impression de vase grise dans la nef vide. Les échos d'une ancienne vie le disputaient aux tambours qui résonnaient dans sa tête. Le sol était en parquet massif, usé par endroits par le passage de corps oubliés depuis longtemps, d'une congrégation perdue, d'une foi défaillante.

Il alluma trois bougies. Une pour chacun.

Que Dieu soit avec vous...

Et aussi avec vous.

Une épaisse couche de poussière recouvrait tout, des toiles d'araignée enveloppaient la vieille chaire où son père avait autrefois prêché la foi et la charité. Sa bouche se crispa au souvenir de cette autre vie. Sa famille avait été très heureuse de leur premier voyage aux États-Unis, loin de leur existence frugale et dépouillée, pour découvrir les lumières éclatantes de l'Amérique.

Ils n'avaient plus jamais été les mêmes.

Les ténèbres s'agitèrent. Il brûlait de haine envers la femme qui avait déclenché tout cela, une femme qu'il avait déjà tuée une centaine de fois.

L'homme à terre gémit, tenta de tendre l'une de ses mains liées et se retrouva face contre terre, se tordant sur le sol. Il avait une cagoule en nylon noir sur la tête. Se saisissant d'une petite seringue, il la tapota pour en faire sortir l'air, et lui administra une nouvelle dose de codéine liquide.

Il ne voulait pas le tuer.

Pru l'avait fait monter dans sa voiture avant que les effets de la drogue qu'elle avait mise dans son vin ne se fassent sentir. Il sourit. Tout se déroulait à merveille, même si Pru ne mesurait pas pleinement le but recherché.

— Quand vas-tu le tuer ? s'enquit-elle d'une voix essoufflée.

— Après. Tu pourras le faire.

Une lueur d'impatience éclaira les yeux de la femme dans l'obscurité. Elle n'avait jamais été impliquée aussi intimement auparavant, et cela l'excitait. Ils avaient été partenaires sexuels pendant des années avant qu'elle ne devine son penchant inhabituel. Au lieu de le dénoncer, le fait qu'il ait un passe-temps mortel l'avait excitée. Alors, il ne l'avait pas tuée. Pas encore.

Mais elle représentait un risque élevé. Quand Brook serait désigné comme candidat à la présidence, ce qui semblait de plus en plus probable, les risques de se faire attraper augmenteraient de façon exponentielle. Pru vivait pour le frisson, ne se souciait pas vraiment de se faire prendre, mais les services secrets ne toléraient pas ses inclinations particulières. Et il ne lui permettrait pas de l'exposer à leur examen minutieux.

Elle était déjà devenue un handicap.

Les flammes des bougies vacillèrent comme si elles avaient été dérangées par une présence fantomatique. Un frisson courut le long de ses avant-bras, lui picotant les épaules.

Les mains de Pru tremblaient et ses seins se soulevaient comme si elle avait couru jusqu'ici. Elle était excitée. En plein trip sexuel. Une âme sœur qui l'attirait comme une fleur desséchée réclame la pluie. Il tremblait à l'idée de le faire ici, dans cette église où son père avait prêché la tromperie, où il avait vu pour la première fois Margo Maxwell et sa fille à l'allure anémique.

Une symétrie parfaite dans un monde imparfait. Il toucha son couteau, douloureusement conscient qu'il devait le laisser derrière lui, cette fois-ci.

— Tu sais ce qu'il faut faire, dit-il d'un ton neutre.

Il étouffait l'émotion parce qu'il avait besoin que les détails soient parfaits. Elle passa devant lui avec un regard complice. Penser au sang fit résonner les tambours à plein volume à l'intérieur de son crâne. Le désir de la toucher était presque tangible, mais il se retint, ignorant la douleur dans son aine.

Se laissant tomber à genoux, elle appuya sa joue sur le ventre du flic, les lèvres boudeuses.

— Sers-toi de ta bouche, lui intima-t-il.

Elle était une prostituée expérimentée dans la maison abandonnée de Dieu. Mais elle n'était pas la seule pécheresse ici.

— Qu'il parte en beauté.

Une vague d'excitation parcourut ses nerfs, se déployant comme un feu dans ses poings. Son besoin le tenaillait, le mordait et l'assaillait comme un animal sauvage à moitié affamé et acculé. Il se retint. Elle avait d'abord un travail à accomplir, car il y avait des choses qu'il ne voulait pas revivre. Certaines actions qu'il ne voulait jamais répéter.

Les tambours résonnaient dans ses veines, de plus en plus vite.

Que Dieu soit avec vous...

Et aussi avec vous.

De foutus abrutis menteurs.

Il s'approcha de Pru et lui tendit un gobelet en plastique. Dommage pour la Maison Blanche, mais il avait désormais un objectif plus important. Tout s'était mis en place. Il pouvait enfin avoir une vue d'ensemble. La survie. La fuite. Un nouveau départ.

— Après tout ça, tu ne sais même pas si un crime a été commis ? s'exclama Josie, riant si fort qu'elle en oublia de respirer.

Les lumières de la rue filtraient à travers les rideaux ouverts, mettant en valeur la pure beauté masculine de Marsh, tout en lui laissant suffisamment d'obscurité pour qu'elle se sente à l'aise avec sa peau abîmée. Être agenouillée nue sur le lit, même sans lumière, était plutôt stimulant pour une femme qui avait l'habitude de détourner les yeux au moment d'entrer dans la douche.

— Ce n'est pas drôle ! geignit Marsh en plaçant son bras sur son front.

Mais ça l'était, en réalité, et elle vit un sourire se dessiner au coin de sa bouche.

— Donc, la diablesse a offert à l'amiral le tableau très cher de son défunt père quand ils faisaient des cochonneries, mais quand l'amiral a rompu parce que sa femme commençait à avoir des soupçons, elle l'a récupéré ?

— Mais l'amiral n'a jamais pu avoir la certitude que c'était Prudence qui avait volé le tableau, même s'il soupçonnait que c'était elle. Il a quand même dû déclarer le vol, sous peine de subir l'inquisition de Mme Chambers.

— C'est assez drôle, insista-t-elle en souriant.

— Pas quand tu les imagines nus, non.

Il ferma les yeux et grimaça. Puis il les rouvrit et la regarda.

— En revanche, toi...

Son regard brûlant glissa sur le corps de Josephine, et l'évidence de son excitation la fit rougir. Encore.

— Il devait être plutôt doué au lit pour mériter un maître hollandais du XVIIe siècle, commenta Josie.

Elle essayait de garder ses distances parce qu'elle brûlait d'envie de le toucher et qu'elle ne se reconnaissait même plus elle-même.

— Je pense que tu es un Cézanne. Lumineuse et originale, néanmoins parfaite, la complimenta-t-il, et ses yeux sombres brillaient, intenses et troublants tandis qu'il les posait sur elle. Comment m'évaluerais-tu ?

La voix de Marsh était taquine, mais étant experte en la matière, elle reconnut son insécurité.

— Mmmh..., fit-elle, tapotant sa lèvre avec son doigt comme si elle réfléchissait. Peut-être le grand maître lui-même ? *Leonardo* ?

— *DiCaprio* ? s'exclama-t-il, la poitrine secouée par son rire.

— *DaVinci*, bien sûr, répliqua-t-elle avec un lourd accent italien.

Elle se sentait ridicule et dissimula son malaise en passant ses doigts sur les couvertures de satin, savourant le frisson frais qui parcourut ses nerfs. Elle aurait voulu ne pas préférer toucher ses muscles chauds et lisses. Elle commençait à ressentir un certain manque, ce qui laissait supposer une faiblesse qu'elle ne pouvait pas se permettre.

Marsh était rentré une heure plus tôt, mais au lieu de s'asseoir et de manger, il lui avait pris la main sans mot dire, l'avait entraînée dans les escaliers, avait fermé la porte à clé et lui avait sauté dessus.

L'idée la taraudait que ses parents étaient dans la maison et qu'ils savaient qu'ils étaient là, sans doute en train de s'envoyer en l'air. Mais l'éclat dans le regard de Marsh l'avait incitée à ne pas le questionner et à ne pas se plier aux conventions comme elle le souhaitait. Elle ne s'était jamais inquiétée de répondre aux attentes des autres auparavant, et n'aimait pas la culpabilité que cela faisait peser sur sa conscience.

Inversion des rôles avec une dose de sexe torride. Marsh roula loin d'elle et elle admira les lignes sculpturales de son dos, les muscles solides qui encadraient son échine et ces fesses fermes qu'elle aimait tant.

Ce n'était pas seulement la luxure qui envahissait son esprit...

Mais leur relation était trop fragile, la survie de Josephine trop incertaine pour qu'elle se penche sur ces sentiments grandissants. En quête de distraction, elle passa sa main sur la peau lisse de Marsh, fascinée par la façon dont ses muscles se contractaient et réagissaient à ses caresses.

Il saisit son téléphone et composa un numéro.

— J'aimerais bien savoir où Dancer a pu disparaître...

— Tu n'es pas vraiment inquiet pour lui, si ?

— Pas vraiment. Plus maintenant. C'est un homme intelligent, trop malin pour se laisser entraîner dans les combines de Pru Duvall, affirma-t-il, mais il fronça les sourcils en tombant à nouveau sur sa messagerie vocale. Nous pourrions engager des poursuites contre Pru et l'amiral pour avoir fait perdre son temps au FBI, mais les pouvoirs en place les étoufferaient probablement avant même qu'elles ne parviennent au bureau du procureur général.

S'allongeant, les seins appuyés contre son dos, elle glissa sa main autour de lui, et sentit le pouvoir palpiter en elle lorsqu'il gémit et laissa tomber le téléphone. La tension et la chaleur émanaient de tous les pores du corps de Marsh. Il colla sa chair nue et chaude contre celle de Josephine qui l'explora dans les moindres détails.

— Tu n'as pas faim ? lui demanda-t-elle en souriant. Moi, j'ai faim.

— Je suis affamé, répondit-il, mais sa voix se brisa quand Josie fit glisser ses dents sur sa peau douce.

— Tu veux le rappeler ? murmura-t-elle.

— Il s'en sortira, murmura Marsh avant de l'attirer à lui et de l'embrasser à perdre haleine.

Dancer se sentait léthargique, les bras lourds. Pendant un instant, son pire cauchemar surgit dans son cerveau, sombre et hideux : la maladie qui avait détruit sa mère avait également pris le contrôle de son corps. Mais il serra les poings, sentit le contact solide de ses ongles durs qui s'enfonçaient dans ses paumes et il sut que le problème n'était pas là. Une cagoule lui recouvrait la tête ; la panique lui saisit le cœur. Avait-il été enlevé ? Il tendit l'oreille, essayant de déterminer s'il était seul ou non. Il n'entendait rien hormis le grincement du vent contre les vitres. Lentement, il retira la cagoule. Il y avait quelque chose dans sa bouche ; il cracha un chiffon couvert de poussière et de crasse tout en essayant de comprendre où il se trouvait. Il était allongé sur un sol en bois sale. Les planches étaient déformées et pourries, des crottes de souris étaient éparpillées partout. Des clous rouillés se dressaient près de son visage. Sa mémoire était floue. Il avait l'impression de s'être saoulé, mais il n'avait pas le souvenir d'être sorti. Il plissa les yeux, et se souvint vaguement de la statue de la Liberté qui levait la main vers lui...

Il roula sur le dos et se rendit compte que sa fermeture éclair était descendue, et qu'il était exposé à la vue de tous.

Qu'est-ce que... ? La remontant, il fouilla les poches de son pantalon, cherchant frénétiquement son téléphone portable. *Où est-il ?*

Abandonnant, il se mit à genoux en chancelant, soulagé lorsque la sensation de vertige disparut et qu'il put relever la tête.

Une puissante odeur le frappa, et il eut un haut-le-cœur. Il connaissait la puanteur âcre de la mort violente. Même si, aujourd'hui, il n'enquêtait plus que sur des crimes liés à l'art, il avait participé à des affaires sérieuses, notamment celle d'Elizabeth, poursuivie par la mafia, au printemps précédent. Et il avait été présent quand ces ordures d'Andrew DeLattio et Charlie Corelli s'étaient fait exploser la figure.

Se préparant, il se retourna ; il aurait aimé ne pas le faire. Il aurait voulu ne pas s'être réveillé ce matin-là. Il aurait préféré continuer à dormir comme un bébé, les paupières soudées, aussi longtemps que possible.

Prudence Duvall gisait en travers de ce qui avait dû être le sanctuaire de l'église, juste en dessous de l'autel. Du ruban adhésif lui couvrait la bouche. Des menottes lui entravaient les poignets au-dessus de sa tête.

Ses menottes.

Des sirènes retentirent au loin, mais elles ne parvenaient pas à percer le brouillard de son cerveau.

Du sang coulait sur son corps, s'échappant des profondes blessures en travers de sa poitrine et de son abdomen. Son chemisier était déchiqueté et pendait comme un chiffon autour d'un de ses bras. Sa jupe était ramassée autour de ses hanches, la laissant complètement, brutalement exposée.

Du sang gouttait lentement d'un côté de son buste. Hébété, Dancer se dirigea vers elle.

Était-elle encore en vie ?

Comment le pourrait-elle ?

Il s'agenouilla à côté d'elle et prit son pouls au niveau de la carotide. Puis il remarqua le couteau posé à côté de sa cuisse une seconde avant qu'une voix ne s'écrie :

— Ne bougez plus !

Une lueur de quelque chose bougea dans ses yeux, il en était sûr.

— Je suis du FBI, je crois qu'elle est peut-être encore en vie !

Bon sang !

— Éloignez-vous du corps, allongez-vous sur le sol et ne bougez pas !

La voix résonna si fort dans la pièce qu'il tressaillit. *Merde.* Dancer s'écarta, les oreilles sifflantes, mais répéta calmement :

— Je suis du FBI.

Il s'allongea sur le sol, lentement. Il avait le goût de la poussière et de la crasse dans la bouche.

— Je pense qu'elle est toujours envie.

— Ferme-la, connard !

L'un des agents le palpa assez fort pour lui faire mal, mais Dancer se borna à regarder Prudence en se demandant ce qui avait bien pu se passer entre le restaurant et cet endroit effroyable. Un autre policier s'agenouilla à côté d'elle et posa les doigts sur son cou, comme l'avait fait Dancer.

— Non, elle est morte.

Dancer commença à se débattre quand des menottes claquèrent contre ses poignets, pinçant sa chair. Il se foutait éperdument de la douleur.

— Faites-lui un massage cardiaque, espèce d'abruti ! Faites venir les secours ! Elle est encore en vie...

Le premier policier lui asséna un coup de poing.

— Tu aimes taillader les femmes, hein ?

Le flic le frappa à nouveau et la douleur lui traversa le crâne tandis que son nez se brisait et qu'il s'écroulait sur le sol. Alors qu'il gisait face contre terre, du sang s'écoulant abondamment de son nez cassé, il comprit qu'il avait été piégé et que ces clowns n'écouteraient pas un mot de ce qu'il dirait.

— Je dois passer un coup de fil.

Il cracha de la terre et du sang, et tenta de respirer par la bouche. Il était originaire du sud de Boston : ce n'était pas la première fois qu'il se faisait tabasser.

Le policier lui cracha dessus.

Comment peux-tu être aussi stupide ?

— Donnez-moi un téléphone...

La botte qui heurta son rein accomplit ce que les deux premiers coups n'avaient pas réussi à faire. Les ténèbres l'entraînèrent, le ramenèrent sous l'eau alors même que le nom de Marsh glissait sur ses lèvres.

CHAPITRE QUINZE

Nelson Landry éteignit le scanner de la police en riant. Il n'en revenait pas de sa chance. Il souffla sur ses mains froides, regrettant de n'avoir pas le temps de faire du café avant d'écrire son article. Mais tant pis. C'était le destin. C'était la chance qui lui souriait et qui causait la perte de l'ordure qui avait ruiné sa carrière de journaliste. Il était temps de voir quel poids le FBI lui donnait aujourd'hui.

Le CHASSEUR AU COUTEAU — un agent du gouvernement adepte de la lame ?

C'était mieux que la télévision. Tapant avec frénésie, il jeta un coup d'œil à sa montre, puis composa d'un doigt le numéro de sa rédactrice en chef.

— Quoi ?

Soit elle avait l'identifiant de l'appelant, soit elle ne quittait jamais le mode garce.

— Nous avons besoin de sortir une seconde édition au plus vite, l'informa-t-il.

— Qu'est-ce que tu as ? lui demanda-t-elle, et le passage de la colère à la fin était palpable dans ces quatre petits mots.

— Je vais te l'envoyer par mail, répondit-il, jetant un coup d'œil à sa montre. Dans dix minutes. Maximum.

Il coupa la communication, fit craquer ses articulations. *Bon sang !* Ça faisait du bien d'être de retour. Le plaisir l'envahit. Il était sur le point de se venger de Marshall Hayes, et il apprécierait chaque seconde de la chute en disgrâce de cet enfoiré.

❄

— Redites-moi ça.

Marsh n'en croyait pas ses oreilles. Il se frotta les tempes tandis qu'on lui répétait rapidement les informations.

— Que se passe-t-il ? s'enquit Josie.

Assise sur le lit, elle avait l'air d'avoir passé une folle nuit à faire l'amour, les cheveux emmêlés, les lèvres rougies et les paupières lourdes, exactement comme il se devait. Mais pendant qu'ils essayaient d'exorciser leurs démons et peut-être de construire une nouvelle relation, le Chasseur au couteau avait soigneusement préparé son prochain coup, jouant avec leurs vies aussi facilement qu'il manipulerait des marionnettes sur une scène miniature.

Marsh se détourna de Josephine.

Le dégoût et la honte le brûlaient, emportant avec eux la bulle de satisfaction que la nuit précédente avait créée autour de lui. Les draps remuèrent derrière lui, puis il entendit Josie s'habiller.

— Un nez cassé ?

Cela n'aurait pas dû se produire dans son pays, bon sang ! Pas à un bon agent comme Steve Dancer. Sa colère se mua en quelque chose de plus fort, de plus dur, de plus méchant.

— Contactez Benedict Colavecchia, ordonna-t-il, nommant le meilleur avocat de la défense pénale à New York. Dites-lui qu'il a un nouveau client et qu'il ramène ses fesses à

Brooklyn immédiatement. Et trouvez-moi un vol pour LaGuardia.

Marsh coupa la communication avec son assistante personnelle, qui l'avait appelé alors qu'il était quatre heures du matin.

Il devait prendre une douche et se raser pour que la police de New York perçoive toute la force de son statut de membre du FBI. Car, cette fois-ci, il userait de tous les atouts dans sa manche, de toutes les faveurs qu'il pourrait obtenir, de tous les dollars dont il disposerait. Steve Dancer n'était pas un tueur. Marsh était prêt à parier sa vie là-dessus.

Ce que Josie lut dans ses yeux la fit déglutir, mais elle plissa les yeux, leva le menton et le fixa du regard.

— Que s'est-il passé ?

Elle avait enfilé un pantalon sombre et un pull à col roulé qui la couvraient presque entièrement. Elle serrait étroitement ses bras contre elle, se recroquevillant légèrement, comme si elle avait froid.

Marsh était glacé jusqu'à l'os.

— Quelqu'un a assassiné Prudence Duvall la nuit dernière.

Sa voix était rauque ; il s'interrompit pour s'éclaircir la gorge. Josie continua à le regarder, comme si elle savait que ce n'était qu'une petite partie de l'histoire.

— Le Chasseur au couteau a tué Prudence Duvall, lui ou un imitateur, et la police de New York a trouvé l'agent spécial Steve Dancer couvert de sang sur les lieux du crime.

— Est-il blessé ? l'interrogea-t-elle, ramassant son sac à dos qu'elle tint contre sa poitrine, comme un bouclier.

— Ce n'était pas son sang.

Merde. Il s'assit sur le lit, la tête entre les mains. Il avait été trop occupé à s'envoyer en l'air avec Josephine pour protéger son équipe. *Putain !* Ce n'était pas ainsi que la loi était censée fonctionner. La justice aveugle ne devait pas nécessairement être sourde, muette et stupide, si ?

— Dis-moi exactement ce qui se passe, Marsh, exigea-t-elle, le ton énergique et déterminé.

— La police de New York a retrouvé Dancer dans une vieille église de Brooklyn après avoir reçu un appel anonyme.

Les yeux de Josephine brillèrent, mais Marsh poursuivit. Il contenait une fureur qui devenait glacée et mortelle en lui.

— Pru a été poignardée et mutilée.

Il était sur le point de vomir, et pourtant, il n'appréciait même pas cette femme. Il appuya ses mains sur ses cuisses.

— Les premiers flics arrivés sur les lieux ont arrêté Dancer et l'ont tabassé : ces stupides enfoirés pensaient avoir capturé le Chasseur au couteau.

Josie se laissa tomber à côté de lui, mais il se décala très légèrement, incapable de supporter l'idée que quelqu'un le touche, que quelqu'un actionne cette soupape qui risquait de le faire exploser.

— Tu es en colère, constata-t-elle, posant elle aussi les mains sur ses cuisses. Parce que nous étions ensemble pendant que Dancer se faisait piéger ? Parce que nous étions occupés à nous envoyer en l'air pendant que cette ordure tailladait sa prochaine victime ?

Elle s'interrompit, puis laissa échapper un rire dur qui s'acheva sur un sanglot brisé.

— Bienvenue dans mon monde sombre et laid.

Glissant son sac à dos sur son épaule, Josephine se leva d'un bond et se dirigea vers la porte.

— Où crois-tu aller ?

La voix de Marsh n'était guère plus qu'un grognement dans l'obscurité, mais il ne pouvait pas l'adoucir. Il n'arrivait pas à faire remonter à la surface la moindre once d'empathie ou de sympathie.

— Je retourne à New York, pour qu'on puisse finir ce truc...

— Tu ne vas nulle part.

— Nous y allons tous les deux. Tu le sais.

Elle ne se laissait pas décourager par sa colère. Marsh avait oublié que c'était ainsi que Josephine avait grandi, au milieu de la colère, de la peur et de la violence. Au milieu des cris, de la brutalité et de la bonne vieille laideur à l'ancienne. Il avait envie de lui tendre la main et de la réconforter, mais cette partie de lui-même était suffoquée par la culpabilité et les reproches qu'il s'adressait à lui-même. S'il lâchait prise maintenant, cela le détruirait.

Les yeux de Josie étaient brillants de larmes, mais ce n'était pas de la tristesse qu'il y lisait. C'était une rage tout aussi puissante que la sienne.

— C'est *moi* qu'il veut, Marsh.

— Voilà pourquoi tu devrais rester ici et laisser la justice s'en occuper, lui dit-il.

— C'est vrai qu'ils ont fait de l'excellent boulot jusqu'à présent, se moqua-t-elle, posant une main sur sa taille, basculant la hanche. Je refuse de mettre ta famille et tes amis en danger.

Marsh commença à se lever.

— Steve Dancer est un professionnel qualifié. Tu ne l'as pas mis dans cette situation…

— Dis-moi que tu ne m'en veux pas, que tu ne *nous* en veux pas, dit-elle, pointant le lit du doigt. Pour l'avoir embarqué dans ce chaos…

— J'aurais dû faire plus attention ! s'exclama-t-il, et sa voix résonna sur les murs.

Merde. Il s'écroula sur le lit. Se prit la tête entre les mains. *Merde. Merde. Merde.*

Josie détourna le regard, déglutit avec raideur et acquiesça.

— Exactement.

❅

En raison de son statut de membre du FBI, Marsh leur avait obtenu des places sur le premier vol pour New York, mais coincée entre Vince et Marsh, elle était plus serrée qu'un steak haché dans un hamburger. Ils étaient en classe éco, car c'étaient les seules places encore disponibles.

Josie savait que Marsh était en colère. Elle savait qu'il se sentait coupable. Mais elle était terrifiée par les sentiments qu'il avait éveillés en elle. Au cours des trois dernières heures, il n'avait fait que l'ignorer, et ce, après une incroyable nuit de sexe époustouflant et d'intimité sincère.

— Puis-je vous offrir quelque chose à boire ? proposa l'hôtesse de l'air à Marsh.

Elle était parfaitement maquillée, avec des dents d'une blancheur éblouissante, et ne se préoccupait de rien d'autre que de faire son travail. Un automate. Comme Marsh.

Josie lança un regard à ce dernier, mais il avait ouvert son ordinateur portable et était plongé dans son travail. Il leva les yeux quand la femme lui posa la question et secoua imperceptiblement la tête.

— Et vous ?

La femme souleva sa cafetière et sourit à Josie ; ses lèvres vermillon contrastaient avec ses gencives roses.

Josephine ne se souvenait même pas si elle s'était brossé les cheveux.

— Non. Merci.

Elle ne parvenait même pas à esquisser un sourire.

Les doigts de Marsh s'immobilisèrent au-dessus du clavier pendant une fraction de seconde, comme s'il venait de se rappeler qu'elle était là.

Les jambes de Vince étaient trop longues pour tenir dans le minuscule espace devant son propre siège et il les avait donc déplacées sur le côté, dans son espace à elle, lorsque le chariot était passé. Il accepta un café noir et reçut de la part de l'hôtesse un sourire qui était interdit dans les pays religieux.

Josie *détestait* prendre l'avion. Ses mains tremblaient, raison pour laquelle elle avait refusé le café. Elle en renverserait partout... peut-être même sur l'ordinateur portable dernier cri de Marsh.

Calant ses mains sous ses fesses, elle ferma les yeux et se laissa aller contre l'appuie-tête tandis que la pression de l'air jouait avec ses tympans.

— Ça va ? lui demanda Vince à voix basse.

Elle ouvrit les yeux, et il déplaça ses jambes hors de son espace. Comme s'il ne pouvait s'en empêcher, il tourna la tête pour observer d'un air appréciateur les attributs physiques de l'hôtesse qui les dépassait pour s'occuper de la rangée suivante.

— Les hommes, remarqua-t-elle, levant les yeux au ciel.

Les doigts de Marsh s'arrêtèrent à nouveau sur le clavier, même s'il faisait semblant d'être absorbé par son travail. Un sifflement s'échappa des lèvres de Josephine. Et dire qu'elle avait failli tomber amoureuse de lui !

À qui essayait-elle de faire croire cela ? Au niveau émotionnel, elle avait sauté du plus haut des buildings et elle s'était violemment écrasée sur le trottoir.

C'était douloureux.

Il la traitait comme une simple relation, comme quelqu'un qu'il connaissait assez bien pour ne pas la laisser tomber, mais pas assez intimement pour se soucier de ce qu'elle ressentait.

Qu'est-ce que cela pouvait faire qu'elle se montre puérile et revêche ? Elle n'avait pas voulu s'impliquer. Point. Maintenant, Pru Duvall était morte. Steve Dancer était en prison, et elle avait l'impression que Marsh lui reprochait, *leur* reprochait ce qui était arrivé, alors que, dès le départ, elle n'avait pas voulu s'impliquer.

Elle comprenait le poids de sa culpabilité.

Elle le transportait au quotidien dans son sac à dos.

Et quand elle avait enfin commencé à comprendre ce que signifiait tout ce tapage autour des relations amoureuses et du sexe... *bam !* Il s'était fermé à elle et l'avait mise à l'écart comme si elle n'était rien.

Elle aurait dû le savoir. Les gens s'en allaient. Les gens mouraient. Les gens étaient assassinés et elle n'avait jamais rien pu faire pour l'arrêter.

Marsh avait passé sa vie à essayer d'empêcher les ténèbres d'engloutir le monde. Il méritait une meilleure personne qu'elle dans sa vie, et elle savait exactement comment le lui prouver.

— Est-ce qu'on a fini de s'envoyer en l'air ensemble, ou dois-je me rendre disponible plus tard ?

La femme devant eux se retourna, choquée, les yeux écarquillés, avant de se rappeler ses bonnes manières et de se remettre face à l'avant.

Josie sourit.

Les mains de Marsh se figèrent sur le clavier, mais il ne leva pas le nez. Vince releva sa tablette et tenta de prendre la fuite, mais une femme âgée, qui marchait avec une canne, passait lentement devant lui ; il était coincé.

— Comment tu m'évaluerais, Marsh ? Sur une échelle allant de Georgia O'Keefe à Rembrandt ? Ou suis-je plutôt un Jackson Pollock ?

— Tu veux une autre note ? s'enquit-il avec un rire cruel, le ton teinté d'un sarcasme mordant.

— Juste pour le sexe, pas pour la personnalité.

Ce qu'elle voulait, c'était s'extirper de ce chaos et ne plus jamais le revoir. Elle se débrouillait bien mieux toute seule.

— J'ai toujours aimé Pollock.

Il n'arrivait pas à croiser son regard, et ce fut là qu'elle comprit vraiment. Il pensait que c'était sa faute *à elle...*

Elle resta assise en silence et mit à profit ses années d'expérience pour garder les yeux secs et sans émotion. Elle ne faisait pas ce genre de choses. La douleur était quelque chose qu'elle évitait soigneusement. Elle refusait d'avoir une relation qui la réduirait en lambeaux. Et peut-être se faisait-elle des illusions sur cette histoire de relation de toute façon, car, à cet instant, il avait l'air de ne même pas supporter d'être dans le même espace aérien qu'elle.

Son père lui avait toujours répété qu'elle était une source d'ennuis, et ce, depuis le jour de sa naissance. Apparemment, Marshall Hayes avait lui aussi fini par le comprendre.

LE TROTTOIR ÉTAIT ENVAHI de policiers, de journalistes et de badauds curieux. Le battage autour de Marsh monta d'un cran lorsque quelques journalistes reconnurent son visage. Il franchit les portes de l'atrium du bâtiment. Une main ferme posée sur son torse l'empêcha d'aller plus loin. La chemise bleu pâle du flic empestait les odeurs corporelles, et ses yeux bleus assortis le mettaient au défi d'insister.

Marsh jeta un regard noir à l'officier de permanence et lui montra son insigne.

— Agent spécial en charge Marshall Hayes.

Le regard cynique du policier s'accompagna d'un ricanement.

— Ça ne signifie pas que vous pouvez y aller.

L'inspecteur Cochrane, le flic chauve de la scène de crime d'Angela Morelli, tapota l'épaule de l'agent en uniforme.

— Hé, Morris, on a besoin de lui, dit-il, comme si la police de Brooklyn pouvait empêcher Marsh d'y aller. Laisse-le passer.

Marsh adressa un signe de tête à Cochrane et surprit une lueur de curiosité dans le regard de l'inspecteur alors qu'il passait devant le grand flic.

— Où est l'agent Dancer ? s'enquit-il.

Ils avançaient rapidement dans des couloirs animés, couverts de prospectus muraux et de patrouilleurs excités. Cochrane lui ouvrit une porte, puis il remua la moustache pour indiquer à Marsh de passer en premier.

— Par ici.

— Vous n'êtes pas vraiment persuadés de tenir le bon gars, n'est-ce pas ?

— Votre homme a été trouvé penché sur le corps encore chaud de la femme d'un sénateur, et l'arme du crime était juste là, avec ses empreintes dessus...

— C'est un coup monté. Testez son ADN. Ce n'est pas le bon gars.

— Nous vérifions son ADN, mais s'il s'agit d'un coup monté, il est sacrément élaboré, remarqua Cochrane en secouant la tête.

— Le coupable essaie d'atteindre Josephine Maxwell...

— Pour moi, il semble qu'il essayait d'atteindre Mme Duvall, et qu'il a réussi...

Merde. Une autre femme était morte. Dans une ville aussi grande, comment pourraient-ils protéger tout le monde ?

— Comment Brook le prend-il ?

Comme s'il l'avait fait apparaître, l'homme politique aux cheveux couleur d'acier sortit d'une salle d'interrogatoire, hébété. Après Steve Dancer, dans des circonstances normales, Brook Duvall serait le premier suspect sur le radar des forces de l'ordre. Marsh s'approcha de lui, l'empathie le disputant à une méfiance bien ancrée. Cela n'avait rien à voir avec son aversion pour cet homme, mais tout à voir avec les statistiques sur les meurtres.

Peut-être ce meurtre n'était-il pas l'œuvre du Chasseur au couteau ?

Peut-être s'agissait-il d'un imitateur qui avait profité de la présence d'un tueur en série actif pour se débarrasser de

Prudence. Brook Duvall et l'amiral Chambers étaient tous deux dans la ligne de mire de Marsh : l'amiral venait d'apprendre que Pru l'avait sans doute dépouillé d'un tableau valant des millions, un tableau qui aurait pu changer le cours de sa misérable vie. Et le sénateur ? Rien de tel qu'une tragédie personnelle pour attirer les électeurs.

L'inspecteur Cochrane posa une main sur son bras pour le retenir.

— Il n'appréciera sans doute pas de discuter pour le moment.

Le visage de Brook était couleur de cendre, ses yeux étaient injectés de sang, conséquence des larmes qui maculaient encore ses joues. Il avait l'air perdu, l'image de quelqu'un dont le monde s'était effondré sans qu'il le voie venir.

— Nous sommes de vieux amis.

Marsh secoua le bras pour déloger la main de Cochrane et s'approcha de l'autre homme.

— Je suis désolé pour ta perte, Brook, lui dit-il, lui serrant l'épaule tout en l'étudiant.

Avec son jean et son pull L.L.Bean, on aurait dit que Brook Duvall se détendait à la campagne quand il avait été prévenu.

— Je suppose que tu n'étais pas en ville, lui demanda Marsh à voix basse.

Duvall confirma d'un signe de tête.

— Nous avons une maison dans les Hamptons. Je suis venu directement ici quand j'ai...

Ses larmes recommencèrent à couler. Il s'accrocha à Marsh comme s'ils étaient frères.

— Pru détestait la maison de la plage, la pêche et l'air frais. Elle ne voulait jamais venir avec nous. Oh, mon Dieu ! Oh, mon Dieu... !

Si Marsh avait du mal à croire que les Duvall aient été fidèles l'un à l'autre, il ne doutait pas que Brook était dévasté par le meurtre ; cela ne signifiait pas pour autant qu'il ne l'avait pas commis ou qu'il ne l'avait pas organisé.

— Que faisait-elle quand tu n'étais pas là ? l'interrogea Marsh, et il remarqua le regard intéressé de l'inspecteur Cochrane, qui observait attentivement le sénateur.

Brook se redressa, s'essuya les yeux. Marsh tendit un mouchoir à l'homme et se fit la réflexion bizarre qu'il devrait en trouver un autre pour Josie, car il était certain qu'elle était en train de verser toutes les larmes qu'elle avait retenues depuis qu'ils s'étaient réveillés avec la sonnerie du téléphone à quatre heures du matin.

Et il s'était comporté comme un parfait abruti parce que tout ce en quoi il croyait était remis en question. La loi. Son code d'éthique personnel. Et ses pensées à propos de mariage qu'il savait qu'elle ne partagerait pas. Et comment pourrait-il faire face à *cela* alors qu'il se trouvait en plein milieu d'une enquête sur un meurtre et d'une pagaille policière dont le principal suspect était l'un de ses meilleurs amis ? Comment gérer cela alors qu'un tueur déployait tous ses efforts pour s'assurer que la femme que Marsh aimait meure bientôt de façon brutale ?

Vince la protégeait... et il se sentait d'autant plus coupable que c'était lui qui aurait dû le faire. Mais il ne pouvait pas laisser Steve Dancer seul face à ces loups. Il ne supportait pas la honte de savoir qu'il n'avait pas fait correctement son boulot parce qu'il avait été trop occupé au lit avec Josephine.

Merde !

Brook détourna le regard.

— Elle avait ses propres amis, sa propre vie sociale. Geoffrey est parti récupérer son agenda à l'appartement, expliqua-t-il, des larmes brillant sur ses joues sous la lumière crue des néons. J'ai raconté tout ce que je savais à la police.

Pru avait appelé Dancer pour lui proposer un déjeuner et

Marsh pariait qu'elle était impliquée d'une manière ou d'une autre dans la situation dans laquelle se trouvait désormais son ami. D'une manière ou d'une autre, Pru Duvall était impliquée dans sa propre mort.

Marsh serra le bras de Brook, obligeant l'autre homme à croiser son regard.

— Je sais que c'est douloureux pour toi, dit-il en baissant la voix. Mais voyait-elle quelqu'un d'autre ?

Brook ne broncha pas, ne cligna pas des yeux.

— Je ne sais pas, nous ne...

Il se remit à pleurer, et Marsh se fit l'effet d'être une ordure d'insister, mais il le fit quand même.

— Tu n'avais pas de relations sexuelles avec ta femme ?

Le sénateur secoua la tête. Son avocat sortit de la salle d'interrogatoire, suivi de l'agent spécial Sam Walker, qui donnait l'impression d'avoir passé la semaine dans les mêmes vêtements. L'avocat de Brook éloigna son client en jetant un coup d'œil méfiant à Marsh. Espèce d'ordure.

L'agent Walker s'appuya contre le cadre de la porte, les manches retroussées jusqu'aux coudes. Ils échangèrent un regard. La lèvre de Marsh se retroussa.

— Que se passe-t-il ? demanda Walker à Cochrane, ignorant Marsh.

Ce dernier tint sa langue. Le détective haussa les épaules et avança dans le couloir.

— Votre homme est par là, agent Hayes...

Walker lui barra la route.

— Il est hors de question que vous entriez pour voir le suspect.

Marsh était plus grand, mais Walker était plus large. Se battre ne figurait pas dans le manuel d'éthique du ministère de la Justice pour la conduite dans et hors du cadre du travail, mais ce ne serait pas la première fois que Marsh enfreindrait cette règle particulière. Il planta ses pieds dans le sol.

— Ne jouez pas au con avec moi aujourd'hui.

L'inspecteur Cochrane saisit le bras de Marsh.

— Hé, vous deux, ce n'est pas le concours de celui qui pissera le plus loin. Votre homme est par là.

Cochrane l'entraîna avec lui et il le suivit, parce que Steve Dancer avait besoin de lui. L'équipe de la contrefaçon et des beaux-arts était aussi soudée qu'une famille. Ils s'appuyaient les uns sur les autres. Ils se soutenaient mutuellement et évitaient les conneries de compétition qui régnaient dans d'autres divisions. Dancer était plus qu'un simple agent. C'était son meilleur ami.

Ils entrèrent dans une salle d'observation. Dancer était assis, les épaules affaissées, sur une chaise à dossier rigide. Ses yeux n'enregistraient rien, du sang séché maculait son visage, lui donnant une apparence misérable. Retenant la rage qui bouillonnait dans ses veines, Marsh parvint à prendre un air décontracté.

— Il a vu un médecin ? s'enquit-il.

Cochrane acquiesça en se frottant la moustache.

— Il a le nez cassé.

— Je vois ça.

La chair autour d'un de ses yeux était rouge, enflée et son œil était complètement fermé. Le teint blafard de Dancer ressortait nettement derrière le brun du sang séché.

— Qu'avez-vous comme preuves ? demanda-t-il. A-t-il fourni de l'ADN ? Avez-vous déjà fait une comparaison ?

Il était impossible que Dancer soit le Chasseur au couteau.

— Nous avons trouvé du sperme sur le corps de Mme Duvall, bien que nous ne l'ayons pas encore analysé.

Cochrane passa la paume de sa main sur la zone chauve du dessus de son crâne.

— Votre homme dit que sa fermeture éclair était défaite quand il est revenu à lui. Il raconte qu'il a été drogué et qu'il ne se souvient de rien.

— Le meurtrier n'a jamais laissé de sperme derrière lui auparavant...

— Oui, cela me tracasse aussi, avoua l'inspecteur Cochrane, tirant sur le col serré de sa chemise. Et votre homme a l'air d'être dans la vingtaine, même si je vois dans son dossier qu'il a trente-trois ans. Il n'est pas assez vieux pour avoir poignardé Josephine Maxwell lorsqu'elle était enfant... enfin, techniquement, il l'est, mais il n'aurait été qu'un gamin lui aussi...

Les enfants faisaient des choses horribles tous les jours, mais Marsh s'abstint de le rappeler à Cochrane.

— Et nous remontons la chronologie pour essayer de placer l'agent Dancer sur d'autres scènes. Votre homme n'a jamais voyagé en dehors des États-Unis, ce qui réduit à néant la théorie selon laquelle ce prédateur serait un méchant international.

Dans la pièce carrée et impersonnelle, l'agent spécial Nicholl se pencha sur Dancer et plaça une photographie devant lui. Même à cette distance, Marsh voyait le sang sur le cliché.

Il regarda à travers la vitre, sachant que Dancer ne pourrait pas le voir, mais espérant insuffler à son ami une certaine forme d'espoir.

— Ce n'est pas le Chasseur au couteau, affirma-t-il tranquillement.

Cochrane agita les pieds.

— J'aurais tendance à être d'accord. Mais le véritable suspect a mis en place une scène élaborée pour faire croire que votre homme est le méchant.

La question qu'il ne posait pas était de savoir *pourquoi*, et qui était cet enfoiré ?

— Et le couteau ? demanda Marsh.

— Au laboratoire avec tout le reste, répondit Cochrane, se

grattant la tête. Vous savez combien de temps il faut pour que ces résultats arrivent dans le monde réel.

— Nous n'aurons pas droit au timing de la télé, hein ? Veillez à ce que cette affaire passe en priorité, lui intima Marsh avec un regard sinistre. Quelqu'un a-t-il trouvé un mobile ?

L'inspecteur éclata d'un rire rauque de fumeur.

— Aucun mobile.

Marsh fixa du regard l'agent Nicholl qui essayait manifestement de pousser Dancer à avouer. Ce dernier réagit aux propos du type : la fureur se lisait dans son seul œil valide.

— Correspond-il au profil établi par le FBI ? insista Marsh.

L'inspecteur Cochrane regarda par la vitre.

— Steve Dancer est un homme blanc qui vit seul. Intelligence supérieure à la moyenne. Élevé par sa mère. Il s'intéresse aux forces de l'ordre, énuméra Cochrane, haussant les épaules. Il correspond à une partie du profil du coupable, mais pas à tout.

Marsh observait à travers la vitre le meilleur homme qu'il connaissait.

— Quand il était enfant, Steve Dancer a raté la majeure partie de son éducation formelle, mais il a organisé son propre programme d'enseignement à domicile afin de pouvoir prendre soin de sa mère qui souffrait d'une sclérose en plaques. Après sa mort, il a occupé trois emplois pour payer ses études au MIT, dont il est sorti major de promo à l'âge de vingt ans. Il a rejoint le FBI peu de temps après.

Un muscle s'agita près de son œil.

Qu'est-ce que Prudence Duvall avait derrière la tête ?

La scène qui se déroulait à travers la vitre sans tain lui retournait les tripes. Dancer avait cessé de parler, le front posé sur ses poings serrés contre la table. Nicholl quitta la pièce et Marsh entendit des pas dans le couloir, et le cliquetis de la poignée quand il entra dans la salle d'observation.

Il s'arrêta net en voyant Marsh.

— Monsieur, le salua-t-il avec un hochement de tête, pinçant les lèvres, semblant prendre une décision. M. Dancer a refusé de voir un avocat, mais il vous a demandé.

— *L'agent spécial* Dancer, le corrigea Marsh.

Serrant les dents, il sortit son téléphone et leva la main pour obtenir un moment de silence.

— Dora, ramenez Colavecchia ici immédiatement. Oui, je me fiche de ce qu'il dit, tout comme je me fiche de ce que dit Dancer. Colavecchia défendra Dancer, qu'il le veuille ou non. Dites-lui que je demande une faveur. Je vais parler à Steve.

Benedict Colavecchia, Brett Lovine et Marsh avaient été les meilleurs amis pendant leur enfance. Ensuite, il parlerait à Lovine et il ferait sortir Steve Dancer de ce trou à rats, quoi qu'il lui en coûte, que ce soit son travail ou ses amitiés. Il savait des choses sur le directeur du FBI que personne d'autre ne savait. Il empocha son téléphone portable, sachant qu'il devait passer son second appel en privé. Steve Dancer était innocent, et le Chasseur au couteau était quelque part dehors, essayant d'atteindre Josie.

Ce prédateur voulait jouer ? La partie était lancée.

— Qu'êtes-vous en train de faire ? demanda Vince, détachant chaque mot comme s'il s'agissait d'une phrase entière.

— À votre avis ? répondit-elle sur le même ton, essayant d'imiter la voix grave de Vince, mais elle ressemblait plutôt à un chien de chasse.

Elle se détourna, malade et fatiguée de faire semblant que tout allait bien alors que c'était si loin d'être le cas qu'elle était prête à se porter volontaire pour une camisole de force et une cellule capitonnée.

Agenouillée dans la penderie, elle était entourée de chaussures. Après avoir été une accumulatrice pendant des années, car c'était le genre de réaction que pouvait provoquer une enfance pauvre, elle faisait enfin le ménage.

Elle tenait une paire de talons aiguilles étincelants qu'Elizabeth lui avait prêtés pour une soirée pour laquelle son ancien colocataire, Pete, avait besoin d'une cavalière. Les talons l'avaient presque estropiée et Pete était rentré chez lui avec un blond nommé Dave.

Elle lança un talon sur le lit, mais manqua sa cible, et il atterrit sur le sol. Vint ensuite une paire de Docs vert tilleul qui avait semblé être une bonne idée à l'époque. Elle les lança.

— Hé ! cria Vince.

— Alors, dégagez du chemin ! grommela-t-elle.

Vince se frotta le tibia comme si elle lui avait tiré dessus. Il prit les talons hauts étincelants et vérifia la taille.

— Si vous les voulez, vous pouvez les avoir, lui dit-elle.

Il rit comme elle s'y attendait.

— Je me disais qu'ils iraient bien à ma petite amie, mais elles sont trop grandes de deux pointures.

Josie haussa les sourcils, mais il ne s'en rendit pas compte, car elle était cachée sous l'étagère de vêtements.

— Je n'ai pas de grands pieds.

— Je n'ai jamais dit ça, mais Laura a les pieds les plus petits que j'aie jamais vus.

Il ne lui avait jamais parlé de sa petite amie. C'était comme s'ils avaient franchi un certain cap, et que, soudain, il pouvait lui confier des informations personnelles.

— Qu'avez-vous fait exactement pour être un héros de guerre ? s'enquit-elle d'un ton aussi dubitatif que possible, car provoquer Vince était sacrément mieux que de pleurer au fond d'un placard malodorant.

— Tous les militaires sont des héros de guerre.

Elle leva les yeux au ciel.

— Je comprends, mais la façon dont Marsh parle de vous…

Vince ricana.

— J'ai sauvé à moi seul trente-six orphelins d'un camp de réfugiés au Darfour qui était attaqué par les forces rebelles.

Il s'accroupit sans prévenir, de sorte d'avoir les yeux au même niveau qu'elle. Son clou en diamant scintilla. Josie lui lança un regard faussement réprobateur.

— Vous inventez.

— Pourquoi ferais-je cela ? répliqua-t-il d'un ton qui laissait entendre qu'il se moquait d'elle. C'est ce que la presse a raconté.

Il s'accroupit plus bas avant de poursuivre.

— C'est ce que dit mon dossier militaire officiel.

Ce n'était manifestement pas la vérité, mais s'il pouvait faire ça…

— Vous croyez vraiment pouvoir me protéger de ce psychopathe ?

Josie déglutit et, soudain, les larmes se mirent à couler à flots. Elles étaient chaudes sur ses cils, et encore plus sur ses joues. De grandes mains la tirèrent hors du placard comme si elle était une poupée de chiffon.

— Josephine.

Il la plaqua contre son torse massif et l'enveloppa de ses grands bras puissants. Elle voulait croire que Vincent suffirait à la protéger de cet homme qui la poursuivait comme une malédiction. Elle se disait qu'elle devrait être reconnaissante que ce soit sur Vince qu'elle pleure et non sur Marsh, mais ce dernier lui manquait tout de même.

— Je ferai pour toi ce que j'ai fait pour ces enfants, lui assura-t-il, et, soudain, le tutoiement leur parut naturel.

— Qu'est-ce que c'était ?

Ses mots étaient étouffés et son nez coulait. Elle renifla. Bon sang ! Elle détestait les larmes.

Vince ne répondit pas et Josephine sut que, quoi que ce soit, cela ne figurait pas dans son dossier. Elle espérait que cela suffirait.

CHAPITRE SEIZE

Vous avez tiré quelque chose du téléphone depuis lequel l'appel a été passé ? s'enquit Marsh qui avançait rapidement.

Il s'était garé à un pâté de maisons à l'est de l'église, le plus près qu'il ait pu faire, même avec un badge doré brillant. L'inspecteur Cochrane lui servait de baby-sitter. Marsh s'en moquait, tant que le flic vétéran ne se mettait pas en travers de son chemin.

— Un prépayé, acheté à Manhattan la semaine dernière.

Cochrane avait du mal à suivre la foulée de Marsh, mais il ne ralentit pas le rythme. Le petit homme respirait profondément, des nuages de vapeur d'eau se condensant dans l'air glacial, ses pieds traînant rapidement à travers les tas de feuilles mortes.

— Les fédéraux sont en train de vérifier. Peut-être tireront-ils quelque chose d'une caméra de surveillance ou de ces dossiers financiers qu'ils sortent toujours.

Marsh ricana. Il aurait bien voulu que le Chasseur au couteau soit assez stupide pour laisser une trace.

— Vous avez lu tous les dossiers ? lui demanda Marsh.

Il avait besoin de savoir que l'inspecteur était au fait de cette enquête.

— Bien sûr, que je les ai lus, et l'agent spécial Walker a trouvé ce qu'il pense être une Jane Doe correspondant à la description de Margo Maxwell, mais il attend une ordonnance du tribunal pour commencer l'exhumation...

— Et il n'en a jamais parlé à Josie ?

— Vous n'étiez pas en ville...

Boston, exact. À un million de kilomètres.

— Et jusqu'à ce qu'ils en soient certains...

Walker ne l'avait tenu au courant de rien, en dépit du fait que Marsh lui avait communiqué les informations dont il disposait sur l'amiral Chambers, qui était, à l'heure actuelle, le principal suspect de Marsh pour le meurtre de Pru Duvall. Toutefois, tout ceci était tellement planifié, tellement organisé, tellement imprégné du style sournois du Chasseur au couteau...

Comment Pru Duvall et Steve Dancer s'intégraient-ils dans les plans de ce type ? Pru ne correspondait pas au profil des autres victimes. Et Dancer... il devait être un bouc émissaire. Pourquoi lui ? Était-ce personnel ?

Marsh contourna un lampadaire et continua à avancer. Il vérifia son téléphone portable, s'assurant qu'il était en vibreur seulement. Il s'attendait à ce que la situation se dégrade d'un instant à l'autre alors l'amiral avait été amené pour être interrogé. À moins qu'il ne soit bien plus intelligent qu'il n'en avait l'air, Marsh doutait qu'il ait beaucoup à craindre, à part d'être pris en faute pour une liaison extraconjugale. Les parents de Marsh seraient fous de rage, et la femme de l'amiral allait péter les plombs. Brett Lovine enrageait déjà, mais Marsh faisait ce qu'il fallait pour prouver l'innocence de Steve et pour attraper ce prédateur.

Il serra les poings ; il était conscient qu'il serait capable de passer un accord avec le diable lui-même tant que Josephine était en sécurité. Il s'était comporté comme un con, mais il avait l'intention de se rattraper.

Garde-la en sécurité, Vince... Je peux tout réparer, sauf la mort.

C'était un coin agréable de Brooklyn. Le ciel était si bleu qu'il formait une toile de fond idéale pour les feuilles de tremble d'un jaune éclatant. Ils n'étaient pas loin du cimetière de Greenwood et Marsh s'arrêta une seconde, certain d'avoir entendu le cri de perroquets. C'était bien ça. Il devenait fou.

— Pourquoi le tueur piégerait-il l'agent spécial Dancer ? demanda Cochrane.

Cette question ne cessait de tarauder Marsh. Ce monstre avait ciblé Josephine, puis Lynn, Pru et Steve. Et le seul lien que Marsh voyait était... lui.

Est-ce que je connais cet enfoiré ?

Ou bien cette photo en première page du *NY News* avait-elle été le catalyseur dont le criminel avait besoin pour cibler sa prochaine série de victimes ? Avait-il suivi Josie ce jour-là et vu Marsh parler à Pru Duvall à Washington Square ? Avait-il vu Steve Dancer entrer dans l'immeuble de Josie ? Avait-il une source au sein de l'équipe d'enquêteurs ? Marsh lança un regard à l'inspecteur. Son costume froissé et ses chaussures brunes usées trahissaient un salaire médiocre et un sens de la mode déplorable. Il n'avait pas l'air sale pour autant, mais ce n'était jamais le cas.

Cochrane demeurait silencieux, aussi attentif à Marsh que celui-ci l'était à l'inspecteur de la police de New York. Trente secondes plus tard, ils se retrouvèrent en face d'une grande et vieille église en ruine, entourée d'un ruban de police jaune vif. Les murs du bâtiment en pierre calcaire semblaient solides, mais le toit était défoncé et les fenêtres brisées et barricadées. La croix au sommet de la vieille tour était tordue et inclinée vers le nord.

Pourquoi ici ?

Un prêtre parlait avec un policier, secouant la tête, arborant une expression inquiète. Un bouleau mort projetait une ombre sur les deux hommes qui parlaient à voix trop basse pour être entendus.

Marsh passa devant un panneau usé par les intempéries et distingua l'ombre ténue d'un nom. *Sainte-Marie*. Il sortit son téléphone et composa le numéro de l'agent Walker.

— Aviez-vous déjà repéré qu'il s'agit de la même église que Josephine Maxwell fréquentait lorsqu'elle était enfant ?

La longue pause à l'autre bout du fil lui indiqua que l'agent avait déjà fait le lien.

— Avez-vous parlé au prêtre de l'époque ? lui demanda Marsh, regardant l'homme aux cheveux gris qui parlait à l'agent en uniforme.

— Le prêtre de son enfance est mort, répondit Walker, qui avait l'air de parler en serrant les dents.

— Avez-vous parlé à quelqu'un d'autre de la paroisse ?

— Je recherche des preuves et des pistes depuis qu'Angela Morelli a été assassinée la semaine dernière. Je n'ai pas dormi depuis...

— Je ne remets pas en cause votre dévouement, agent Walker. J'essaie d'aider à attraper ce type.

Il raccrocha et montra son insigne au policier, qui semblait avoir une vingtaine d'années et qui était bouffi d'orgueil. L'inspecteur leva les yeux au ciel devant l'agent en uniforme, faisant sourire le bleu qui recula. Marsh ne laissa rien transparaître de son humeur. Cette situation n'était pas bonne pour les relations entre les différentes forces de l'ordre... Était-ce le but recherché par le tueur ? Que la police et le FBI soient divisés et ne partagent pas leurs informations ? Faisait-il exprès de bousiller l'enquête et de les ralentir tous ?

C'était ce qu'il semblait.

Marsh tendit la main au vieux monsieur à la veste en tweed et au col romain.

— Marshall Hayes, FBI, et voici l'inspecteur Cochrane, police de New York.

Il désigna Cochrane de sa main droite, se rendant compte qu'il ne connaissait même pas le prénom de cet homme.

— Père Malcolm, répondit l'homme, serrant d'abord la main de Marsh avant de passer au policier. Je suis le prêtre de cette paroisse.

— Avez-vous déjà été en charge de cette église, mon père ? s'enquit Marsh, remarquant que le vent vif faisait frissonner les deux autres hommes.

Intérieurement, il avait l'impression qu'un volcan était sur le point d'entrer en éruption. Chacune des cellules de son corps était alimentée par la rage et se concentrait sur l'arrestation de ce tueur. Rien d'autre ne comptait.

Le père Malcolm avait des moustaches grises et des poils de nez presque duveteux.

— J'étais le prêtre de cette église jusqu'à il y a deux ans...

— Depuis quand était-ce votre paroisse, mon père ? l'interrogea Marsh.

— Quinze bonnes années.

L'homme lui sourit. Soudain, il sembla se rappeler qu'une scène de meurtre n'était sans doute pas l'endroit idéal pour se remémorer des souvenirs heureux, et il reprit son sérieux.

— Avant cela, c'était le père Mike, le meilleur prédicateur et le meilleur homme sous la direction duquel j'ai eu le plaisir de travailler.

— Vous le connaissiez ? Vous avez servi avec lui ici ?

Un sentiment d'excitation et d'espoir commença à s'éveiller dans le cerveau de Marsh.

— J'ai travaillé sous sa direction pendant environ dix-huit mois. J'ai toujours pensé qu'il était le grand favori pour devenir évêque, expliqua-t-il, avant que sa bouche ne se torde en une grimace de regret. Il a rejoint Notre Seigneur en…

— Désolé de vous interrompre, mon père, dit l'inspecteur Cochrane, et Marsh entendit dans son ton la même excitation que celle qu'il éprouvait intérieurement. Mais vous souvenez-vous de missionnaires d'Afrique qui seraient venus ici il y a une vingtaine d'années ?

Le prêtre se reprit, redressa les épaules et croisa les bras alors qu'une nouvelle rafale soufflait dans la rue.

— Eh bien, oui. Nous avons reçu de nombreux missionnaires d'Afrique au fil des ans…

— C'était à peu près au moment où une femme nommée Margo Maxwell a disparu. Vous souvenez-vous de quelqu'un en particulier, père Malcolm ? lui demanda Marsh, tâchant de ne pas avoir l'air aussi désespéré qu'il l'était.

Ses épais sourcils se froncèrent en une ligne hérissée de poils. Il secoua la tête.

— Je me souviens de Margo… C'était une belle femme, et personne n'a été surpris quand elle s'est enfuie. Son mari était un homme… C'était un homme qui avait besoin d'assistance.

Marsh soutint le regard du prêtre.

— J'ai rencontré son mari, père Malcolm. Je sais quel genre d'homme il était.

— Eh bien, ce n'est pas une excuse pour partir avec un autre homme, surtout en laissant cette pauvre petite fille à la merci de…

— Nous ne pensons pas que Margo se soit enfuie, l'interrompit Marsh. Nous pensons qu'elle a été assassinée, tout comme cette femme l'a été hier soir.

Marsh fixait toujours l'homme du regard, furieux de l'attitude moralisatrice d'une Église qui n'avait rien fait pour aider une petite fille.

— Josephine n'a pas été abandonnée par sa mère. Margo lui

a été volée de la manière la plus brutale que l'on puisse imaginer.

Et, même si cela n'avait pas encore été prouvé, il savait que c'était vrai.

— Nous pensons qu'il pourrait y avoir un lien avec la visite d'un missionnaire africain à peu près au moment de sa disparition, conclut Cochrane, lançant à Marsh un regard d'avertissement.

Le vieil homme avait porté une main à sa poitrine, comme s'il ressentait une douleur.

— Je ne me souviens pas des noms...

L'espoir qu'avait éprouvé Marsh se dégonfla comme un ballon qui éclate.

— ... mais ce sera dans les vieux registres de l'église.

L'impatience lui donna envie d'attraper l'ecclésiastique et de le serrer dans ses bras, mais Cochrane intervint.

— Nous devons voir ces dossiers, mon père.

L'ODEUR ÉTAIT un mélange de tapis fermenté et de crottes de souris moisies.

— Je vais ouvrir une fenêtre, dit le père Malcolm, s'approchant de la fenêtre pour joindre le geste à la parole.

— Avez-vous des problèmes de vol, mon père ? l'interrogea Marsh, les yeux sur les barres d'acier.

— Les gens volent tout ce qui n'est pas fixé.

Cochrane se tenait à la porte, observant la rangée de classeurs. Son front était brillant de sueur à cause de leur marche précipitée.

Marsh se sentait particulièrement concentré. Calme. Déterminé. Faire le boulot. Trouver le nom. Dénicher le tueur avant qu'il ne retrouve Josie. Marsh avait envie de l'appeler, de lui dire qu'il l'aimait... parce que, et si quelque chose lui arrivait... ? *Merde.* Pourquoi ne le lui avait-il pas déjà dit ? Parce qu'il n'était qu'un idiot. Parce qu'à cet instant précis, elle le détestait ? Son portable pesait aussi lourd qu'un morceau de plomb dans sa poche. En dépit de tous ses efforts, Dancer était toujours en cellule, avec le nez cassé. Les « je t'aime » pouvaient attendre.

— Où se trouvent exactement les dossiers ?

Se concentrer, sauver la vie de Josie lui donnerait le temps de se racheter auprès d'elle... Gêné, le père Malcolm toussa.

— Eh bien, nous avons été cambriolés il y a environ six mois et...

— L'avez-vous signalé ?

Marsh croisa le regard de Cochrane, et il y lut la question qu'il se posait aussi. *Serait-ce le tueur ?* Ce tueur n'était pas omnipotent, mais il était minutieux.

— Nous avons surpris deux adolescents ici, sous l'empire de la drogue. Ils avaient vidé tous les placards et tentaient de s'introduire dans le presbytère.

Le prêtre fit un signe de tête en direction de la porte peinte en blanc. Il habitait une grande et vieille maison mitoyenne et dirigeait une église carrée d'aspect très moderne située de l'autre côté de la rue. Ce qui manquait à l'église en termes de cachet était sans doute compensé par le chauffage central.

— Ils cherchaient de l'argent, déclara le prêtre.

Peut-être...

— Qu'a fait l'église ? Elle leur a donné dix *Ave Maria* à réciter ? ironisa Cochrane, levant un épais sourcil sombre assorti à sa moustache avant de s'avancer vers le classeur le plus proche.

Les yeux du prêtre se firent plus durs.

— Nous les avons poursuivis en justice, inspecteur. Il faut se repentir pour mériter le pardon.

Marsh ne voulait pas discuter de théologie et de droit.

— Et c'est pertinent parce que... ?

Un tiroir métallique crissa le long de sa glissière lorsque Cochrane l'ouvrit. Les documents et les dossiers étaient éparpillés de façon désordonnée.

Ah !

— ... parce que nous n'avons jamais réussi à faire le tri. Nous avons simplement tout jeté dans les classeurs, et nous nous sommes dit que nous y reviendrions un autre jour.

Le père Malcolm retira sa veste, dévoilant des avant-bras remarquablement bronzés.

— Je vais faire venir les diacres. Nous allons trier cela rapidement.

Ils n'avaient pas le temps pour cela. Marsh planta son index dans sa tempe et ferma les yeux, se concentrant sur le soulagement de la pression qui enflait dans son crâne. Son téléphone portable vibra dans sa poche. Il y avait tant de gens à qui il n'avait pas envie de parler à cet instant... Mais peut-être était-ce Josie. Ou bien une avancée dans l'affaire. Il le sortit et jeta un coup d'œil à l'écran.

Philip Faraday ? Que voulait-il ?

Peut-être son tableau à cinquante millions de dollars ?

— Que puis-je faire pour vous ? répondit Marsh en guise de salut.

Maintenant que l'amiral avait admis la vérité sur ce qui s'était réellement passé, pour autant que Marsh et le procureur pouvaient en juger, c'était maintenant une affaire de parole contre parole qu'ils ne poursuivraient pas, d'autant plus que Prudence était morte à présent. Pour le procureur, les Faraday étaient propriétaires du tableau et pouvaient le vendre comme bon leur semblerait. Ils pourraient vouloir attendre qu'il soit authentifié, mais ce n'étaient pas les affaires de Marsh. Ce n'était pas la piste qu'il avait espérée pour l'affaire Gardner, mais, avec un peu de chance, un jour, ces tableaux volés seraient retrouvés. L'amiral et les Faraday pouvaient se poursuivre mutuellement jusqu'à ce qu'ils deviennent tous des indigents, mais le ministère de la Justice n'y voyait pas une affaire criminelle.

— Agent spécial en charge, le salua Faraday, qui avait l'air de parler en affichant un grand sourire. J'ai entendu dire que je pouvais récupérer mon tableau. Et l'un de vos agents m'a informé que vous pensiez que le tableau pourrait être un Vermeer.

L'excitation faisait trembler la voix de l'homme. Aiden avait déjà dû l'appeler ; Marsh leva les yeux au ciel. Il essaya de ne pas laisser transparaître le dégoût dans son ton, mais il savait que cela ne fonctionnait pas.

— C'est possible. Écoutez, je suis au beau milieu d'une enquête importante...

— Le meurtre de la femme du sénateur ? demanda Philip, dont la voix était empreinte de tristesse. J'ai vu ça aux informations. C'est tragique.

— Je n'ai pas le droit de discuter d'une affaire en cours...

— J'ai entendu dire que l'autre agent qui était ici à la galerie était impliqué...

— Ne croyez pas tout ce que vous entendez dans les journaux, rétorqua Marsh avec colère.

— Vous n'êtes qu'un enfoiré arrogant, vous le savez ? Vous faites venir un tueur dans ma galerie, vous gâchez ma soirée d'ouverture, confisquez mon tableau, et vous n'avez même pas la courtoisie de vous excuser ? Je dépose une plainte.

Bienvenue à ce foutu club.

— J'attends mon tableau *aujourd'hui*, sinon j'irai voir la presse.

Faraday poursuivit sa tirade, mais Marsh ne l'écoutait plus. La presse. *Aller voir la presse...*

Pourquoi n'y avait-il pas pensé plus tôt ?

Il raccrocha, ignorant la fureur indignée qui se déversait des lèvres de Philip Faraday. Puis il passa un coup de fil et obtint le numéro de Nelson Landry.

Il était temps d'inverser le flux d'informations. Il était temps de commencer à diriger une opération.

Josie mit fin à l'appel téléphonique et se leva, déterminée à se sentir pleine d'énergie plutôt que terrifiée. Elle ne comptait pas vivre sa vie en pleurant dans un placard, mais se débarrasser de l'encombrement excessif lui faisait du bien.

La bonne nouvelle, c'était qu'elle avait une nouvelle commande. La mauvaise nouvelle, c'était qu'elle devait sortir et rencontrer le client cet après-midi-là. Elle tâcha vaillamment de sourire, mais n'aperçut qu'un reflet sinistre dans le verre d'une photo encadrée sur sa cheminée. Le cliché les représentait, Elizabeth et elle, assises au bout de son ponton dans le Connecticut. Emplie de nostalgie, elle toucha le cadre du bout des doigts, se souvenant de temps plus heureux.

Elle jeta un regard à son portable, se demandant si Marsh l'appellerait, ou si leur relation était vraiment terminée. Elle n'avait pas l'impression que c'était fini, mais elle n'avait pas non plus l'impression qu'ils étaient ensemble. Elle détestait l'incertitude.

— Que se passe-t-il ? demanda la voix grave de Vince, qui était assis sur le canapé.

— Es-tu amoureux de Laura ? lui demanda-t-elle.

Les mots étaient sortis de manière inattendue.

Le rire de l'homme lui donna envie de sourire.

— Qu'est-ce qui te pousse à poser cette question ? répliqua-t-il en haussant un sourcil épais.

— La manière dont tu as maté les fesses de cette hôtesse de

l'air, rétorqua-t-elle, se demandant si elle n'était pas tout simplement trop coincée en matière de relations.

Il rit à nouveau, imperturbable.

— Laura et moi avons une politique de « on regarde, mais on ne touche pas ». Non pas que je sois assez idiot pour regarder quand elle est là ni que j'en aie envie. Pour répondre à ta question, oui, je suis amoureux de Laura.

Josie remarqua son expression heureuse et elle se dit que c'était à cela qu'était censé ressembler l'amour.

— Pourquoi être amoureuse est-il si difficile pour moi ?

Elle ne put retenir la touche de nostalgie dans sa voix. Prenant son temps, Vince commença à remonter l'arme qu'il était en train de nettoyer.

— J'en déduis que ta petite attaque contre Marsh dans l'avion ce matin était une tentative de provoquer une réaction quelconque ?

— Tu crois ?

D'accord, Vince ne méritait pas son sarcasme, pas après l'avoir bercée et avoir essuyé ses larmes un peu plus tôt. Pas alors qu'il était prêt à la protéger au péril de sa vie. Elle s'affala à côté de lui sur le canapé et appuya un coussin contre son visage.

— Il n'arrive même pas à me regarder. Pas depuis qu'il a reçu cet appel au sujet de Steve.

Vince garda le silence si longtemps que Josie crut qu'il ne lui répondrait pas.

Enfin, il parla.

— Dans les équipes, quand nous apprenions que nous étions sur le point de partir en mission, la plupart des gars devenaient silencieux et introspectifs.

Josephine entendit un claquement métallique quand il termina de remonter le pistolet Desert Eagle. Puis elle sentit l'odeur douce-amère de l'huile de pistolet qui flottait dans l'air.

— Les hommes qui s'apprêtent à partir au combat ne veulent pas de sexe. Ils ne veulent pas se masturber. Ils se concentrent sur la mission et le travail à accomplir, de sorte qu'ils peuvent se réjouir de toutes les autres choses une fois le boulot fait.

Josephine fronça les sourcils.

— Il était en colère parce que nous étions au lit ensemble quand ce monstre a tué cette pauvre femme.

— Bien sûr, remarqua Vince, relevant le coin de sa bouche dans un sourire sans joie. Marshall Hayes est un homme bien, et c'était un excellent officier de marine, ce qui est une denrée rare, crois-moi. J'imagine qu'il est rongé par le remords de s'être laissé distraire au cours d'une enquête importante.

Vince leva la main pour l'empêcher de l'interrompre.

— Et maintenant, il essaie de se concentrer sur le travail à accomplir, plutôt que de rester assis à te tenir la main, ou toute autre partie de ton anatomie d'ailleurs.

Elle le frappa avec le coussin. Ses dents blanches ressortaient contre sa peau foncée.

— Il essaie de te protéger *et* de faire son boulot.

Se pourrait-il que ce soit aussi simple que cela… ?

— Tu as dit à Marsh que tu l'aimais ? s'enquit Vince, rengainant l'arme dans son holster avant de claquer le fermoir. Parce que cela pourrait contribuer à apaiser la tension entre vous deux.

La vive lumière de l'après-midi se reflétait sur les murs ; Josephine plissa les yeux. Elle serra fort les bras autour du coussin.

— Non.

— T'a-t-il dit quelque chose ? insista Vince.

Elle soupira.

— Non.

— Donc, tu as des problèmes plutôt sérieux avec ce type,

mais vous ne savez pas vraiment ce que vous ressentez l'un pour l'autre ?

Ravalant ses larmes, elle hocha la tête.

— Alors, pourquoi ne décroches-tu pas ton foutu téléphone pour le lui dire ?

Josie sourit alors que ses yeux se remplissaient à nouveau de larmes. Elle les chassa en cillant. Cela aurait dû être aussi simple que ça. Mais ça ne l'était pas. Parce qu'elle était terrifiée. Elle avait passé sa vie à ériger des barricades autour de son cœur, non pas parce qu'elle était forte... parce qu'elle était faible. Marsh avait réussi à briser ses défenses en la rendant complètement vulnérable.

C'était cela qui la terrifiait.

Parce que... et s'il ne l'aimait pas en retour ? Et si elle tentait sa chance avec lui alors qu'il ne voulait qu'une aventure rapide ?

Elle expira bruyamment. Il était bien difficile de lutter contre une vie entière d'insécurité, mais, *merde*, elle allait essayer d'être plus courageuse. Essayer d'être plus digne d'un homme bien comme Marshall Hayes.

La flic que Marsh étreignait était une blonde sexy avec une silhouette digne d'un *Playboy*, et le haut de son corps était plaqué contre sa chemise.

— Je n'avais pas à faire autant d'efforts lorsque je faisais semblant d'être une prostituée quand je travaillais aux mœurs, se plaignit l'inspectrice Lanie Jenkins qui plongea les doigts dans les cheveux de Marsh, attirant sa bouche vers elle.

Il résistait toujours. Sa voix traînante du sud lui rappelait trop Prudence Duvall et il avait le ventre noué. Sa bouche devint sèche. Il ne pouvait pas faire ça. Il se servit de ses deux mains pour l'éloigner doucement de lui.

— Accordez-moi un instant, s'il vous plaît.

Elle recula et leva les yeux au ciel.

Il devenait de plus en plus évident, même pour la police de New York, que Steve Dancer n'était pas le tueur en série qu'elle recherchait. Il avait des alibis en béton pour deux des précédentes attaques en ville. Presque toutes les personnes au fait de l'affaire savaient qu'il ne pouvait pas être le Chasseur au couteau, mais les autorités ne voulaient pas encore le révéler au public.

Marsh avait soumis son idée au capitaine de la police de Brooklyn, dont il avait fait la connaissance au printemps précédent au moment du meurtre de Walter Maxwell, et l'avait convaincu que, puisque le tueur semblait s'être concentré sur Marsh, ils devraient peut-être en profiter pour tenter de lui tendre un piège. Le suspect s'était attaqué à trois femmes avec lesquelles Marsh avait été photographié récemment. Ils lui offraient donc une quatrième cible, en espérant que le tueur morde à l'hameçon.

Marsh n'avait pas grand-chose à perdre, mais cette inspectrice se mettait dans la ligne de mire. Il ne croyait pas pouvoir supporter d'être responsable de sa mort à elle aussi. Et si Josie découvrait qu'il embrassait une autre femme, cela détruirait le peu de confiance qu'elle avait encore en lui.

— Les agents gouvernementaux sont vraiment des nuls.

Jenkins lui adressa un regard noir, puis attrapa la main de Marsh et la plaqua sur ses fesses. Il ferma les yeux un instant et serra les dents.

— Maintenant, essayez d'avoir l'air de savoir quoi faire avec une femme, railla-t-elle.

Quelques policiers en uniforme se tenant au bout de la ruelle qu'ils avaient bouclée près du commissariat pour cette séance photo particulière se mirent à chahuter et siffler. Marsh aurait pu parier que la majeure partie des hommes présents étaient prêts à supplier pour prendre sa place. Tandis que lui aurait préféré être n'importe où ailleurs.

Nelson Landry se tenait au bout de la ruelle et prenait des photos comme s'il espionnait Marsh et l'avait surpris dans une situation compromettante.

Il avait conclu plus de marchés au cours de la dernière heure que durant toute sa vie, et le dernier avait consisté à promettre une exclusivité à un journaliste à qui il avait peut-être fait du tort six mois plus tôt. Il n'avait pas pu laisser circuler des histoires sur Elizabeth, mais il y avait peut-être une meilleure façon de gérer la situation.

C'était sa façon à lui de faire de plates excuses et de faire amende honorable.

Jenkins se frottait à lui.

— Je ne parlerai à personne de ton petit problème, mon chou.

Il se rendait compte qu'il valait mieux que Josie soit en colère contre lui plutôt qu'elle soit assassinée de sang-froid. Alors, il plaqua l'inspectrice contre le mur, le genou entre ses jambes, et l'embrassa comme s'il brûlait d'envie de la prendre dans les trente secondes qui suivaient.

Certes, elle ne tenta pas non plus de s'enfuir.

Cette femme était la flic la plus torride qu'il ait jamais rencontrée. Elle était terriblement sexy et elle lui rendit son baiser, entremêlant sa langue à la sienne avec détermination. C'était aussi une actrice hors pair.

Convaincu que Nelson disposait de tout le matériel dont il aurait besoin, Marsh cessa d'embrasser la femme et recula d'un pas. Il soutint le regard de l'inspectrice qui, heureusement, était un peu moins railleuse à présent.

— Merci pour votre aide, inspectrice Jenkins. Et, s'il vous plaît, soyez extrêmement prudente jusqu'à ce que nous attrapions ce tueur.

Elle lui sourit.

— Espérons que nous pourrons faire sortir ce type de son trou avant qu'il s'en prenne à nouveau à votre petite amie.

Leurs yeux se croisèrent, la culpabilité et la gratitude lui donnant l'impression d'être le plus grand con qui soit, alors même qu'elle lui souriait et passait un doigt sur son torse.

— Et si elle vous largue, vous savez où aller pour une partie de jambes en l'air de consolation époustouflante.

Après lui avoir adressé un clin d'œil, elle s'éloigna à grands pas, son corps magnifique se remettant en mode « flic ». L'un des types en uniforme se laissa tomber à genoux et la supplia d'être le suivant, mais elle lui fit un doigt d'honneur.

Marsh leva le visage vers la portion de ciel bleu vif au-dessus de lui et déglutit fortement. S'il y avait bien une chose qu'il espérait ne jamais connaître, c'était le sexe de consolation.

CHAPITRE DIX-SEPT

Dix minutes plus tard, Marsh parcourait des yeux la salle de commandement bondée de la police de Brooklyn. Les fédéraux s'étaient installés dans un coin de la pièce, le plus loin possible des oreilles indiscrètes. Walker était assis sur une table, un pied posé sur le sol, l'autre se balançant d'avant en arrière comme un pendule énervé. Cet homme était furieux.

Le lieutenant exposait leur plan à l'équipe qui prenait la relève. Ils allaient laisser la presse croire qu'ils avaient attrapé le Chasseur au couteau ; seuls le FBI et la police de Brooklyn connaissaient la vérité. Même s'ils n'avaient pas encore relâché Steve Dancer.

Les photos de Marsh et de l'inspectrice Lanie Jenkins seraient diffusées sur Internet et dans les journaux. À la fin de sa journée de travail, cette dernière retournerait dans son appartement isolé de Bay Ridge. Mais, ce soir-là, elle ne serait pas seule. Des agents seraient postés partout dans son immeuble, et d'autres surveilleraient les environs. De toute façon, elle déménageait à la fin du mois ; le danger serait donc de courte durée.

— Vous pensez vraiment que cela va marcher ? s'enquit l'agent Walker, qui avait d'immenses cernes sous les yeux.

Des veines rouges formaient un delta sur le blanc de ses yeux, et les poils de son menton étaient presque assez longs pour être qualifiés de barbe.

Marsh haussa les épaules. Peut-être pas ce soir-là, mais si on lui en laissait le temps, le Chasseur au couteau s'en prendrait sûrement à la jolie flic : il était trop égocentrique pour ne pas le faire.

— Avez-vous de meilleures idées ? rétorqua Marsh.

Walker émit un petit rire moqueur.

— Non. Mais si c'était le cas, je n'ai pas de ligne directe avec le septième étage.

Marsh ignora la référence à sa relation personnelle avec le directeur du FBI.

— Je sais que Steve Dancer est innocent et qu'un tueur en série est toujours en liberté.

Qu'il traquait la femme que Marsh aimait. Il but une gorgée du café noir du commissariat, dont le goût était si amer qu'il grimaça. Mais il activait ces neurones dont il avait désespérément besoin.

Il avait mal au cerveau.

— L'agent Dancer a été découvert penché au-dessus du corps d'une femme morte, avec l'arme du crime à proximité, remarqua Walker en lui lançant un regard noir. Et il en savait assez sur les meurtres pour mettre en scène une imitation, s'il le voulait.

— *S'il le voulait*, autrement dit ce vieux machin appelé mobile, ce qu'il n'avait pas, s'impatienta Marsh.

— À notre connaissance, rétorqua Walker, dont le ton oscillait entre une colère maîtrisée et une patience qui ne tenait plus qu'à un fil. L'analyse toxicologique de Dancer s'est révélée positive aux stupéfiants, mais il aurait pu absorber une dose suffisante pour être détectée lors d'une analyse de routine s'il était arrêté, se fournissant ainsi un alibi. Vous avez dit que votre homme était intelligent ?

Les yeux de Walker se posèrent sur les siens.

Walker ne comprenait pas à quel point l'autre agent était intelligent. On parlait d'une intelligence du niveau de la NASA. Du niveau de Bill Gates.

— Il est bien trop intelligent pour se faire arrêter comme il l'a été. Et qu'en est-il de ce tuyau anonyme qui a fait accourir les flics ?

— Quelqu'un a repéré du mouvement dans l'église et l'a signalé.

— Oui, qui ? l'interrogea Marsh qui finit son mauvais café et écrasa son gobelet en serrant le poing. Ce n'est pas un tueur. Dancer aime les femmes.

— Oui, Ted Bundy aussi les aimait, marmonna Walker d'un ton agressif.

Chaque particule d'oxygène qu'il aspirait faisait monter la fureur dans la poitrine de Marsh. Il avait l'habitude de contrôler sa colère, mais au cours des six derniers mois, sa maîtrise de lui-même s'était évaporée. Et il savait pourquoi.

Cochrane traversa la pièce pour intervenir.

— Hé, pas de bagarre si on ne peut pas tous jouer, affirma-t-il, levant une main quand Walker voulut dire quelque chose. Les résultats préliminaires de l'ADN sont arrivés.

Le cœur de Marsh manqua un battement quand il vit l'expression sur le visage de Cochrane.

— L'ADN du sperme trouvé sur le corps de Mme Duvall correspond à celui de l'agent spécial Steve Dancer.

Toutes les personnes présentes dans la salle de commandement se tournèrent vers eux. Marsh écarta les doigts pour relâcher la tension dans ses mains.

— Steve nous a dit que son pantalon était ouvert quand il s'est réveillé.

Ce n'était pas une nouvelle inattendue. Mais cela signifiait que son collègue et ami avait été violé avant d'être accusé de meurtre.

— Ce tueur est un pro. Il ou elle fait ce genre de choses dans le monde entier depuis vingt ans. Qui sait combien de personnes il a piégées pour qu'elles tombent à sa place, déclara Marsh, se tournant pour faire face à Walker et Cochrane, ignorant les autres regards indiscrets. Nous devons attraper cette personne avant qu'elle tue à nouveau.

— Vous ne croyez vraiment pas que c'est votre homme le coupable ? l'interrogea Cochrane, baissant la tête. Même pas pour Prudence Duvall ?

— Croyez-vous vraiment que je ne pourrais pas obtenir votre sperme si je le voulais ? ironisa Marsh, soutenant le regard de l'inspecteur qui blêmissait.

— Bon sang ! Voilà une image dont je n'avais pas besoin !

Cochrane frotta sa calvitie et recula d'un pas.

— L'ADN de Dancer correspond-il au sang retrouvé après l'agression de Josephine Maxwell ?

Cochrane secoua la tête. Marsh acquiesça sèchement. Ce tueur essayait bel et bien de piéger Dancer et d'entraver l'enquête, mais cela ne fonctionnerait pas. Pas cette fois.

Prudence Duvall avait invité Steve Dancer à déjeuner et elle avait fini par mourir. Si elle n'avait pas connu une telle fin, Marsh l'aurait soupçonnée d'être impliquée. Une pensée surgit dans l'esprit de Marsh et, soudain, les choses prirent tout leur sens. Pour comprendre le crime, il fallait connaître la victime.

— *Merde.*

— Quoi ? demanda Cochrane.

— Je pense que Pru Duvall connaissait son meurtrier.

Le policier pâlit.

— Ah, *putain* ! Je sais déjà que je ne vais pas aimer notre prochain coup.

Marsh lui sourit. Walker les regardait, les lèvres retroussées.

En deuil ou non, potentiel futur président des États-Unis ou non, Marsh devait interroger Brook Duvall.

SUR LE POINT de frapper à l'énorme double porte de l'appartement des Duvall à Gramercy Park, Marsh entendit des voix s'élever à l'intérieur et marqua un temps d'arrêt.

— Je veux ce fichu tableau !

— Je ne sais rien de ton stupide tableau, espèce de salaud égoïste. Ma femme vient de mourir !

Marsh échangea un regard avec Cochrane. Devaient-ils rester, écouter un peu et peut-être apprendre quelque chose, ou frapper à la porte et révéler leur présence ?

Le raclement d'un meuble et le fracas d'un objet fragile contre un mur les poussèrent à agir. Marsh ouvrit son holster et Cochrane sortit son arme et se plaça sur le côté. Ignorant le heurtoir en laiton poli et brillant, Marsh frappa du poing la base du bois massif.

— FBI, police de New York ! Ouvrez ! FBI, police de New York ! répéta-t-il en augmentant le volume. Sénateur Duvall, ouvrez la porte, s'il vous plaît. Nous savons que vous êtes là, et nous allons défoncer cette porte.

Le silence s'installa, interrompu par des bruits de pas qui se rapprochaient lentement de la porte, puis par le son à peine perceptible de directives données en chuchotant.

— Vous aussi, amiral, ce n'est pas la peine de vous cacher. Nous devons parler.

Dans quelle mesure leur enquête était-elle sur le point d'être perturbée par l'implication d'un si grand nombre de politiciens et de gros bonnets ?

La serrure cliqueta et la porte s'ouvrit sur un Brook Duvall à l'allure échevelée, portant les mêmes vêtements que plus tôt. Ses cheveux gris acier étaient hérissés et une marque rouge boursouflée ornait l'une de ses pommettes. Ses yeux étaient injectés de sang à cause des larmes et de l'alcool. Marsh sentait le whisky dans son haleine, mais il ne le jugeait pas. S'il était un moment où un homme méritait de noyer son chagrin, c'était bien celui du meurtre de sa femme.

— Pouvons-nous entrer ? demanda Marsh.

Brook acquiesça tout en se frottant la gorge.

L'amiral devait avoir une vingtaine d'années de plus que le sénateur, mais cela ne le décourageait pas pour autant. L'homme le plus âgé se tenait près d'une table renversée, une rage meurtrière brillant dans ses yeux. Il recula d'un pas hésitant, écrasant un morceau de porcelaine fine sous ses chaussures Rockport.

— Amiral Chambers, j'ignorais que vous et Brook étiez amis, fit remarquer Marsh, pas vraiment amusé. C'est un tel plaisir de vous revoir aussi vite.

L'amiral grogna.

— Il se trouve que l'amiral est l'un des meilleurs amis de mon père, expliqua Marsh, qui adressa à l'inspecteur Cochrane son sourire le plus artificiel et fut satisfait de voir qu'il le lui rendait tandis qu'ils rangeaient tous deux leurs armes dans leur étui.

— J'ai l'impression que vous êtes dans le pétrin avec un paquet de monde, hein ? remarqua le policier, éclatant d'un profond rire cynique qui montrait qu'il était déjà passé par là.

— On ne s'ennuie jamais, confirma Marsh avant de se tourner vers le sénateur. Y a-t-il un endroit où nous pourrions en discuter comme des adultes ?

L'assistant du sénateur franchit la porte derrière eux et jette un coup d'œil au vase brisé sur le parquet.

— Que s'est-il passé ?

— Geoffrey, pourriez-vous offrir un verre à ces messieurs, s'il vous plaît, et nettoyer ce bazar ? s'enquit le sénateur Duvall, tapotant le bras de Geoffrey tout en regardant Marsh. J'ai donné sa soirée à la gouvernante. Elle était dévastée au sujet de Pru.

Les larmes lui montèrent à nouveau aux yeux et il détourna le regard, puis il partit vers son bureau d'un pas chancelant.

Marsh le suivit. Il doutait à présent que le sénateur se présente à la Maison Blanche, mais qui savait ? Si Duvall n'était pas impliqué dans le meurtre de sa femme, le vote de sympathie pourrait à lui seul le propulser à la présidence. Il y avait là un angle d'attaque à considérer.

L'amiral les suivit dans le bureau de Duvall, talonné par Cochrane.

Ce dernier était le nouveau meilleur ami de Marsh, car le reste de son équipe était occupé à parcourir les registres de l'église à la recherche du nom du missionnaire pour voir si cela les menait quelque part. La police de New York voulait être tenue au courant et Marsh avait accepté ; il avait besoin de leur aide pour retrouver ce tueur et faire sortir Dancer de prison. Ensuite, il s'attacherait à régler les problèmes entre Josephine et lui.

Dans le bureau, Brook se versa un verre de single malt, et Marsh aurait voulu pouvoir en boire un aussi.

— J'ai besoin de savoir ce qui se passe entre vous deux, demanda-t-il d'une voix tranquille.

Duvall s'enfonça lentement dans un fauteuil à oreilles, comme si son corps était tellement fatigué qu'il risquait de s'effondrer. L'amiral Chambers se servit un verre de whisky, puis il s'appuya sur le manteau de la cheminée en chêne, se réchauffant devant le feu.

— Ce ne sont pas vos affaires, ricana l'amiral.

Vieux bouc misérable.

— Réfléchissez encore, amiral.

Cochrane se déplaça dans le bureau, choisissant et examinant des livres sur les étagères sombres.

— Veux-tu que je l'arrête pour agression, Brook ? demanda Marsh à l'homme endeuillé.

— Vous n'oseriez pas…

— Ne me tentez pas.

L'amiral resta bouche bée en regardant Marsh, le cramoisi de ses joues s'estompant pour laisser apparaître une peau blanche et fine comme un parchemin.

— C'est au sénateur d'en décider, bien sûr, commenta l'agent fédéral.

L'amiral jeta un regard à Brook Duvall qui contemplait les flammes sans les voir.

— Je ne peux rien prouver.

— De la même manière que tu ne peux pas prouver que Prudence t'a volé ce tableau, insista Marsh.

Brook le regarda.

— Tu es au courant pour le tableau ? demanda-t-il, se tournant pour faire face à Chambers. Il prétend que Pru le lui a volé il y a des années, et il a choisi *aujourd'hui* pour venir le réclamer. Est-ce que vous l'avez tuée pour ça ?

Brook bondit de sa chaise et plaqua l'amiral au sol ; le verre de whisky s'écrasa dans le feu avec un sifflement de flammes assourdissant. Les deux hommes atterrirent avec un grand bruit sourd, mais Brook avait l'avantage de la surprise et de l'âge. Il s'assit à califourchon sur Chambers, agrippant la gorge du vieil homme.

— L'avez-vous tuée ?

Marsh les regarda. Si Duvall donnait l'impression d'être sur le point d'infliger de sérieux dégâts, il interviendrait.

—Je n'ai pas vu Prudence depuis des années.

Chambers lutta pour s'accrocher aux doigts de Brook, mais le sénateur n'abandonnait pas facilement.

—Vous mentez !

Les larmes recommencèrent à couler, et Brook leva les yeux, semblant se rendre compte de ce qu'il était en train de faire, ou peut-être de qui était présent. Il se dégagea du vieil homme en titubant et se traîna sur sa chaise. Il enroula ses bras autour de sa tête et se mit à pleurer.

Chambers s'assit, desserra sa cravate, défit le bouton supérieur de sa chemise et expira en sifflant avant de prendre la parole.

— Vous vous y connaissez en mensonge, n'est-ce pas ? Vous et votre « assistant personnel », Geoffrey ?

Marsh se frotta le front du bout des doigts.

— Tu es gay ?

Le sénateur ne dit rien, il resta assis, le visage caché contre ses genoux, les épaules tremblantes.

— Est-ce que vous avez au moins une fois couché avec elle ? s'enquit l'amiral d'un ton narquois. Parce qu'elle était enragée quand elle est venue me voir.

— Il fallait au moins ça, répliqua Cochrane.

Chambers se leva, chancelant. Duvall sanglota plus fort ; Marsh remarqua que l'assistant personnel se tenait à la porte, jetant un regard méchant à Chambers.

— Alors, Pru était une couverture ? s'enquit l'inspecteur Cochrane.

Duvall se redressa, et son regard se porta sur Geoffrey dans l'embrasure de la porte.

— C'était l'idée de Pru, dit-il, essuyant les larmes sur ses joues. Nous nous sommes rencontrés à Savannah quand son père était encore en vie.

Il leva les yeux et croisa le regard de Marsh.

— Il abusait d'elle, bien qu'elle n'en ait jamais parlé, expliqua-t-il avec un rire amer. Elle nous a surpris tous les deux dans une situation compromettante lors d'une fête organisée par les Huntingford.

Brook s'interrompit, ferma les yeux.

— Geoffrey et Pru sont... *étaient* cousins au second degré. Elle savait que j'avais des aspirations politiques, et comme elle nous a trouvés littéralement dans le placard, il ne lui a pas fallu longtemps pour nous convaincre que nous pouvions faire fonctionner un mariage de convenance, dit-il en jetant un coup d'œil à son partenaire. En plus, j'étais dans la Navy...

Il détourna les yeux pour regarder les flammes.

— Tu sais à quel point l'armée aime les homosexuels... et surtout à l'époque.

— Tu pensais vraiment que mentir au peuple américain était une façon éthique de commencer ta carrière ? l'interrogea Marsh.

— Tu parles comme un homme qui n'a jamais été victime du moindre préjugé dans sa vie.

Marsh hocha la tête en signe de compréhension. Il était conscient de son existence privilégiée. Cochrane ricana tandis que l'amiral Chambers s'asseyait avec raideur dans l'autre fauteuil. Geoffrey entra dans la pièce et se servit un grand verre de scotch.

— Toutes ces années de mensonges..., soupira-t-il, se tournant pour regarder son patron et partenaire en secouant la tête. Jamais je n'aurais imaginé que cela se terminerait ainsi.

— Avez-vous tué votre femme ? l'interrogea l'inspecteur Cochrane avec une expression dure.

Le sénateur eut l'air surpris.

— Moi ?

— Oui, *vous*. Elle s'est lassée de l'arrangement ? Elle a menacé de cracher le morceau ? insista Cochrane qui avait un suspect viable dans sa ligne de mire, et le moyen de pression pour faire parler cet homme. Les conjoints sont toujours en tête de liste des suspects quand il est question d'un meurtre.

— Je croyais qu'un tueur en série l'avait assassinée ?

Brook ne savait pas qu'ils avaient écarté Dancer en tant que possible Chasseur au couteau. Ses yeux ne cessaient de se déplacer d'un bout à l'autre de la pièce. Ils se fixèrent sur Geoffrey qui lui tendit une main tremblante, et il la prit.

— Les amoureux, auriez-vous un alibi pour la nuit dernière qui ne vous implique pas tous les deux ? demanda Cochrane, dont l'accent new-yorkais s'épaississait à chaque mot.

Le sénateur et son assistant se regardèrent en fronçant les sourcils.

— Nous étions dans les Hamptons. Lorsque nous ne sommes que tous les deux, nous ne fréquentons pas grand monde, pour des raisons évidentes.

L'amiral éclata d'un rire mauvais.

— Et vous, Amiral ? Vous avez un alibi ? l'interrogea Marsh, et le vieil homme s'arrêta net.

— Moi ? s'indigna le vieux bouc.

— Hier, vous avez découvert que Prudence vous avait repris un tableau qui pourrait valoir jusqu'à cinquante millions de dollars, énuméra Marsh, qui vit les yeux brun délavé du vieil homme se refroidir. Avez-vous un alibi pour la nuit dernière ?

— Je n'aurais pas tué cette garce avant qu'elle m'ait dit où se trouvait le tableau, affirma-t-il avec une moue, les yeux rivés sur le feu.

— Mais *la garce*, comme vous le dites si poliment, est morte, dit Marsh à voix basse. Et je pense qu'elle connaissait son assassin.

Tout le monde s'exclama en même temps.

— Quoi ?

— Oh, mon Dieu... !

— Ce n'était pas moi !

— Hé ! Un seul à la fois ! exigea Cochrane, montrant Geoffrey du doigt. Vous avez dit « oh, mon Dieu ! » comme si vous saviez quelque chose.

Geoffrey s'assit sur le bras du fauteuil de Brook, raide comme du carton.

— C'est juste que...

— Crachez le morceau, lui ordonna l'inspecteur Cochrane avec impatience, et Marsh le laissa faire.

Geoffrey jeta un coup d'œil incertain à Brook.

— Pru était très portée sur le SM et je sais qu'elle voyait quelqu'un, mais j'ignore de qui il s'agissait.

L'amiral ricana.

— Elle était complètement dingue. Elle voulait que je la fouette ! Si elle était encore en vie, je serais heureux de lui rendre service.

— Fermez-la ! C'est de ma femme qu'il s'agit, et, quelle qu'ait été la nature de notre mariage, je l'aimais !

Brook se redressa sur son siège, vibrant comme s'il était sur le point de s'attaquer à nouveau à la gorge de Chambers.

— Où gardait-elle ses affaires ? voulut savoir Marsh.

— Ses affaires ?

Brook était totalement désorientée, mais Geoffrey savait exactement de quoi Marsh parlait.

— Dans sa chambre, indiqua l'assistant en se levant pour aller vers la porte en tremblant. Je vais vous montrer.

L'assistant personnel les conduisit dans un couloir, jusqu'à une chambre décorée d'un cramoisi profond et d'or. Des rideaux somptueux, un lit king size à baldaquin avec, sur le mur au-dessus, un tableau représentant une femme nue recroquevillée sur un fond rouge. Derrière la porte se trouvait un coffre sculpté et arborant un gros cadenas.

— Je pourrais tirer sur la serrure, suggéra Cochrane en commençant à saisir son arme.

— Je pense qu'il est possible que quelqu'un sache où se trouve la clé, intervint Marsh, le regard tourné vers Geoffrey

Ce dernier ferma les yeux et acquiesça.

— Elle aimait se confier à moi, depuis notre enfance...

— Vous a-t-elle donné les noms des gens avec qui elle couchait ?

Geoffrey secoua la tête.

— Pas récemment. Pas depuis notre retour aux États-Unis. Ces derniers temps, elle s'éloignait...

— Donnez-nous juste cette foutue clé.

Cochrane balayait la chambre d'un regard nerveux. Marsh le sentait aussi. Une sensation glauque le taraudait, comme si le fantôme de Pru gisait sur ce lit en ronronnant, sous le tableau qui lui ressemblait étrangement.

Geoffrey s'approcha de la commode et tira une clé d'un petit pot de porcelaine. Il baissa la voix, puis jeta un coup d'œil à la porte pour s'assurer que l'amiral et le sénateur n'étaient pas à portée de voix. Aucun des deux hommes ne les avait suivis et Marsh espérait qu'ils n'allaient pas s'entretuer pendant leur absence. Geoffrey inséra la clé et le mécanisme s'ouvrit facilement.

— Elle a essayé de me pousser à m'habiller avec ces trucs, expliqua-t-il, levant des yeux écarquillés. J'étais curieux, vous savez ? Pas au sujet du sexe.

Il haussa les épaules.

— Au sujet du matériel.

Il souleva le couvercle, et à l'intérieur se trouvaient un fouet en cuir noir, des paddles, des masques et du cuir. Geoffrey tendit la main comme pour toucher quelque chose, et Cochrane lui donna une tape.

— Voilà tout le SM que j'ai en moi. Touchez quoi que ce soit, et je vous tire dessus.

Geoffrey recula.

— Mon ADN est sur ces trucs.

— Nous devrons prélever un échantillon à des fins de comparaison, lui annonça Marsh, qui se sentait de plus en plus frustré.

Le Chasseur au couteau était toujours dans la nature, mais entre les scènes de crime et cette affaire, ils avaient plus de preuves qu'ils ne pouvaient en traiter en une semaine.

Et Marsh ne pouvait pas écarter le bon vieux Geoffrey. Les victimes n'étaient pas violées, mais elles étaient torturées.

Il referma le couvercle en prenant soin de ne rien toucher à mains nues.

— Nous devons emporter ça au labo.

Cochrane acquiesça.

— Nous avons besoin d'accéder aux relevés bancaires et de téléphone de Pru, ainsi qu'à son carnet d'adresses, annonça Marsh. Et qu'en est-il de ses emails ?

Les épaules de Geoffrey s'affaissèrent et il balaya rapidement la pièce du regard.

— Elle avait un ordinateur portable, mais je ne le vois pas.

— Allons-nous avoir besoin d'un mandat pour obtenir ces informations ? l'interrogea Marsh.

Geoffrey secoua la tête.

— Non. Brook n'aimait peut-être pas Prudence au sens traditionnel du terme, mais cela ne signifie pas qu'il ne veut pas retrouver l'ordure qui l'a tuée. Et moi aussi.

— Jusqu'où devons-nous marcher et pourquoi ne pourrions-nous pas prendre un taxi ?

— Je vais partout à pied. C'est un bon exercice, répondit Josephine en souriant à Vince, ravie d'être à l'air libre.

Être protégée était étouffant. Vivre dans la peur était paralysant. Cette ordure n'allait pas l'attaquer en plein jour ! Elle n'avait aucune raison de ne pas faire comme si certaines choses étaient normales.

Les rues étaient pleines de feuilles mortes. Une poubelle trop remplie débordait sur le trottoir. Les escaliers de secours en métal remontaient le long des murs, les voitures garées bordaient les rues et les grands arbres se disputaient le soleil avec les lampadaires en béton. Manhattan dans toute sa splendeur.

— Je suppose que tu étais trop pauvre pour prendre des taxis quand tu étais plus jeune, n'est-ce pas ? Et maintenant, même avec un psychopathe à tes trousses, tu es trop avare ? lui demanda Vince.

— Ah !

Elle aimait le fait que Vince ne la ménage pas. Elle préférait être provoquée que dorlotée. Mais, ce dont elle avait vraiment besoin, c'était de mouvement et d'espace. Elle avait besoin d'endorphines et d'exercice physique. Ils marchaient dans Sullivan Street à SoHo. Non loin de l'endroit où elle devait rencontrer son nouveau client. Elle n'avait pas honte de ses origines pauvres et elle était fière d'avoir réussi à faire quelque chose de sa vie avec un peu d'aide de ses amis.

— Après le départ de ma mère, même la nourriture était un luxe dans notre maison, raconta-t-elle, mais son moral baissa.

Avant qu'ils quittent l'appartement, Walker avait téléphoné pour lui demander un échantillon d'ADN. Ils avaient exhumé un corps qui pouvait être celui de sa mère, et ils devaient effectuer une comparaison. Il devenait de plus en plus évident qu'elle n'était pas partie de son plein gré.

Elle inspira massivement et s'affaissa contre le mur d'une

teinturerie. Mais l'odeur des produits chimiques qui s'échappait de la bouche d'aération était suffisamment forte pour la faire planer. Avec un haut-le-cœur, elle poursuivit son chemin, puis s'adossa à la supérette du coin qui proposait de tout sauf du carburant.

— Tu n'es pas enceinte, si ? lui demanda Vince en lui prenant le bras, la faisant pivoter doucement pour qu'elle soit face à lui.

Josephine lui lança un regard noir.

— Non. J'ai eu mes règles ce matin.

— Voilà qui explique certaines choses, remarqua-t-il en haussant les sourcils.

— Comme quoi ?

— Comme les larmes. Comme ton côté revêche…

— Je n'étais pas revêche.

Les larmes lui montèrent à nouveau aux yeux. *Merde.*

— C'est ça, et tu n'es pas non plus de mauvaise humeur. Allez, viens, petit rayon de soleil, continuons à avancer.

Vince l'entraîna le long de la rue, puis il s'arrêta à l'intersection pour attendre le feu vert. Elle avançait automatiquement, mettant un pied devant l'autre. Qu'est-ce que cela ferait d'être enceinte ? D'avoir un enfant à aimer et à élever ? D'avoir une relation avec un homme qu'elle aimait ? Jamais elle n'avait envisagé cette idée auparavant.

— J'ai l'impression que c'est ma dernière chance…, dit-elle, les mots sortant de sa bouche sans qu'elle s'y attende.

— L'as-tu appelé ? Le lui as-tu dit ?

Vince la regarda, les yeux plus sombres que le charbon, emplis d'une compassion irritée.

Josephine détourna le regard.

— Non.

— Fais-le, lui intima Vince en s'éloignant du bord du trottoir.

D'accord. Elle pouvait le faire. Elle observa son reflet dans la vitrine sale du magasin qui faisait l'angle. Son cœur battait à tout rompre dans sa cage thoracique tandis qu'elle composait le numéro de Marsh. Le téléphone sonna quatre fois avant que quelqu'un ne la heurte.

— Bon sang ! Regardant par-dessus son épaule, elle croisa le regard de Vince.

— Messagerie vocale.

— Dis-lui simplement que tu l'aimes ! s'exclama Vince en passant les doigts dans ses cheveux coupés ras, avec l'air de vouloir frapper quelque chose.

Elle, sans doute.

— Marsh. J'appelais pour te dire…, commença-t-elle, mais elle avait la voix rauque, et elle semblait plus en colère qu'amoureuse.

Elle s'éclaircit la gorge.

— Je voulais m'excuser pour tout. Je suis sincèrement désolée que Dancer ait été arrêté, je suis désolée de t'avoir empêchée de faire ton travail.

Les mots « je t'aime » restèrent sur sa langue. Elle l'aimait. Elle ne le voulait pas, mais, apparemment, ce n'était pas à elle d'en décider. Elle se lécha les lèvres, mais les mots se tarissaient. Peut-être que s'ils étaient face à face, elle pourrait les faire sortir, mais parler à un téléphone portable ?

Elle ne pouvait pas le faire. Le moteur d'une voiture vrombit dans la rue.

Exaspéré, Vince leva les mains en l'air et commença à traverser le carrefour au moment où les feux changeaient.

Des pneus crissèrent et un klaxon retentit tandis qu'un véhicule s'éloignait de l'endroit où il était garé en double file et fonçait vers l'intersection. Josie n'eut même pas le temps de crier que le SUV percuta Vince et le projeta dans les airs. La voiture freina brusquement, et il glissa du capot.

Le temps s'arrêta.

Le corps de Josephine se mettait déjà en mouvement tandis que son esprit était encore en train de hurler sur le trottoir. Elle composa le 911 en courant vers Vince.

— J'ai besoin d'une ambulance ! Une personne a été renversée par une voiture au coin de Sullivan et...

Quelqu'un lui tirait les épaules. Elle essaya de le repousser, de donner à l'opérateur des détails sur l'endroit où ils se trouvaient, et l'état de Vincent. Sa jambe était repliée selon un angle bizarre sous lui. Du sang s'écoulait de sa cuisse et d'une blessure à la tête. Josephine toucha son visage, prenant soin de ne pas le bouger. Il était inconscient.

Des mains l'attrapèrent à nouveau.

— Lâchez-moi !

Elle se retourna pour se débarrasser de celui qui la malmenait, mais elle se figea soudain. Une colère noire l'envahit quand elle le reconnut.

— Vous l'avez renversé avec votre voiture !

Il l'attrapa, mais elle se débattit. Il enroula ses deux bras autour de la taille de la jeune femme, emprisonnant les siens contre ses flancs, la serrant contre lui, marchant à reculons vers le SUV.

— Tu devrais être reconnaissante, lui dit-il.

Son murmure rempli de haine lui brûla les oreilles tandis qu'elle donnait des coups de pied dans tous les sens.

— J'avais l'intention de tirer sur cet abruti, mais il se tenait juste là...

Josephine se mit à hurler, et quelqu'un cria à l'homme de s'arrêter. Mais cette personne arriva trop tard. Il la jeta dans la voiture et lui planta une aiguille dans la cuisse. Elle eut mal quand il appuya sur le piston.

Il contourna le capot en montrant son arme aux passants. Ils s'écartèrent tandis que Josie se débattait avec la poignée de la porte, les doigts ramollis et incapables d'attraper quoi que ce soit. Vince gisait dans une mare de sang de plus en plus grande. La vision de la jeune femme vacilla, puis commença à s'estomper sur les bords et elle comprit qu'elle était sur le point de s'évanouir. Il la détenait. L'homme qui l'avait attaquée tant d'années plus tôt, l'homme qui avait tué sa mère. Il l'avait exactement comme il l'avait voulue. Elle était comme morte.

CHAPITRE DIX-HUIT

— Dis-lui simplement que tu l'aimes !

La voix de Vince se détachait du bruit de fond de la circulation.

Marsh et Sam Walker étaient de retour à l'église et examinaient une pile interminable de documents. Tout à coup, cette enquête comportait tellement de preuves qu'il allait falloir des mois pour les traiter. Quelque chose lui disait que ce n'était pas une coïncidence. Ils n'avaient pas des semaines.

Il écouta le message de Josie, et il comprit qu'elle luttait. Les excuses n'étaient pas son point fort, même si elle n'avait en fait rien à se faire pardonner. C'était lui qui s'était replié sur lui-même et qui l'avait tenue à l'écart. Dévoiler ses sentiments n'était pas vraiment son fort et pourtant, elle essayait clairement d'arranger les choses entre eux. La lourdeur qui lui pesait sur la poitrine s'allégea.

Dis-lui simplement que tu l'aimes.

Mais, au lieu de cela, après ses excuses bégayées et un long silence, elle avait raccroché.

Merde. Gémissant, Marsh se passa les mains sur le visage. Cette femme lui mettait le cœur en miettes. Il aurait aimé qu'elle prononce ces mots qu'il avait désespérément envie d'entendre. *Besoin* d'entendre. Mais qui était-il pour parler alors qu'il n'avait pas été franc non plus ?

Il appuya sur le bouton de rappel et il ne savait pas s'il devait être soulagé ou frustré lorsqu'il tomba sur la messagerie vocale.

—Je suis désolé pour tout à l'heure. Je t'aime. Rappelle-moi.

Il raccrocha et vit Walker qui l'observait d'un air curieux.

— Elle vous a largué ? s'enquit l'agent.

Marsh croisa son regard.

— Ce n'est pas la première fois. Tentez quoi que ce soit avec elle et je vous réarrange le visage.

Apparemment, il s'était mué en abruti jaloux. Walker haussa les épaules.

— C'est à elle de décider.

Comme si Marsh ne le savait pas.

Il observa, de l'autre côté de la petite pièce, les agents qui disposaient soigneusement les documents de l'église sur deux tables. Tout ce qui portait une date était classé par année. Tout ce qui n'était pas daté était lu et classé dans les piles suivantes : affaires de l'église, missionnaires, organisations caritatives, correspondance personnelle, etc.

Sa division faisait tout ce qui était possible pour attraper cette ordure et faire libérer leur collègue. Aiden leva les yeux.

—Je crois que j'ai quelque chose.

Marsh s'avança près de lui.

— Qu'est-ce que c'est ?

— Des reçus pour la location d'un appartement dans le Queens l'année de l'agression de Josephine.

Il n'y avait aucun nom sur le document, hormis celui de l'église. Marsh prit une liasse de papiers et en tendit une à Walker.

— Nous devons trouver ce type rapidement. J'ai l'impression que Pru Duvall n'était que l'amuse-gueule.

Heureusement, Vince assurait la protection de Josie, et elle était en sécurité. Ils travaillaient le plus vite possible. Scannaient des documents alors que de l'air frais entrait par la fenêtre ouverte.

Et c'est alors qu'il le vit. Le nom qui faisait le lien. *Joshua Faraday.*

— Père Malcolm ! s'exclama-t-il par-dessus le brouhaha.

— Oui ?

Le prêtre se faufila entre deux agents pour venir auprès de Marsh, en l'observant par-dessus son coude.

— Joshua Faraday ?

Marsh observa le visage de l'homme tandis que ses souvenirs refaisaient surface. L'impatience le fit sourire.

— Oui, oui, c'est lui. J'avais oublié son nom, mais maintenant que vous le dites, c'était bien lui.

Aiden se figea à côté de lui. Il avait compris le lien.

— Quel âge avait-il ? s'enquit Marsh.

— Ce n'était pas un jeune homme, peut-être la fin de la quarantaine, le début de la cinquantaine ? répondit le prêtre, hésitant.

Il était plus ancien que l'estimation du profil, mais ce critère pouvait être erroné. À moins que…

— Avait-il de la famille avec lui ?

L'ecclésiastique baissa les yeux sur le tapis, la bouche pincée.

— Je crois que sa famille est venue avec lui, sa femme et ses enfants.

— Philip et Gloria ? interrogea Aiden à côté de Marsh.

Un sourire se dessina sur le visage du prêtre.

— Oui ! Et il me semble que sa femme s'appelait Nancy, une femme charmante.

Philip Faraday correspondait *exactement* au profil. Une rage sourde envahit Marsh. Cette ordure s'était trouvée sous son nez depuis le début. Pire, Aiden leur avait rendu le tableau quelques heures plus tôt à peine. Faraday n'obtiendrait peut-être pas la totalité des cinquante millions, mais il disposait des relations nécessaires pour disparaître.

Marsh se tourna vers Walker.

— Trouvez où se trouve Joshua Faraday aujourd'hui. S'il est encore en vie. Il nous faut aussi un mandat d'arrêt pour Philip Faraday, et nous allons faire venir sa sœur pour l'interroger.

L'agent s'éloigna pour passer les appels.

Cochrane porta un téléphone à son oreille et aboya :

— Le sénateur Duvall vient de nous signaler que sa femme avait vidé ses comptes bancaires avant de mourir.

— C'est l'argent de la fuite de ce salaud.

La bouche de Marsh s'assécha. Le tueur, dont tout indiquait qu'il s'agissait de Philip Faraday, qui correspondait également à la description générale de l'agresseur faite par Josie et d'autres témoins, avait vraisemblablement été l'amant de Prudence et l'avait, d'une manière ou d'une autre, convaincue qu'ils allaient s'enfuir ensemble. Elle avait retrouvé Steve Dancer pour le déjeuner, car Faraday avait décidé de piéger ce dernier, peut-être pour punir l'agent du FBI d'avoir participé à la confiscation du tableau, ou pour faire du mal à Marsh parce qu'il protégeait Josie. Et puis cette ordure avait tué Prudence aussi aisément qu'il avait assassiné toutes ces autres femmes. Ce type n'avait aucune conscience, aucune empathie, pas même pour une femme qui avait été, selon toute apparence, prête à tout abandonner pour lui.

Les pièces commençaient à s'assembler. Comment le tueur avait eu accès à l'adresse de Josie alors qu'elle n'était pas dans le domaine public. Philip Faraday connaissait son nom. Il avait des contacts dans le monde de l'art à New York, et il s'agissait simplement de soudoyer la bonne personne pour obtenir l'information.

Marsh sortit son téléphone portable et composa le numéro de Vince, la sueur au front. S'ils pouvaient tenir Josie éloignée de Faraday jusqu'à ce qu'ils le cueillent, tout serait enfin terminé.

— Vous pensez que Joshua Faraday se tapait Margo Maxwell et que le fils l'a découvert ? l'interrogea Walker qui était lui aussi sur son portable, attendant manifestement des informations.

Il grimaça en voyant l'expression choquée du prêtre.

— Désolé, mon père.

Marsh leva la main lorsque quelqu'un décrocha le téléphone de Vince.

— Qui est-ce ?

— Les secours en route pour l'hôpital du centre-ville. Je crains que la personne que vous appelez n'ait été victime d'un délit de fuite...

Doux Jésus !

— Et la femme qui était avec lui ?

Le souffle de Marsh était si oppressé dans sa poitrine qu'il crut être en train de faire une crise cardiaque.

— Je suis désolé, monsieur. Il n'y avait personne avec lui quand nous sommes arrivés.

Merde, merde, merde ! Il baissa le téléphone et appuya ses mains contre la surface de la table ; des papiers s'éparpillèrent autour de lui tandis qu'il luttait pour respirer. Il replaça le téléphone sur son oreille.

— Est-ce que Vince va s'en sortir ?

— Nous ne le savons pas encore. Il est grièvement blessé et doit être opéré... Nous devons prendre contact avec ses proches...

— Je m'en occupe, annonça Marsh en raccrochant.

C'est alors qu'il remarqua le silence. Toutes les personnes présentes dans la salle le regardaient avec impatience. La peur le rongeait de l'intérieur et le rendait malade. *Ne pense pas à Josephine. Fais ton boulot.*

Comment pourrait-il ne pas penser à Josephine qui se trouvait à la merci d'un tueur ? Il savait que le type la tenait.

— Vince a été victime d'un délit de fuite et il est grièvement blessé, dit-il, déglutissant pour sortir les mots, puis il réessaya le numéro de Josie. Josephine ne répond pas à son portable, et elle n'était pas avec lui quand les secours sont arrivés.

Les mains de Marsh tremblaient.

— Tracez son portable. Nous devons aller chercher Philip et Gloria au plus tôt.

Prononcer ces mots lui donnait envie de vomir : pourquoi n'avaient-ils pas découvert cet indice dix minutes plus tôt ?

— Nous devons faire sortir Steve Dancer de prison immédiatement pour qu'il m'aide à localiser Josephine.

Ses nerfs étaient à vif, si tendus qu'il n'aurait fallu qu'une petite poussée pour le faire craquer. Il devait tenir bon. La loi devait suffire à tirer Josie vivante de cette situation. Et Vince... *Je vous en prie, mon Dieu !*

Il consulta le carnet d'adresses de son téléphone portable, en sortit le numéro de la petite amie de Vince, Laura.

— Aiden. Prenez contact avec cette femme et escortez-la aux urgences du centre-ville, lui intima-t-il, soutenant son regard. Restez avec elle, et avec lui. Nous aurons besoin de savoir s'il a vu ou entendu quelque chose, ou...

Au cas où il mourrait...

Aiden composa le numéro tout en attrapant sa veste, et il disparut.

— Cela ne disculpe pas Dancer..., commença Walker.

— Nous savons qui est le Chasseur au couteau, rétorqua Marsh, enfilant sa veste de costume. Je parie qu'avec un peu de travail d'enquête, nous pourrons localiser Philip Faraday sur tous les lieux des meurtres. Et je sais qu'il connaissait Pru Duvall, même si elle a menti à ce sujet.

— Comment le savez-vous ? l'interrogea Walker.

— Parce que le jour où il a attaqué Josephine, Pru Duvall était à l'inauguration de la même galerie, tout comme Lynn Richards, Steve Dancer et moi-même. L'ouverture de *sa* galerie.

Marsh était à bout de patience.

— Cette même inauguration où j'ai confisqué sa police d'assurance de cinquante millions de dollars.

Peu importait ce que disait l'étiquette, ce tableau n'avait jamais été mis en vente pour huit cent mille dollars. Il avait été exposé à quelques-uns des plus grands connaisseurs d'art du monde.

Pourquoi mon cerveau n'avait-il pas fonctionné à ce moment-là ? Marsh passa devant Walker, se posta dehors et respira de grandes bouffées d'air frais automnal. Il fallait qu'il retrouve Josephine vivante. *Ne lui faites pas de mal.* Ne lui faites pas de mal, *putain.*

Marsh avait besoin d'une cigarette, même s'il avait cessé de fumer depuis des années. Walker le suivit à l'extérieur et ils se dévisagèrent tandis que Walker portait son téléphone à l'oreille et répétait ce qu'on lui disait.

— Joshua Faraday est mort en Afrique en 1996, pas de détails. Nancy Faraday est décédée en Angleterre quelques années plus tard, annonça Walker en observant les branches dénudées du bouleau argenté. Officiellement, je ne peux pas faire libérer Steve Dancer…

Marsh leva une main.

— Attendez. Je sais ce que vous allez suggérer, mais avant que tout le monde ne se fasse crucifier, laissez-moi voir si je peux arranger quelque chose.

Marsh appela Brett Lovine, le directeur du FBI, sur son portable privé.

Ce dernier ne s'embarrassa pas de bavardages.

— J'ai reçu ce matin des appels d'un sénateur, d'un amiral à la retraite et d'un général à la retraite. Les deux derniers veulent ton licenciement immédiat, et l'un d'entre eux est ton propre père.

— Brett…

— Marsh…

— Ferme-la et écoute ! Rien de tout cela n'a d'importance ! s'exclama-t-il, et le silence au bout du fil lui indiqua qu'il avait enfin toute l'attention de son ami. Nous savons qui est le Chasseur au couteau. Nous savons qu'il a piégé Steve Dancer pour le faire tomber pour la mort de Mme Duvall. Nous savons également qu'il a pris Josephine Maxwell en otage et qu'elle est en grand danger.

Les yeux de Walker étaient exorbités, parce qu'ils n'avaient encore aucune preuve de tout cela, mais Marsh, lui, *savait*. Il priait en silence. Il priait pour que l'homme avec qui il avait grandi lui fasse confiance. Il priait pour que la femme qu'il aimait survive assez longtemps pour qu'il puisse lui dire les mots en face.

La voix calme et sombre de Brett indiqua à Marsh qu'il lui était totalement attentif.

— De quoi as-tu besoin ?

— J'ai besoin que l'agent spécial Steve Dancer soit libéré immédiatement. Que les charges soient abandonnées et qu'on me rende mon meilleur technicien pour qu'il puisse retrouver Josephine.

Le silence lui répondit. *Merde.* Cette hésitation le tuait. Le doute s'insinua dans sa poitrine.

— Très bien. Mais s'il s'avère que l'agent Dancer est impliqué, d'une *quelconque* manière, j'aurai ton badge.

— Si Dancer est impliqué, tu pourras avoir tout ce que tu veux, Brett.

— Voilà une promesse bien dangereuse à faire, Marshall. Je pensais que tu l'aurais compris depuis longtemps.

Brett éclata de rire, mais c'était un son creux et amer.

— Certaines choses valent la peine de vendre son âme.

LE COUTEAU ÉTAIT TRANCHANT. Il n'était pas aussi familier dans sa main que le précédent, mais il glissait à travers la couche extérieure de sa peau comme s'il n'avait pas plus de substance que de l'eau. Il inspira brusquement. Il regarda le sang glisser sur son poignet et goutter sur le t-shirt vert olive de Josephine, formant d'affreuses taches sombres.

Sa poitrine se soulevait régulièrement, puis retombait dans une expiration silencieuse. Il avait cru qu'il aurait plus de mal à la soustraire à ses protecteurs du FBI, mais il avait suffi d'un faux appel et d'un peu de réflexion pour que les choses se passent de façon extrêmement simple. Il avait prévu d'attirer Josephine et son garde du corps dans la galerie d'une de ses connaissances, de tuer le protecteur ainsi que toute personne qui se mettrait en travers de son chemin, et de s'emparer de la femme. Il s'était installé pour les guetter et s'assurer qu'il n'y avait qu'eux deux et... *bam !* Littéralement.

Posant un doigt sur la peau douce qui couvrait la carotide de Josephine, il sentit le battement calme et régulier de son pouls. Sa peau était chaude au toucher.

Elle était toujours inconsciente.

Tant mieux. Il ne voulait rien précipiter.

Des brisants s'écrasèrent sur la plage. Une mouette poussa un cri au loin. Il regarda par la fenêtre sombre, sentant l'énergie d'une tempête imminente, l'excitation et la tristesse se disputant en lui parce que ce serait le dernier chapitre de cette partie de sa vie.

Il avait de l'argent pour s'échapper et se transformer en quelqu'un d'autre. Il arrêterait de tuer pendant un certain temps et verrait s'il pouvait dompter la bête qui faisait rage en lui par d'autres moyens.

Il avait récupéré le tableau. Depuis l'inauguration de la galerie, il avait reçu plusieurs offres de personnes qui ne se souciaient pas de savoir s'il avait du sang sur les mains. Leur avidité envers des œuvres d'art inestimables était moins morale que sa soif de sang.

Soudain, il éprouva un sentiment inattendu de solitude. Prudence lui manquait.

Lorsqu'ils s'étaient rencontrés, il y avait eu cette étincelle sexuelle entre eux. Il avait toujours été attiré par les choses qu'il n'était pas censé avoir, et il faisait des choses qu'il n'était pas censé faire. Il avait senti en Prudence une âme sœur et leur liaison avait traversé les continents sans que personne ne s'en doute. Pauvre Pru.

Mais elle continuait à bien le servir.

Pru l'avait emmené pour la première fois dans le refuge du sénateur à North Fork, un week-end peu de temps auparavant, alors que Brook était à Washington. L'endroit était isolé, niché entre deux vignobles. Pas de voisins assez proches pour les espionner et pas de personnel, à l'exception d'une femme qui faisait le ménage une fois par semaine.

Elle en serait quitte pour un choc cette fois-ci.

Le lieu était isolé, mais il se situait à moins de deux heures de route de New York. La zone de destruction parfaite. Dommage qu'il ne puisse pas rester plus longtemps.

La lumière du couloir accrochait les cheveux pâles de Josephine et les rendait translucides contre sa peau claire. Si belle. Comme la garce qui avait séduit son père dévot et détruit sa famille.

Elle était morte depuis longtemps maintenant.

Il avait aimé cette journée. Le choc sur le visage de la jeune femme lorsque son père était parti et qu'il l'avait trouvée dans l'appartement situé en face de l'endroit où ils logeaient à New York. Son père, très pieux, s'était servi de cet endroit pour coucher avec elle, à moins de vingt mètres de celui où sa propre mère préparait le dîner. Philip avait tué Margo Maxwell et avait ensuite repéré une silhouette cachée dans l'escalier de secours. La gamine était endormie. Il avait prévu de la tuer elle aussi, mais lorsqu'il l'avait attrapée, elle avait été si frêle et si mince, si misérablement mal aimée. Il l'avait laissée partir, et il s'était toujours demandé pourquoi il s'était montré si faible. À présent, il savait. Ce n'était pas de la faiblesse, mais un plan divin.

Malgré ses efforts répétés, il n'avait jamais été en mesure de retrouver la pure poussée d'adrénaline de ce premier meurtre, mais maintenant... maintenant, il allait prendre sa revanche, boucler la boucle et enfin être libre.

Philip reprit le couteau et le fit courir le long de sa propre chair, serrant les dents alors qu'il meurtrissait sa peau.

Il ramassa le tableau qu'il avait arraché de son cadre en bois dans l'appartement de Josephine à Greenwich Village. Les couleurs vives brillaient : l'intensité, la passion et la haine étaient visibles, même pour le spectateur le plus aveugle. Il n'était pas signé. Il le drapa sur son bras et s'empara d'un marteau, se tenant au-dessus du corps inerte de l'artiste. Il positionna l'angle supérieur et abattit le marteau sur le clou qu'il tenait contre le mur.

Josephine Maxwell avait peint le sang et la douleur comme si elle les connaissait intimement. Mais ces souvenirs étaient anciens. Il était temps de rafraîchir ses connaissances.

❋

L'AGENT spécial Steve Dancer sortit en titubant par la porte arrière du commissariat de Brooklyn et grimpa dans la Beemer de Marsh, le visage aussi blanc que du plâtre.

— Ça va ? s'enquit Marsh, observant les lignes de tension autour de la bouche de son ami.

Il avait été rafistolé par un médecin, mais il avait l'air en piteux état.

Dancer acquiesça, manifestement incapable de parler. Il ferma les yeux et se laissa aller contre l'appuie-tête. Les lampadaires jaunes se reflétaient sur le pare-brise éclaboussé de pluie.

Bon sang ! Marsh ne parvenait pas à imaginer ce que son ami avait enduré, mais, à cet instant, il devait se concentrer sur la recherche de Josephine. Il n'y avait pas de temps pour guérir, pas de temps pour accepter ou se rétablir. Il n'y avait pas de temps pour l'homme qui souffrait à ses côtés.

— J'ai cru que je ne sortirais jamais de là, boss, déclara Dancer en se tournant vers lui, jetant un œil à l'habitacle sombre. Merci.

Marsh resserra les mains sur le volant en cuir. Parfois, l'État de droit ne suffisait pas face à une ordure qui détournait les règles et sacrifiait les gens comme un joueur d'échecs sacrifiait ses pions. La peur remonta dans son ventre et s'installa dans sa gorge. La pluie déferlait dans une nuit sans lune, frappant le verre et l'acier trempé qui les entouraient.

— Il la tient, Steve, lui annonça Marsh d'une voix tremblante.

Il avait beau serrer le volant de toutes ses forces, il ne pouvait empêcher sa peur de transparaître. L'expression abattue de Dancer se mua en inquiétude, puis en colère.

— Quoi ? Et qu'en est-il de Vince ?

Marsh serra les dents et ravala ses émotions. La sueur s'accumulait sur sa peau en dépit de la fraîcheur de l'automne. Il mit les essuie-glaces en marche, et le bruit assourdi et régulier qui s'en dégagea stabilisa son rythme cardiaque.

— Le Chasseur au couteau l'a fauché avec un SUV.

Marsh tâtonna derrière le siège pour attraper l'ordinateur portable de Dancer qu'il avait récupéré auprès de Walker, qui n'avait de toute manière pas été capable de trouver les mots de passe. Il le fit passer maladroitement par l'espace entre les sièges.

— Le Chasseur au couteau n'est autre que Philip Faraday...

— Le marchand d'art ? Tu te fous de moi ? s'exclama Steve qui se reposa à nouveau contre l'appuie-tête. Cette pitoyable merde a tué toutes ces femmes ?

— Et il t'a piégé, conclut Marsh. Ouais. Il est plus dangereux qu'il n'en a l'air, confirma-t-il, ravalant la terreur acide sous son impatience professionnelle. Nous devons le retrouver avant que Josie ne finisse comme Prudence Duvall.

Dancer blêmit brusquement.

— Elle était encore en vie quand les flics sont arrivés, tu le savais ? Ils auraient pu la sauver, mais ils étaient trop occupés par mon cas.

Dancer fronça les sourcils, toujours concentré sur le passé, alors que Marsh avait besoin qu'il pense à l'avenir.

— Steve, nous devons retrouver Josie avant qu'il la tue, lui intima-t-il d'une voix tremblante.

Dancer lui lança un regard absent, qui s'éclaircit soudain.

— L'émetteur ? s'exclama-t-il, repoussant ses cheveux indisciplinés alors qu'il commençait à sortir son portable de son étui. *Merde !* Je l'avais oublié.

Marsh avait implanté l'émetteur dans le dos de Josephine à son insu au mois d'avril précédent, alors qu'ils espéraient qu'elle les mènerait jusqu'à Elizabeth. À cet instant, ce petit écart moral était la seule chose qui lui permettait de garder un peu d'espoir en lui.

Dancer alluma l'appareil, puis entra à toute vitesse une série de mots de passe pour accéder à des fichiers cryptés, un air de concentration féroce sur le visage.

— Ces émetteurs ne fonctionnent parfois que quelques mois. Il pourrait être mort à l'heure qu'il est, le prévint Dancer.

Marsh était conscient qu'il n'y avait que peu d'espoir, mais sans ce signal, Josephine était seule face à un tueur en série vicieux. Gloria Faraday ne leur disait rien. Peut-être ne savait-elle rien, mais Walker l'avait mise en détention, et Marsh n'avait pas pu l'approcher.

Le besoin d'air l'obligea à prendre une grande inspiration tandis que Dancer cliquait sur le programme de tracking.

L'effroi et l'incertitude ravageaient les nerfs de Marsh. Même s'ils localisaient Josephine immédiatement, il pourrait être déjà trop tard. Peut-être était-elle morte. Cet enfoiré la détenait depuis cent cinquante-six minutes. La terreur était insupportable, paralysante, et Marsh mit ses sentiments de côté. Se concentra sur le fait de la *retrouver*. Il devait simplement la retrouver. Elle allait s'en sortir. Ils auraient toute une vie ensemble.

Jamais bip électronique ne lui parut plus agréable à entendre.

— Où est-elle ?

Une détermination sinistre l'envahit. Ce salaud ne s'échapperait pas cette fois-ci. Ce que ce pervers tordu avait fait à Josephine, Marsh comptait bien le lui rendre au centuple.

Dancer leva les yeux. Et Marsh comprit qu'il pensait exactement la même chose.

— Le signal est stationnaire. North Fork, Long Island, mais nous n'avons pas encore d'adresse. Devrions-nous alerter les autorités locales ?

Marsh secoua la tête et consulta sa montre.

— Je ne crois pas qu'ils aient la moindre chance contre ce

type. Ils vont l'effrayer, et si Josephine n'est pas déjà morte, elle le sera quand ils débarqueront toutes sirènes hurlantes.

Dancer scruta l'écran de son ordinateur sans rien dire.

— Ce serait peut-être mieux comme ça.

— Bon sang, Dancer, ne me lâche pas maintenant !

— Comment pourrions-nous arriver là-bas avant qu'il…

Dancer s'interrompit, incapable de prononcer ces mots qu'aucun d'eux ne voulait entendre.

— Appelle Walker et dis-lui d'envoyer l'équipe de libération d'otages et le SWAT là-bas dès que possible.

Marsh fouilla dans sa poche et lança son téléphone portable à Steve, car celui-ci n'avait pas le sien.

— J'ai un hélicoptère et un pilote prêts à décoller de LaGuardia. Nous serons là dans dix minutes.

— *Oh, merde !* s'exclama Dancer, qui était terrifié par les hélicoptères.

Mais il composa le numéro et put joindre Dora immédiatement.

Marsh lui lança un regard, mais ne dit rien. Il mit la sirène en marche, se concentrant sur la route, et se contenta d'avoir le pied au plancher et de foncer vers la voie express Brooklyn-Queens.

CHAPITRE DIX-NEUF

Des éclairs jaillirent et le tonnerre vibra dans l'air, la réveillant. Des frissons agitèrent son corps au moment où elle perçut la température glaciale.

Où suis-je ?

Des vagues s'écrasaient au loin, et un parfum de sel imprégnait l'air, si épais qu'il lui emplissait les narines. *Mystic ? En visite chez Elizabeth ?* Sa langue était gonflée et desséchée ; elle essaya d'avaler, mais sa bouche n'était pas assez humide pour atténuer la sécheresse. Elle voulut se redresser, mais elle dut se rallonger, car elle avait le tournis et avait du mal à respirer. Son cerveau tournait à plein régime. La lumière lui faisait mal. Elle s'en détourna.

— Oh ! Parfait. Tu es réveillée.

Une vague de terreur la traversa de part en part. Elle tenta de déglutir, mais ses muscles se contractèrent dans sa gorge sèche, obstruant ses voies respiratoires, l'étouffant. Elle voulut plisser les yeux, mais en vain. Il fallait qu'elle voie.

Un homme se tenait devant elle. Maigre, pas trop grand ; l'acier froid de ses yeux était assorti au couteau qui brillait à la lumière de la lampe. Son plus vieil ennemi. L'homme qui avait tué sa mère et façonné sa vie. D'instinct, ses bras et ses jambes s'agitèrent, mais ils furent arrêtés par une corde qui les entravait. Elle leva les yeux et vit la toile qu'elle avait peinte, représentant le sang et la mort, clouée au mur comme la promesse d'un sacrifice.

Les lumières clignotèrent tandis qu'il l'observait.

— Pourquoi ? demanda-t-elle d'une voix cassée.

Plus elle luttait, plus ses liens se resserraient, lui coupant la circulation. Ses bras et ses pieds étaient engourdis. *Ce n'est pas bon. Pas bon du tout.* Elle s'obligea à se détendre.

— Pourquoi quoi ? répliqua-t-il d'une voix aussi dépourvue d'émotions que ses yeux.

De vagues bribes de souvenirs flottaient dans sa conscience comme des poissons dans un étang. Le crissement des pneus d'une voiture, puis le bruit sourd d'un corps heurtant l'asphalte.

— Est-ce que Vince va bien ? s'enquit-elle en gémissant.

L'homme haussa les épaules.

— J'en doute. Je l'ai heurté assez fort, annonça-t-il avec un sourire qui n'atteignit pas ses yeux.

L'horreur d'imaginer Vince blessé lui retournait l'estomac. Et... *Mon Dieu ! Marsh.* Il allait paniquer et s'en vouloir, comme s'il pouvait assurer la sécurité de tous ceux qu'il aimait alors que cette ordure s'acharnait à tout détruire.

Les larmes lui montèrent aux yeux. L'amour qu'elle éprouvait pour lui était si fort, son dévouement à la loi et sa foi en ses capacités si convaincants qu'elle avait presque cru qu'ils avaient une chance de vivre quelque chose de normal. Mais cette situation n'avait rien de normal, et si le type au couteau parvenait à ses fins, elle serait bientôt morte. Elle ne voulait pas être morte. Elle ne voulait pas manquer l'occasion de vivre quelque chose d'ordinaire, quelque chose de merveilleux.

Soudain, elle remarqua qu'elle était entièrement habillée. Il lui avait pris ses bottes, mais heureusement, pas ses vêtements.

Pour le moment. Elle avait du sang sur son t-shirt, et elle déglutit, sachant que c'était le sang de Vince.

— Pourquoi ? demanda-t-elle à nouveau.

Elle plissa les yeux vers lui, imprégnant son regard de toute la haine qu'elle portait en elle.

— Pourquoi me faites-vous ça ?

Il se tenait à côté du lit, la respiration laborieuse, le couteau serré entre ses doigts aux articulations blanchies. C'est alors qu'elle le reconnut d'après un souvenir d'enfance flou.

— Vous êtes le fils du missionnaire.

Des ombres s'agitèrent au fond des yeux de l'homme.

— Je les ai vus ensemble, vous savez.

Ses yeux brillèrent.

— Nos parents. Vous ne croyez pas que leurs agissements m'ont blessée autant qu'ils vous ont fait du mal ? Espèce de misérable abruti ! s'exclama-t-elle, et la colère donna de la force à sa voix. Vous l'avez tuée, n'est-ce pas ? Vous avez tué ma mère...

— Ta mère était une traînée, gronda-t-il, dévoilant des dents blanches en se rapprochant. Elle a entraîné mon père en enfer où il a brûlé.

— La dernière fois que je l'ai vu, il avait plutôt l'air d'être au paradis...

Le goût du sang jaillit sur la langue de Josephine quand il la frappa du revers de la main.

— C'était un homme bien.

— Qu'est-ce qui vous est arrivé, alors ? hurla-t-elle en retour.

C'était stupide d'argumenter. Elle en était consciente, à cause du couteau sur sa gorge qui lui brûlait la chair tandis qu'il la maintenait au sol, la main si serrée sur son cuir chevelu qu'elle en avait les larmes aux yeux. Ils se dévisagèrent pendant un long moment. La force de son corps était incroyable, et la lueur dans ses yeux était purement diabolique.

— Quand je t'ai trouvée sur cet escalier de secours, j'avais l'intention de te tuer.

Son souffle effleura les lèvres de Josephine. L'écœurement lui tenaillait l'estomac.

— Mais tu étais si pathétique... et cette expression sur ton visage... De la tristesse. Du chagrin. De l'angoisse.

La pointe du couteau toucha la joue de la jeune femme.

— C'est peut-être pour ça que je ne t'ai pas achevée à l'époque, toute cette innocence de petite fille détruite juste sous mes yeux par des adultes qui auraient dû être plus avisés, raconta-t-il en riant, et elle tressaillit. J'ai eu *pitié* de toi. Ensuite, quand j'ai voulu te revoir, toutes ces années plus tard, et que j'ai appris que tu étais artiste à New York, j'ai su. J'ai su que tu m'attendais.

Il leva les yeux sur la toile, puis il se tourna et croisa son regard.

— C'est un cercle de mort, et il se referme ce soir.

Son expression était démente... et pourtant il semblait incroyablement maître de lui alors que ses doigts agrippaient ses cheveux d'une main et le couteau, déjà maculé de sang, de l'autre. La peur grandissait en elle, le besoin de hurler sa terreur la dévorait. Il avait admis avoir tué sa mère sans une once de compassion. Cette ordure donnait l'impression que c'était la faute de cette pauvre femme.

Elle le haïssait, de tout son être.

— Est-ce que vous l'avez tué, *lui aussi* ? Votre père ? Avez-vous tué cette ordure adultère ? Ou bien vous ne détestez que les femmes ?

Respirant difficilement, il cilla, la relâcha et s'éloigna du lit.

— *Elle* l'a tué. Ta mère l'a tué, affirma-t-il.

Il se tourna vers la fenêtre alors que les éclairs illuminaient tout d'un bleu glacial et que le tonnerre secouait à nouveau la maison.

— Nous étions en Afrique depuis dix ans et le voyage en Amérique était censé être un événement spécial. Mon père a proposé de s'occuper des plantes de quelqu'un pendant ses vacances, raconta-t-il, puis il haussa les épaules et se rapprocha. C'était le genre de choses qu'il faisait tout le temps. Nous n'y pensions pas vraiment, jusqu'à ce que je repère la secrétaire de l'église qui marchait sur le trottoir, et que je la voie entrer dans cet appartement. À ce moment-là, j'ai compris ce qui se passait.

Le regard de l'homme se durcit.

— Il s'est suicidé à notre retour en Afrique, il s'est condamné au purgatoire. À cause d'elle.

Josie tira sur ses entraves et sentit l'une d'elles se relâcher. Elle s'immobilisa, terrifiée à l'idée qu'il s'en rende compte.

— Elle était belle, ta mère. Exactement comme toi.

Il se pencha au-dessus du lit, près de son visage, et elle resta absolument immobile tandis qu'il lui entaillait le lobe de l'oreille avec la pointe du couteau. Cela faisait un mal de chien, mais elle ne dit rien. *Je ne te tuerai pas si tu ne fais pas de bruit.*

— Elle a pleuré si fort quand j'ai planté mon couteau en elle, lui dit-il, arborant un sourire purement diabolique. Elle a crié mon nom.

Pendant toutes ces années, Josie s'était efforcée de survivre. Non pas de vivre sa vie, mais d'y survivre. Soudain, ce n'était plus suffisant.

— Il y a quelque chose qui ne va pas chez vous. Vous êtes tordu et perverti...

Il s'élança vers elle, mais elle fit un écart de côté. Le couteau s'enfonça dans l'oreiller à côté de sa tête. *Merde.* Pourquoi était-elle incapable de se taire ?

Parce que la peur ne suffisait pas. La survie ne suffisait pas. Mais la mort imminente n'était pas non plus très réjouissante.

Elle se figea quand il s'étala sur elle. Elle sentait les battements de son cœur à travers le pull noir de l'homme et son t-shirt. Ce n'était pas le bon moment pour découvrir qu'elle ne pouvait pas y arriver seule, qu'elle avait besoin d'aide.

Marsh. Maudit sois-tu. Sauve-moi. Je t'en prie, sauve-moi.

Il se déplaça jusqu'à s'asseoir à califourchon sur elle ; la fureur qu'elle lisait dans ses yeux lui fit regretter leur expression vide.

Le couteau déchira son t-shirt comme si c'était de la soie. Il sectionna son soutien-gorge d'un seul coup et elle se retrouva dénudée à partir de la taille, les cicatrices indélébiles sur sa chair accrochant la lumière en une série de lignes aux reflets nacrés.

— Vous appréciez votre travail ? lui demanda-t-elle d'une voix remplie d'amertume.

Mais l'humeur de l'homme avait changé. La colère avait disparu. Le calme était de retour. Il lui asséna un coup de poing dans la mâchoire, et le monde bascula sur son axe tandis que les yeux de Josephine se révulsaient.

TRAVERSER un orage électrique à bord d'un hélicoptère n'était sûrement pas une bonne façon de soigner la phobie de quelqu'un. À cet instant, Dancer et lui étaient confrontés à leurs pires cauchemars.

Marsh portait un t-shirt foncé provenant du sac de sport qu'il gardait dans le coffre de sa voiture. Il avait gardé son pantalon de costume parce qu'ils étaient d'un bleu marine profond, mais il avait remplacé ses chaussures par des baskets foncées. Tous deux portaient des gilets pare-balles.

Walker les avait appelés en chemin pour leur apprendre que le sénateur Duvall possédait une maison sur la plage à proximité du signal émis par Josie, et Marsh devait croire qu'il s'agissait du bon endroit. Il chassa de son esprit l'image du cadavre ensanglanté de Josie.

Il refusait de croire qu'elle pouvait être morte.

Des éclairs zébraient le ciel, faisant briller l'écume des vagues dans la noirceur de la nuit. Le pilote posa doucement l'hélicoptère sur la plage, envoyant du sable dans tous les sens. Les petits arbres luttaient contre le vent, la pluie rendait le paysage flou.

Marsh entendait à peine les rotors par-dessus le vacarme de la tempête. Dancer était d'une pâleur mortelle, mais il arborait un regard déterminé que Marsh ne lui avait jamais vu auparavant. Il s'agissait d'une affaire personnelle. Pour eux deux.

Marsh remonta la plage en trottinant, le pied lourd, des éclaboussures lui piquant les joues et lui faisant plisser les yeux. Elle était là, droit devant, une vieille maison de plage biscornue de North Fork.

Le cœur de Marsh s'emballa quand il repéra une lumière dans l'une des pièces de l'étage.

Josie.

Il courut, sans se soucier de savoir si Dancer arrivait à le suivre ou non, prêt à tout pour rejoindre la femme qu'il aimait avant que Philip Faraday lui fasse du mal.

Et pourtant, le sable meuble le freinait, remplissant ses chaussures de course, obligeant ses jambes à bouger au ralenti. Il recracha les grains de sable qui lui étaient entrés dans la bouche.

Ils en étaient réduits à ça.

La majeure partie des forces de l'ordre du monde entier étant à la recherche de Faraday. Marsh et Dancer en étaient réduits à courir sur une plage de sable fin pour sauver Josie d'un psychopathe.

Merde.

Il y avait un chemin à travers les dunes que Marsh emprunta ; il atteignit une passerelle et prit de la vitesse. Dancer était juste derrière lui, mais le tonnerre et le vent étouffaient les bruits qu'ils faisaient.

Marsh leva les yeux vers la fenêtre, et il vit une ombre passer devant. Et à ce moment-là, par-dessus le hurlement du vent, par-dessus le boum d'un ciel d'orage déchaîné, il entendit Josie hurler son nom.

CHAPITRE VINGT

Elle hurla quand il coupa son pantalon et la laissa allongée nue sur le lit, comme un cochon attendant d'être dépecé. Elle tremblait de peur. Son destin soigneusement chorégraphié était inscrit dans les yeux de ce monstre.

Il lui sourit.

La fureur aveuglait Josie.

Elle avait réussi à desserrer un poignet sans qu'il s'en aperçoive. Le monstre au couteau faisait les cent pas à quelques pas de là où elle était allongée, marmonnant comme le fou qu'il était. Et elle avait libéré un pauvre poignet.

Elle avait la nausée.

Des éclairs jaillirent et durèrent quelques secondes avant que le tonnerre gronde et que la nuit redevienne noire. Elle ne quittait pas des yeux le couteau qu'il ne cessait de serrer et de caresser. Le dégoût et la terreur s'affrontaient en elle, mais, plus que tout, elle était en colère.

Le matelas s'enfonça quand il grimpa sur le bout du lit, et elle regretta de n'avoir pas pu libérer sa jambe pour pouvoir lui donner un coup de pied au visage.

Son amie Elizabeth avait été violée. L'horreur de cette pensée la paralysa, même s'il n'avait pas violé les autres victimes.

Son estomac se retourna. Elle avait finalement accepté l'idée qu'elle était une victime. Josephine ferma les yeux et essaya de garder les genoux serrés, se rappelant son amie brisée, la nuit après qu'Andrew DeLattio en avait eu fini avec elle.

Cet homme avait eu ce qu'il méritait, et ce salaud y aurait droit aussi.

Que lui avait dit Elizabeth un jour ?

Les doigts de l'homme agrippèrent ses genoux et les écartèrent brutalement. Elle tressaillit lorsque le métal froid se pressa contre sa jambe, et elle se mordit la lèvre, sachant que supplier serait vain. Le viol était une question de domination, et non de désir. C'était tout ce qu'elle se rappelait et il ne fallait pas être un génie pour comprendre qu'il la dominait de toutes les manières possibles.

Le couteau remonta le long de son corps, traçant une ligne sur son abdomen. Le sang jaillit là où le métal s'enfonçait par intermittence. La mort par mille coupures.

Elle serra les dents pour ne pas tressaillir.

— Pourquoi cela vous excite-t-il autant ?

Les yeux du monstre brillèrent, sa voix était rauque.

— C'est la seule chose qui m'excite.

— Pas le sexe lui-même ?

Il frémit.

— Avez-vous déjà eu des relations sexuelles ?

— Ferme-la ! hurla-t-il.

— Est-ce qu'au moins vous avez l'outillage qu'il faut ? railla Josie.

Les lèvres du monstre se rétractèrent ; la démence se lisait dans ses yeux.

— C'est ça que tu veux ? Que je te prenne ? N'es-tu donc rien d'autre qu'une sale traînée comme ta garce de mère ?

— Ce n'est pas ce que je veux, ordure !

Elle lui planta la base de la paume dans le nez, comme Elizabeth le lui avait appris ; il cria et se cabra. Josie tenta de dégager son autre poignet, mais il revint trop vite, se jetant sur elle. Elle agrippa la main de l'homme qui tenait le couteau, cherchant désespérément à l'éloigner de son corps. Elle était consciente de n'être pas assez forte. Elle savait qu'il la tuerait, mais elle ne voulait pas rester allongée là, à ne rien dire, comme une poupée, pendant qu'il la blessait à nouveau. Pas cette fois.

Il passa le couteau dans son autre main, du sang lui coulant dans la bouche avant de goutter sur la peau nue de Josie. Le dégoût lui retourna l'estomac, mais elle vit de l'excitation dans l'expression du monstre. Ses mains tremblaient.

C'était le sang qui l'excitait.

— Je me demande combien de temps il te faudra pour mourir si je te poignarde juste ici ?

La douleur explosa comme un feu d'artifice lorsqu'il plongea profondément le couteau dans son épaule. Elle se cambra sur le lit tandis qu'une douleur fulgurante parcourait tout son corps et traversait son cerveau.

C'était si douloureux qu'elle allait certainement mourir. Le sang s'écoulait de son corps en une vague chaude et humide. Elle fut assaillie par des pensées de Marsh, qui l'apaisèrent. Elle l'aimait. Elle avait réussi cela, même si elle n'avait pas très bien géré. Elle le savait maintenant.

Maintenant qu'il était trop tard. Elle se sentit glisser dans un endroit bien meilleur.

Peut-être qu'un jour Marsh l'oublierait et rencontrerait quelqu'un d'autre. Quelqu'un qui donnerait à sa mère les petits-enfants dont elle avait tant besoin. Malheureusement, ce ne pourrait pas être elle.

Il lui asséna une gifle et son attention revint à cette pièce, à lui.

— Tu ne t'échapperas pas aussi facilement.

Josephine lui cracha dessus, et sa salive atterrit sur ses lèvres. La fureur brûlait dans ses yeux ; il leva le couteau pour en finir une fois pour toutes. Enfin.

Une explosion résonna et le monstre fut projeté à l'écart de Josie. Une chaude giclée de sang frappa son visage avant qu'il s'écroule sur le parquet à côté du lit.

Le soulagement qui envahit la jeune femme était si intense qu'elle faillit s'arrêter de respirer.

— FBI ! Posez votre arme ou je tire.

Marsh traversa la pièce, tenant son arme à deux mains. Il ne regarda pas Josie quand il contourna le lit pour se diriger vers le monstre qui se vidait de son sang sur le sol.

Un gargouillis s'échappait de la gorge du monstre. Cela ressemblait beaucoup à « à l'aide ».

— Est-ce qu'il est toujours en vie ? murmura Josie.

— Pas pour longtemps, répondit Marsh, qui ignora l'homme blessé pour défaire ses liens. Est-ce que tu vas bien ?

Josie se souvint qu'elle était totalement nue et que son épaule saignait abondamment. La partie nudité n'avait pas d'importance pour le moment. Elle parla d'une voix aiguë.

— Il m'a droguée avec quelque chose, mais les seuls dégâts sont les coupures que tu vois.

Les yeux de Marsh se posèrent nerveusement sur la blessure de son épaule. C'était un peu plus qu'une coupure, mais elle n'y penserait pas de cette manière. Elle n'avait pas l'intention de mourir. Pas maintenant. Pas maintenant que Marsh était là.

L'homme à terre gémit à nouveau. Elle porta le regard sur le bord du lit. Steve Dancer était en train de menotter les mains de l'homme dans son dos.

— Il va se vider de son sang bien avant que l'ambulance arrive.

La satisfaction macabre qui se dégageait de la voix de l'agent en disait long. Tant de personnes avaient souffert des mains meurtrières de cet homme.

— Je l'espère, répondit-elle, car elle voulait le voir mort.

— Même s'il vit, il ne te fera plus jamais de mal, la rassura Marsh tandis qu'il libérait son autre poignet, et, pour une fois, elle le croyait. Pour ma part, je ne verrais pas d'inconvénient à ce qu'il paie pour ses crimes.

Enfin, elle était libre, mais elle était trop faible pour lever les bras. Tout lui faisait mal.

— Comment m'as-tu retrouvée ?

— Je te le dirai plus tard.

— Comment va Vince ?

Marsh lui caressa les cheveux et déposa un baiser sur son front.

— Il vivra. Toi aussi.

Il retira son t-shirt et l'appuya contre la blessure de son épaule. *Merde.* Elle avait envie de toucher son visage, mais elle n'en avait pas la force. Il tira le drap autour d'elle et la souleva dans ses bras.

— Allons-y.

— Je vais le surveiller jusqu'à l'arrivée des flics du coin, annonça Dancer.

Ses yeux étaient fatigués et assombris. Il dut voir quelque chose dans l'expression de Marsh, car il ajouta :

— Ne t'inquiète pas, je ne ferai rien de stupide. Je suis plus qu'heureux de le voir souffrir.

Marsh acquiesça et rapprocha Josephine de sa poitrine. Elle se sentait en sécurité, mais son épaule la faisait atrocement souffrir, et elle avait l'impression que sa tête flottait au loin.

— Je te tiens. Nous devons t'emmener à l'hôpital.

Il sortit de la chambre et descendit les escaliers à grandes enjambées. Chaque pas la secouait et lui faisait serrer les dents contre la douleur.

Dans les yeux de Marsh, l'amour et la tendresse se mêlaient à une peur profonde.

— Je ne vais pas mourir, Marsh. J'ai bien trop de choses à vivre maintenant.

Elle avait survécu. Elle saignait et elle était blessée, mais elle avait quitté cet endroit sombre et laid pour trouver un endroit rempli d'espoir.

— Je t'aime, lui avoua-t-elle, libérée de cette peur qui l'avait poursuivie toute sa vie.

Pas seulement du tueur qui gisait à l'étage, en train de se vider de son sang, mais la peur d'être proche de quelqu'un, la peur d'être blessée.

Elle avait besoin de *vivre*. Marsh la serra plus fort.

— Je t'aime aussi.

Elle entendait le bruit du ressac, et quelque chose d'autre aussi. Un profond vrombissement. Et un souffle violent de vent et de sable. Josephine appuya son visage sur le torse de Marsh. Il enroula plus étroitement le drap autour de son corps, puis la serra fort contre lui.

— Tu es déjà montée dans un hélicoptère ?

— Non, et je déteste prendre l'avion, avoua-t-elle en serrant les dents.

La douleur irradiait son corps par à-coups, et des frissons la parcouraient tandis qu'un vent glacial perçait le mince linceul qui la couvrait.

Elle fut bousculée et secouée, puis étendue à plat sur deux sièges. Elle éprouva une sensation d'apesanteur lorsqu'ils décollèrent, qu'elle n'apprécia pas. Des doigts forts et chauds attrapèrent sa main, puis appuyèrent fermement sur la blessure de son épaule. Au début, ce fut une véritable torture, qui céda peu à peu la place à l'engourdissement. Josie s'accrocha à ces doigts, à cette douleur. Elle ne perdrait pas cette bataille maintenant. Marsh avait battu le Chasseur au couteau et elle avait affronté son démon et survécu. Elle sombra dans l'inconscience tandis que le bruit sourd des rotors résonnait jusque dans ses veines.

Josie se réveilla à l'hôpital, l'épaule solidement bandée et une douleur sourde irradiant tout le long de son cou et de son dos. Marsh lui agrippait la main si fermement que le bout de ses doigts picotait, mais elle aimait ça.

— Salut, lui dit-elle d'une voix brisée. Je pourrais avoir un peu d'eau, s'il te plaît ?

Marsh croisa son regard et sourit, et son cœur fit un petit saut périlleux. Il se pencha et prit la carafe à côté du lit pour lui servir un verre d'eau. Il la redressa à l'aide de la télécommande puis embrassa délicatement ses jointures.

Plaçant la paille entre ses lèvres, elle but une gorgée d'eau et savoura la sensation de fraîcheur dans sa gorge tout en étanchant sa soif. Les beaux yeux noisette de Marsh se fixèrent sur ceux de Josie.

— Comment te sens-tu ?

— Vivante ? répondit-elle, puis elle rit et faillit sangloter en se remémorant son épreuve. Est-ce que... est-ce qu'il s'en est tiré ?

Marsh secoua la tête. Une vague de soulagement l'envahit, et elle frémit. *Bien.* Il était mort et c'était bien ainsi. Marsh était maculé de terre et de sang, il portait des chaussures de sport, un pantalon de ville et une tunique médicale vert foncé.

Ce n'était pas le Marshall Hayes pimpant auquel elle était habituée.

— Où est Dancer ?

— Il est allé voir Vince.

Nerveusement, Josie inspira.

— Est-ce que Vince va s'en sortir ?

Marsh acquiesça et lui reprit son verre.

Soulagée, elle ferma les yeux et s'affaissa contre les oreillers.

— J'ai cru qu'il était mort quand la voiture l'a percuté.

Des larmes roulèrent sur ses joues, et elle remonta les genoux, prise d'une nouvelle vague d'angoisse. Le lit s'affaissa quand Marsh la prit dans ses bras. Puis il sortit un mouchoir de nulle part et le lui tendit. Elle rit, mais redevint sérieuse quand elle vit son expression.

— Qu'y a-t-il ? lui demanda-t-elle.

— Il y a une chose que je ne t'ai jamais dite, et tu ne vas pas aimer ça.

Tout en elle se figea. Peut-être ne tenait-il pas vraiment à elle. Peut-être tout cela faisait-il simplement partie de son boulot.

Des lignes de tension apparurent autour des yeux et de la bouche de Marsh.

— Tu m'as demandé comment je t'avais retrouvée, à la maison de la plage.

— Ça n'a pas d'importance, répondit-elle, car elle ne voulait pas savoir.

Il passa une main sur ses cheveux, puis la regarda droit dans les yeux.

— Si, ça en a. Tout d'abord, je veux que tu saches que je t'aime. Rien ne changera jamais cela. Et Dieu sait que j'ai essayé.

— D'accord... je crois.

Elle rit nerveusement. Bouger lui faisait mal, mais le fait qu'il l'aimait était une bonne nouvelle. Elle l'espérait. Ce qu'il avait à lui dire ne pouvait pas être aussi horrible...

— Quand je t'ai retrouvée en avril et que je t'ai droguée, je, euh... j'ai fait autre chose.

Il s'interrompit, puis il se leva et entreprit de faire les cent pas dans la chambre. Il n'était plus du tout l'homme sûr de lui qu'elle avait appris à connaître.

— J'ai implanté un minuscule émetteur dans ton épaule. Il est toujours actif, et c'est de cette manière que nous avons pu te localiser aussi rapidement.

— Quoi ?

Elle se redressa un peu, fronçant les sourcils. *Mais pourquoi avait-il fait une chose pareille ?* Cela expliquait la démangeaison qu'elle ressentait parfois à cet endroit. Puis elle comprit. *Impossible.*

— Tu avais prévu que je m'en aille de ta cabane dans le Vermont pour que je puisse te conduire à Elizabeth.

Dans le regard de Marsh, elle lut qu'elle avait raison. Elle en resta bouche bée.

— Espèce de salaud ! Pendant tout ce temps, je me suis sentie coupable de t'avoir drogué et dupé, alors que ma fuite faisait partie du plan depuis le début.

La colère commença à croître, brûlante et rageuse, au creux de son ventre.

— Eh bien…, commença-t-il, levant la main, paume vers l'extérieur. Le fait que tu me drogues et que nous fassions l'amour n'a jamais fait partie du plan. Me réveiller nu, menotté à un montant de lit, n'a jamais fait partie de mon plan non plus. Te laisser sans protection ne serait-ce qu'un moment n'a jamais fait partie de mon plan.

Il parlait de plus en plus fort, et son ton se faisait plus véhément.

Elle se rappela avoir été arrachée à sa voiture de location dans le Montana. Les mains d'Andrew DeLattio caressant sa peau comme s'il pouvait faire d'elle ce qu'il voulait. Elle avait cru qu'il allait l'assassiner d'une balle dans la tête une fois qu'il se serait servi de son corps pour sa propre satisfaction.

Les yeux noisette de Marsh étaient d'une noirceur choquante contre sa peau pâle.

— Si j'avais su que DeLattio allait échapper à sa surveillance et te capturer, je ne t'aurais jamais laissée quitter le Vermont.

Il tremblait. Il serra les poings comme s'il essayait de tout retenir à l'intérieur.

Toutes ses inquiétudes, toute sa culpabilité.

Les émotions des derniers jours et des derniers mois tourbillonnaient dans l'esprit de la jeune femme, mais le sentiment dominant était le soulagement et la gratitude que Marsh soit maintenant à ses côtés. Qu'ils aient retrouvé leur chemin l'un vers l'autre en dépit de tout ce qu'ils avaient traversé. Bien sûr, elle était en colère d'avoir été marquée comme un animal, mais elle s'en remettrait, surtout si cela lui permettait de ne plus se sentir coupable de ce qu'elle lui avait fait six mois plus tôt. D'autant plus qu'il lui avait sauvé la vie plus tôt dans la journée.

— Est-ce que l'émetteur est toujours là ?

Elle regarda son épaule, mais la douleur était encore trop présente pour qu'elle puisse l'examiner.

Il secoua la tête, sortit un minuscule objet de sa poche et le lui tendit.

— J'ai demandé au chirurgien de le retirer pendant qu'il te recousait, la rassura-t-il, déglutissant de manière audible. Crois-tu pouvoir me pardonner un jour ?

Elle scruta la petite capsule dans sa paume.

— Vu que cette chose m'a sauvé la vie, je crois que je peux te pardonner. Mais la prochaine fois que tu veux me harceler, contente-toi de hacker mon téléphone, d'accord ?

Marsh se pencha vers elle et l'embrassa, repoussant d'un geste tendre les cheveux sur sa joue.

— Il n'y aura pas de prochaine fois. La nuit dernière, tu m'as ôté dix ans de vie ; je veux passer tous les jours qui me restent à tes côtés.

— Est-ce que j'ai oublié de te remercier ? De m'avoir sauvée ?

Il appuya son front contre celui de Josephine.

— Ça fait partie du service.

Il l'embrassa, et elle regretta d'être allongée dans un lit d'hôpital. Au bout d'un moment, il s'écarta.

— Je ferais mieux d'aller voir comment va Vince.

Elle lutta pour se tirer de son emprise, puis elle passa les jambes par-dessus le bord du lit.

— Où crois-tu aller ? lui demanda-t-il dans un grondement qui lui disait de ne pas insister.

Elle se leva et chancela.

— Je me sens bien, Marsh. Trouve-moi des vêtements. Je vais aussi voir Vince.

— Non !

Les infirmières se tournèrent vers lui quand il éleva la voix, et elles se dirigèrent vers eux.

Josephine planta son poing sur sa hanche, mais elle ne haussa pas le ton.

— J'en ai besoin. S'il te plaît, aide-moi.

Les infirmières s'affairèrent autour d'elle en riant, essayant de la faire asseoir pendant qu'elles vérifiaient ses constantes.

— Trouve-moi quelque chose de décent à porter, lui intima-t-elle, agitant sa blouse d'hôpital qui dévoilait beaucoup de chair. Une tunique et un pantalon, une culotte, n'importe quoi. Je vais aller voir Vince, quitte à devoir marcher nue dans les couloirs.

— Allez lui chercher un fauteuil roulant derrière le bureau, dit une infirmière souriante aux cheveux sombres à Marsh. Qu'attendez-vous ? Allez faire ce que la dame vous demande.

ÉPILOGUE

La semaine avait été longue et difficile. Ils avaient identifié la mère de Josephine grâce à son dossier dentaire et à son ADN. Marsh s'occupait d'organiser un enterrement en bonne et due forme. Prudence était enterrée ce jour-là comme une victime plutôt que comme une complice, une concession faite au statut de Brook Duvall et aux souhaits du directeur Lovine. Steve Dancer était en congé forcé, jusqu'à ce que Marsh et le psy du département le jugent suffisamment bien pour reprendre le travail.

Gloria Faraday avait été libérée de sa détention, sans qu'aucune preuve de son implication dans les crimes n'ait été apportée.

Marsh ne savait pas quoi en penser. Le tableau qui avait été le catalyseur de toute cette affaire avait été offert à contrecœur à la National Gallery par toutes les parties impliquées. Ce n'était pas une grande consolation, mais Marsh était satisfait de savoir que personne ne ressortirait plus riche de ce fiasco.

Josie retrouvait lentement la mobilité de son épaule, mais elle n'était pas du genre à accepter volontiers l'immobilité. Heureusement, Vince se rétablissait plutôt bien et il était sorti de l'hôpital la veille avec seulement une jambe cassée et la cicatrice en voie de guérison d'une splénectomie d'urgence en guise de souvenir de son expérience de mort imminente.

Tous avaient survécu, et, pour le moment, c'était tout ce qui comptait.

— Que fais-tu ? s'enquit Marsh, regardant Josie passer son sac à dos sur son épaule valide. Je peux le porter pour toi, ajouta-t-il en lui tendant la main.

Josephine secoua la tête. Elle posa sur lui ses yeux brillants et vifs. Il lui caressa la joue du bout du doigt, toujours incapable de se faire à l'idée qu'il avait été à ce point proche de la perdre. Quand il s'était précipité à l'intérieur de la maison de la plage, il était certain d'arriver trop tard.

— J'ai besoin de dire au revoir, lui dit Josie d'une voix douce, qui fit s'emballer son cœur.

— Au revoir ? répéta-t-il, méfiant.

— Pas à toi, le rassura-t-elle en lui faisant une grimace. Je déménage de New York.

Cela signifie-t-il... ? Le cœur de Marsh manqua un battement.

— Où vas-tu, exactement ?

Passant la main sur la sangle de son sac à dos, elle se balança sur les talons de ses Docs.

— Je déménage à Boston pour vivre en couple avec un agent du FBI sexy, mais *pas* avec ses parents.

Il fit un pas en avant, de sorte que son corps frôle celui de la jeune femme, ce qui déclencha toutes sortes de courts-circuits dans son cerveau.

— Qui a dit que je voulais vivre dans le péché ?

Elle lui décocha un sourire diabolique.

— Crois-moi, tu as envie de vivre dans le péché.

— Non, absolument pas.

Il lui prit la main et se pencha, écartant ses lèvres pour l'embrasser profondément.

Josephine passa son bras valide autour du cou de Marsh.

— Que veux-tu, alors ?

Elle lui donna un baiser qui lui coupa le souffle. Ce n'était pas vraiment le baiser en lui-même, mais cette nouvelle confiance qu'elle avait, et qui la poussait à le traiter comme s'il lui appartenait. Parce qu'il lui appartenait.

— Je veux prendre un taxi jusqu'à la Cinquième Avenue, chez Tiffany, et choisir la plus grosse bague en diamant que tu aies jamais vue.

Elle éclata de rire, mais il perçut la lueur heureuse dans ses yeux.

— Les diamants, c'est tellement cliché ! s'exclama-t-elle, puis elle fit semblant de bâiller.

— Que dirais-tu de la languette d'une canette de soda ?

Il entrecroisa leurs doigts en souriant. Elle n'avait pas dit non.

— Ça aussi, c'est cliché !

— Donc, où allons-nous d'abord ? s'enquit-il, alors qu'ils descendaient dans le hall d'entrée.

— Nous allons dire au revoir à quelqu'un de très spécial

Elle souleva le rabat de son sac et lui montra l'urne contenant les cendres de Marion.

Ah !

Marsh se baissa pour ramasser un vieux journal qui était tombé de la poubelle de recyclage de quelqu'un.

— Qu'est-ce que c'est ? demanda Josie, le ton glacial en pointant le journal du doigt.

Il baissa les yeux et se retrouva face à la première page du *NY News*, quand il avait la langue plongée dans la gorge de l'inspectrice Jenkins.

Il éclata de rire.

— C'était le plan A, avant que tu sois enlevée.

Il contempla son visage furieusement jaloux et, soudain,

tout se remit en place dans son monde. Même quand elle le rendait fou, elle était celle qu'il avait cherchée toute sa vie.

Alors, il l'embrassa, l'entraîna dans les escaliers jusqu'à son appartement et, même si elle ne cessa de le critiquer tout du long, il sut que ça allait marcher. Plus tard, ils iraient disperser les cendres de Marion avec toute la dignité qu'elle méritait. Ensuite, il achèterait à Josie la bague qu'elle voudrait. Elle était enfin là où il voulait qu'elle soit. Dans sa vie. Dans son cœur.

Merci d'avoir lu l'histoire de Marsh et Josie. Pour découvrir ce qui arrive à l'autre couple évoqué dans *Un Sanctuaire pour elle* (Cal et Sarah), lisez le premier chapitre du prochain livre…

C'ÉTAIT le mois de novembre dans le « *Treasure State* », le ciel était si bleu qu'il faisait miroiter le bronze de l'herbe morte, et les quelques feuilles qui restaient sur les arbres scintillaient d'un or pur. L'odeur de la terre sombre et parfumée s'élevait, imprégnant la vallée, se mêlant à l'odeur âcre des chevaux et à celle du savon de selle et du cuir.

Cal Landon resserra la sangle de deux crans supplémentaires lorsque la tranquille jument baie tourna la tête pour lui lancer un regard mécontent. Morven était intelligente et facile à vivre, mais ces derniers temps, elle devenait grosse et paresseuse. Lorsque le manège chauffé serait construit, la jument serait d'une aide précieuse pour aider les enfants et les adultes à apprendre à monter à cheval, mais, en attendant, Cal se disait qu'elle avait tout intérêt à faire un peu d'exercice. Il avait sellé un hongre rouan pour Ryan et attendait que le cow-boy sorte après le petit déjeuner. Cal sortit un cure-pied de sa poche arrière et vérifia les sabots des chevaux, retirant les mottes de terre séchée.

Avec Ryan, ils devaient vérifier les clôtures près du réservoir, ce jour-là. Le bétail ne cessait de s'échapper sur la route et il ne voulait pas qu'il y ait d'accidents. *Il doit y avoir un trou dans la clôture quelque part.* Ryan et lui auraient pu y aller en voiture, mais les chevaux avaient besoin d'exercice et ils aimaient tous les deux faire les choses à l'ancienne.

Le ranch Triple H appartenait aux Sullivan : Nat et sa femme Eliza, ainsi que la sœur et le frère de Nat, les jumeaux Sarah et Ryan. Nat et Cal étaient des amis proches depuis l'école et ce dernier avait travaillé au ranch après sa sortie de prison.

La plupart du temps, il parvenait à oublier cette période sombre de sa vie, et les Sullivan lui facilitaient la tâche. Ils ne le jugeaient pas, ils ne lui en voulaient pas. Sans leur soutien indéfectible, il aurait sans doute déconné des années plus tôt. En dehors du ranch, certaines personnes s'évertuaient à lui rappeler qu'il n'était rien d'autre qu'un meurtrier.

Une brise descendait de la chaîne des Flatheads, accompagnée d'un soupçon de givre.

L'automne était une période calme au ranch. Ils avaient quelques centaines de têtes de bétail qui avaient besoin d'un abri contre le froid et d'un approvisionnement constant en nourriture et en eau, mais ce n'était pas une période de l'année particulièrement pénible.

Ryan et lui se débrouillaient à peu près seuls, avec l'aide occasionnelle d'Ezra, quand l'arthrite de ce dernier ne faisait pas des siennes. Nat et Eliza étaient occupés à superviser la construction du manège et à mettre en place la partie élevage de l'entreprise.

Les choses s'amélioraient pour les Sullivan.

Cal attrapa les sacoches qui contenaient une hache, une bêche, deux marteaux, des clous et quelques bobines de fil de clôture. Assez pour colmater les brèches qu'ils trouveraient jusqu'à ce qu'ils puissent évaluer l'ampleur des réparations à effectuer.

Il enfila ses gants de travail et passa prudemment sa jambe par-dessus le dos de sa jument. Elle dansa pendant une minute, s'adaptant à son poids, puis s'apaisa et frotta son museau contre la clôture en bois.

Sarah Sullivan sortit de la maison, sa trousse de médecin dans une main et une boîte à lunch Hello Kitty rose dans l'autre. Sa bouche s'assécha, comme chaque fois qu'il l'apercevait. Elle lui adressa un signe de la main, accompagné d'un sourire joyeux. Il sentit qu'il lui souriait en retour, et que son cœur s'emballait. Ryan sortit derrière elle, portant sa fille Tabitha. Le cow-boy attacha sa petite fille dans son siège auto et lui donna un gros baiser sonore qui fit rire la petite fille, puis il rejoignit Cal en trottinant.

Ce dernier regarda Sarah partir en voiture.

— Tu devrais tenter ta chance, dit Ryan en enfourchant son cheval.

Cal plissa les yeux.

— C'est de ta sœur que tu parles.

Ryan ricana.

— Oui, mais ce n'est pas moi qui veux lui sauter dessus.

Cal l'ignora et lança Morven au trot devant le ranch, mais Ryan n'en avait pas fini. Ce que les jumeaux avaient en commun, c'était leur incapacité à se retenir de dire ce qu'ils pensaient ou ressentaient. La plupart du temps, cela signifiait que Cal n'avait pas besoin de prononcer plus d'un mot ou deux pendant la journée, ce qui lui convenait parfaitement. Mais lorsque cette attention était dirigée vers lui? *Attention.*

— Personne n'est éternel, frangin.

Le vent bruissait dans les trembles voisins, faisant vibrer les branches et frissonner Cal, malgré sa chemise en flanelle et sa veste en peau de mouton.

— Ne pars pas du principe qu'elle sera encore là demain, ajouta-t-il.

Bon sang! Que cette pensée était déprimante! Mais Ryan avait perdu son amour d'enfance à cause d'un cancer, et il était bien placé pour savoir que la vie était courte et que l'amour pouvait s'envoler en un clin d'œil.

Mais Sarah Sullivan était trop bien pour un type comme Cal. Elle était médecin. Il était un ancien détenu.

— Je ne vois pas de quoi tu parles.

Il planta ses talons dans les flancs de la jument. Elle se lança en avant et Cal aurait menti s'il avait prétendu ne pas être satisfait d'être arrivé avant Ryan au réservoir. Mais son ami n'en avait pas fini.

— Je sais ce que tu ressens pour elle, tu sais. Je le vois chaque fois que tu la regardes.

Cal grimaça, puis il haussa les épaules. C'était dur de mentir à un homme avec lequel il travaillait quotidiennement depuis dix ans.

— Elle ressent la même chose.

— Elle te l'a dit? s'enquit Cal, lançant un regard à Ryan.

— Je le sais.

Cal ricana.

— Tu es un idiot.

— Toi-même, frangin.

Cal leva les yeux au ciel en parcourant la clôture du regard. Il la pointa du doigt.

— C'est là qu'est le problème.

Un arbre était tombé à l'endroit où la clôture traversait un petit bois.

— Tu as apporté la hache? lui demanda Ryan.

— Oui.

Ryan fit rouler ses épaules.

— On dirait bien que nous allons avoir une bonne séance d'entraînement aujourd'hui.

Cal grogna. Cela lui convenait, du moment qu'il n'avait pas à parler de ses *sentiments* pour Sarah.

Le souffle court des chevaux dans l'air froid du matin était accompagné du craquement du cuir et du tintement des harnais.

— Tu te souviens de ce que tu m'as dit après la mort de Becky ? s'enquit Ryan à voix basse.

Cal s'immobilisa. C'était la première fois qu'il entendait son ami prononcer le nom de sa femme depuis son décès.

— Je me souviens.

— Parfois, la seule chose qu'il reste à faire, c'est de continuer à respirer.

Cal acquiesça et regarda droit devant lui.

— Tu avais raison, Cal. Ces mots m'ont permis de surmonter les premiers jours, la première semaine sans elle... bon sang ! peut-être même la première année, expliqua-t-il.

Cal jeta un regard à Ryan, qui secoua vivement la tête comme pour s'éclaircir les idées.

— Je ne me souviens pas du tout de cette période. Je ne me rappelle que la douleur, et du fait que tu m'as dit de simplement continuer à respirer, poursuivit Ryan, qui déglutit à plusieurs reprises, tandis que les doigts de son ami se resserraient autour des rênes.

— Je ne me souviens pas de Tabitha quand elle était bébé... Sans les photos de Nat, je n'arriverais même pas à l'imaginer du tout, confessa Ryan, qui avait totalement ignoré sa fille qu'il rendait injustement responsable de la mort de sa femme. Becky aurait eu ma peau pour ça. *Merde !* Imagine si elle était au courant du reste...

Cal ferma les yeux en entendant la douleur dans la voix de

son ami. Cette période avait été la pire qu'ils auraient pu imaginer, et ils avaient failli perdre Ryan aussi.

Il lui avait fallu passer près de deux ans à se noyer dans l'alcool et les femmes avant d'arriver de l'autre côté. Cal comprit que Ryan se rendait compte qu'il devait aller de l'avant sans elle, sans l'amour de sa vie.

Personne ne devrait avoir à subir cela. Ryan s'éclaircit la gorge.

— Tes mots m'ont sauvé quand j'en avais besoin.

Parfois, la seule chose qu'il reste à faire, c'est de continuer à respirer...

Le cow-boy contempla l'eau argentée du réservoir et les montagnes qui s'y reflétaient dans toute leur splendeur.

— Le problème, c'est que l'on finit par avoir besoin de plus.

Cal savait où il voulait en venir. Il secoua la tête.

— Non, non... Pas tout le monde.

Ryan saisit la bride de Morven, arrêta leurs chevaux et obligea Cal à croiser son regard.

— Tout le monde. Même toi.

Ils étaient presque arrivés au bois. Cal descendit de selle et se glissa sous la tête de la jument, la faisant avancer avant de l'attacher à une branche d'arbre. Il n'allait pas se disputer avec Ryan au sujet de la vie, du bonheur ou des attentes qu'ils avaient.

Comparé à ce qu'il avait connu, c'était le paradis, et il ne se passait pas un jour sans qu'il ne soit reconnaissant au destin d'avoir mis les Sullivan et le ranch Triple H sur son chemin. Et si ses rêves incluaient parfois une certaine petite blonde impertinente, c'était son affaire. Cela ne signifiait pas qu'il avait l'intention d'agir en conséquence.

Il retira sa veste.

— Passe-moi la hache, ordonna-t-il.

Ryan la lui tendit en souriant.

— Tant que tu ne te la joues pas *Brokeback Mountain* avec moi.

Cal saisit le manche en bois et écarta les jambes.

—Je pensais plutôt à *Shining*, abruti.

— *Shining abruti*? se moqua Ryan.

Clac.

Cal concentra son énergie sur le large tronc du bouleau abattu et pria pour avoir suffisamment de courage pour ne pas mettre son poing dans le joli visage de Ryan.

Clac.

C'était une bonne chose que son ami aille enfin de l'avant après la tragédie qu'il avait vécue. Cela ne signifiait pas que quoi que ce soit avait changé pour Cal, et il ne s'attendait pas à ce que cela se produise.

Un risque pour elle (Livre n°3) disponible ici.

Pour découvrir la suite (et les scènes bonus des livres de Toni), inscrivez-vous à la newsletter de Toni Anderson en français :
https://www.toniandersonfrancais.com/newsletter/

REMERCIEMENTS

J'ai écrit *Une dernière chance pour elle* (initialement intitulé *Le Chasseur au couteau*) pour faire suite à *Un sanctuaire pour elle*, mais il a traîné sur une étagère virtuelle pendant des années, parce que l'éditeur a fait faillite, avant qu'il ne soit publié. En réponse à la pression des lecteurs, j'ai finalement réussi à trouver le temps, cet été, d'éditer le manuscrit et de le préparer pour la publication. J'espère que vous apprécierez la conclusion de l'histoire de Marsh et Josie. J'ai l'impression d'avoir parcouru un long chemin en tant qu'auteure depuis que j'ai commencé à publier, mais j'espère que vous apprécierez ces deux histoires liées. Je tiens à remercier mon éditrice, Ally Robertson, qui a fait un travail formidable et m'a aidée à améliorer les manuscrits originaux. Et merci à Elaini Caruso qui a relu les versions 2021 mises à jour.

Merci à ma critique, Kathy Altman, qui n'est pas seulement ma caisse de résonance, elle est la garante de ma santé mentale.

Je tiens à remercier tout particulièrement mon mari et mes enfants, qui endurent chaque jour les menus détails de ma vie d'auteure. Et aux lecteurs qui ont fait de mes rêves une réalité !

Merci à mon équipe de traduction française, Sophie Salaün et Florence Glémot. Et aussi à ma merveilleuse assistante, Jill Glass.

DÉCOUVREZ L'UNIVERS DE LA SÉRIE COLD JUSTICE (EN ANGLAIS)

COLD JUSTICE® SERIES

A Cold Dark Place (Book #1)

Cold Pursuit (Book #2)

Cold Light of Day (Book #3)

Cold Fear (Book #4)

Cold in The Shadows (Book #5)

Cold Hearted (Book #6)

Cold Secrets (Book #7)

Cold Malice (Book #8)

A Cold Dark Promise (Book #9~A Wedding Novella)

Cold Blooded (Book #10)

COLD JUSTICE® – THE NEGOTIATORS

Cold & Deadly (Book #1)

Colder Than Sin (Book #2)

Cold Wicked Lies (Book #3)

Cold Cruel Kiss (Book #4)

Cold as Ice (Book #5)

COLD JUSTICE® – MOST WANTED

Cold Silence (Book #1)

Cold Deceit (Book #2)

Cold Snap (Book #3)

Cold Fury (Book #4)

Cold Spite (Book #5)

Cold Truth (Book #6)

À PROPOS DE L'AUTEUR

Auteur de best-sellers du *New York Times* et de *USA Today*, Toni Anderson écrit des thrillers romantiques sur le FBI, à la fois incisifs et sexy.

Originaire d'une petite ville du Shropshire en Angleterre, Toni a étudié la biologie marine à l'université de Liverpool et à l'université de Saint-Andrews (oui, vous pouvez l'appeler « Dr Anderson ») avec l'intention de ne jamais s'éloigner de l'océan. Ce plan s'est retourné contre elle, et elle a fini au milieu des prairies canadiennes. Les plus grandes réalisations de Toni sont : la maîtrise du métro de Tokyo, l'escalade du Ben Lomond, la plongée en apnée sur la Grande Barrière de corail et survivre à dix-neuf hivers à Winnipeg (jusqu'à présent). Toni aime voyager pour faire des recherches et a eu la chance de visiter le centre d'opérations et d'informations stratégiques au sein du quartier général du FBI à Washington, D.C. Lors d'une formation à la Writer's Police Academy dans le Wisconsin, elle a eu l'occasion de pousser une autre voiture hors de la route lors d'une course-poursuite.

Ses livres ont remporté le prix Daphné du Maurier pour l'excellence dans le domaine du mystère et du suspense, le Readers' Choice, l'Aspen Gold, le Book Buyers' Best, le Golden Quill, le National Excellence in Story Telling Contest et le National Excellence in Romance Fiction. Elle a été finaliste du Vivian Contest et du RITA Award des Romance Writers of America, et présélectionnée pour le Jackie Collins Award for Romantic Thrillers, dans le cadre des Romantic Novel Awards.

Les livres de Toni ont été traduits en cinq langues et plus de trois millions d'exemplaires ont été téléchargés.

Inscrivez-vous à la newsletter de Toni Anderson en française :
www.toniandersonfrancais.com/newsletter/

Découvrez la bibliographie de Toni Anderson :
https://www.toniandersonfrancais.com/livres/

N'hésitez pas à visiter la boutique de Toni Anderson pour découvrir ses autres livres et bénéficier d'offres exclusives !
https://toniandersonshop.com

 facebook.com/ToniAndersonFrancais

 instagram.com/toni_anderson_author

 tiktok.com/@toni_anderson_author

 bsky.app/profile/toniandersonauthor.bsky.social

www.ingramcontent.com/pod-product-compliance
Lightning Source LLC
Chambersburg PA
CBHW061335310726
48974CB00001B/59